Über das Buch:
Eric Harder arbeitet als Sprachforscher in Westafrika.
Bei einem Einsatz in Timbuktu wird er Zeuge eines Raubes.
Wenig später überlebt er in Bamako nur knapp einen
Mordanschlag. Damit beginnt eine Kette von Ereignissen, die
ihn zusammen mit der UN-Mitarbeiterin Vera Stratmann und
dem mysteriösen Khaled quer durch Mali führt. Welche Rolle
spielt die seltsame neue Sekte? Was hat Veras Kollege Nabil
zu verbergen? Werden die Felsen von Bandiagara, im Gebiet
des Dogon-Volkes, ihr Geheimnis preisgeben?

Über den Autor:
Volker Wahl hat viele Jahre in der Werbebranche gearbeitet
und malt in seiner Freizeit Aquarelle. Das Titelbild basiert auf
einem seiner Werke.

Volker Wahl

Das Licht der kommenden Tage
Band 1

DOGONBLUT

Thriller

Impressum

Copyright: © 2017 Volker Wahl
2. Auflage

Herstellung und Verlag:
BoD – Books on Demand, Norderstedt
ISBN: 978-3-7431-1217-9

1

Pierre Tisserand wurde von dem hektischen Stimmengewirr der Dorfbewohner unsanft aus dem Schlaf gerissen. Es hatte auch in den Nachtstunden, hier im Herzen Malis, wie in vielen Gegenden Afrikas, nicht merklich abgekühlt. Schlaftrunken versuchte er herauszuhören was die Menschen vom Volk der Dogon, in deren Gemeinschaft er zurzeit lebte, in diese ungewohnte Aufregung versetzte. Kündigte sich eine Gefahr an oder vielleicht ein freudiges Ereignis? Er war zwar inzwischen mit den Menschen des Dorfes recht vertraut, doch jetzt musste er feststellen, dass er das, was er in der Umgebung der Lehmhütte, die er bewohnte, wahrnahm, überhaupt nicht einschätzen konnte.

Vor etwa 14 Monaten war er als Botaniker der ‚Société Pharmaceutique Internationale', kurz SPI, nach Mali gekommen um in diesem westafrikanischen Land nach traditionellen Heilmethoden und bisher unbekannten Arzneipflanzen zu suchen. Mit seinen Erkenntnissen würde die SPI dann in Europa, und im günstigsten Fall der ganzen Welt, neue gewinnbringende Medikamente auf den Markt bringen können. Den großen Durchbruch konnte Pierre aber trotz der engen Kontakte zu den Heilern der Dogon nicht verzeichnen. Die Palette der Heilpflanzen, denen er hier begegnete, hielt sich in Grenzen. Die Vegetation in diesem Teil Afrikas war über Jahrhunderte hinweg sowohl den klimatischen Veränderungen als auch den Bedürfnissen der Menschen zum Opfer gefallen. Was nicht zu Wüste geworden war kämpfte als Trockenwald gegen das lebensfeindliche Klima oder wurde als Ackerland intensiv genutzt.

Pierres intensives Studium der Dogonkultur, seine Bereitschaft sich auf diese Menschen einzulassen und zudem seine Hartnäckigkeit führten schließlich dazu, dass er auch eine Hütte in einem der Dogondörfer bewohnen durfte. An manchen Tagen fühlte er sich sogar als Teil dieser Gemeinschaft.

Die Dörfer der Dogon entlang des dreihundert Meter hohen und fast 170 Kilometer langen Bandiagara-Felsmassivs übten von Anfang an eine erstaunliche Faszination auf Tisserand aus. Die gigantische rotbraune Felswand aus Sandstein, durchschnitt majestätisch das ‚Pays

Dogon' und bot einen unvergesslichen Anblick mit den pittoresken Dörfern, die wie Schwalbennester in die Felsen gebaut waren.

Nun aber als er mitten in der Nacht, aufgeschreckt vom Lärm, aus seiner Hütte trat fühlte er sich plötzlich hilflos und völlig fremd in dieser Umgebung. Das Feuer auf dem Platz vor dem Dorf spendete zusätzlich zu dem sternenklaren Nachthimmel gerade so viel Licht, dass er sich orientieren konnte. Er sah wie Seydou, der Dorfälteste, der auch die Position des Hogon inne hatte und damit eine Art animistischer Priester war, die Frauen und Kinder zurück in ihre Hütten wies. Die alten Männer reckten ihre Arme zum Himmel und verfielen andächtig in einen sich immer wiederholenden Singsang. Einige junge Männer stimmten mit ein, andere warfen sich zu Boden und hielten ihre Arme vor das Gesicht. Was aus den anderen Hütten drang, konnte Pierre weder als freudige Rufe noch als panisches Geschrei identifizieren. Niemand schien von ihm Notiz zu nehmen. Die Szene, die sich vor ihm abspielte, ließ eine unbestimmte Furcht in ihm aufkommen und er fühlte sich gedrängt in seine Hütte zurück zu kehren. Doch kämpfte er gegen seine Bedenken an und versuchte sich von seiner wissenschaftlichen Neugier leiten zu lassen. Vielleicht wurde er ja nun Zeuge einer bisher unbekannten Heilungszeremonie, die ihm Zugang zu Kenntnissen verschaffte, die sein Konzern so dringend verlangte.

Er sammelte all seinen Mut und versuchte erneut Seydou, den Dorfältesten, in der aufgeregten Menge zu finden. Als er ihn ausgemacht hatte lief er, um Unauffälligkeit bemüht, auf die Menge zu, die sich vor dem Dorf versammelt hatte. Dabei ging er auf den abenteuerlich zerklüfteten Wegen, an den Getreidesilos mit den putzigen Strohdächern und den Wohnhäusern aus Lehm entlang, bis er auf den Platz vor dem Dorf kam. Alle Aufmerksamkeit der fast extatischen Männer gehörte etwas, das weit hinter dem Feuer lag. Die lodernden Flammen in der Mitte des Platzes ließen es nicht zu, dass Pierre von seiner jetzigen Position etwas erkennen konnte. Er bewegte sich weiter an den Hütten entlang bis das Feuer nicht mehr den Blick versperrte und sah eine Gruppe von Dogonmännern, alle wegen des offenbar besonderen Anlasses mit den typischen rituellen Masken versehen. Gemeinsam trugen sie etwas. Was es genau war konnte Pierre nicht erkennen. Immer weiter ging er mit der Menge darauf zu. Je näher er kam, desto öfter fiel ihm auf, dass die anderen Männer ihn mit argwöhnischen Blicken bedachten. Erst glaubte er, dass er die Blicke fehlinterpretierte, dann war er sich sicher. Die Menschen, die ihm in den vergangenen Monaten so herzlich ihre Gastfreundschaft geschenkt hatten, sahen ihn nun als Fremdkörper bei diesem Ereignis. Hier fand etwas statt, das ein Geheimnis der Dogon bleiben sollte. Pierres Blick traf sich mit dem des Dorfältesten, der nun etwas zu seinen Männern schrie und auf ihn zeigte. Pierre wurde schlagartig klar, dass er hier fehl am Platze war und schnellstens zurück in seine Hütte musste.

Bevor er sich umwandte um den Rückweg anzutreten fiel sein Blick erneut auf den Zug der maskierten Dogonmänner und auf das was sie in ihrer Mitte trugen. Im Schein der Fackeln konnte Pierre nun einen unverdeckten Blick darauf werfen. Ihm stockte der Atem. Benommen nahm er das, was sich vor ihm abspielte, fast wie in Zeitlupe wahr. Er begann an seinem Verstand zu zweifeln und konnte seinen Blick nicht abwenden. Wie in Trance ging er einige Schritte rückwärts, den Weg entlang, den er gekommen war. Auf dem steinigen Pfad strauchelte er, fing sich aber. Seine Augen hatte er noch immer auf das Objekt in der Mitte des Maskenzuges gerichtet. Er war unfähig seinen Blick davon zu lösen. Unbewusst machte er weitere Schritte nach hinten. Mehrmals fanden seine Füße nur schlechten Halt. Als er wieder das Gleichgewicht verlor, bemerkte er seinen Fall erst als er auf dem Boden aufschlug. Sein Kopf prallte auf eine spitze Felsenkante und sein Blick haftete auch jetzt auf dem Maskenzug und dem was er transportierte. Und das war auch das Letzte was er sah bevor er das Bewusstsein verlor.

2

Eric Harder saß über seinen Notizen und tippte Aufzeichnungen in seinen Laptop ein. Als Linguist hatte er auch heute versucht weitere Teile eines der Dogondialekte zu entschlüsseln. Irgendwann würde er ein Wörterbuch erstellen können. Später sollte er, da er für eine Missionsgesellschaft arbeitete, eine Bibelübersetzung erarbeiten um die heilige Schrift der Christen auch dieser Volksgruppe zugänglich zu machen. Die Sprache der Dogon hat unzählige Dialekte, von denen einige schon erforscht wurden. Da die Sprachvarianten sich aber teilweise fundamental von einander unterschieden, gab es für ihn noch Forschungsarbeit über Jahre hinaus. Die Missionsgesellschaft war sehr zufrieden mit seiner Arbeit, die er bisher in dem Nachbarland Burkina Faso bei einer anderen Volksgruppe gemacht hatte. Bis zu dem Tuaregaufstand 2012 arbeitete an seiner Stelle sein Kollege Stefan Eigner. Da in den Jahren zuvor ein stabiles politisches Klima im Land herrschte, konnte Eigner seine Arbeit von Mopti aus, das wesentlich näher am Gebiet der Dogon lag, ausführen. Nach dem Beginn der Unruhen wurde er von der Missionsgesellschaft aufgefordert, zu seiner eigenen Sicherheit, das Land zu verlassen. Seltsamerweise folgte er dieser Aufforderung nicht und nachdem im März 2012 die Regierung gestürzt wurde, hörte man nichts mehr von ihm. Einheimische Mitarbeiter, die das Büro in Mopti nach dem Abflauen der Kämpfe wieder aufsuchten, konnten keinen genauen Grund für das Verschwinden Stefan Eigners nennen. Eine polizeiliche Untersuchung seitens der malischen Behörden gab es nie. Man ging allgemein davon aus, dass Rebellen oder Terroristen den Deutschen entführt hätten. Da es keine Lösegeldforderung gab nahm man an, dass er ermordet wurde. Die deutsche Regierung ließ zwar ein Ermittlungsteam einfliegen, jedoch blieben weitere Erkenntnisse aus.

Eric legte seinen Laptop beiseite und ging auf die Veranda vor seinem Haus. Die Missionsgesellschaft für die er arbeitete, die ‚Global Bible Campaign‘, stellte ihm das Haus samt Haushaltshilfe zur Verfügung. Verglichen mit den meisten Menschen in Mali gehörte er zur wohlhabenden Oberschicht. Trotzdem hatte er es sich zur Gewohnheit gemacht seine Einkäufe selbst zu erledigen. Er sah das als einen Teil seines Berufes an. Da auf dem ‚Marché Rose‘, dem ‚Rosa Markt‘ hier in Bamako, auch eine Frau aus dem Dogonvolk einen Stand hatte, konnte er sogar dabei seine Sprachkenntnisse auf die Probe stellen. Meistens lief es aber darauf hinaus, dass am Ende doch nur wieder das offizielle, das Land verbindende Französisch gesprochen wurde.

Spontan beschloss er heute noch einige Einkäufe auf dem Markt, der zwischen den ehemaligen Kolonialgebäuden abgehalten wurde, zu erledigen. Es war zwar mehr als eine halbe Stunde Fußweg bis dorthin, da aber zur Zeit keine Sandstürme den Aufenthalt auf den Straßen unerträglich machten, sah er den Weg zum Markt als eine willkommene Abwechslung zur Arbeit am Computer an. Immer wieder musste er Autos, Fahrrädern und Motorrädern ausweichen die hier scheinbar ohne jede Regel die Straßen nutzten. Erst als er den Markt erreicht hatte, waren die Fußgänger unter sich. In einem Labyrinth aus engen Gassen boten unzählige Buden ihre Waren feil. Wer sich hier nicht auskannte konnte sich schnell verlaufen. Wer nicht wusste wo er die von ihm gesuchten Einkäufe bekam gab meist nach einiger Zeit die Suche genervt auf. Eric wohnte inzwischen lange genug in Bamako um die Vorzüge dieses Marktes genießen zu können. Gezielt ging er von Stand zu Stand, wusste, wie er den Preis auf eine angemessene Summe herunterhandeln konnte und welchen Händlern er am Besten aus dem Weg ging. Europäer traf man hier auf dem Markt seit den Unruhen und den Reisewarnungen extrem selten. Die Ausländer, die in dieser Millionenstadt geblieben waren überließen es sicherheitshalber den einheimischen Angestellten auswärtige Aufgaben zu erledigen. Eric aber war gerne hier unter den Menschen. Früher hätte er behauptet, dass es an seinem christlichen Menschenbild liegt, dass er den Kontakt zu den Menschen suchte. Seit bei einem Unfall vor etwas mehr als drei Jahren seine Frau und seine Tochter umgekommen waren, strich er das Wort „christlich" aus diesem Erklärungsversuch. Bis heute erzeugte dieser Verlust einen fundamentalen Zweifel an seinem Glauben. Für seine Arbeit als Bibelübersetzer war das zwar keine Idealvoraussetzung, aber er war routiniert genug um trotz dieser Zweifel seine Arbeit zur vollen Zufriedenheit der GBC zu erledigen.

Als er den Stand, an dem er sonst seine Kenntnisse der Dogonsprache anwandte, erreicht hatte, stellte er enttäuscht fest, dass nicht wie sonst die ihm vertraute Frau dort stand. Das Äußere der Frau, die nun hinter den Körben mit Früchten stand, wies darauf hin, dass sie auch einem anderen Clan des Dogonvolkes angehörte. Das bestätigte sich als er wieder seine Sprachkenntnisse ausprobierte und die gewohnte Begrüßungsformel mit der Erkundigung nach dem Befinden aussprach. Die Frau hinter dem kleinen Tisch lächelte ihn nur unsicher an. Offenbar verstand sie ihn nicht. Da Eric mehrere Begrüßungsrituale beherrschte versuchte er es in einem anderen Dogondialekt. Doch auch das brachte nicht den gewünschten Erfolg. Erst als er wieder die französische Sprache anwendete zeigte die Frau, dass sie ihn verstand.

Eric kaufte einige Früchte und erkundigte sich nach der Marktfrau, die sonst diesen Stand betreute. Er erfuhr, dass sie wegen einer schwangeren Schwester, die ihre Hilfe benötigte, nicht kommen konnte. Eric ließ Grüße ausrichten und verabschiedete sich.

Gerade wollte er sich zum Weitergehen umdrehen, da stand neben ihm eine blonde junge Frau, die seinen Einkauf offensichtlich beobachtet hatte.

„Ich bin beeindruckt, dass sie so viele Idiome beherrschen. Aber bei dem Volk der Dogon soll es ja unzählige Dialekte geben", sprach sie ihn in klarstem Hochdeutsch an.

„Die Vielfalt der Kulturen und Sprachen hier in Mali ist wirklich faszinierend", gab Eric schmunzelnd zu. „Aber mit einer deutschen Frau hätte ich hier auf dem ‚Marché Rose' überhaupt nicht gerechnet"

„Ich bin Vera. Vera Stratmann. Ich glaube wir sind die einzigen Europäer, die sich hier auf den Markt trauen."

„Ich bin Eric Harder. Ich freue mich sehr Sie hier zu treffen." Er reichte ihr die Hand entgegen und sie schlug lächelnd ein.

„Einer meiner Kollegen von den Vereinten Nationen sind Sie nicht. Da hätte ich Sie sicher hier in Bamako schon mal gesehen. Ein katholischer Pfarrer sind Sie wohl auch nicht. Sind Sie Geschäftsmann? Kann ich mir gar nicht vorstellen. Würde überhaupt nicht zu Ihnen passen."

„Ich sehe nicht aus wie ein Manager, den das Geld nach Mali gelockt hat? Das sehe ich mal als Kompliment. Aber Sie haben sogar recht. Ich arbeite hier als Linguist. Ich erforsche ein paar noch nicht dokumentierte Dogondialekte."

„Das passt wirklich eher zu Ihnen."

„Und was machen Sie als UN-Mitarbeiterin hier in diesem Land?"

„Ich helfe der neuen malischen Regierung dabei ein effektives Verwaltungssystem aufzubauen, das dazu beiträgt die Gesellschaft vor Extremisten zu schützen. Das bisherige System konnte leider nicht verhindern, dass Islamisten versuchten das Land in einen Bürgerkrieg zu stürzen."

„Eine große Aufgabe."

„Das was Sie tun, eine Sprache zu dokumentieren und damit vielleicht vor dem Aussterben zu bewahren, ist bestimmt auch eine große Aufgabe."

„Das haben wir wohl gemeinsam."

Vera lachte, was wohl eine Bestätigung sein sollte.

Eric zückte einen Kugelschreiber. „Sie können mich ja mal besuchen. Ich wohne nicht weit von hier." Er schrieb ihr seine Adresse samt Telefonnummer auf ein Stück der alten Zeitung in der die Früchte eingewickelt waren, die er auf dem Markt gekauft hatte. Vera nahm den Zettel entgegen und sagte nur „Vielleicht." Dann verabschiedete sie sich und verschwand in der Menge. Eric brauchte einige Augenblicke bevor er realisierte, dass er gerade einer völlig Fremden eine Einladung gemacht hatte.

3

Vera Stratmanns Arbeit bei den Vereinten Nationen in Mali bestand hauptsächlich darin sich die vorhandenen Verwaltungsstrukturen zeigen zu lassen, mit den Verantwortlichen zu reden, Vorgänge zu dokumentieren, mit ihrem Team auszuwerten und den Verantwortlichen eigene Vorschläge nachdrücklich zu empfehlen. Wurden diese Vorschläge in die Tat umgesetzt, so konnten die Verwaltungsorganisationen mit UN-Fördergeldern rechnen. Wurden sie nicht umgesetzt so drehte die UN auch mal den Geldhahn zu. In den patriarchalischen Gesellschaften im Westen Afrikas war es für die Verwaltungsbeamten immer eine äußerst ungewohnte Situation sich vor einer Frau bezüglich ihrer Arbeit rechtfertigen oder verantworten zu müssen. Vera stellte Fragen, die Beamten antworteten. Meist hakte sie noch einmal nach. Manchmal kam als Antwort nur ein Achselzucken. Oft stellte sie fest, dass Verwaltung auf dem afrikanischen Kontinent etwas völlig anderes bedeutet als in Europa. Ihr war klar, dass Mali seinen eigenen

Weg in die Zukunft finden musste. Das Ziel war es Korruption und Ineffizienz offenzulegen und Alternativen aufzuzeigen. Mit ihrem ägyptischen Kollegen Nabil Samir besuchte sie die Ministerien in Bamako und gab ihre Ergebnisse später an ihr Team im UN-Büro weiter. Dort wurden Lösungsszenarien entworfen.

Veras Kollege Nabil stammte aus Al-Minya in Mittelägypten. Er war nicht sehr groß, hatte aber feine, sympathische Gesichtszüge. Verglichen mit Vera war er eher schüchtern, jedoch ein brillanter Analytiker. Vera übernahm bei ihrer Arbeit den Part der Kommunikation. Nabil griff ein, wenn die Antworten der Verwaltungsbeamten nicht schlüssig oder unzureichend waren. Zusammen bildeten sie ein äußerst effektives Team.

Wenn sie ihr Tagespensum erledigt hatten, verabschiedete sich Nabil meist zügig und erschien dann pünktlich wieder am nächsten Morgen. Vera wusste wenig über Nabils Privatleben. Er war nicht verheiratet, was für seine Arbeit bei der UN von Vorteil war. Er stammte aus einer konservativ muslimischen Familie, kannte sich aber auch sehr gut in den anderen monotheistischen Religionen aus. Studiert hatte er in Deutschland, daher beherrschte er auch die deutsche Sprache. Während ihrer Arbeit benutzten sie jedoch das bei den Vereinten Nationen gebräuchliche Englisch.

Insgeheim spekulierte Vera darüber was Nabil in seinen Abendstunden in Bamako machen könnte. Traf er sich mit einer Frau? Besuchte er Bars? Ging er in eine der Moscheen zum Beten? Vera verdrängte diese Überlegungen meist. Es war Nabils Sache was er privat machte. Es war sein Leben. Beruflich war es ein Glücksfall ihn als Kollegen zu haben. Alles andere ging sie nichts an.

Als Nabil ihr an diesem Abend wieder einen schönen Feierabend wünschte, erwiderte sie wie immer „Danke, dir auch einen schönen Abend." Dann verließ Nabil freundlich, korrekt und galant das Büro. Vera sortierte noch einige Notizen auf ihrem Schreibtisch. Dabei fiel ihr Blick auf den Zettel mit Erics Adresse. Sie überlegte einen Moment, atmete tief durch und wählte die Festnetznummer die unter der Adresse stand. Erics Stimme erklang, doch sofort bemerkte sie, dass nur ein Anrufbeantworter am anderen Ende der Leitung war. „Je reviens dans quelques jours. Ich komme in einigen Tagen wieder", war am

Ende der Ansage zu hören. Enttäuscht beendete Vera die Verbindung auf ihrem Mobiltelefon.

„Die Männer sind doch überall gleich", raunte sie vor sich hin, was sie aber nicht ganz ernst meinte. „Wenn man sie braucht, dann sind sie nicht da."

4

Timbuktu war eine der Städte Malis, die unter der Herrschaft der radikalen Islamisten von 2012 bis 2013 besonders gelitten hatten. Mit der Besetzung durch die Extremisten wurde der tolerante Islam, der sonst für das Land Mali typisch war, in den nördlichen Landesteilen durch die Scharia ersetzt. Plötzlich galten dort strenge Verhüllungsvorschriften für Frauen. Musik, Sport und Fernsehen waren verboten. Verstöße gegen diese Gesetze wurden mit grausamen Strafen geahndet. Selbst die vielen Mausoleen, für die Timbuktu als die Stadt der 333 Heiligen berühmt ist, wurden zerstört. Kurz bevor die Islamisten, die sich einen Aufstand der Tuareg zunutze gemacht hatten um vom Norden her Mali zu erobern, im Januar 2013 von französischen und malischen Truppen zurückgedrängt wurden steckten sie noch die berühmte Ahmed-Baba-Bibliothek in Brand. Dort wurden seit Jahrhunderten tausende Manuskripte über den Koran, aber auch wissenschaftliche Aufzeichnungen zu Mathematik, Astronomie oder Medizin aufbewahrt und studiert. Timbuktus Schätze, für die die geheimnisvolle Stadt in der Wüste seit Generationen berühmt war, wurden während der elf Monate der Herrschaft der Extremisten zu einem großen Teil zerstört.

Um die Handschriften, die der Zerstörungswut entgangen waren zu erfassen, zu sortieren und gegebenenfalls zu restaurieren, waren die Archivare der Bibliothek dringend auf freiwillige Helfer angewiesen. Als Linguist und mit seiner Erfahrung in nordafrikanischen Raum vermuteten die malischen Behörden bei Eric eine gewisse Vorkenntnis um die teilweise verstreuten Handschriften den jeweiligen Sachgebieten zuzuordnen. Deshalb hatte die malische Regierung bei der GBC angefragt ob Eric ehrenamtlich zwei Wochen bei der Neuordnung der Bibliothek helfen könnte. Zähneknirschend hatte die GBC zugesagt um die guten Beziehungen zu den Behörden nicht zu gefährden. Da sich Amagana, Erics wichtigster Kontaktmann bei seiner Arbeit als Sprachforscher für Dogondialekte, sowieso für einige Tage wegen eines Verwandtenbesuchs abgemeldet hatte, legte er die Zeit seines „freiwilligen Einsatzes" in diese zwei Wochen.

Als Eric alle Vorbereitungen für seinen Einsatz im Ahmed-Baba-Institut getroffen hatte, nahm er ein Taxi zum Flughafen in Bamako und dann den Flug direkt nach Timbuktu. Für die etwa 900 Kilometer hätte man mit dem Auto mehrere Tage benötigt. Eric war froh, dass er für diesen unfreiwilligen Einsatz wenigstens nicht stundenlang mit dem Geländewagen über die Nationalstraßen fahren musste. Ein wenig neugierig war er schon. Und sogar ein wenig stolz. Die Bibliothek in Timbuktu ist eben nicht irgendeine Bibliothek. Sie beherbergte bisher die bedeutendsten Sammlungen alter westafrikanischer Manuskripte. Timbuktu selbst ist für viele Europäer eine mystische Stadt am Ende der Welt. Ihr sagenhafter Ruf ließ Afrikaforscher in den vergangenen Jahrhunderten zu lebensgefährlichen Expeditionen aufbrechen. Auch wenn die Legenden über diese Stadt meist übertrieben hohe Erwartungen bei den Europäern weckten, die sich beim Einzug in die Wüstenstadt oft in Enttäuschungen verwandelten, so verband man doch mit dem Namen Timbuktu immer etwas Besonderes. Die rund 1000 Jahre alte Stadt ist trotz allem als UNESCO-Weltkulturerbe die wohl bekannteste Stadt Malis.

Das Ahmed-Baba-Institut fügte sich mit seiner Lehmarchitektur geschmackvoll in den Stil der legendären Stadt ein. Eric wurde im Institut äußerst herzlich empfangen und durch die wichtigsten Gebäudekomplexe geführt. Mit Stolz wies sein Führer, ein einheimischer Literaturhistoriker, mit dem er auch in den nächsten Tagen zusammenarbeiten würde, ihn immer wieder darauf hin, dass Timbuktu Jahrhunderte lang eines der wichtigsten Zentren der islamischen Literatur war.

„Warum haben die Islamisten dann auch dieses Gebäude in Brand gesteckt?", fragte Eric den Gelehrten mit der großväterlichen Ausstrahlung.

„Die Extremisten, die hier in Timbuktu gewütet haben, lehnen

Abbildungen in heiligen Schriften ab. Ähnlich wie der Bildersturm während der Reformationszeit in Europa, dem auch etliche Kunstwerke zum Opfer gefallen sind." Mit dieser Antwort hatte Eric nicht gerechnet. Der Mitarbeiter der Bibliothek kannte sich offenbar nicht nur mit islamischen Schriften aus, sondern auch mit europäischer Geschichte. Eric war versucht darauf hinzuweisen, dass das Zeitalter der Reformation inzwischen fast 500 Jahre zurück liegt, doch hielt er sich mit seinem Widerspruch zurück.

Die Einweisung in seine Arbeit hier im Institut dauerte noch bis zum Abend. Am nächsten Tag würde er damit beginnen können einige Kisten mit noch nicht zugeordneten Handschriften, vor allem auf Englisch und anderen europäischen Sprachen, zusammen mit dem Literaturhistoriker zu katalogisieren. Während seines Einsatzes konnte er in einem Hotel wohnen, das üblicherweise nur Touristen beherbergte, aber nun völlig verwaist war. Das Zimmer war sauber und klimatisiert, so dass er, nachdem er erschöpft in sein Bett fiel, sofort einschlief und eine erholsame Nacht verbrachte.

5

Als die Nachricht im Bundeskanzleramt eintraf, befand sich die Kanzlerin auf einer Pressekonferenz um über die, ihrer Meinung nach, erfolgreichen Koalitionsgespräche zu informieren. Nachdem die Kanzlerin die Fragen der Journalisten beantwortet hatte und in der Tür des Nebenraumes verschwand signalisierte ihr Peter Steinert, ihr Assistent, dass es eine Neuigkeit der Prioritätsstufe 1 gab. Die Kanzlerin teilte ihm mit, dass er umgehend ein Treffen mit dem Leiter des BND und dem Außenminister arrangieren sollte. Da beide glücklicherweise in Berlin waren, erwartete sie die Zusammenkunft noch am selben Abend.

Das Treffen fand wenige Stunden später statt und das was der Bundesnachrichtendienst der Runde mitteilte, hatte niemand der Anwesenden erwartet.

„Max Strobl ist wieder aufgetaucht. Oder besser gesagt, unsere

Leute haben eine heiße Spur von ihm", erklärte der Leiter des BND.

„Damit hat nach all den Jahren niemand mehr gerechnet. Nachdem wir nun schon seit etwa dreißig Jahren nichts mehr von ihm gehört haben, ist wohl jeder davon ausgegangen, dass er inzwischen tot sein müsste", bemerkte der Außenminister.

„Strobl kann einem eigentlich leid tun. Er ist schon fast hundert Jahre alt und lebt seit über dreißig Jahren auf der Flucht. Und das obwohl er genau genommen unschuldig ist", fügte die Kanzlerin hinzu.

„Das ändert nichts daran, dass er über Informationen verfügt, die für ein internationales politisches Erdbeben sorgen würden und deshalb nie an die Öffentlichkeit kommen dürfen." Der Außenminister sah die Angelegenheit sehr sachlich.

„Wie nahe sind wir an Strobl und wie viel wissen die anderen?", fragte die Kanzlerin den Leiter des BND.

„Er wurde vor drei Tagen in Bamako, der Hauptstadt von Mali, gesehen. Wir haben die Informationen erst noch überprüfen lassen, bevor wir sie meldeten. Weitere Kontaktpersonen haben die Meldung unabhängig von einander bestätigt", erklärte der Angesprochene.

„Haben ihre Leute den genauen Aufenthaltsort ermittelt?", hakte die Kanzlerin nach.

„Strobl hat keinen offiziellen Wohnsitz in Bamako, er hatte sich in einem Hotelzimmer einquartiert. Dort hat er drei Tage gewohnt. Als er dort ausgezogen ist, verlor sich seine Spur. Dieser Strobl ist ein gerissener Hund. Er weiß wie man Spuren verwischt."

„Wenn einem die ganze Welt auf den Fersen ist, dann wird man vorsichtig", mischte sich der Außenminister ein.

„Gibt es gar keinen Hinweis mehr auf Strobls Aufenthaltsort?"

„Nein, aber einer unserer Informanten berichtete, dass ein Zeuge ausgesagt hätte, Strobl wäre regelmäßig in Bamako. Wenn das zutrifft, dann haben wir in den nächsten Wochen wieder die Chance auf ihn zu treffen."

„Bamako ist eine Millionenstadt, da trifft man nicht jemanden einfach so", bemerkte der Außenminister.

„Wie nahe sind die anderen Nationen an unserem flüchtigen Senioren?", wiederholte die Kanzlerin ihre Frage.

„Es gibt keine Hinweise, dass noch jemand von Strobls Existenz in

Mali weiß. Insofern besteht auch kein Zeitdruck. Strobl hat bis jetzt geschwiegen, daher ist davon auszugehen, dass er auch weiterhin nicht redet."

„Dann werte ich diese Informationen als eine gute Nachricht", verkündete die Kanzlerin. „Ihre Leute haben Strobls Spur wieder aufgenommen. Er hat, so ist zu vermuten, nicht die Absicht mit seinen Informationen Schaden anzurichten. Wenn wir weiter dranbleiben, dann können wir die Angelegenheit irgendwann auch einmal abschließen."

„Frau Kanzlerin. Ihr nächster Termin ist in sieben Minuten", meldete Peter Steinert und reichte seiner Chefin eine Mappe mit Unterlagen.

„Danke meine Herren. Sie halten mich auf dem Laufenden." Mit diesen Worten stand die Kanzlerin auf und verabschiedete sich.

6

Abdul Battuda, der Literaturhistoriker mit dem Eric zusammenarbeitete, strahlte die Aura eines würdigen alten Gelehrten aus. Eric empfand es am Ende des nächsten Tages als einen Glücksfall, für einige Tage am Ahmed-Baba-Institut arbeiten zu können. Abdul war schon weit über sechzig, hatte einen gepflegten, silbergrauen Vollbart und trug die landestypische weite Tracht, den Boubou. Wie bei den meisten seiner Landsleute, schwarzafrikanischer Herkunft, leuchteten die blendend weißen Zähne und die strahlenden Augen in starkem Kontrast zur dunklen Hautfarbe. Dem alten Mann war bewusst, dass Eric nur auf Grund einer Einladung des Instituts, die „er nicht ablehnen konnte" hier war. Abdul gab Eric Aufgaben die seiner Ausbildung und seinen Erfahrungen entsprachen, erklärte unaufgefordert das was Eric nicht wissen konnte und verbreitete allgemein eine entspannte Atmosphäre. Er strahlte eine natürliche Autorität aus und das was er sagte, sagte er so, dass auch ein Europäer es in seinen Erfahrungskontext einbauen konnte. Eric fühlte sich in seiner Nähe wohl.

In den nächsten Tagen begegnete Eric neben den vielen einheimischen Mitarbeitern noch zwei Franzosen, die im Auftrag der

‚Académie de la Recherche Scientifique' mithalfen die Bestände im Institut zu restaurieren. Da Eric mit seiner Fachrichtung aber stark auf die Zusammenarbeit mit Abdul angewiesen war, hatte er tagsüber wenig Gelegenheit Kontakte zu den Franzosen zu pflegen.

Eine Woche später, als Eric in den Abendstunden seinen wohlverdienten Feierabend in einem Restaurant in der Altstadt genoss, traf er die Franzosen, die sich zu ihm an den kleinen Tisch unter dem Sonnenschirm setzten.

„Na, mein deutscher Freund. Dürfen wir dir ein Bier spendieren?" Eric war erfreut über das Erscheinen der Franzosen. Zwar mochte er die Menschen in Mali sehr, aber ein entspannter Abend mit Europäern tat hin und wieder auch sehr gut.

„Danke. In diesem Fall entspreche ich dem Klischee, das uns Deutschen als Biertrinker anhaftet, sehr gerne." Die Franzosen bestellten bei der Bedienung auch noch jeweils eine Flasche Bier für sich mit und nahmen ihre Sonnenbrillen ab.

„An kalten Winterabenden in Nordfrankreich habe ich mir immer gewünscht in einer unserer ehemaligen Kolonien zu leben, wo man keine Handschuhe und Pelzmäntel braucht", begann der kleinere der beiden das Gespräch und fächelte sich mit einer französischen Tageszeitung Luft zu. Er litt merklich unter der Hitze die hier in Timbuktu, am Rand der Sahara, scheinbar niemals erträglich werden wollte. Eric wusste nicht ob er auf das Thema „ehemalige Kolonie" eingehen sollte.

„An heißen Tagen in Frankfurt habe ich mir immer gewünscht in Grönland zu leben. Trotzdem hat es mich hierher verschlagen. Man kann es sich eben nicht immer aussuchen", gab Eric zurück. Die Franzosen lachten. Eric lachte mit. Das Eis war gebrochen. Man prostete sich zu und erzählte von Ausflügen oder Ferien in Frankreich oder Deutschland. Nach einer weiteren Runde Bier zeigten die Franzosen Bilder ihrer Familien. Auch Eric holte ein Foto seiner Frau und seiner Tochter aus der Brieftasche. Er erklärte, dass beide nicht mehr lebten. Dabei bekam er wieder feuchte Augen. Die beiden Franzosen legten Eric die Hände auf die Schultern und trösteten ihn. Ohne übertriebenes Mitleid. Ohne Floskeln. Ohne theoretische Ausführungen über

Trauerbewältigung. Lange hatte Eric nicht mehr über seinen Verlust gesprochen, weil er stets das Gefühl hatte nicht verstanden zu werden. Nun aber fühlte er sich so verstanden wie nie zuvor. Und das half ihm, sich wieder echte Freude zu erlauben. Die nun folgenden Stunden mit den beiden Männern taten ihm gut. Als sie die dritte Runde Bier bestellten, wechselten sie den Tisch und begaben sich in den Innenraum des Restaurants um nicht auf der Straße das Bild des betrunkenen Ungläubigen abzugeben. Alle drei waren keinen Alkohohl gewohnt, so dass das Bier in Verbindung mit der Hitze schnell dazu führte dass sie alle „stark angeheitert" waren. Eric fühlte sich schon lange nicht mehr so entspannt.

Als die Dunkelheit herein brach, begleitete Eric die beiden zu ihrem Geländewagen skandinavischer Herkunft und verabschiedete sich mit guten Ratschlägen für eine sichere Heimfahrt und besten Wünschen für die Nacht.

Am nächsten Tag wunderte sich Eric, dass er seinen neuen Freunden nicht in der Bibliothek begegnete, hielt er das zwar für einen Zufall, machte sich aber dennoch Sorgen, dass sie nicht doch Entführern in die Hände gefallen sein könnten.

Als Eric am darauffolgenden Tag seine Arbeit antrat, traf ihn die neue Nachricht wie ein Schlag ins Gesicht. Die beiden Franzosen waren zwar nicht entführt worden, jedoch anderen Hinterlassenschaften der Besetzung durch die Extremisten zum Opfer gefallen. Irgendwo waren sie auf freier Strecke auf eine Mine gefahren. Die Detonation hatte den vorderen Teil des Geländewagens mitsamt den Insassen zerrissen. Der Ziegenhirte, der die Männer gefunden hatte, verständigte den örtlichen Armeeposten.

Die Untersuchung, die daraufhin eingeleitet wurde kam zu dem klaren Ergebnis, dass die beiden in der Nacht leichtsinnigerweise die Straße verlassen hatten, die Schilder, die bei Tag deutlich sichtbar auf die Minengefahr aufmerksam machten, nicht beachtet oder in der Dunkelheit nicht gesehen hatten und zusätzlich einfach nichts weiter als Pech hatten. Höchstwahrscheinlich waren sie auf der Stelle tot. Die örtliche Tageszeitung berichtete davon in einen knappen Artikel.

Eric fühlte sich an diesem Tag als hätte man ihm den Boden unter den Füßen weggezogen. Er fragte sich ob er es hätte verhindern können. Ob es einen irgendwie gearteten Sinn geben könnte.

„War das die Strafe eures Gottes, dafür dass wir Christen Alkohol trinken?", fragte Eric seinen väterlichen Kollegen Abdul trotzig. Abdul ignorierte diese Respektlosigkeit und überlegte. Dabei sah er Eric an, der wie ein kleines Kind in hilflosem Zorn vor ihm stand.

„Allah, der Allbarmherzige, hat den Menschen gute Gesetze gegeben. Aber er kennt die Menschen auch. Er weiß, dass sie ungehorsam und selbstsüchtig sind. Würde er alle Menschen die gegen seine Gebote verstoßen derart bestrafen, dann gäbe es bald keine Menschen mehr. Und in eurer Religion habt ihr nicht einmal ein Vergehen begangen. Du hast mir gestern erzählt, dass es ein Abend des fröhlichen Beisammenseins war. Wärt ihr ohne Alkohol nicht so fröhlich gewesen?"

„Ich glaube, das Schöne war, dass wir vorgestern einander bis in die Seele schauen konnten. Das hatte nichts mit dem Alkohol zu tun."

„Dann hat Allah, der Gütige, nicht dich oder deine Freunde gestraft. Er hat euch gegenseitig in eure Herzen schauen lassen. Der Allmächtige hat euch ein Geschenk gemacht. Würde das deine Religion anders sehen?"

„Nein, du hast recht. Es war ein Geschenk. Aber verstehen kann ich es trotzdem nicht."

„Das verlangt auch keiner von dir. Oder steht in eurer Bibel, dass man Gott verstehen muss? Ist es so ein kleiner Gott, dass Menschen ihn verstehen können?"

„Nein, auch damit hast du recht."

„Wenn ein Mensch Jahre braucht um eines dieser alten Schriftstücke zu verstehen, wie sollte er dann den Allmächtigen verstehen können."

Auch wenn Eric am liebsten jetzt schon wieder widersprochen hätte, so nickte er nur ergeben und versuchte das Gehörte zu verinnerlichen. Abdul lächelte ihn mitfühlend und aufmunternd an. „Fülle dein Herz mit dem Andenken an deine Freunde und nicht mit dem Zorn gegenüber deinem Gott. Damit ehrst du sie und deinen Schöpfer." Mit diesen Worten reichte Abdul ihm einen Stapel mit alten

Handschriften. „Ich vermutete diese Texte sind in deutscher Sprache geschrieben. Vielleicht auch Holländisch. Du kannst mir sicher dabei helfen."

7

Frank Eastwood war froh, wieder das Haus in Ségou beziehen zu können. Seit die malische Armee zusammen mit den französischen Truppen den Norden Malis von den Islamisten zurückerobert hatte, musste er nicht mehr von Mauretanien heraus operieren. Der US-Geheimdienst, für den er arbeitete, hatte ihn mit einer kleinen Gruppe von Spezialisten in den Westen Afrikas geschickt um politische und religiöse Splittergruppen zu beobachten, die den Vereinigten Staaten oder westeuropäischen Nationen potentiell gefährlich werden könnten. Im Laufe der Jahre hatte Frank ein Netzwerk von Verbindungsleuten in Mali aufgebaut, das ihm das Gefühl gab, dass er hier in den Ländern der CEDEAO, der „Communauté Économique des États de l'Afrique de l'Ouest", einer westafrikanischen Wirtschaftsgemeinschaft, zu der auch Mali zählt, alles unter Kontrolle hatte. Das einzig Unvorhergesehene in seinem Alltag als Leiter dieser Abteilung, war das Bündnis zwischen den aufständischen Tuareg und den Extremisten in den letzten beiden Jahren. Und das hatte leider dazu geführt, dass er vorübergehend seinen Standort nach Mauretanien verlegen musste. Nun, da er wieder zurück in Ségou war, ging er davon aus, dass er wie in den Jahren zuvor, den Kontakt zu seinen Informanten pflegen, hin und wieder bei manchen inoffiziellen Verhören von Verdächtigen etwas Nachdruck anwenden müsste und die Informationen dann einfach seinen Vorgesetzten weiterleiten würde. Für einen unerfahrenen Anfänger wäre es sicher ein schwerer, vielleicht sogar ein unmöglicher Job. Für ihn, der sich im Laufe von Jahrzehnten im US-Geheimdienst hochgearbeitet hatte, wäre es nur Routine.

Als er die Meldung, die heute auf seinem Schreibtisch lag las, wusste er, es würde Arbeit für ihn geben. Aber auch diese Aufgabe würde er routiniert abarbeiten.

8

In den nächsten Tagen hatte sich Eric wieder gefangen. Der Tag der Abreise zurück nach Bamako war nun nicht mehr fern und er bedauerte es nun fast sich bald wieder von Abdul trennen zu müssen.

Während seiner täglichen Arbeit brachten ihm Helfer alle Schriftstücke die offensichtlich in einer europäischen Sprache verfasst waren, sofern es nicht Französisch war. Eric sortierte diese Handschriften dann nach von Abdul vorgegebenen Regeln.

Drei Tage vor Erics geplanter Heimreise brachte ihm ein Helfer eine Handschrift auf der sich am unteren Ende eine stark stilisierte Zeichnung befand. Der ägyptische Helfer war sich nicht sicher, ob der Text zur islamischen Literatur zählte oder ein anderes Thema behandelte. Da der Text auf Deutsch geschrieben war, konnte er ihn nicht lesen. Deshalb bat er Eric den Inhalt zu übersetzen.

Eric las die ersten Zeilen des handschriftlichen Dokuments, das für ihn kaum zu entziffern war und schüttelte etwas verlegen den Kopf.

„Ich bin mir nicht sicher. Der Text gehört zu einem Ausgrabungsbericht und handelt von einem Fund in Tel el-Amarna in Ägypten. Der Verfasser schreibt von einer Stele auf der eine Inschrift zu lesen ist."

Der Helfer fragte weiter, ob es nicht auch ein Symbol des Volkes der Dogon sein könnte.

Eric las den Text weiter, um seinem Kollegen genauere Angaben machen zu können. „Nein. Vom Stamm der Dogon kann ich hier nichts finden. Dieses Zeichen hier ist ein Ideogramm. Es steht für Chepri, einer Erscheinungsform des Sonnengottes. Es ist offensichtlich auch kein islamischer Text. Nur eine Abhandlung über eine Hieroglyphe." Eric nahm das Schriftstück und legte es zu anderen auf einen Stapel. Der Ägypter verabschiedete sich und Eric machte mit seiner Arbeit weiter.

Am nächsten Tag fiel Eric auf, dass der Helfer, der ihm gestern das seltsame Dokument mit dem Chepri-Symbol gegeben hatte, ein längeres Gespräch mit Abdul führte. Im Laufe des Gesprächs wurde der Helfer immer lauter und aggressiver. Abdul hielt eine der Handschriften in den Händen und versuchte mit seiner väterlichen Art den

Mann zu beruhigen, was ihm aber offensichtlich nicht gelang. Der junge Mann griff nach dem Blatt, aber Abdul zog es zurück. Der Helfer wurde immer aufgeregter und Abdul wies ihn zur Tür. Der junge Mann reagierte jedoch nicht und wiederholte seine Forderung erneut lautstark. Nun wurde auch Abdul laut und trat autoritär auf ihn zu. War dieser heftige Streit in den alt ehrwürdigen Hallen schon ungewöhnlich, so versetzte das nun Folgende die Mitarbeiter des Hauses in helle Aufregung.

Der junge Mann zog eine Pistole und richtete sie auf Abdul. Abdul hob die Hände und redete nun betont langsam und deutlich auf den Angreifer ein. Das Papier hielt er immer noch in der rechten Hand. Der Helfer forderte wieder das Schriftstück und als Abdul es ihm gab rannte er sofort, den Gang zwischen den Arbeitstischen entlang, los. Die anderen Mitarbeiter in dem großen Saal standen alle gebannt mit erhobenen Händen an ihren Tischen. Als der junge Mann den Raum verlassen hatte hörte man einen Schuss. Einige Männer in dem Raum fingen sich wieder und liefen zu den Fenstern. Von dort konnte man den Seitentrakt sehen in dem sich der Flüchtende nun befinden musste.

Der Schuss war auch in den anderen Gebäuden des Instituts gehört worden. Zwei Soldaten, die seit dem Konflikt mit den Islamisten ihren Dienst hier versahen, rannten über den Hof. Ein weiterer Schuss fiel. Offenbar wurde aber niemand getroffen. Von dem Fenster aus konnte Eric jetzt sehen, dass der junge Mann eine Geisel genommen hatte. Mit hocherhobenen Händen wurde ein Mitarbeiter der Bibliothek von dem Geiselnehmer über den Hof geführt. Immer wieder schrie der Flüchtende: „Bleibt alle ganz ruhig, dann wird niemand verletzt. Ich will nur dieses eine Blatt." Diese Warnung tat offensichtlich ihre Wirkung. Die Sicherheitskräfte wogen das Risiko ab und entschieden, den Flüchtenden mit dem Papier erst mal laufen zu lassen. Die Unversehrtheit des Mannes, der als Geisel genommen wurde, war wichtiger. Die beiden näherten sich nun dem Parkplatz. Von seinem Fenster aus konnte Eric das Geschehen nun kaum noch verfolgen. Eine Autotür schlug zu, Autoreifen quietschten und ein Fahrzeug fuhr in einer Wolke aus Staub und Sand davon.

Sofort starteten weitere Autos, die wohl zu den Soldaten gehörten. Als der Staub sich gelegt hatte, sah man inmitten des Parkplatzes die

Geisel. Der Mann drehte sich langsam nach allen Seiten herum und war sich offenbar nicht sicher, ob nun alles vorbei war. Jemand rannte über den Hof auf den Mann zu. Es war Abdul. Als er den Mann erreicht hatte, sprach er beruhigend auf ihn ein und führte ihn zurück ins Gebäude.

Der Polizeihauptmann, der die Ermittlungen führte, unterhielt sich lange mit Abdul. Da der Täter erst seit einigen Tagen im Institut arbeitete, konnte Abdul wenig über ihn sagen, doch der Polizist hakte immer wieder nach. Auch die Aussagen der Kollegen die enger mit dem Ägypter zusammenarbeiteten, ergaben keine zusätzlichen Erkenntnisse. Nachdem von weiteren Polizisten die restlichen Zeugen befragt wurden, unter anderem auch Eric, zog die Polizeieinheit ab. Man wartete darauf, ob die Verfolgung, inzwischen mit einem Armeehubschrauber, Erfolg haben würde. Allgemein war man froh, dass niemand verletzt worden war.

„Welches Dokument hat der Ägypter eigentlich geraubt?" fragte Eric den inzwischen sehr erschöpften Abdul als sie gemeinsam das Gebäude verließen.

„Ein Dokument in deutscher Sprache, das einen Fund in Ägypten behandelt. Eine einzelne Seite. Sie gehört zu einem etwa 300-seitigen Grabungsbericht und ist etwa 200 Jahre alt. Den Inhalt kennst du wahrscheinlich besser als ich. Du hast ihn gestern gelesen."

Eric erinnerte sich. „Eine Handschrift mit einer Zeichnung. Der Ägypter war sehr interessiert daran. Warum war ihm diese Seite so wichtig, wenn sie doch nicht zur islamischen Literatur gehörte?"

„Was hast du auf diesem Blatt gelesen, mein Freund?"

„Nur dass in Tel el-Amarna eine Stele gefunden worden ist, auf der irgendein Sonnengott gewürdigt wurde. Keine Ahnung wie er genau hieß. Und die Bedeutung einer Hieroglyphe wurde beschrieben", erklärte Eric.

„Ebenso wie du, sind nicht alle Mitarbeiter hier im Haus Muslime", gab Abdul zu verstehen. „Daher kann ich dir wenig über die Denkweise dieses Mannes, der sich Omar nannte, sagen. Ich bin froh, dass niemand ernstlich zu Schaden kam. Lass uns nun nach Hause gehen. Dies war kein guter Tag."

9

Der Abschied von Abdul und den Kollegen des Ahmed-Baba-Instituts, einige Tage später, war sehr herzlich. Eric versprach den Mitarbeitern irgendwann zurück zu kommen, zumindest als Tourist. Abdul übergab ihm eine von ihm selbst angefertigte Kalligrafie mit einem Ausspruch des malischen Korangelehrten Sidi Ahmad al-Baqqaʻi. Die fast ornamental in sich gewundenen Linien der arabischen Schrift zeigten ein sehr dekoratives harmonisches Gesamtbild. Ganz klein hatte Abdul noch am unteren Rand den Text in das Französische übersetzt. Eric bedankte sich und fühlte sich geehrt.

Er wünschte den Männern die ihn vor dem Gebäude umringten mit einem Handschlag alles Gute und verabschiedete sich mit einer lockeren Umarmung. Er war froh, dass die Verabschiedungszeremonien in Mali lange nicht so umfangreich oder manchmal auch kompliziert waren wie die Begrüßungszeremonien.

Der Flug zurück nach Bamako verlief reibungslos. In der Hauptstadt nahm er wieder ein Taxi zum ‚Marché Rose', kaufte dort das Nötigste ein und ließ sich nach Hause bringen. Dort angekommen stellte er erfreut fest, dass weder eingebrochen wurde, noch sonst ein Schaden zu entdecken war.

Die Kontrollleuchte seines Anrufbeantworters blinkte, was ihn nicht verwunderte. Achtzehn Anrufe wurden angezeigt. Eric hörte sie geduldig ab. Meist waren es nur kurze Grüße oder die Mitteilung, dass sich der Anrufer später noch mal melden würde. Als er eine Meldung von Vera Stratmann hörte, lächelte er unwillkürlich. „Hallo Sprachforscher, hier ist Vera. Sind Sie auf einer Expedition im Urwald oder auf einem Abstecher in Deutschland um sich mit heimischen Bier einzudecken? Wenn Sie wieder zu Hause sind, können Sie mich ja mal zurückrufen." Dann gab sie noch ihre Handynummer an und legte auf. Eric beschloss, sie am Abend zurückzurufen und jetzt erst mal zu duschen. Danach würde er noch einige berufliche Anrufe erledigen und den morgigen Arbeitstag vorbereiten.

Das Restaurant ‚Chez Bernard' lag in der Nähe des ‚Marché Rose'. Während des Telefongesprächs hatten Eric und Vera vereinbart, sich noch am selben Abend dort zu treffen. Eric hatte das Lokal empfohlen. Als er 2012 seinen Dienst in Bamako antrat, war es das erste Restaurant das er besuchte, um sich nach einer harten Arbeitswoche „etwas zu gönnen". Er hoffte, dass es noch immer ein so reizvolles Ambiente haben würde und war sogar etwas aufgeregt. Er verbrachte ungewohnt viel Zeit damit, das richtige Outfit für diesen Abend auszusuchen.

Als er am ‚Chez Bernard' ankam, war Vera noch nicht da, was aber nicht verwunderlich war, da Eric mehr als zeitig dort erschien. Er wartete unter einer uralten Palme die in der Dämmerung von einem Strahler des Restaurants angeleuchtet wurde.

Vera erschien in einem Taxi. Der Fahrer ließ es sich nicht nehmen der jungen Frau persönlich aus dem Auto zu helfen. Dabei hielt er ungewöhnlich lange ihren Arm. Eric spürte wie sich Eifersucht in ihm regte. Als ihn Vera mit einer herzlichen Umarmung begrüßte, verflogen die düsteren Gedanken aber bald.

Ihre schlanke Figur wurde von einem reizvollen roten Kleid betont. Die langen blonden Haare trug sie jetzt offen, was ihn etwas überraschte, da sie bei ihrer ersten Begegnung ihre Haare zu einem Pferdeschwanz gebändigt hatte. Ihre helle Haut war durch die Zeit, die sie auf dem afrikanischen Kontinent verbracht hatte, leicht gebräunt. Ihre Augen sahen ihn wach und verschmitzt an.

„Schön, dass Sie so spontan Zeit haben", begann Vera.

„Das Restaurant liegt nicht so weit von meinem Haus und ich hatte sowieso noch nichts für heute Abend vor." Eric versuchte seine Freude über das Wiedersehen mit Vera nicht ganz so deutlich zu zeigen.

„Wenn Sie heute Morgen noch in Timbuktu waren, dann hatten sie sicher einen anstrengenden Tag."

„Umso mehr freue ich mich, dass ich den Abend nun in netter Gesellschaft verbringen darf." Eric war gespannt wie Vera auf dieses Kompliment reagieren würde.

„Vielen Dank. Ich habe mich auch auf diesen Abend gefreut." Dabei lächelte sie ihn derart strahlend an, dass er sich fühlte als hätte er bei einer Lotterie den Hauptgewinn gezogen.

„Ich hoffe, das Restaurant hat nicht unter den Unruhen gelitten.

Der Besitzer scheint noch derselbe zu sein." Eric ging voraus, über die Terrasse auf der schon einige Gäste den Abend genossen, und öffnete Vera die Tür zum Gastraum. Es roch nach exotischen Speisen. Erfreut stellte er fest, dass sich das Restaurant kaum verändert hatte. An den Wänden hingen malische Schnitzereien unterschiedlicher Herkunft. Die Tische waren großzügig im Raum verteilt, eine Bar bildete das Zentrum des großen aber gemütlichen Saals. Eric hatte telefonisch einen Tisch reservieren lassen. Der Kellner, ein schlanker Einheimischer mit glatter dunkler Haut, führte sie an einen etwas abgelegenen freien Tisch und zündete eine Kerze an. Vera setzte sich, dann nahm auch Eric Platz.

„Ein schönes Lokal", stellte sie fest während sie sich umschaute.

„Ja, der Besitzer versteht es den Zauber Afrikas mit dem zu verbinden was für einen Europäer ein gutes Restaurant ausmacht." Der Kellner brachte die Speisekarten und beide begannen die angebotenen Gerichte zu studieren. Sie tauschten bisherige Erfahrungen mit der einheimischen Küche aus und amüsierten sich darüber, dass sie beide, wenn sie in Deutschland Restaurants aufgesucht hatten, meistens asiatische Küche wählten.

Veras Wahl fiel nun auf ein ‚Omelette à la Bamako' während Eric das landestypische Barschgericht mit Reis, gebratenen Bananen und einer scharfen Chilisoße bestellte, das sogenannte ‚La Capitaine Sangha'. Dazu gönnten sie sich eine Flasche mit französischen Weißwein und aus Europa importiertes Mineralwasser.

Eric berichtete von seinen ersten ungeschickten Erfahrungen mit Afrika vor 12 Jahren. Er konnte unterhaltsam und pointiert erzählen. Seine rhetorische Ausbildung bei der Missionsgesellschaft kam ihm auch hier zu gute. Vera dankte es ihm mit einem Lächeln in dem Eric am liebsten versunken wäre.

Dann berichtete Vera von ihrer Arbeit bei den Vereinten Nationen die immer wieder von Hindernissen und Fehlschlägen begleitet wurde. Eigentlich waren es meist kleine Katastrophen, aber Vera konnte von diesen Erlebnissen so erzählen, dass man einfach lachen musste.

Das Essen wurde gebracht und Eric erzählte von seinem Einsatz in Timbuktu. Als er von seinem väterlichen Kollegen Abdul erzählte sagte Vera mit wehmütigem Blick: „Solche Gesprächspartner würde ich mir bei unseren UN-Inspektionen wünschen. Leider haben wir es meist mit übergewichtigen Politikern zu tun, die sich auf keinen Fall etwas von der UN sagen lassen wollen, oder mit verängstigten kleinen Angestellten die bisher nie so richtig begriffen haben was sie da eigentlich machen. Ihr Abdul scheint ein weiser Mann zu sein."

„Ja, den Eindruck habe ich auch." Eric erzählte auch von den beiden Franzosen und ihrem tödlichen Unfall. Da war deutliche Trauer in Erics Augen zu lesen. Vera hätte nun am liebsten tröstend seine Hand ergriffen, ließ das aber lieber bleiben um keine Missverständnisse aufkommen zu lassen. Schließlich kannten sie sich ja kaum.

Als sie mit dem Essen fertig waren, setzten sie sich an einen der Tische im Außenbereich. Inzwischen war die Temperatur auf ein erträgliches Maß abgekühlt. Hier leerten sie die Weinflasche und plauderten weiter. Eric machte mit seinem Handy ein Foto von Vera. Er hätte jetzt noch etliche Stunden so entspannt mit ihr verbringen können, aber am nächsten Tag würde er früh aufstehen müssen. Während der zwei Wochen in Timbuktu war viel Arbeit liegengeblieben. Als er schweren Herzens vorschlug den Heimweg anzutreten, war auch in Veras Gesicht leichte Enttäuschung zu erkennen.

Sie bestellten ein Taxi und Eric begleitete sie noch nach Hause um sicher zu gehen, dass sie auch dort gut ankam. Als das Taxi auf halben Weg warten musste, da ein überladener Lastwagen umgekippt war und den Weg versperrte, entdeckte Vera direkt neben dem Auto ihren Kollegen Nabil, der zu Fuß unterwegs war und die Straße entlang ging. Sie kurbelte das Fenster herunter und rief spontan: „Hallo Nabil, was machst du denn hier?" Der Angesprochene war offensichtlich etwas überrascht.

„Ich, äh, ... ich konnte noch nicht schlafen und habe mir nur mal die Beine vertreten."

„Zu Fuß, nachts? Als Ausländer, allein in Bamako? Das ist aber nicht ungefährlich. Auch für ein Mannsbild wie dich nicht. Sollen wir dich mitnehmen?"

Nabil war die Situation offensichtlich unangenehm. Er lehnte ab. Vera ließ aber nicht locker. „Komm schon, Nabil. Wir haben denselben Weg. Und das Taxi kostet auch nicht mehr, wenn du einfach mitkommst. Wer weiß, ob du jemals das Hotel erreichst."

Nabil ahnte, dass Vera nicht eher Ruhe geben würde bis er einstieg. Also fügte er sich. Da Vera auf dem Beifahrersitz saß, stieg Nabil zu Eric auf die hintere Sitzbank. Nabil entschuldigte sich noch einmal für den Umstand und Eric beteuerte, dass es wirklich nicht der Rede wert sei. In seinem Inneren fühlte Eric aber wieder Eifersucht aufkommen. Bisher war der Abend in trauter Zweisamkeit verlaufen. Nun machte Nabils Anwesenheit deutlich, dass Eric nur einen kleinen Teil in Veras Leben ausmachte. Und wie es aussah nur einen sehr kleinen Teil. Aber wie sollte es auch anders sein. Sie hatten sich ja noch nicht einmal richtig kennengelernt.

Eric musterte den Ägypter. Offensichtlich fühlte der sich sehr unwohl, hier neben Eric. Eric gönnte ihm das.

Der Taxifahrer konnte nun an dem umgestürzten Lastwagen vorbei fahren und nach zehn Minuten waren sie vor dem Hotel, in dem die UN-Mitarbeiter wohnten, angelangt. Nabil stieg aus und entschuldigte sich ein weiteres Mal. Fast hastig verabschiedete er sich und eilte in das Hotel.

Vera hielt, als sie ausgestiegen waren, Eric ihre Hand zum Abschied entgegen. „Es war ein sehr schöner Abend. Vielen Dank, Herr Harder."

Eric ergriff ihre Hand und überlegte einen Moment. Dann sagte er: „Ich heiße Eric. Ich finde wir sollten uns beim Vornamen nennen." Gespannt erwartete er ihre Reaktion.

Vera grinste als hätte sie den ganzen Abend auf diesen Moment gewartet. „Gute Idee, Eric" Sie betonte dabei seinen Namen. „Also, ich bin Vera. Und hier wohne ich, mit etwa drei Dutzend anderen UN-Mitarbeitern." Dann fügte sie noch hinzu. „Ich hoffe, dass wir uns bald wiedersehen."

Eric hielt immer noch ihre Hand. „Ja, das wäre schön. Ich wünsche dir eine gute Nacht." Er verabschiedete sich nach einer kurzen, sehr herzlichen Umarmung. Als er in das Taxi stieg winkte ihm Vera kurz zu und verschwand in der Lobby des Hotels.

10

Pierre Tisserands Leiche war in der Nähe des Flugplatzes von Mopti entdeckt worden. Die Straße mit den Wellblechhütten war dafür bekannt, dass sich dort Frauen für wenig Geld zahlungskräftigen Europäern und Einheimischen anboten. Wie in vielen Teilen der Welt, so auch in Mali, einem der ärmsten Länder überhaupt, ist die Prostitution für viele Frauen die einzige Möglichkeit sich und ihre Familien vor dem verhungern zu bewahren. Unwissenheit und Gleichgültigkeit in Bezug auf das Risiko sich mit den HI-Virus zu infizieren führte auch in Mali zu einer rasant ansteigen Zahl von AIDS-Erkrankungen. Der prozentuale Anteil der HIV-Infizierten an der Bevölkerung liegt dort bei etwa 2 %, was gegenüber dem Anteil in Botswana von 25 % der Erwachsenen im Jahre 2012 relativ niedrig ist. Leugnung der Krankheit in weiten Teilen der Bevölkerung und ein verantwortungsloses Verhalten vieler Männer sorgt aber für ständig wachsende Infektionsraten.

Aufgrund des Fundortes von Pierre Tisserands Leiche war für die Behörden der Fall eindeutig. Man glaubte dass Tisserand nur ein weiterer Sextourist gewesen sein müsse, der die Situation in dem westafrikanischen Land wieder einmal unterschätzt hatte.

Der Arbeitgeber von Pierre Tisserand war da schon investigativer. Die ‚Société Pharmaceutique Internationale' schickte gleich ein fünfköpfiges Team in das Land und sicherte Pierres Forschungsergebnisse. Der Version der malischen Ermittler, dass der Täter im Prostituiertenmilieu zu suchen sei, hatten sie aber auch nichts entgegen zu setzen. Die Einwohner des Dogondorfs wurden befragt, erklärten aber der weiße Mann hätte gesagt, er müsse dringend nach Mopti. Er habe sich auf sein Motorrad gesetzt und sei weggefahren. Keiner der Dorfbewohner hätte sich gewundert. Die weißen Männer machten eben oft seltsame Dinge.

Als die Mitarbeiter des Pharmariesen alle Unterlagen nach Frankreich überführt hatten, zogen sie wieder ab. In den nächsten Wochen würden die Aufzeichnungen ausgewertet werden. Alles Weitere solle später entschieden werden.

11

Eric war sehr froh, dass er Amaganas Vertrauen gewonnen hatte. Amagana stammte aus einem hoch angesehen Dogonclan und sprach außer seinem eigenen Dialekt auch fließend Französisch. Er konnte Eric die verschiedenen Bedeutungen einzelner Worte seiner Sprache präzise ins Französische übersetzen und erklären. Erics Aufgabe war es dann diese gesprochenen Worte in eine Lautschrift zu übertragen die umfangreich genug war um aussagekräftig zu sein und trotzdem unkompliziert genug, um auch von einfachen Leuten gelernt werden zu können. Amagana war in der Dogonkultur aufgewachsen und kannte sie aus allen Facetten. Er war aber auch vertraut mit den Europäern die ihre eigene Denkweise mitbrachten. Für Eric war diese Kombination ein Glücksfall.

Auch heute besuchte Eric den jungen, gebildeten Mann in einer Wohnung am Rande Bamakos, da die Arbeit vor Ort im Gebiet des ‚Pays Dogon' für Europäer zu unsicher war. Wie bei den meisten Treffen ließ sich Eric Begebenheiten aus dem Leben der Dogon berichten, machte sich Notizen und stellte immer wieder Fragen zu den Bedeutungen einzelner Worte. Zwar zählten die meisten Dogon zu den Animisten, doch Amagana war, wie 90 % der malischen Bevölkerung, Moslem. Daher ließ sich Eric oftmals auch Begriffe dieser Religion in die Dogon-Sprache übersetzen. Auf den ersten Blick schien diese Vorgehensweise für einen Bibelübersetzer ungewöhnlich, da aber hierbei spirituelle Begriffe in der Denkweise der Dogon eher einzuordnen waren, fiel es Eric so leichter für biblische Begriffe ein Wort der Dogonsprache zu finden.

Als Eric genug Material für die nächsten Tage zusammengetragen hatte, verabschiedete er sich und verließ das Haus. Bevor er seinen Wagen erreichte, fielen ihm drei Männer auf der gegenüberliegenden Straßenseite auf. Ein Einheimischer in legerer Kleidung, ein junger Nordafrikaner in einem europäischen Anzug und ein weiterer junger Mann, der ebenfalls aus Nordafrika zu kommen schien. Sie diskutierten heftig. Dabei gaben sie sich offensichtlich Mühe nicht laut zu werden und Aufsehen zu erregen. Eric wäre schon fast ins Auto gestiegen, da sah er noch einmal hinüber.

Irgendwie kam ihm einer diese Männer bekannt vor. Den Einen im Anzug konnte er nur von hinten sehen, da hatte er keine Chance ihn zu erkennen. Das Gesicht des Anderen, der ein grün-weiß-gestreiftes Hemd anhatte und möglicherweise aus Ägypten kam, sah er deutlich, aber er wusste nicht wo er es schon mal gesehen hatte. Die andere Straßenseite war zu weit entfernt um Einzelheiten erkennen zu können. Zu den Personen mit denen er als Linguist hier in Bamako zu tun hatte, gehörte er definitiv nicht. Die hätte er sofort erkannt. Woher kannte er diesen Mann? Er überlegte intensiv.

„Timbuktu.", raunte Eric vor sich hin. „Der Kerl aus Timbuktu." Dann wurde er wieder unsicher. Timbuktu liegt 900 Kilometer weit entfernt. Es war höchst unwahrscheinlich dass dieser Kerl gerade hier auftauchen würde. Nein, dachte er. Der Raub in Timbuktu war wohl ein traumatisches Erlebnis für ihn gewesen. Mehrmals hatte er noch nachts davon geträumt. Wahrscheinlich glaubt er deshalb den Täter an jeder Ecke zu sehen. Das konnte alles nur ein Irrtum sein.

Trotz allem machte er noch ein Foto mit seinem Smartphone. Dann fuhr er los.

Was Eric nicht mitbekam war, dass die drei Männer, als sie dem wegfahrenden Auto nachsahen, sich ähnlich Fragen stellten. Sagara, der Malier fand als erster die Sprache wieder.

„Hat der Europäer da drüben uns beobachtet?" fragte er die beiden Ägypter.

„Ich glaube, er hat uns sogar fotografiert", antwortete der Ägypter in dem Anzug. Es war Nabil und er analysierte in Gedanken bereits die neue Situation. „Ich vermute, ich weiß sogar wer das ist."

„Du kennst diesen Europäer, Nabil?", fragte der Andere in dem gestreiften Hemd, der wirklich Omar, der Räuber aus Timbuktu, war.

„Ja, ich bin ihm mal begegnet. Er ist so ein christlicher Missionar oder Übersetzer oder irgend so was. Meine Kollegin ist sogar mal mit ihm ausgegangen."

„Hat er dich erkannt?"

„Wegen Sagaras schönen schwarzen Augen hat er uns bestimmt nicht fotografiert. Vielleicht hat er ja auch dich erkannt. Dein Bild war wegen der Sache in Timbuktu in der Zeitung. Manchmal lesen diese Europäer sogar mal die malische Presse", gab Nabil verächtlich von sich.

„Egal wen er erkannt hat. Er wird Ärger machen. Ich werde mich darum kümmern", erklärte Omar entschlossen.

„Du wirst dich beeilen müssen. Wir können nur hoffen, dass er nicht von unterwegs meine Kollegin anruft, oder sonst wen", gab Nabil zu bedenken.

„Weißt du wo er wohnt?"

„Ich glaube in der Nähe des Marché Rose."

„Dann muss er über die ‚Pont des Martyrs'. Autofahren ist hier in Afrika sehr gefährlich. Besonders für Europäer die sich für Sachen interessieren die sie nichts angehen", meinte Omar vielsagend und stürmte hinter das Haus, wo sein Kleinbus stand.

Sagara folgte ihm. „Was hast du vor, Omar?", fragte er während sie in den Bus einstiegen.

„Ich werde verhindern, dass der Kerl Fotos von uns verbreitet", antwortete Omar und startete den Motor.

„Du weißt, dass wir Dogon Gewalt verabscheuen."

„Überlass das einfach mir", meinte Omar. „Das hier ist kein Dogon-Ding. Das ist meine ganz private Angelegenheit."

Sagara wusste, dass Omar hier log. Am liebsten wäre er jetzt ausgestiegen, doch der Kleinbus befand sich bereits in voller Fahrt.

Eric kam kaum voran. Eselskarren und hunderte von Mofas beherrschten die Straßen. Der Nigerstrom teilt die Stadt Bamako in zwei Hälften. Eric fuhr vom Nordosten her in Richtung Zentrum, um den Niger über die sogenannte Märtyrer-Brücke, die ‚Pont des Martyrs' zu überqueren. Trotz fehlender Ampeln, Verkehrspolizisten oder erkennbarer Regeln floss der Verkehr in einer geheimnisvollen Ordnung dahin.

An die drei Männer dachte er längst nicht mehr. Irgendwann würde er Vera das Foto bei Gelegenheit mal zeigen und sie hätte dann bestimmt eine einleuchtende Erklärung.

Omar fuhr so schnell es die Straßen zuließen in Richtung der ‚Pont des Martyrs'. Da er wusste, dass die Hauptverkehrsstraßen mit

Pferde- und Eselskarren überfüllt waren, nahm er die engeren, aber deutlich freieren Seitenstraßen. Dort spielten dann oftmals Kinder auf den Straßen, aber die verschwanden schnell, wenn er laut hupend heranraste. Parallel zur Avenue Al Quds fuhr er durch die Seitenstraßen. Am großen Bahnhof bog er dann ab auf die Avenue Mobido Keita, benannt nach dem ersten Präsidenten des Landes. Auf dieser Hauptstraße die zur ‚Pont des Martyrs' führte, entdeckte er auch gleich Erics weißen Geländewagen in der Menge der Pferdekutschen und Motorräder. Unsanft drängelte sich Omar durch die Trauben von Mopeds. Die anderen Fahrer schimpften und drohten mit Fäusten. Vereinzelte LKWs, die überladen mit Waren oder Passagieren über die Straße schaukelten, hupten zornig wenn der Kleinbus ihnen zu nahe kam. Omar ignorierte das. Für ihn und die Menschen die ihm etwas bedeuteten stand zuviel auf dem Spiel. Er würde nicht zulassen, dass dieser Europäer mit seinem Handy und seiner Neugier alle Welt dazu brächte Fragen zu stellen.

Sie erreichten die Brücke. Es befanden sich nur noch ein paar Motorräder zwischen ihnen. Unter ihnen floss der majestätische Niger. Die 600 Meter lange Brücke war, abgesehen von einigen Fähren, eine der wenigen Möglichkeiten den gigantischen Strom zu überqueren. Omar trat auf das Gaspedal. Erbarmungslos verdrängte er die Motorradfahrer die mit akrobatischen Aktionen sich bemühten nicht das Gleichgewicht zu verlieren.

„Omar. Pass doch auf all die Leute auf. Wir dürfen niemanden verletzen", warnte Sagara seinen Mitstreiter. Doch Omar ignorierte ihn. Er dachte nur daran, wie er Eric aufhalten könnte.

Zwanzig Meter lagen noch zwischen ihm und dem neugierigen Weißen. Wieder wich ein Motorrad hilflos aus. Omar kam näher. Jetzt fiel es auch Eric auf, dass er verfolgt wurde. Er beschleunigte. Das niedrige Geländer der fast sechzig Jahre alten Brücke raste an ihnen vorbei. Jetzt war Omar direkt hinter ihm. Im Rückspiegel versuchte Eric zu erkennen wer da so dicht auffuhr, aber er erkannte weder den Kleinbus noch den Fahrer. Omar murmelte ein Gebet, dann trat er das Gaspedal voll durch. Der Kleinbus machte einen Ruck nach vorne und rammte die Stoßstange von Erics Geländewagen. Der weiße Toyota begann zu schlingern, doch Eric hatte das

Fahrzeug schnell wieder unter Kontrolle. Schon kam der nächste Stoß von dem Kleinbus.

Eric hätte gerne beschleunigt, doch die Fahrzeuge vor ihm ließen das nicht zu. Omar wechselte brutal die Spur und setzte sich nun neben Eric. Wieder versuchte der Deutsche zu erkennen wer der Fahrer war, der ihn so attackierte. Mit einem Ruck zog Omar das Lenkrad nach rechts und ließ seinen Bus mit voller Breitseite auf den Geländewagen stoßen. Unwillkürlich versuchte Eric nach rechts auszuweichen, doch da war der Gehweg. Zwar waren nur wenige Fußgänger unterwegs, doch bei der hohen Geschwindigkeit würde er irgendwann mit einem Passanten zusammenstoßen.

Vorsichtig versuchte Eric die Geschwindigkeit zu verringern. Der Kleinbus bremste ebenfalls, jedoch so stark, dass er wieder hinter Erics Wagen war. Zwei Motorräder hinter ihm stürzten. Nun attackierte der Kleinbus Erics hinteren linken Kotflügel und der Toyota begann gefährlich zu schlingern. Der Bus setzte nach. Eric verlor die Kontrolle über seinen Wagen und geriet auf den Fußgängerstreifen. Eine Gruppe von Passanten in einiger Entfernung schrie entsetzt auf. Der Geländewagen überschlug sich und durchbrach die Brüstung. Eric klammerte sich an das Lenkrad, stieß einen kurzen Schrei aus und hielt den Atem an. Der freie Fall kam ihm endlos vor. Er verlor jede Orientierung. Vor sich sah er nur den wolkenlosen, strahlend blauen Himmel über Bamako. Dann riss ihn der Aufprall auf das Wasser nach vorne.

Omar konnte noch im letzten Augenblick das Lenkrad herumreißen um nicht auch von der Brücke zu stürzen, geriet aber auf eine der Gegenfahrbahnen. Ein entgegenkommender Lastwagen hatte zwar wenig Tempo, stieß aber ungebremst mit dem Kleinbus zusammen. Omar flog durch die Windschutzscheibe auf die Front des museumsreifen LKWs und klatschte dann wie ein Sack Reis auf die Straße. Leblos blieb er liegen. Eine Blutlache breitete sich unter seinem Kopf auf dem Asphalt aus.

Sagara, der den Zusammenstoß einen Moment früher als Omar hatte kommen sehen, konnte sich noch mit den Armen abstützen und verhinderte so, aus der Fahrerkabine geschleudert zu werden. Trotzdem prallte er schwer mit seinem Kopf auf die Armaturen und verlor das Bewusstsein.

Erics Wagen hielt sich noch einige Sekunden über dem Wasser. Eric versuchte sich zu orientieren. Glücklicherweise lag sein Auto weitgehend gerade im Wasser, geriet aber kontinuierlich in Schieflage. Panik stieg in ihm auf. Er versuchte gleichmäßig zu atmen und kontrolliert zu handeln. Er tastete nach dem Verschluss des Sicherheitsgurts, fand ihn nicht gleich und wurde hektisch. Das Wasser stieg an den Scheiben hoch und lief an mehreren Stellen in das Auto. Immer noch suchte Eric nach dem Knopf um den Sicherheitsgurt zu lösen. Das Auto lag nun fast im rechten Winkel vornüber. Eric hing mit seinem vollen Gewicht im Gurt. Inzwischen war das Auto vollends unter Wasser. Das Wasser im Innenraum füllte nun schon den gesamten Fußbereich vor ihm. Seine Hand war immer noch auf der Suche nach dem verdammten Verschluss. Da endlich war der Knopf. Eric drückte ihn, der Gurt löste sich und Eric fiel nach vorne. Hart schlug er auf dem Armaturenbrett auf. Das Wasser drang immer schneller in das Auto. Eric wusste, dass er nur noch wenige Augenblicke genug Luft zum Atmen hatte. Er atmete tief ein und drückte die Fahrertür auf. Der Gegendruck des umgebenden Wassers sorgte dafür, dass sich die Tür nur langsam öffnete. Sofort drang das Wasser ein und verdrängte den letzten Rest Atemluft. Eric zwängte sich aus der Kabine und versuchte sich zu orientieren. Er konnte nur ahnen wo die Wasseroberfläche sein musste und stieß mit einigen Schwimmbewegungen darauf zu. Da er schon tief gesunken war, lagen noch einige Meter zwischen ihm und der rettenden Oberfläche. Er spürte den ungewohnten Wasserdruck in seinen Ohren und inzwischen auch wie seine Lungen nach Sauerstoff verlangten. Er war sich nicht sicher ob er nicht doch in die falsche Richtung schwamm. Dann erkannte er die schimmernde Wasseroberfläche über sich. Er spürte neue Kraft, ließ seine Arme und Beine immer schnellere Schwimmbewegungen machen und durchstieß die Oberfläche mit weit geöffnetem Mund.

Entkräftet ließ er sich auf dem Wasser auf den Rücken gleiten und paddelte mit sparsamen Bewegungen an einen der Brückenpfeiler heran. Oben auf der Brücke standen inzwischen hunderte von Schaulustigen, die das Versinken des Geländewagens beobachtet hatten. Es dauerte noch einige Minuten, bis ein Polizeifahrzeug und ein

Krankenwagen erschien. Die Verletzten oben auf der Brücke wurden grundversorgt und in das ‚Centre Hospitalier Universitaire', das einzige große Krankenhaus des Landes gebracht. Eric musste noch einige Minuten warten, bis ihn ein vorbeifahrendes Boot aufnahm und ans Ufer brachte. Dort wurde er aber schon von einigen Polizisten erwartet.

12

Frank Eastwood ärgerte sich. Diese verdammten Sektenspinner hatten doch mehr Eier in der Hose als er angenommen hatte. Der Bericht seines Kontaktmanns kam fast zeitgleich mit der Meldung im nationalen malischen Fernsehen. Ein Einheimischer und ein Nordafrikaner waren scheinbar ausgeflippt und hatten auf der ‚Pont des Martyrs' in Bamako einen Europäer von der Brücke gefegt. Derzeit gab es keine Angaben zu dem Motiv. Frank aber wusste, dass die Jungs die er beobachten ließ nicht einfach mal so ausrasteten. Bisher waren sie immer friedlich, fast pazifistisch geblieben. Deshalb machten seine Vorgesetzten auch keinen weiteren Druck, wenn Frank nicht weitere Details über die Gruppe liefern konnte. Jetzt aber hatten diese Schwärmer Kontakt zu Leuten die andere Autos von Brücken fegten. War das ein Zufall? Oder übten die Kerle schon mal für den großen Auftritt?

Frank berief eine Besprechung mit seinen engsten Mitarbeitern ein und hörte sich alle Vorschläge geduldig an. Die Meisten waren dagegen aktiv einzugreifen. Wenn die Gruppe sich unbeobachtet fühlte bestand keine Gefahr, dass sie in der Versenkung verschwand und man von vorne damit anfangen musste ein Netz von Informanten aufzubauen. Besser wäre es die vorhandenen Kontaktpersonen tiefer einzuschleusen und mehr über die Ziele der Gruppe zu erfahren.

„Peter, kontaktieren sie Khaled in Bamako. Wir haben schon seit einiger Zeit jemanden im Visier von dem wir annehmen, dass er zu dieser Gruppe gehört. Er soll dieser Person auf den Fersen bleiben. Das wird sicher nicht leicht für ihn, aber wenn es jemand schafft, dann Khaled."

13

An Zeugen auf der ‚Pont des Martyrs' hatte es nicht gemangelt. Alle sagten aus, dass der Kleinbus schon drängelte bevor er auf die Brücke fuhr. Sie konnten auch bezeugen, dass Eric keine Schuld traf. Der Kleinbus hatte ihn gerammt. Eric hatte Glück, dass ihm nichts Schlimmeres passiert war. Außer einem Schock musste er „nur" den Verlust seines Autos beklagen. Glück hatten auch die anderen Beteiligten. Trotz teilweise schwerer Verletzungen befand sich niemand in Lebensgefahr. Lediglich Omar, der Verursacher, hatte den Zusammenstoß nicht überlebt. Sagara, sein Begleiter, lag im Koma. Normalerweise hätte man ihn, trotz des kritischen Zustands so bald wie möglich zu seiner Familie abgeschoben, da kaum jemand in Mali krankenversichert ist und man das Gesundheitssystem auch nicht mit dem Europäischen vergleichen kann. Aufgrund dessen, dass aber keine Familie auszumachen war und die Polizei Interesse an dem Mann zeigte und hoffte Hintergründe über seine Tat zu erfahren, ließ man ihn im ‚Centre Hospitalier Universitaire'. Ein Wachposten wurde aufgestellt. Er sollte melden, sobald der Täter erwacht war. Dann würde ein ausführliches Verhör erfolgen.

Auch Eric wurde von der Polizei vernommen. Immer wieder wollte der Uniformierte wissen in welcher Beziehung er zu dem Mann stand, der ihn von der Brücke gedrängt hatte. Eric konnte nur stets wiederholen, dass er vermute, dass es der Räuber von Timbuktu sein könnte. Da er es augenscheinlich war, glaubte der Täter möglicherweise, dass er Eric aus dem Weg schaffen müsse, damit Eric ihn nicht meldete. Er hätte noch zwei weitere Männer gesehen, aber über die könne er nichts Näheres sagen. Und immer wieder wollte der Polizist wissen ob Eric nicht doch in Timbuktu mehr mit Omar gesprochen habe, als das kurze Gespräch über die ägyptische Handschrift. Eric wiederholte nur immer wieder sein Bedauern und erklärte, dass er alles was er wisse bereits ausgesagt hätte und er sich sehr für den Einsatz der malischen Polizei bedanke, aber nun nach Hause wolle. Durch den Sturz von der Brücke sei er doch stark angeschlagen.

Als Eric nach mehr als fünf Stunden im Polizeihauptquartier das Gebäude verlassen konnte, suchte er nach einem Taxi. Die Polizei in Bamako sah sich nicht in der Lage Eric nach Hause zu bringen. Und sein Auto würde auf ewig auf dem Grund des Niger bleiben. Also war Eric froh, dass er noch ein paar CFA-Franc in seinem immer noch durchnässten Portmonee fand um sie dem Taxifahrer zu geben, der auf Vorkasse bestand. Auf der Fahrt nach Hause probierte er sein Mobiltelefon aus. Es funktionierte nicht mehr, was ihn nicht überraschte.

Zuhause angekommen, duschte er kurz und zog sich frische Sachen an. Er baute sein Handy auseinander damit es trocknen konnte. Vielleicht könnte er es ja, wider Erwarten, doch noch gangbar machen. Dann rief er Vera an. Nach dem schrecklichen Vorfall auf der Brücke brauchte er eine verständnisvolle Stimme die ihm zuhörte. Nachdem er ihre Telefonnummer gewählt hatte kamen ihm die Sekunden bis sie abhob wie eine Ewigkeit vor.

„Stratmann", erklang es am anderen Ende der Leitung und Eric atmete erleichtert auf. Er setzte sich auf das Sofa.

„Hallo. Hier ist Eric. Ich hoffe, ich störe nicht."

„Eric, wie schön. Nein du störst überhaupt nicht. Ganz im Gegenteil. Was ist los bei dir? Du klingst so erschöpft." Eric berichtete ihr in kurzen Stichpunkten von dem Anschlag auf der ‚Pont des Martyrs', von seinem Sturz in den Niger und von seiner Vernehmung bei der Polizei.

„Mein Gott. Wer macht denn so etwas. Und du hast keine Ahnung warum der Kerl es gerade auf dich abgesehen hatte." Vera machte sich ernstlich Sorgen um Eric.

„Der Typ hat wahrscheinlich mitbekommen, dass ich ihn erkannt habe. Er wollte wohl sicher gehen, dass ich ihn nicht verriet. Jetzt ist er tot und sein Beifahrer liegt er im Koma. Ich glaube nicht, dass das die bessere Alternative für ihn war.

„Ich mache dir einen Vorschlag. Du stellst eine Flasche Wein kühl und ich komme jetzt gleich für ein paar Stunden bei dir vorbei", schlug Vera vor. Eric war für einen kurzen Moment überrascht, dann stimmte er freudig zu.

„Danke, ich freue mich. Macht es dir auch bestimmt keine Umstände?"

„Glaub mir, wenn es Umstände machen würde, dann hätte ich es erst gar nicht vorgeschlagen. Also, bis gleich dann", beruhigte ihn Vera.

Während Vera sich kurz frisch machte und sich ein Taxi rief, räumte Eric ein wenig auf, um nicht als chaotischer Single zu erscheinen. Seine Haushälterin kam zwar täglich um zu kochen und zu putzen, aber seine beruflichen Notizen, die er im Haus überall liegen ließ, musste er schon selbst aufräumen. Das führte oft dazu, dass nach einer gewissen Zeit jeder freie Quadratzentimeter auf den Schränken und Tischen mit Heften, Ordnern und Bücher belegt war.

Eric hatte gerade die Weingläser und ein paar Snacks auf den Wohnzimmertisch gestellt, da klopfte es schon an der Tür. Als er öffnete stellte er erfreut fest, dass es wirklich Vera war.

„Wohnt hier der berühmte Brückenakrobat Eric Harder?", fragte sie verschmitzt.

„Das ist richtig. Sind sie die Freiwillige für meinen nächsten Sprung von der Nigerbrücke?", scherzte Eric zurück. „Oder reicht für den Anfang ein gemeinsamer Abend bei einer Flasche Wein?" Er winkte sie mit einer einladenden Geste herein. Sie war diesmal legerer angezogen. Ein weißes Shirt mit dezentem Blumenmotiv, dazu eine helle Hose. Ihre langen, blonden Haare waren wieder zu einem frechen Zopf zusammengebunden der bei jedem Schritt keck hin und her schwang. Als sie das Haus betrat, sah sie sich um als würde sie das erste Mal den Kölner Dom betreten: „Das Haus eines Missionars. Mitten in der Millionenstadt Bamako. Früher sind die Missionare doch noch in den Urwald gegangen."

„Früher gab es auch noch keine Millionenstädte in Mali", konterte Eric weise lächelnd. „Lass uns ins Wohnzimmer gehen." Sie setzen sich an den kleinen Glastisch. Jeder auf eines der Sofas die im rechten Winkel zueinander standen.

„Hast du schon viele Seelen gerettet?"

„Die rette ich vielleicht, wenn ich mit der Bibelübersetzung fertig bin." Eric war es gewohnt, dass sich die meisten Leute einen Missionar eher mit Machete, Bibel und Tropenhelm im Urwald vorstellten.

„Ich freue mich, dass du dich heute selbst retten konntest. Gott sei

Dank." Sie sprach etwas leiser um zu vermeiden, dass es klang wie einer der vorausgegangenen Scherze.

„Ja, Gott sei Dank", erst jetzt, da er zur Ruhe kam fiel ihm auf wie viel Glück er hatte, dass sein Auto nicht gegen ein entgegenkommendes Fahrzeug geprallt war, oder dass er nicht ertrunken war.

„Du hattest sicher Todesangst?", fragte Vera.

„Als der Kerl mich das zweite Mal gerammt hatte, wurde mir klar dass er mich von der Straße drängen wollte. Da bekam ich wirklich Angst." Vera verstand es, dass Eric erzählen konnte ohne dass er das Gefühl hatte, sich für seine Angst entschuldigen zu müssen. Während Eric erzählte, hörte sie zu, ließ ihn ausreden und antwortete so, dass er erkannte, dass sie auch nachempfinden konnte was er ihr sagen wollte. Und wenn er einen Moment schwieg, dann hielt sie die Stille aus und gab ihm das Gefühl, dass sie auch das verstand. An diesem Abend erzählte er noch viel mehr als nur vom Geschehen dieses Tages. Er berichtete von Susanne, seiner verstorbenen Frau und von Sarah ihrer gemeinsamen Tochter die damals ebenfalls verstarb. Später machten sie sich in der großzügigen Küche noch gemeinsam das Essen warm, das die Haushälterin, da Eric nicht wie gewohnt nach Hause kam, kalt gestellt hatte und aßen wie ein trautes Ehepaar am Esstisch.

Eric war sehr froh, dass Vera noch vorbei gekommen war. Er hatte sich das was er heute erlebt hatte, buchstäblich bei Vera von der Seele gesprochen. Früher konnte er so etwas im Gebet machen, doch seit dem Tod seiner Familie gelang das einfach nicht mehr.

Irgendwann am späten Abend erklärte Vera: „So, ich glaube ich muss jetzt nach Hause." Interessiert wartete sie auf Erics Reaktion.

„Schade, aber ich bin froh, dass du da warst und wir reden konnten. Das hat mir wirklich gut getan." Er überlegte einen Augenblick. „Ich würde dich ungern alleine mit einem Taxi durch Bamako fahren lassen. Du könntest heute Nacht hier bleiben. Ich habe ein Gästezimmer. Genaugenommen ist es eine Gästewohnung." Vera war sich unsicher ob diese Einladung ins Gästezimmer nur ein Vorwand von Eric war um sie in sein Schlafzimmer abzuschleppen. Anderseits war sie sich genau so unsicher ob ihr das nicht doch gefallen würde. Dann verließ sie sich doch auf ihre Menschenkenntnis und nahm das Angebot an. Und sie meinte damit wirklich nur das Gästezimmer.

14

Veras Wecker klingelte um halb sechs. Sie wollte besonders früh zurück im Hotel sein, damit Nabil nicht mitbekam, dass sie auswärts übernachtet hatte. Als sie erwachte, wusste sie für einen Augenblick nicht wo sie war. Dann erinnerte sie sich an den gestrigen Abend. Sie hatte versucht Eric dabei zu helfen den lebensbedrohlichen Anschlag zu verarbeiten. Sie hatten geplaudert, sie hatte ihm zugehört und sogar das Zusammensein mit ihm genossen. Nun hatte sie auch die Nacht bei ihm verbracht. Brav im Gästezimmer.

Als UN-Mitarbeiterin hatte sie es selten fertiggebracht eine längere, funktionierende Beziehung aufrecht zu halten. Sie war fast ständig auf Reisen, wohnte in Hotels und eine geregelte Arbeitszeit gab es auch nicht. Wenn sie zu Hause in Deutschland war, dann hatte sie zwar gleich mehrere Wochen Ferien, aber das entschädigte keinen Partner für die monatelange Abwesenheit. Denn auch die deutschen Männer bevorzugten meist das liebe Frauchen am heimischen Herd, das allzeit präsent war um den Ehemann zu umsorgen.

Eine Affäre konnte sie immer schnell haben. Sie sah auffallend gut aus, hatte ein erfrischendes Temperament und ein Gespür dafür was Männer gerade brauchten. Wenn sie Zeit hatte, lagen ihr die Männer zu Füßen. Wenn sie wieder für die Vereinten Nationen in aller Welt die Demokratie retten musste, waren die Kerle schnell über alle Berge.

Lernte sie in einem der Krisenländer einmal jemanden kennen der ihr gefiel, war ihr immer bewusst, dass die Beziehung ihr Verfallsdatum erreicht hätte, wenn sie das Land wieder verlies. Keiner würde für sie das Land in dem er lebte wechseln wollen. Das führte dazu, dass Vera es vermied sich ernsthaft zu verlieben. Der Schmerz, wenn eine Beziehung zu Ende ging, war auf die Dauer zu groß. Während sie vor dem Spiegel stand, versuchte sie sich klar zu werden wie es gerade um ihre Gefühle stand. War sie gerade dabei sich zu verlieben?

„Unsinn", dachte sie. Immer noch waren sie in der Kennenlernphase. Und ob Eric in ihr mehr sah als eine verlorene Seele, die es zu retten galt, war zudem fraglich. Unwillkürlich musste sie lächeln. Er wäre allerdings der erste, der sie von der Bettkante gestoßen hätte. Aber so weit waren sie noch nicht. Heute würde sie erst mal erleben, ob er ein Frühaufsteher oder ein Morgenmuffel ist. Da sie selbst zu den Frühaufstehern gehörte, wären Erics Chancen erheblich geschrumpft, wenn er sich am Frühstückstisch wortkarg hinter einer Zeitung versteckte.

Als sie in die Küche kam stellte sie erfreut fest, dass Eric schon eine beeindruckende Aktivität an den Tag legte. Der Esstisch war liebevoll gedeckt. Sogar mit Tischdecke. Es duftete nach Kaffee und irgendwie hatte er etwas aufgetrieben, was deutschen Frühstücksbrötchen in gewisser Weise ähnlich kam. Er selbst war glattrasiert und lächelte sie charmant an.

„Guten Morgen. Ich hoffe, du hast gut geschlafen."

„Danke, ich werde das ‚Hotel Eric' weiterempfehlen." Sie musterte anerkennend den reich gedeckten Frühstückstisch. „Bis ich das alles gegessen habe, wird es schon Mittag sein. Viel Zeit zum Frühstücken bleibt leider nicht. Aber vielen Dank für die große Mühe die du dir gemacht hast. Ich komme mir vor, wie im 5-Sterne-Hotel."

„Ich möchte einfach, dass du gut in den neuen Tag kommst. Schließlich bin ich ja nicht ganz unschuldig, dass du den neuen Tag nicht in deinem Hotel beginnen kannst."

„In unserem Hotel würde ich auch nur ein paar Brötchen essen und eine Tasse Kaffee trinken. Da brauchst du also dir keine Sorgen zu machen."

„Dann lass uns keine Zeit verlieren. Es ist alles fertig." Er sprach ein kurzes Tischgebet, was sie eher amüsierte als dass es sie in eine andächtige Stimmung versetzte. Aber das behielt sie für sich. Sie plauderten über deutsches und malisches Essen, über die Entwicklung in Mali und über Erics Laptop das nun auf den Grund des Niger ruhte. Glücklicherweise hatte Eric die meisten Daten am Tag zuvor auf seinen Schreibtischcomputer gesichert, so dass der Verlust ersetzbar war. Die Missionsgesellschaft hatte für solche Fälle eine Versicherung abgeschlossen, jedoch würde es einige Zeit dauern bis das Geld für Ersatz bereit stand. Bis dahin würde Eric mit einem Mietwagen und seinem Büro-PC auskommen müssen.

Vera kündigte an, dass auf sie in den nächsten Tagen einige berufliche Termine in den Abendstunden zukämen. Sollte Eric wieder von einer Brücke stürzen, dann könne sie ihn erst wieder in frühestens einer Woche besuchen. Eric versprach zumindest in der nächsten Woche Brücken zu meiden. Beide lachten.

Veras nächtliche Abwesenheit vom Hotel blieb Nabil nicht verborgen. In den frühen Morgenstunden war er schweißgebadet und mit klopfendem Herzen aufgewacht. Er erinnerte sich an Bruchstücke eines intensiven Traumes. An Einzelheiten konnte er sich nicht erinnern, nur daran, dass er sich in dieser Vision an einem besonderen Ort befand. Irgendwie war eine Quelle im Spiel. An Gefahren oder sonstige beängstigende Ereignisse konnte er sich nicht erinnern. Auch nicht daran, warum ihn dieses Traumerlebnis nicht wieder einschlafen ließ. Nachdem er einige Zeit wach im Bett gelegen hatte, war er aufgestanden und hatte versucht sich mit dem Frühstückprogramm im nationalen Fernsehen abzulenken. Doch dies gelang nur mäßig und so starrte er immer wieder aus dem Fenster. Dabei bemerkte er zufällig das Taxi, das Vera bis vor das Gebäude brachte.

Nabil brauchte nicht viel Phantasie um sich auszumalen bei wem sie die Nacht verbracht hatte. In den letzten Tagen hatte sie einige Anrufe von diesem Sprachforscher erhalten. Danach betonte sie zwar immer, dass der Deutsche sehr nett sei, aber sie keine Beziehung hätten. Nach dem dritten Anruf hatte Nabil ihr das nicht mehr geglaubt.

Sein Bild von den Moralvorstellungen der Europäer wurde schon früh von den Touristen, die seine Heimat besuchten, geprägt. Leider zeigten sich die Urlauber oft nicht als Kulturreisende, die die Sitten und Bräuche der Einheimischen respektierten. Meist aus Unwissenheit oder sogar aus Desinteresse an den lokalen Gepflogenheiten. Das hinterließ bei Nabil den Eindruck, dass europäische Frauen leicht zu haben waren. Als er dann in Deutschland studierte bekam er sogar mit, dass einige Studentinnen sich ihr Studium mit Fotoshootings für Männermagazine oder gar mit Prostitution finanzierten.

Sein Vater hatte ihn gewarnt, als Nabil zum Studium nach Deutschland gehen wollte. Der alte Mann hatte sich 1967 schon früh der Muslimbruderschaft in Ägypten angeschlossen. Damals begann der Sechstagekrieg am 5. Juni mit einem Präventivschlag der israelischen Luftstreitkräfte gegen ägyptische Luftwaffenbasen. Israel begründete die Aggression damit, dass man einem befürchteten Angriff der arabischen Staaten zuvorkommen müsse. Jordanien, das kurz zuvor einen Verteidigungsvertrag mit Ägypten geschlossen hatte, griff daraufhin Gebiete in Israel an. Der Krieg endete mit einem Sieg Israels, das nun einige besetzte Gebiete kontrollierte. Diese Schmach für die arabische Welt beeinflusst die Geopolitik des Nahen Ostens bis in die heutige Zeit.

Nabil hatte nicht auf seinen Vater gehört und war gegen dessen Willen nach Deutschland gereist. Dort hatte er Politikwissenschaften studiert und sich der Friedensbewegung angeschlossen. Auch hier erlebte Nabil die lockeren Moralvorstellungen mancher Aktivistinnen. Er versuchte, sich solche freien Beziehungen vom Leib zu halten und sich auf sein Studium, und seine Bemühungen den Frieden zwischen den Völkern zu fördern, zu konzentrieren. Aber egal wie er es anstellte, sein zurückhaltendes Wesen sorgte immer dafür, dass er als Träumer angesehen wurde.

Nun stand er hier am Fenster des Hotels und beobachtete wie diese Deutsche vom Taxi ins Hotel huschte. Vermutlich nach einer Nacht bei ihrem Lover, der eigentlich tot sein sollte. Omar und Sagara hatten offensichtlich versagt. Zwar hatten sie spektakulär dafür gesorgt, dass der Deutsche mit seinem Auto im Niger versank, aber nun war Omar tot, Sagara lag im Koma und der weiße Mann hatte Spaß mit seiner Kollegin.

Nabil sah zu dem kleinen Tisch auf dem eine ganze Sammlung unterschiedlicher Tablettendosen und Blisterverpackungen stand. Nacheinander öffnete er drei von ihnen und drückte sich die Tabletten in die Hand. Dann schob er sich alle drei auf einmal in den Mund und trank mehrere Züge aus einer Wasserflasche. Er hasste dieses morgendliche Ritual. Weitere Tabletten würde er nach dem Frühstück nehmen müssen. Und vor dem Mittagessen würde diese Pillenfresserei wieder von vorne beginnen.

Er hatte schon die Hand an der Türklinke um in den Speisesaal zu gehen da überkam ihn eine Attacke von Übelkeit und er lehnte sich mit dem Rücken an die Tür. Die Tabletten die ihm auf lange Sicht das Leben retteten, setzten ihm zu. Außerdem ging ihm dieser Deutsche nicht aus dem Sinn. War Vera nur für ein Schäferstündchen bei ihm? Oder hatte Eric ihn erkannt und wollte es mit Vera erst einmal besprechen bevor er es der Polizei erzählte? Außerdem hatte dieser Eric ja auch noch ein Foto gemacht. Warum also war Nabil nicht schon längst von der Polizei verhört worden? Diplomatische Immunität besaßen Vera und er nicht. So hoch standen sie nicht in der UN-Hirachie. Wie sollte Nabil nun gegenüber Vera auftreten? Sein analytischer Verstand ließ nur eine Antwort zu. Wenn Eric Nabil erkannt hätte, dann hätte sich schon längst die malische Polizei bei ihm gemeldet. Ein Auto von der ‚Märtyrer-Brücke' zu schubsen war auch in Mali kein Kavaliersdelikt. Der Deutsche hatte also bisher keine Ahnung dass es eine Verbindung zwischen ihm, Sagara und dem toten Omar gab.

Im Speisesaal des Hotels begrüßten sich Vera und Nabil wie immer freundschaftlich und kollegial. Nabil fragte Vera ob sie eine gute Nacht gehabt hatte. Es war ihm unangenehm ihr Fangfragen zu stellen, aber angesichts der unklaren Lage über Erics Wissensstand musste er doch herausbekommen wie es um Veras Beziehung zu Eric stand.

„Danke. Die Nacht war gut. Ich habe mich an das Klima gewöhnt", antwortete Vera und nippte an ihrem Kaffee.

„Hast du schon von dem Unfall auf der ‚Pont des Martyrs' gehört?"

„Ja, kam in den Nachrichten. Und stell dir vor, der Fahrer, der auf der Brücke abgedrängt wurde, ist Eric Harder. Du hast ihn auch schon mal getroffen. Damals als wir dich mit dem Taxi mitnahmen. Der Linguist mit dem ich öfter mal telefoniere."

„Ich hoffe, ihm ist nicht ernsthaft etwas passiert", log Nabil.

„Er ist noch mal mit dem Schrecken davon gekommen. Nur sein Auto und seine ganzen Sachen lieg jetzt auf dem Grund des Niger."

„Dass ist ja schrecklich." Nabil versuchte so überzeugend wie möglich zu klingen. „Es ist alles mit dem Auto untergegangen? Laptop, Handy, Fotoapparat, Aufzeichnungen." Er machte eine Pause um Veras Reaktion abzuwarten.

„Ich glaube schon." Sie zuckte mit den Schultern. „Sein Laptop ist auf jeden Fall weg. Ob er ein Handy dabei hatte weiß ich nicht. Aber das ist doch unvorstellbar. Dann kommt jemand und rammt einfach ein Auto um es von der Brücke zu drängen. Das ist doch auch hier in Afrika nicht normal."

„Außer es startet wieder eine Rebellion und irgendwelche Islamisten wollen das Land erobern. Weißt du warum da jemand hinter ihm her ist. Hat er vielleicht Ärger mit irgendwelchen Gangstern?" Nabil stellte diese Frage so leidenschaftslos wie möglich. Innerlich kam er aber vor Spannung fast um.

„Unsinn. Eric hat nichts mit Gangstern zu tun. Möglicherweise war einer der Täter ein Mann der in Timbuktu eine alte Handschrift geraubt hatte. Vielleicht befürchtete er, dass Eric ihn erkannt haben könnte. Ich glaube, Eric war einfach zur falschen Zeit am falschen Ort."

„Ja. Das wird wohl so sein", antwortete Nabil und fragte weiter: „Und was machen die Männer, die in dem Kleinbus fuhren? Konnten die schon vernommen werden?"

„Da weiß ich nur, was man in Radio gesagt hat. Ein Mann ist tot. Der Andere liegt noch im Koma."

„Dann gibt es keine weiteren Hinweise über die Hintergründe dieser Tat?" Nabil versuchte seiner Stimme Bedauern zu verleihen.

„So ist es leider. Vielleicht ergeben die Ermittlungen ja irgendwann mal etwas."

„Na, das hoffe ich doch." Mit diesen Worten griff Nabil in sein Jackett und holte eine Pillendose heraus. Er schluckte eine der Pillen und trank ein volles Glas Wasser in einem Zug aus.

An diesem Tag wartete Nabil vergeblich darauf, dass Veras Handy klingele und er ein Gespräch von ihr und Eric mithören konnte. Auch Nabils eigenes Mobiltelefon klingelte nicht. Sollte Sagara aufwachen, so würde er einen Anruf bekommen. Keine offizielle Nachricht. Ein Vertrauensmann würde ihn benachrichtigen. Jemand aus Nabils heimlichem Freundeskreis.

Heute war für die Abendstunden eine Konferenz der UN-Mitarbeiter seiner Arbeitsgruppe anberaumt. Am frühen Abend hatte Nabil noch etwa zwei Stunden zur freien Verfügung, die er in seinem Hotelzimmer verbrachte. Er ließ den Fernseher laufen und hoffte, dass aktuelle Nachrichten von dem Vorfall auf der ‚Pont des Martyrs' gesendet würden. Aber es wurden keine Neuigkeiten gemeldet. Wieder griff er nach einer der Pillendosen. Er dachte an seine Zeit in Deutschland zurück. An die ersten Wochen im Studentenwohnheim. An die Begegnungen mit den anderen Studenten. An die Nachrichten über die Kriege im ehemaligen Jugoslawien, die damals schon den Wunsch in ihm weckten für den Frieden zu arbeiten. An seine ersten Kontakte zu den Kommilitoninnen, die ihn offenbar interessant fanden. An den Umzug von dem Wohnheim in eine WG. An Melanie aus der Wohngemeinschaft die so leicht zu haben war. Für ihn und auch für die anderen Männer aus der WG. Melanie, die ihm dann irgendwann gebeichtet hatte, dass sie einen Arzt aufgesucht hatte. Dass sie einen Test hatte machen lassen und nun das Ergebnis wusste. Sie war HIV-positiv.

Damals stürzten Wellen aus Verzweiflung, Angst und Wut auf ihn ein. In seinem Innern hörte er seinen Vater wie er ihn vor dem Studium in Deutschland gewarnt hatte. Dann empfand er die Möglichkeit, dass er sich mit dem HI-Virus angesteckt haben könnte als eine himmelschreiende Ungerechtigkeit. Alle Welt hier in Europa redete von der befreiten Sexualität. Und er sollte einer von denen sein die es das Leben kostete?

Natürlich ließ nun auch er einen HIV-Test machen, ebenso wie die anderen in seiner WG. Sein Test war negativ. Er trug das heimtückische Virus nicht. Als er dieses Ergebnis von seinem Arzt mitgeteilt bekommen hatte, war seine Freude zunächst grenzenlos. Welch ein Glück. Er war noch einmal davongekommen. Doch schnell merkte er, dass der Mediziner noch eine weitere Mitteilung für ihn bereit hielt. Die Anzahl der weißen Blutkörperchen legte den Verdacht auf eine chronische myeloische Leukämie nahe. Um eine sichere Diagnose zu stellen, seien aber noch weitere Untersuchungen notwendig.

CML. Leukämie. Blutkrebs. Nabil nahm die weiteren Erklärungen des Arztes an diesem Tag gar nicht mehr wahr. Nach der kurzen Freude über die beruhigende Botschaft, dass er sich nicht mit dem HI-Virus infiziert hatte, traf ihn nun die aktuelle Diagnose umso heftiger. Zwar standen die weiteren Diagnosen noch aus, doch Nabil wagte es nicht zu hoffen, dass er ein weiteres Mal verschont würde.

Eine Knochenmarkpunktion brachte dann die traurige Gewissheit. Er litt unter Leukämie. Damals bedeutete diese Diagnose fast so etwas wie ein Todesurteil. Er fiel in eine tiefe Depression.

In der nun folgenden Zeit zeigte sich Melanie von einer ganz neuen

Seite. Da die anderen Bewohner der WG, ein junger Mann, der ebenso wie Melanie HIV-Positiv war und ein weiterer, der sich völliger Gesundheit erfreuen konnte, auszogen, lebten Melanie und Nabil nun alleine in der Wohnung. Nabils Depression führte dazu, dass er seine Leukämieerkrankung ignorierte und mehr oder weniger bewusst Arzttermine vergaß. Melanie bemühte sich, trotz ihrer eigenen Krankheit, Nabils Kampfgeist zu entfachen, damit er alle Möglichkeiten nutzte, die sich boten um gegen die Leukämie anzugehen. Sie half Nabil wo sie konnte, begleitete ihn zu Ärzten, beriet ihn bei schwierigen Entscheidungen und sorgte dafür, dass er einen strukturierten Tagesablauf einhielt.

Irgendwann fand Nabil wieder neue Hoffnung und meldete sich als Freiwilliger zu einer Studie für ein neues Medikament, das ein Jahrzehnt später ein erfolgversprechendes Standardpräparat wurde. Sein Zustand erwies sich weiterhin als stabil und er setzte sein Studium fort. Die Medikamente, die dafür sorgen sollten, dass die Krankheit nicht in die nächste Phase überging, zeigten bei ihm Wirkung. Nur der Gedanke an die Möglichkeit, dass sein Körper eine Resistenz gegenüber den Medikamenten entwickeln könnte lag wie ein dunkler Schatten über allem was er tat.

Melanies Zustand verschlechterte sich allerdings rapide. Immer wieder probierten die Ärzte neue Wirkstoffkombinationen aus, die leider meist fatale Nebenwirkungen zeigten. Als dann das HI-Virus die Oberhand gewann und die Krankheit AIDS ausbrach, musste sie in ein Krankenhaus verlegt werden. Nabil besuchte sie dort so oft er konnte, war aber immer aufs Neue fassungslos wenn er den fortschreitenden Verfall bemerkte.

In Melanies letzten Lebenstagen bekam Nabil mit, wie ein Pfarrer sie besuchte. Als er wieder gegangen war bemerkte Nabil eine sichtliche Erleichterung an ihr. Er hatte sie nie gefragt, über was der Geistliche mit ihr geredet hatte, doch war nicht zu übersehen, dass eine schwere Bürde von ihr genommen war.

Eine Woche später starb sie. Nabil und Melanies engste Familienangehörigen waren die Einzigen die zu ihrer Beerdigung kamen. Tragischerweise hatten sich aufgrund ihrer Krankheit fast alle Freunde von ihr distanziert.

Nabils Gesamtzustand stabilisierte sich soweit, dass er sein Studium mit Auszeichnung abschließen konnte. Aufgrund seiner hervorragenden Zensuren bekam er sofort in Genf, in dem Büro der Vereinten Nationen, eine Arbeitsstelle.

Seiner Kollegin Vera hatte er zwar inzwischen von seiner chronischen myeloischen Leukämie erzählt, aber stets heruntergespielt wie er unter den damit verbundenen Umständen litt. Zu sehr nagte das Mitleid der Umgebung an seinem Selbstbild von Männlichkeit. Anfangs hatte Vera noch Fragen gestellt, doch da Nabil immer betonte, dass die Krankheit keine Rolle in seinem Leben spiele, sprach sie ihn nicht mehr darauf an.

Wenn Nabil so in Gedanken zurückblickte wunderte er sich immer wieder wie hart er inzwischen geworden war. Hatte er zur Zeit der Jugoslawienkriege noch bei jeder Meldung über Kriegsverbrechen getrauert, so konnte er sich heute problemlos mit notwendiger Gewalt abfinden. Bei seiner Arbeit bei der UN würde er das natürlich niemals offenbaren. Der Fall des neugierigen Deutschen machte aber eine wirklich radikale Lösung notwendig, wenn auch nicht unbedingt sofort. Offenbar wusste dieser Christ weniger als er bisher befürchtete. Aber Eric stellte ein Risiko dar. Für Nabil. Und für alle die ihm nahe standen.

15

Die Autowerkstatt mit dem riesigen Lager an gebrauchten Ersatzteilen, die sich am nördlichen Stadtrand von Bamako befand gehörte Khaled Obono schon seit über zehn Jahren. Die Rolle des Werkstattbesitzers war die ideale Tarnung für seine Existenz als Agent einer Unterorganisation des US-Geheimdienstes. Nachdem er vor einem Jahrzehnt aus Ägypten zurückgekehrt war, hatte er sie einem alten Malier abgekauft der sie vor etwa dreißig Jahren eröffnet hatte. Geleitet wurde die Firma von einem erfahrenen Mechaniker. Khaled musste nur so oft wie möglich vorbeischauen um Präsenz zu zeigen. Wenn er hin und wieder einige Tage wegen eines Geheimauftrags weg war, erklärte er seinen Angestellten, dass er seine Familie im Süden besuchte. Dieser Grund war für alle nachvollziehbar.

Khaleds Werkstatt hatte fast alle gebrauchten Ersatzteile der unterschiedlichsten Automarken auf Lager. Und was dort nicht vorrätig war, konnte man besorgen. In der großen Halle standen eng gestellt dutzende Regale mit Ersatzteilen für alle erdenklichen Autotypen. Wenn irgendwo in Bamako jemand ein Auto hatte, das er nicht mehr reparieren konnte, dann rief er bei Khaleds Mitarbeitern an, sie schlachteten es aus und der Verkäufer bekam dafür noch ein paar CFA-Franc.

Khaleds Familie war Anfang der neunziger Jahre nach Ägypten ausgewandert um vor immer wiederkehrenden Unruhen zu fliehen, die einen wirtschaftlichen Niedergang mit sich zogen. Sie blieben in Ägypten, auch als sich Mali wieder erholte und zu einem Musterland in Bezug auf demokratische Reformen entwickelte. Khaled wuchs dort auf und passte sich der ägyptischen Gesellschaft problemlos an. Er absolvierte eine Ausbildung zum Kraftfahrzeugmechaniker und freundete sich mit einem amerikanischen Journalisten an. Als seine Familie beabsichtigte nach Mali zurückzukehren, damals war er Anfang zwanzig, meldete sich eines Tages ein US-Amerikaner der ihm ein verlockendes Angebot machte. Seitdem arbeitete er verdeckt für den US-Geheimdienst.

Regelmäßig bekam er Aufträge von der Zentrale in den Vereinigten Staaten. Meist ging es um die Ausforschung von Verdächtigen, um die Verhinderung von Anschlägen oder um die Beschaffung von Objekten an denen die US-Regierung Interesse hatte. Niemand vermutete, dass Khaleds Autowerkstatt hauptsächlich dem Zweck diente seine Tarnung aufrecht zu erhalten. Da praktisch jeder Besitzer eines Gefährts irgendwann mal auf ihn angewiesen war, hatte er Kontakte in alle Bevölkerungskreise.

Sein Kontaktmann in Ségou wies ihn nun an, dass er ein Mitglied eines potentiell gefährlichen, neuen religiösen Kultes observieren sollte. Khaled las das Dossier, das man ihm geschickt hatte und sah sich das dabei liegende Foto an. Es würde nicht leicht werden die Person zu observieren ohne dass man ihn bemerkte. Glücklicherweise lebte die Person zurzeit direkt in Bamako, so dass er nicht längere Zeit die Werkstatt ohne Aufsicht lassen musste.

Er steckte sich seine Pistole, eine Glock 19C auf dem Rücken in den Hosenbund und zog sein bunt gemustertes Hemd leger darüber. Dann verließ er sein Haus und setzte sich in seinen Geländewagen. Dort legte er die Pistole unter den Fahrersitz und fuhr zu seiner Autowerkstatt um dort nach dem Rechten zu sehen. Er gab seinem Werkstattleiter einige Anweisungen und fuhr dann weiter.

In Gedanken rief er sich noch einmal den Inhalt des Dossiers, das er bekommen hatte, vor Augen. Mit muslimischen Extremisten hatte er in der Vergangenheit schon mehrmals zu tun gehabt. Sogar auch mit fundamentalistischen Christen. Aber mit einer neuen ausländischen Sekte bisher noch nicht. Das würde interessant werden.

16

Nachdem Eric das Smartphone, mit dem er im Niger versunken war, ausprobiert hatte und feststellte, dass es wohl völlig unbrauchbar war, holte er sein Ersatzhandy aus einer Schublade seines Schreibtischs. Das Handy war alt und man konnte damit eigentlich nur eines. Telefonieren. Eric hatte es immer für Notfälle aufbewahrt. Bei Gelegenheit würde er ein neues Smartphone besorgen. Trotzdem legte er die SIM-Karte des defekten Mobiltelefons in sein Reservehandy und stellte erfreut fest, dass die Karte noch funktionierte. So hatte er zumindest seine eingespeicherten Telefonnummern retten können.

Er versuchte, sich in den nächsten Tagen auf seine Arbeit zu konzentrieren und jeden Gedanken an den Anschlag zu verdrängen. Wenn ihm da jemand nach dem Leben trachtete, so sollte er so wenig wie möglich in seine Gedanken eindringen. Trotzdem rief er nach drei Tagen bei dem Polizeipräsidium an um zu erfahren ob der überlebende Täter aus dem Koma aufgewacht wäre. Doch hier gab es nichts Neues. Genauso wenig wie bei den Ermittlungen zu den Hintergründen. Eric versuchte das als gute Nachricht zu werten. Vielleicht steckte ja wirklich nichts Ernstes hinter der ganzen Angelegenheit. Dieser Omar war wohl nur ein Einzeltäter. Das klang ganz plausibel.

Mit Vera tauschte Eric in den nächsten Tagen nur E-Mails aus. Kurze Nachrichten und Grüße. Er suchte nun intensiv nach Erfolgserlebnissen bei seiner Arbeit. Amagana, seinem Kontaktmann mit dem er sich regelmäßig zur Erforschung des Dogon-Dialekts traf blieb es indessen nicht verborgen, dass Eric Mühe hatte sich auf die Gespräche zu konzentrieren. Wenn er allerdings nachfragte wich Eric den Fragen aus und lenkte das Thema auf die Sprachforschung.

Am nächsten Wochenende versuchte Eric sich den Sonntag frei von Arbeit zu halten. Er besuchte sogar den Gottesdienst einer nahegelegenen Baptistengemeinde. Danach überlegte er, ob er Vera wieder zum Essen einladen sollte. Er rief sie über sein Mobiltelefon an und rechnete damit, dass sie auch diesmal zusagen würde.

„Sorry, auch heute steht uns ein Sitzungsmarathon bevor. Wir haben die Leiter verschiedener Ministerien eingeladen und müssen es hinkriegen, dass man dort mehr miteinander arbeitet als gegeneinander. Aber es sieht so aus, dass ich morgen Abend Zeit hätte."

„Morgen Abend ist auch gut. Wenn du möchtest hole ich dich vor deinem Hotel ab. Wie wäre es mit 19:00 Uhr?"

„Geht klar. Bis dahin werde ich wohl Feierabend haben. Bist du wieder OK?"

„Ich glaube schon. Und da mich bisher niemand anders versucht hat um die Ecke zu bringen, denke ich, dass ich die ganze Sache ‚ad acta' legen kann."

„Das klingt gut. Ich freue mich für dich"

„Ich freue mich auf morgen."

„Ich auch. Machs gut."

„Tschüß." Eric beendete die Telefonverbindung. Dann stieg er in seinen Mietwagen, sah sich aber vorher noch einmal um, ob er nicht doch von irgendjemandem beobachtet wurde.

Am Tag darauf kaufte sich Eric ein neues Smartphone. Bei dem ersten Laden den er aufsuchte, versuchte der Verkäufer ihm ein Plagiat einer teuren Trendmarke zu verkaufen. Es war jedoch so offensichtlich, dass es sich dabei um einen billigen Nachbau aus Fernost handelte, dass Eric jedes Interesse am Kauf in diesem Laden verlor.

Bei dem nächsten Laden erschien ihm der Verkäufer wesentlich vertrauenswürdiger. Dort erwarb er ein günstiges Smartphone und fuhr zu Veras Hotel. Da er eine halbe Stunde vor der ausgemachten Uhrzeit dort ankam, probierte er einige Funktionen des Handys aus, während er auf Vera wartete. Er experimentierte mit den Texteingabemöglichkeiten und schoss Fotos mit verschiedenen Einstellungen. Als Vera aus dem Hoteleingang kam, machte Eric sofort einen Schnappschuss. Sie lachte und Eric drückte erneut auf den Auslöser.

Vera begrüßte Eric mit einer freundschaftlichen Umarmung. Sie hatte ihn vermisst. Auch wenn sie in den letzten Tagen intensiv mit Arbeit beschäftigt war. Nun, da sie den Abend zur freien Verfügung hatte, freute sie sich darauf ihn mit Eric zu verbringen. Auch Eric genoss es, wieder Veras Gesellschaft um sich zu haben. Erneut machte er ein Foto von ihr.

„Zeig mal her, was du da für Aufnahmen von mir machst. Auf Schnappschüssen sehe ich immer schrecklich aus", flachste Vera.

Eric führte ihr stolz das neue Smartphone und seine „fotografischen Künste" vor.

„Schau her. Es sind alles wunderschöne Aufnahmen. Bei einem Topmodel wie dir ist das ja auch kein Wunder", flirtete Eric.

„Alter Schmeichler. Aber Danke. So etwas höre ich gerne." Vera wusste um ihre Wirkung auf Männer.

Während die beiden vor dem Hotel turtelten, stand Nabil wieder an seinem Fenster. Es war ihm schon vor einigen Minuten aufgefallen, dass jemand in dem Wagen vor dem Eingang wartete. Schnell erkannte er Eric. Und als der Deutsche mit seinem Handy hantierte, erhöhte sich Nabils Pulsschlag. Er fragte sich ob Eric wieder neugierige Fotos machte. Hatte der Sprachforscher etwa doch erkannt, dass Nabil damals bei Omar und Sagara stand? War dieser Europäer möglicherweise hartnäckiger und zäher als er dachte? Als dann Vera bei Eric eintraf musste Nabil sich zusammenreißen, dass er nicht die Fassung verlor. Er spürte, wie die Panik in ihm hochstieg als er den beiden zusah wie sie Fotos auf dem Handy betrachteten. War da vielleicht auch die Aufnahme von ihm mit Sagara mit dabei? Das würde bedeuten, dass nun auch Vera von Nabils Verbindung zu Sagara wusste. Damit hätte

Nabil und auch die ganze Kultgemeinschaft ein echtes Problem. Und was Nabil am meisten Sorgen machte: Seine Heilung durch seinen neuen Glauben würde wieder in weite Ferne rücken.

Wie viele Jahre schon musste Nabil diese Existenz zwischen hoffen und bangen ertragen. Dieses stetige Damoklesschwert über ihm, dass sein Körper irgendwann eine Resistenz auf die Medikamente entwickeln könnte. Wie oft saß er den Ärzten gegenüber und registrierte jede noch so kleine Veränderung ihrer Mimik bevor sie endlich die neuesten Laborergebnisse verkündeten. Wie sehr hasste er diese Abhängigkeit von der Gnade oder Ungnade der Pharmaindustrie. Wie sehr hatte er gehofft, irgendwo jemanden mit einer ganz neuen Heilmethode zu finden. Hier auf dem afrikanischen Kontinent, wo die Herangehensweise an das was Krankheit bedeutet eine ganz andere ist, als in Ägypten oder in Europa.

So viel neue Hoffnung hatte er geschöpft als er vor einigen Jahren, nach einem Besuch bei seinen Eltern, in Tel el-Amarna den Malier traf, der ihm von den Gemeinsamkeiten des Kultes mit der Dogon-Mystik berichtete und immer von der vollständigen Heilung derer erzählte, die in die letzten Geheimnisse des Kultes eingeweiht wurden.

All diese Hoffnung würde zerstört sein, wenn man Nabil mit dem Attentäter auf der Märtyrerbrücke in Verbindung brachte. Die Polizei würde an ihm kleben und nicht mehr locker lassen, bis er Antworten abgab. Der Kult würde ihn dann nie in die engeren Kreise vorlassen und seine Heilung würde er nicht mehr erleben. Bevor er wieder das Vertrauen der Kundigen erlangt hätte wäre er längst der Leukämie zu Opfer gefallen.

Nabil konnte den Blick nicht von Eric, Vera und dem verdammten Handy lassen. Am liebsten wäre er hinuntergestürzt und hätte ihnen das Ding entrissen und in alle Einzelteile zerlegt.

Dass Eric und Vera in diesem Moment nur über ein paar harmlose Schnappschüsse scherzten kam ihm nicht in den Sinn. Eric war, seitdem er mit seinem Auto im Niger versunken war, nicht einmal auf die Idee gekommen, die Speicherkarte seines Handys auf seinen PC zu überspielen. Ihm waren bisher nur die eingespeicherten Telefonnummern wichtig.

Die Angst vor dem Verlust all Dessen worauf er in den letzten Monaten gehofft hatte, brachte Nabil fast um den Verstand. So sehr er doch eigentlich gegen Gewalt war, er musste das zu Ende führen was Sagara und Omar nicht hinbekommen hatten. Und Vera stellte leider bei dieser Angelegenheit einen enormen Unsicherheitsfaktor dar. Auch sie musste er beseitigen. So bald wie möglich.

17

Das ‚Centre Hospitalier Universitaire' war das einzige große Krankenhaus in Bamako. In dieser Millionenstadt machte es für viele Menschen den Unterschied zwischen Leben und Tod. Wenn man hier nicht geholfen bekam und kein Geld für eine Privatklinik besaß, dann konnte man nicht einfach zum nächsten Hospital fahren. Der nahezu europäische Standard der hier an Ausrüstung und Bildung der Ärzte herrschte, verlieh ihm eine besondere Aura. Für die meisten Menschen in Mali war es fast ausgeschlossen, dass sie jemals in den Genuss der Möglichkeiten dieses Hauses kamen, da es für den Großteil der Bevölkerung unbezahlbar war. Das Gesundheitssystem des Landes war einfach zu wenig ausgebaut. Auch wenn Mali sich in anderen Bereichen besser entwickelte als andere afrikanische Länder, so lag die Gesundheitsversorgung der Menschen im Argen.

Bakary, der Polizist, der das Zimmer von Sagara bewachte, saß gelangweilt auf dem harten Stuhl. Er sollte dafür sorgen, dass der Täter nicht floh, falls er erwachte und dass nicht mögliche Komplizen Kontakt mit ihm aufnahmen. Als Polizist und damit Staatsdiener war er selbst schon einmal Patient hier in diesem Gebäude gewesen. Damals als er bei einem Einsatz mit einem Messer so schwer verletzt worden war, dass viele nicht mehr an sein Überleben glauben konnten. Lange hatte er an Schläuchen gelegen und beobachtet wie Monitore jeden Herzschlag dokumentierten. Lange hatte er mitbekommen wie andere Patienten auf seiner Station aufwändige Behandlungen bekamen, weil sie es sich leisten konnten. Seit damals war Bakary hin und her gerissen wenn er die hochmoderne Krankenhaustechnologie sah, zu der er und sogar der engste Teil seiner Familie Zugang hatte. Er war froh, dass er wusste, dass seine Frau oder seine Kinder im Falle einer ernsten Krankheit versorgt wären.

Aber die meisten Menschen in seinem Land genossen diesen Luxus nicht. Wenn sie krank wurden, bekamen sie nur die allernötigste Grundversorgung. Dann wurden sie wieder zu ihren Familien geschickt, wo sie entweder gesund gepflegt wurden oder starben. Einen solchen Fall hatte er in seiner Verwandtschaft selbst mitbekommen. Seine Schwägerin litt jahrelang an immer schlimmer werdendem Schwindel. Doch sie gehörte nicht zur unmittelbaren Familie, die durch seinen Beamtenstatus abgesichert war. Irgendwann brachte sie sein Bruder hier in das Hospital. Ein Arzt untersuchte sie kurz, sagte er könne ohne eine Tomographie keine Diagnose stellen und schickte sie nach Hause. Das spielte sich noch drei Mal ab. Immer wieder wurde sie nach Hause geschickt. Irgendwann folgte dem Schwindel eine plötzliche Bewusstlosigkeit. Wieder packte sie sein Bruder ins Auto und fuhr ins Hospital. Als sie ankamen war die Frau tot. Diese wunderbare Krankenhaustechnologie war hier in Mali nicht für jeden erschwinglich. Wer Pech hatte starb.

Und dieser Amokfahrer, den Bakary bewachte, hatte offenbar kein Pech, dachte der Polizist immer wieder. Wer dessen Krankenhauskosten bezahlte war scheinbar egal. Er lag im Koma, mit allen teuren Geräten verbunden und schlief friedlich vor sich hin. Dieser Sagara war dabei, als ein Weißer spektakulär von der Brücke geschubst wurde und bekam nun eine Behandlung die man seiner Schwägerin verweigert hatte. Er fragte sich ob das gerecht sei. „Nein.", flüsterte er mit einem mühsam unterdrückten Zorn vor sich hin. „Nein, das ist nicht gerecht."

Als einer der Pfleger ihn einlud eine Zigarette mit ihm auf dem Dach zu rauchen, ahnte Bakary, dass jemand irgendetwas mit dem Patienten vorhatte. Bakary weigerte sich aber darüber nachzudenken und nahm die Einladung an. Dieser Sagara hatte es nicht verdient, dass er das bekam was einfachen, friedfertigen Menschen verweigert wurde. Wenn es hier einen Pfleger gab der diesen Sagara wegschaffen ließ, dann würde Bakary nicht im Wege stehen. Fast mechanisch folgte er dem Pfleger. Sie gingen die Treppe mehrere Stockwerke hinauf bis zum Dach. Dort nahm er eine der französischen Zigaretten, die ihm der Pfleger anbot und ließ sie sich anzünden. Er inhalierte den ersten Zug und beinahe rituell blies er den Rauch in die Luft. Beide redeten kein Wort. Obwohl Bakary dem Pfleger vorher nie bewusst begegnet war, erschien es ihm als ob sie schon vor Ewigkeiten beschlossen hätten diesen Moment hier gemeinsam auf dem Dach zu verbringen. Unter ihnen hörten sie den Lärm der Millionenstadt, hörten wie Rettungswagen mit Sirenen auf das Hospital zusteuerten. Hörten wie die Flugzeuge starteten oder zur Landung auf den internationalen Flughafen Bamakos ansetzten. Bakary erschien das alles um ihn herum in diesem Moment völlig unwichtig. Wichtig war nur, dass er sich jetzt nicht unten vor dem Zimmer dieses Beinahe-Mörders befand. Bewusst langsam führte er immer wieder die Zigarette zum Mund und sog den Rauch tief in seine Lungen um ihn dann wieder ebenso langsam in die Luft abzugeben. Mit jedem Zug den er von sich blies war es ihm als ob er ein Stück seines Zorns in den Himmel entließ.

Als sie ihre Zigaretten fertig geraucht hatten sagte der Pfleger zu Bakary: „Nun können wir wieder hinuntergehen. Es ist alles gut." Als er dem Pfleger folgte, wusste er dass ihn keine Überraschung erwarten würde. Sagaras Zimmer war leer.

18

Nabil fühlte sich äußerst unwohl in diesem Viertel Bamakos. Besonders, da bald die Nacht hereinbrach. Bis vor wenigen Wochen gab eine nächtliche Ausgangssperre im ganzen Land, die aber nicht verhinderte, dass trotzdem ein reges Nachtleben existierte.

Nabils Internetrecherchen in den letzten Stunden ergaben, dass es hier die besten Chancen gab jemanden zu finden, der für eine größere Summe ungewöhnliche Aufträge schnell und vor allem diskret ausführt. Er hatte sich so unauffällig wie möglich angezogen und suchte nach Anzeichen für eine inoffizielle Kellerbar. Er hatte gelesen, dass man dort in den Hinterzimmern alles bekommen konnte was illegal oder sonst nicht zu haben war. Vor allem Waffen aller Art oder seltene malische Kunstschätze. Daran war Nabil allerdings nicht interessiert.

Nabil suchte jemanden der das Problem mit den beiden Deutschen löste. Mit seinem Mietwagen fuhr er durch die schmale Straße, die parallel zur Hauptstraße verlief. Die Passanten, die er am Straßenrand sah, gehörten ganz sicher nicht zu den Büroangestellten mit denen er tagsüber bei seiner Arbeit für die UN zu tun hatte. Würde er eine Frau für ein paar nette Stunden suchen, dann wäre er jetzt schon fündig geworden. Offizielle Bars gab es hier auch dutzende. Eine Untergrundbar war schon schwieriger zu finden. Er wusste nicht einmal wonach er überhaupt genau Ausschau halten sollte. Woran erkennt man ein Lokal das nicht erkannt werden will?

Nabil bemerkte nicht, dass er bei seiner Suche immer langsamer durch die Straßen fuhr. Sein Wagen zog nun die Blicke einiger leichter Mädchen und deren Zuhälter auf sich. Dass Nabil nicht mehr in der Masse des Verkehrs verborgen war, bemerkte er erst, als eine der jungen Frauen an sein Auto kam. Mit einem eindeutigen Angebot für eine schnelle Nummer lehnte sie sich durch das offene Fenster in sein Auto. Erschrocken verneinte Nabil und beschleunigte unvermittelt. Die Frau sprang zurück und knallte mit einem wüsten Fluch ihre Handtasche auf das Autodach. Nabil fragte sich für einen Moment ob er die Suche nicht aufgeben sollte. Aber dann suchte er aber umso verbissener nach Anzeichen für einen Ort an dem er seinen Spezialauftrag vergeben konnte.

Nachdem er über eine Stunde durch das Viertel gefahren war, entdeckte er einen Hauseingang, der auffällig schlecht beleuchtet war. Die weit geöffneten Türen wiesen darauf hin, dass es sich nicht um ein einfaches Wohnhaus handelte. Direkt hinter der Tür führte eine Treppe nach unten. Kein Schild, keine Leuchtreklame luden die Passanten ein, hier einzutreten. Trotzdem herrschte ein reger Betrieb von Männern aller Altersklassen die hier ein- und ausgingen.

Nabil fuhr noch einen Block weiter und parkte seinen Wagen in einer Seitenstraße. Auf dem Weg zu dem vielversprechenden Eingang musste er wieder einige reizvolle Angebote ausschlagen. Er versuchte sich mit dem Gedanken anzufreunden, dass er als potentieller Freier eine gewisse Unauffälligkeit in dieser Umgebung erlangte. Schließlich tat er sogar so als würde er an manchen Angeboten Interesse haben, sich aber nicht zu einem Schäferstündchen entschließen.

Als er bei dem Eingang ankam spürte er deutlich sein Herz pochen. Immer noch konnte er nicht genau abschätzen was ihn am unteren Ende der Treppe erwarten würde. Ein Einheimischer kam mit einer jungen Frau sichtlich angeheitert die Treppe herauf. Ein Türsteher war weit und breit nicht zu sehen. Wenn er mehr wissen wollte musste er den Weg nach unten wagen. Also zwang er seine Füße die Stufen herab, an das spärlich beleuchtete Ende der Treppe. Mit jedem Schritt hörte er lauter die hämmernde Musik die aus den Räumen des Kellergeschosses kam. Im Untergeschoss angelangt führte ein Gang erst nach links, dann wieder nach rechts. Dort bewachte, in einem nun hell erleuchteten Abschnitt, ein glatzköpfiger Zwei-Meter-Hüne eine Tür, durch die der Lärm des dahinter liegenden Musiklokals drang. Nabil versuchte einen besonders selbstbewussten Eindruck zu machen.

„Gibt es bei euch auch Mädchen?", fragte Nabil und versuchte einen äußerst lüsternen Blick aufzusetzen.

„Mehr als du vertragen kannst", erwiderte der Riese und musterte Nabil intensiv. Nabil schluckte, hielt aber dem Blick des Türstehers stand.

„Dann bin ich hier richtig. Lass mich durch, mein Freund." Nabils Stimme zitterte, aber das war bei der lauten Musik nicht zu hören.

„Ich wünsche dem Herrn viel Vergnügen." Der Türsteher schob mit seinem muskulösen Arm die Tür auf und Nabil begab sich in die Masse der schwitzenden Besucher, die das weitläufige Kellerareal füllte.

Zuerst hatte er Mühe sich zu orientieren. Theken schien es an allen Seiten des Raumes zu geben. Da er sich für eine entscheiden musste, ließ er sich einfach von der Menge auf dem leichtesten Weg treiben. An einer der Bars angekommen brüllte er dem Mädchen hinter dem Tresen eine Bestellung zu.

„Ein Bier." Eigentlich trank Nabil keinen Alkohol. Als er noch Moslem war, hatte es ihm seine Religion verboten. Und auch nachdem er einen neuen Glauben gefunden hatte, verzichtete er darauf. Er hatte nie richtig verstanden warum seine Mitbewohner in Deutschland das Zeug so liebten. Aber um seine Tarnung aufrecht zu halten nippte er nun an dem Bier, dass die Bedienung ihm auf die Theke stellte.

Es dauerte nicht lange, da setzte sich eine sehr leicht bekleidete junge Frau neben ihn. Ihre samtweiche schwarze Haut schimmerte verführerisch im schummrigen Licht des Etablissements.

„Du siehst nicht so aus als wärst du nur zum Trinken hier", sagte sie mit einem abschätzenden Lächeln.

„Das stimmt", antwortete er. „Du kannst mir sicher helfen." Dabei zog er einen Geldschein aus seiner Hemdtasche, nahm ihn zwischen zwei Finger seiner rechten Hand und hielt sie dem Mädchen hin. „Ich suche jemanden der Aufträge erledigen kann. Spezielle Aufträge. Hast du da einen Tipp für mich." Die junge Frau griff nach dem Geldschein, aber Nabil zog ihn weg. „Du hast meine Frage noch nicht beantwortet. Sag mir wo ich jemanden für diskrete Aufträge finde, dann gehören die Scheine hier dir." Nabil zog einen zweiten Schein aus seinem Hemd.

„Ich kenne da jemanden, der dir vielleicht helfen kann. Aber bist du sicher, dass du nicht erst mal ein bisschen Spaß haben möchtest?" Sie schob ihre Hand zwischen Nabils Beine und griff sanft zu. Nabil war zwar im Moment überhaupt nicht nach Sex zumute, aber trotzdem reagierte seine Männlichkeit. Vorsichtig aber entschieden schob er ihre Hand weg.

„Erst die Arbeit, dann das Vergnügen", sagte er so bestimmend wie möglich. „Wenn dein Tipp wirklich gut ist, dann lasse ich mir deine Dienste sicher noch mal was kosten." Jetzt hielt er ihr die Scheine direkt vor das Gesicht und sie griff mit einer schnellen Bewegung zu. Dann wies sie ihn an: „Los, folge mir."

Sie gingen durch die Menge an einen Tisch der etwas abseits in einer Nische lag. Dort saßen drei Männer. Zwei hatten Mühe sich aufrecht zu halten. Ob sie vom Alkohol oder von Drogen benommen waren konnte Nabil nicht erkennen. Der Dritte sah Nabil mit der Frau erwartungsvoll an.

„Ich glaube, da möchte jemand mit dir ins Geschäft kommen", erklärte die Frau.

„Ich kaufe nichts", antwortete der Mann, dessen Gesicht von Pockennarben übersät war, mit gespieltem Desinteresse.

„Es geht um einen Auftrag", sagte Nabil und trug ebenfalls Desinteresse zur Schau.

Das Narbengesicht rüttelte an einem seiner dahindämmernden Kumpanen und befahl: „Los, Jungs. Haut mal ab. Ich hab hier was zu besprechen." Dann wandte er sich der Frau zu: „Danke, du hast was gut bei mir."

Nabil setzte sich und der Narbige meinte: „Du hast einen ägyptischen Akzent. Wie kann ich dem Sohn der Pyramiden helfen?" Nabil bemerkte wie begierig sein Gegenüber darauf war, sich auf schnelle Weise Geld zu verdienen.

„Das Mädchen hat gesagt, sie übernehmen auch diskrete und ganz spezielle Aufträge."

„Ich habe schon vieles gemacht. Alles hat seinen Preis." Der Mann sagte das mit einer solchen Überzeugung, dass Nabil keinen Zweifel daran hatte, dass er hier richtig war. Trotzdem fragte er: „Wirklich alles?"

„Wirklich alles. Das kannst du mir glauben."

„Dann sollten wir uns unterhalten." Nabil schaute sich noch einmal um, ob keine neugierigen Ohren in der Nähe waren. „Ich habe da zwei Personen die mir etwas Sorge bereiten."

Das Narbengesicht grinste. „Da kann ich Ihnen helfen. Ich bin dazu da um Sorgen zu vertreiben. Und wenn es sein muss auch endgültig."

19

Eric und Vera besuchten ein kleines Musikfestival für westafrikanische Musik. Früher fanden solche Festivals regelmäßig in Bamako und anderen Städten Malis statt. Das berühmteste ist das ‚Trophées de la Musique au Mali' das sogar in Europa in interessierten Kreisen bekannt war. Westafrika hat eine sehr lebendige Musikszene und besonders in Mali wird die Tradition der Griots, der singenden Geschichtenerzähler, weitergeführt und mit westlichen Elementen zu neuen Kreationen verarbeitet. Aber auch immer mehr westliche Musiker suchen und finden in westafrikanischen Metropolen wie Bamako neue Inspirationen.

Als die Islamisten Teile Malis besetzt hatten, versuchten sie diese Musikkultur zu unterbinden. Seit der Befreiung Malis mit Hilfe französischer Truppen gab es erst wenige solcher öffentlicher Konzerte, auch wenn im Untergrund eine äußerst lebendige Musikszene existiert.

Während der zweieinhalb Stunden des Konzerts, das als Non-Profit-Veranstaltung organisiert war, traten sechs Gruppen aus unterschiedlichen westafrikanischen Ländern auf. Die Stimmung war friedlich und ausgelassen. Man merkte, dass die Menschen, die täglich mit den unterschiedlichsten Versorgungsproblemen zu kämpfen hatten solche Veranstaltungen dringend als Ventil brauchten.

Auch Eric und Vera sogen die Atmosphäre der überquellenden Lebensfreude in sich auf. Eric beobachtete die anderen Zuschauer, fast ausschließlich Einheimische, die begeistert den Musikern aus den Nachbarländern zujubelten. Auch er fühlte sich in diesen Stunden mit allen anderen Menschen auf dem Open-Air-Konzert besonders verbunden. Eric schoss auch hier Fotos mit seinem Handy. Natürlich immer wieder auch von Vera.

Als das Konzert geendet hatte, bot ein Besucher, der beobachtet hatte wie Eric Fotos von Vera machte, ihnen an mit Erics Handy eine Aufnahme von beiden zu machen. Vera lehnte dankend ab, da sie insgeheim befürchtete, dass der junge Mann mit dem teuren Mobiltelefon Reißausnehmen würde. Eric aber war von diesem wunderschönen Abend derart überwältigt, dass er ohne Bedenken dem jungen Malier das Gerät in die Hand drückte. Vera ging nun davon aus, dass der im nächsten Moment mit der Beute die Flucht antreten würde, bemühte sich aber ihr schönstes Lächeln in die Kamera zu zaubern. Der junge Mann machte mehrere Fotos und gab das Handy mit den besten Wünschen für die Zukunft an Eric zurück. Eric bedankte sich und der junge Mann ging weiter. Vera schämte sich etwas für ihr heimliches Misstrauen, freute sich aber, dass Eric so glücklich war.

Vera hätte am liebsten erneut bei Eric übernachtet, aber sie wollte noch einiges für den nächsten Arbeitstag vorbereiten. Also fragte sie:

„Sehen wir uns morgen wieder?"

„Das würde mich sehr freuen. Soll ich dich diesmal schon um 18:00 Uhr abholen?"

„Das wäre sehr schön. Wir könnten wieder essen gehen. Mein Kollege Nabil hat mir ein Restaurant außerhalb von Bamako empfohlen. Es soll sehr schön gelegen in einer Palmenoase liegen."

„Na, wenn es dein Kollege empfiehlt, dann sollten wir es unbedingt mal besuchen. Hast du die Adresse?"

„Ja, Nabil hat sie mir aufgeschrieben." Sie kramte in ihrer Handtasche. Dann zog sie einen Zettel heraus mit dem Namen des Restaurants und einer Zufahrtsbeschreibung. Alles handschriftlich.

„A la Petite Colline", las Eric laut vor. Er nahm sein Smartphone und fotografierte den Zettel. „Alles digital abgespeichert", sagte er zufrieden.

Eric fuhr Vera noch in ihr Hotel. Dort verabschiedete er sich mit einem Kuss auf ihre Wange. Sie bedankte sich für den schönen Abend, umarmte ihn kurz und hauchte noch: „Bis morgen", in sein Ohr. Dann ging sie zum Hoteleingang, winkte ihm kurz zu und verschwand in dem Gebäude.

Zuhause angekommen war Eric so neugierig auf die Fotos, die er heute mit seinem neuen technischen Spielzeug gemacht hatte, dass er die Bilder sofort auf seinen PC überspielte.

Vera sah auf den Aufnahmen genauso bezaubernd aus wie er sie in den letzten Tagen erlebt hatte. Ihre Vitalität und ihren Charme konnte man auch auf den Bildern spüren. Verträumt saß Eric vor dem Computer und dachte wie viel Glück er doch hatte, dass sie ihm begegnet war. Einige Zeit saß er so in dem dunklen, stillen Zimmer als er sich daran erinnerte, dass er vor einigen Tagen mit seinem alten Handy auch eine Aufnahme von Vera gemacht hatte. Das Handy selbst war durch die Wassereinwirkung defekt, das hatte er schon getestet. Aber möglicherweise war ja die Speicherkarte mit den Fotos noch intakt.

Als er nach dem alten Smartphone suchte, fand er es unter einem Stapel von Zeitungen. Er zog die Speicherkarte heraus und betrachtete sie prüfend. Sichtbare Schäden hatte sie nicht. Dann steckte er sie in einen Slot seines PCs. Gespannt wartete er auf eine Meldung seines Computers. Es öffnete sich auf dem Bildschirm ein Fenster. „Speicherkarte erkannt", war zu lesen. Eric freute sich, als ob er eine wissenschaftliche Sensation entdeckt hätte. Er klickte auf den Ordner und öffnete ihn. Dann suchte er den Speicherort der Bilder und öffnete auch ihn. Problemlos erschienen die Vorschaubilder der Aufnahmen die hier gespeichert waren. Ältere Fotos von Sehenswürdigkeiten die er vor Monaten besucht hatte. Kollegen die er bei Konferenzen getroffen hatte. Schnappschüsse von Straßenszenen in Bamako.

Eric markierte alle Bilder in dem Ordner und kopierte sie auf den Schreibtischcomputer. Er fand auch die Aufnahme von Vera vor dem Restaurant ‚Chez Bernard'. Eine weitere schöne Erinnerung, die er nun auf dem Monitor betrachtete. Als er das nächste Foto auf den Bildschirm holte, verfinsterte sich seine Miene. Vor sich sah er die Aufnahme von Omar, dem Kerl der ihn von der Brücke stoßen wollte. Er hatte sie kurz vor dem schrecklichen Vorfall gemacht. Neben Omar und einem Farbigen, der offenbar dessen Mitfahrer war und den Crash auf der Brücke überlebt hatte, sah er die dritte Person, die damals nicht zu erkennen war. Nun konnte man das Gesicht sehen. Offenbar hatte er zufällig genau in dem kurzen Moment den Auslöser gedrückt als der Mann sein Gesicht zeigte. Und diese Person war Nabil, Veras Kollege.

Eric zoomte näher an das Gesicht heran, um es besser zu erkennen, da er sich noch nicht sicher war. Doch die Auflösung reichte nicht aus. Es blieb aber eine auffällige Ähnlichkeit. Für einen Moment überlegte Eric ob er Vera anrufen sollte, aber inzwischen war es mitten in der Nacht. Und alles was Eric hatte war ein Verdacht. Ebenso fraglich erschien es ihm mit dem Bild zur Polizei zu gehen. Was wäre, wenn sich alles nur als ein großer Irrtum herausstellen würde. Nabil bekäme Schwierigkeiten, in einem Land in dem das Rechtssystem nicht mit dem der westlichen Welt zu vergleichen ist. Also beschloss Eric, das Bild erst einmal Vera zu zeigen. Er kopierte es auf sein neues Smartphone und versuchte die Situation in einer möglichst undramatischen Sichtweise zu sehen. Trotzdem ging er mit einem unguten Gefühl zu Bett.

Als Eric am nächsten Abend Vera vom Hotel abholte, hatte er schon fast das mysteriöse Foto vergessen. Sein Arbeitstag war wieder sehr intensiv gewesen und er hatte Mühe, die verabredete Uhrzeit einzuhalten.

Vera kam ausgesprochen gut gelaunt aus dem Hotel und beide fuhren entsprechend der Fahrtbeschreibung Nabils durch Bamako in Richtung Stadtrand. Unterwegs fragte Vera nach Erics Arbeit.

„Ist es nicht manchmal schwer, wenn man für eine Missionsgesellschaft tätig ist, in einem Land zu arbeiten in dem fast ausschließlich Muslime leben?", erkundigte sie sich und setzte ihre Sonnenbrille auf.

Eric war es gewohnt, dass ihm Europäer diese Frage stellten. „Wie du sicher weißt, sind die Muslime die hier in Mali seit Generationen leben, keine Extremisten. Auch nicht die Tuareg die immer wieder für ein eigenes Land kämpfen. In diesem Land muss keine Frau ein Kopftuch tragen und in den Schulen lernen Mädchen und Jungs gemeinsam. Der Islam hier ist sehr offen. Schon deshalb, da viele Volksgruppen ihre alten traditionellen Bräuche nicht aufgegeben haben. Timbuktu war nicht umsonst über Jahrhunderte hinweg das wissenschaftliche Zentrum Nordafrikas. Unter Extremisten wäre ein solches Wissen nicht angehäuft worden. Im Gegenteil. Die Islamisten hatten im Januar 2013 versucht das Ahmed-Baba-Institut nieder zu brennen. Und auch bei den Tuareg, die sich leider während der Unruhen von den Islamisten benutzen ließen, haben die Frauen, verglichen mit ihren Geschlechtsgenossinnen in anderen muslimischen Ländern, erstaunlich viele Rechte."

„Also ist es für die Muslime hier in Mali kein Problem, dass du als Missionar hier arbeitest?"

„Nein. Überhaupt nicht. Die Malier sind sehr tolerante Menschen. Außerdem wurde ich zwar von einer Missionsgesellschaft ausgesendet, aber meine Haupttätigkeit ist die Sprachforschung. Und das bedeutet, dass ich durch meine Arbeit mithelfe, die eine oder andere Sprache hier im Land zu bewahren. Die meisten Menschen denen ich begegne sind froh, dass ihre Sprache dokumentiert wird."

„Aber die meisten Dogon sind doch keine Muslime." Vera hatte natürlich durch ihre Arbeit bei der UN einige Vorkenntnisse über das Land.

„Die Dogon praktizieren mehrheitlich eine traditionelle Stammesreligion mit Ahnenverehrung. Dieses Volk hatte der Islamisierung Malis, die im 13. Jahrhundert begonnen hatte weitestgehend widerstanden. Man vermutet, dass die Dogon im Laufe der Jahrhunderte in das jetzige Gebiet des ‚Pays Dogon' ausgewichen sind, um ihre Kultur und ihre religiösen Bräuche zu bewahren. Sie waren vor Sklavenhandel und islamischer Missionierung in die abgelegene Felslandschaft von Bandiagara, südlich von Timbuktu, geflohen. Dort konnten sie ihre ursprünglichen Glaubensvorstellungen bewahren. Bis heute leben dort die Dogon, die sich selbst ‚Kinder der Sonne' nennen in mehreren Hundert Dörfern. Manche Siedlungen sind ähnlich wie Schwalbennester an das eindrucksvolle Sandsteinplateau von Bandiagara gebaut. Seit 1989 ist das ‚Pays Dogon' Teil des UNESCO-Weltkulturerbes."

„Und diese Dogonreligion ist auch kein Problem für dich?"

„Nicht jeder Dogon mit dem ich zu tun habe schlachtet sofort ein Opfertier über einem Fetisch wenn er mir begegnet. Meine Kontakte bestehen darin, mit den Leuten ins Gespräch zu kommen, um ihre Sprache zu erforschen. Die meisten Elemente der Dogonreligion bleiben den Außenstehenden sowieso verborgen."

„Und zurzeit musst du den größten Teil deiner Arbeit ja von der Millionenstadt Bamako aus machen, da das Dogongebiet wegen der ausländischen Extremisten zu unsicher ist."

„Richtig. In Bamako habe ich Kontaktpersonen aus dem Dogonvolk, mit denen ich arbeite. Und hier habe ich auch die Infrastruktur um mit der Missionsgesellschaft in Verbindung zu bleiben."

„Warst du überhaupt schon mal im Dogongebiet?"

„Ein paar Besuche habe ich schon machen können. Amagana, mein Kontaktmann hat mich schon mehrmals anlässlich besonderer Feste zu seiner Familie mitgenommen. Dann war ich für einige Tage im ‚Pays Dogon'."

Sie fuhren südlich des Niger nach Osten und passierten nun einen der Außenbezirke Bamakos. Es gab kaum noch gemauerte Häuser. Hütten aus weggeworfenen Materialien säumten die Straßen, die eigentlich nur staubige Pfade zwischen den Häusern waren.

„Ich frage mich wie dein Freund Nabil zu dieser Adresse gekommen ist. Wer geht denn schon in so einer Gegend essen?" murmelte Eric während er aus dem fahrenden Auto auf eine Gruppe verwahrloster Kinder schaute.

„Nabil meinte, in den Lokalen in der Innenstadt würde man nie die Weite und das Ursprüngliche dieses Landes erfahren können. Dazu müsse man raus aus der Millionenstadt."

Eric schaute in den Rückspiegel. Seit geraumer Zeit war ein Wagen in einiger Entfernung hinter ihm. Da auf der Straße die sie benutzten zwar einige Pferdewagen aber kaum Autos fuhren, fiel das verfolgende Auto auf. Eric konnte aufgrund des immer noch großen Abstandes nicht das Fabrikat oder den Fahrer erkennen, nur die Staubwolke, die auf der lehmigen Piste entstand. Seit dem Vorfall auf der Märtyrerbrücke hielt Eric regelmäßig nach verdächtigen Fahrzeugen Ausschau. Schließlich hatte die Polizei die Hintergründe noch nicht aufklären können. Allerdings hatten sich alle verdächtigen Autos bisher als harmlos herausgestellt. Deshalb beschloss Eric auch die Staubwolke im Rückspiegel nicht mehr weiter zu beachten.

Inzwischen hatten sie die letzten Häuser am Stadtrand hinter sich gelassen und folgten nun etwa einen Kilometer weit einem von Bäumen und Büschen gesäumten Weg.

Als sie bei dem Restaurant ankamen stellten sie erfreut fest, dass Nabil nicht übertrieben hatte. Es lag sehr abgelegen auf einer Anhöhe. Nördlich konnte man das Ufer des Niger sehen. Nach Osten war der Blick in die Weiten der Savanne frei. Das Haus mit einer weitläufigen Veranda war mit Holz verkleidet und sehr gepflegt. Die Nähe zum Niger sorgte für reiches Pflanzenwachstum im Umkreis des Restaurants. Auf dem kleinen Parkplatz standen nur wenige Autos, was Eric nicht verwunderte, da die Gegend hier so abgelegen war, dass sich sicher keine Zufallsgäste hier her verirrten. Trotzdem freuten sich die beiden über den idyllischen Ort der zu einem lauschigen Abend einlud.

Als sie aus dem Wagen stiegen sagte Eric anerkennend: „Dein Kollege kennt sich wirklich aus."

„Ja, wie aus einem Reiseprospekt. Es ist einfach herrlich hier."

Auf der überdachten Veranda waren nur zwei Tische mit weiteren Gästen besetzt. An einem Tisch saßen zwei Männer. Der Kleidung nach zu urteilen waren es Geschäftsleute. In bester Laune unterhielten sie sich in Bambara, einer der in Mali wichtigsten Sprachen, neben Französisch. An einem anderen, etwas abgelegenen Tisch saß ein kräftiger Mann mit einer Schirmmütze.

Bevor sich Eric und Vera einen Platz gesucht hatten, wurden sie von einem Kellner freundlich auf Französisch begrüßt und zu einem Tisch geleitet, von dem man eine überwältigende Sicht auf den Niger hatte. Sie setzten sich und Vera nahm ihre Sonnenbrille ab. Die Sonne stand knapp über dem Horizont und der Himmel begann bereits einen rötlichen Farbton anzunehmen.

Der Kellner brachte die Speisekarten und gab eine Empfehlung für das Menü des Tages. Eric bestellte für sich und Vera Mineralwasser und eine Flasche Wein, dann studierten sie die Karte.

„Wenn hier das Essen auch so gut ist wie das Ambiente, dann werde ich mir wohl ein Dankeschön für Nabil ausdenken müssen", überlegte Vera laut. Eric erinnerte sich an das seltsame Foto, das er gestern auf seiner Speicherkarte entdeckt hatte. Am liebsten hätte er Vera jetzt darauf angesprochen, aber er wollte die angenehme Stimmung nicht zerstören.

„Da wird uns schon etwas einfallen", sagte er nur.

Als der Kellner mit den Getränken kam, bestellten die beiden und genossen die Aussicht und den Sonnenuntergang. Vera lächelte verträumt.

„Du siehst glücklich aus", stellte Eric fest.

„Ja, ich glaube im Moment bin ich glücklich. Hier ist der Alltag so weit weg. Hier habe ich für ein paar Stunden das Gefühl im Paradies zu sein. Zusammen mit dir." Sie reichte ihm ihre Hand. Er nahm sie und sagte: „Ja. Hier, zusammen mit dir, das ist das Paradies." Sie mussten beide lachen.

Der Kellner brachte das Essen und während sie aßen, erzählte Vera von Ihrer Kindheit und Jugend. Sie war in einer Akademikerfamilie aufgewachsen und das einzige Kind ihrer Eltern. Nie hatte es ihr an irgendetwas gefehlt. Sie durfte die besten Schulen besuchen und ihre Eltern organisierten ihre Jugend generalstabsmäßig. Da Vera selbst ehrgeizig und intelligent war, machte sie ihr Abitur mit besten Zensuren. Bevor sie mit ihrem Studium begann, wollte sie ihre Unabhängigkeit von den Eltern beweisen und machte mit ihrem damaligen Freund einen zehnmonatigen, selbst organisierten Trip durch verschiedene Länder Afrikas. Für ihre Eltern war das ein Schock. Die Vorstellung, dass ihre wohlbehütete Tochter durch diesen unsicheren Kontinent reiste, war grauenvoll für sie. Im Laufe dieser zehn Monate musste Vera auch einige gefährliche Situationen meistern, aber glücklicherweise erlitt weder sie noch ihr Freund einen ernstlichen Schaden. Als sie wieder nach Hause kam akzeptierten ihre Eltern, dass sie nun erwachsen war. Veras Beziehung zu ihrem Freund hielt allerdings nur noch ein viertel Jahr.

Während ihres Studiums redeten ihre Eltern nicht mehr in ihr Leben herein. Trotzdem ließen sie ihre Beziehungen spielen als Vera dann einen Arbeitsplatz bei der UN suchte. Seitdem hatte sie einige Missionen in Afrika erfüllt. Aber auch nach den vielen Jahren in ihrem Beruf faszinierte und erschreckte sie der schwarze Kontinent immer wieder aufs Neue.

„Ja. So viele glückliche Menschen und so viel Elend sind hier dicht beieinander. Und da wo Hilfe wirklich Erfolg hat, kann in einer Woche alles wieder zerstört sein. Ethnische Feindschaften, Korruption, religiöse Konflikte. Man braucht einen langen Atem, wenn man hier helfen will", stellte Eric fest.

„Man muss sich in die Menschen und in ihre Kultur hineinversetzen können", ergänzte Vera.

Als sie mit dem Essen fertig waren, verschwand die Sonne schon fast hinter dem Horizont. Im Schein von Kerzen und Fackeln verbrachten sie noch mehr als zwei Stunden auf der Veranda. Die anderen Gäste waren längst gegangen. Nur der Mann mit der Schirmmütze saß immer noch an seinem Tisch und war scheinbar in sein Smartphone vertieft. Eric vermutete, dass er zum Haus gehört und beachtete ihn nicht weiter.

Die einbrechende Dunkelheit tauchte inzwischen die Umgebung um das Haus in tiefes Schwarz. Der Schein der Lampen und Fackeln die zum Haus gehörten reichte nur einige Meter weit. Der Mond am Himmel spendete nur wenig Licht.

Eric wollte nun doch noch das Foto von Nabil mit Sagara ansprechen bevor der Abend vorbei war.

„Vera, ich muss dir etwas zeigen. Es ist ein Foto, das ich an dem Tag gemacht habe als ich von der Brücke gedrängt wurde. Sag mir bitte was du darauf siehst." Er holte sein Smartphone aus der Tasche und rief das Bild auf. In der Dunkelheit leuchtete das Display wie eine Taschenlampe. Vera betrachtete das Bild, aber sie sagte nichts. Eric vergrößerte das Bild, so dass man nur noch die Köpfe der Personen sah. Aufgrund der schlechten Auflösung waren sie entsprechend verpixelt.

„Was siehst du hier?", stellte Eric seine Frage erneut.

„Sind die zwei rechten Männer diejenigen die den Anschlag auf dich verübt haben?", fragte nun Vera. Sie war sichtlich erschrocken.

„Ja, das ist sehr wahrscheinlich. Bei der Polizei hat man mir Fotos der Männer gezeigt."

„Und du willst jetzt von mir wissen, wer der dritte ist?"

„Erkennst du ihn?"

Vera zögerte immer noch. Es schien als ob ihr die Luft wegbleiben würde. Eric ahnte, dass er mit seinem Verdacht richtig lag.

„Der dritte Mann ist Nabil. Nabil Samir, mein Kollege von den Vereinten Nationen.

„Bist du da sicher?", hakte Eric nach.

„Der Mann auf dem Bild sieht genau so aus, soweit man das erkennen kann. Zeig noch mal die ganze Person." Eric passte den Bildausschnitt an.

Vera deutete auf das Display: „Die ganze Körperhaltung. Der Kopf, die Schultern. Das ist Nabil. Was hat das zu bedeuten?" Ihre Aussage war eindeutiger als Eric erwartet hatte.

„Das müssen wir der Polizei melden", erklärte Eric. „Wenn dieser Nabil etwas mit den Attentätern zu tun hat, dann ist er vielleicht der einzige über den man etwas über die Hintergründe erfahren kann."

„Ja, aber was sollte Nabil damit zu tun haben?"

„Das weiß ich im Augenblick auch nicht, aber nur durch ihn wird die Polizei mehr erfahren."

„Und wie soll ich morgen Nabil gegenübertreten, wenn ich davon ausgehen muss, dass er vielleicht mit Terroristen zu tun hat?"

„Geh ihm aus dem Weg oder melde dich krank. Auf jeden Fall zeig ihm nicht was wir vermuten."

„Das ist leicht gesagt. Wir gehen davon aus, dass er mit einem Mordversuch zu tun hat."

„Vielleicht ist das auf dem Foto ja gar nicht Nabil. Die Polizei muss das aufklären. Warte erst mal ab", versuchte Eric Vera zu beruhigen.

Nun wollten beide nur nach Hause. Eric zahlte und sie gingen über den schlecht beleuchteten Parkplatz zu seinem Geländewagen.

„Diese Dunkelheit ist man in Bamako gar nicht gewohnt", bemerkte Eric. Obwohl er bei den Übernachtungen in den Dogondörfern schon die Dunkelheit außerhalb von modernen Siedlungen erlebt hatte, war ihm diese Schwärze immer wieder unheimlich. Besonders jetzt, da ihnen bewusst wurde, dass sie ja nur auf Nabils Empfehlung hier in dieser Einsamkeit waren.

„So ein Mist. Bei meiner Afrikatour, nach dem Abitur, hatte ich im Dunkeln nicht so viel Angst wie jetzt wenn ich davon ausgehen muss, dass Nabil uns mit Absicht hierher gelockt hat. Warum hast du mir das Bild nicht früher gezeigt?", schimpfte Vera.

„Weil ich mir nicht sicher war, ob es Nabil ist und weil dieser Abend so schön begonnen hat", versuchte Eric zu erklären.

„Jetzt nur so schnell wie möglich nach Hause", meinte Vera und sie stiegen in das Auto. „Und vorher fahren wir bei der Polizei vorbei. Wenn Nabil in Wirklichkeit ein ganz anderer ist als er bisher zu sein schien, dann will ich nicht im gleichen Hotel wie er schlafen."

Eric startete den Wagen und suchte im Licht der Scheinwerfer den Weg.

Kurz nachdem sie das Restaurant verlassen hatten ging auch der Malier mit der Schirmmütze. Auch er lief zu seinem Wagen und fuhr sofort ab.

Eric fuhr so schnell es ging, blieb aber trotzdem vorsichtig, da er das Fahren in der dunklen Umgebung nicht gewohnt war. Der Farbige aus dem Restaurant war inzwischen in Sichtweite hinter ihm und orientierte sich an seinen Rücklichtern. Er holte ihn schnell ein.

„Da ist jemand hinter uns", stellte Eric fest. Er versuchte seine aufkommende Panik zu unterdrücken aber Vera durchschaute ihn.

„Fahr schneller", meinte sie. „Bitte, fahr schneller. Wir müssen den Stadtrand erreichen."

Eric beschleunigte, aber der andere Wagen war schon dicht hinter ihnen. Mit waghalsigem Tempo zog er neben Erics Auto und dann hämmerte ein lauter Schlag an die Fahrertür. Das Geräusch eines Projektils, das das Blech durchschlagen hatte. Der Verfolger hatte auf die Autotür geschossen. Eric trat unwillkürlich auf die Bremse.

„Verdammt, der Kerl schießt auf uns." Eric beschleunigte wieder, da das andere Auto auch gebremst hatte. „Bist du verletzt? fragte er Vera.

„Nein, ich glaube nicht. Und du?", antwortete sie und machte sich auf dem Beifahrersitz so klein wie möglich.

Wieder schoss der Verfolger auf Erics Auto. Diesmal offenbar auf das Vorderrad, denn der Reifen platzte mit einem lauten Knall. Eric konnte die Richtung nicht mehr halten und kam von der Fahrbahn ab. Mit einem plötzlichen Ruck kam das Fahrzeug zum Stehen.

„Wir müssen hier raus und weglaufen. So weit es geht", sagte Eric und zeigte auf die Beifahrertür. Doch das Auto hing direkt vor einem Felsen fest, so dass Vera die Tür nicht öffnen konnte.

Der Verfolgerwagen, der nun vor Eric war setzte zurück und die beiden Deutschen erwarteten nun dass der Angreifer ausstieg um sie aus der Nähe zu erschießen.

„Renn weg. Eric. Deine Tür kannst du öffnen", schrie Vera.

Eric zögerte. Irgendwo war noch ein weiteres Autogeräusch zu hören. Es hörte sich an als ob es näher kam.

Der Attentäter hatte sein Auto verlassen und näherte sich Erics Wagen. Im Licht der Autos konnte man nur seine Silhouette erkennen. Er hielt die Pistole in der rechten Hand.

Das entfernte Autogeräusch wurde immer lauter, aber es waren nirgends weitere Scheinwerfer zu sehen. Die Silhouette mit der Waffe stand nun direkt vor Erics Tür und hob den Arm.

Wie aus dem Nichts kam ein Geländewagen aus der Dunkelheit und rammte den Schützen, der einige Meter weit weg flog. Der Wagen schaltete nun die Scheinwerfer ein und kam zum stehen. Ein Farbiger sprang heraus. Auch er hatte eine Pistole. Ohne Warnung schoss er auf den am Boden Liegenden, der den Aufprall offensichtlich so gut überstanden hatte, dass er zurück schoss. Der Retter sprang hinter sein Fahrzeug und gab eine Salve von drei Schüssen ab. Eric und Vera verkrochen sich in ihrem Auto so gut es ging.

Ein weiteres Mal noch hörten sie einen Schuss. Dann war es still.

„Bist du OK?", fragte Vera leise.

„Keine Ahnung", antwortete Eric. „Tot bin ich jedenfalls nicht."

Jemand ging an Erics Tür. Die beiden Deutschen hielten den Atem an.

„Sind Sie verletzt?", fragte eine Stimme.

„Ich glaube nicht." Eric traute sich wieder zu atmen.

„Dann kommen Sie raus. Wir müssen hier weg, bevor es hier von

Neugierigen nur so wimmelt." Der Mann öffnete die Fahrertür.

Eric und Vera rappelten sich hoch und blickten immer noch misstrauisch auf ihren Retter. Eric stieg aus und sah nach dem Täter, der auf sie geschossen hatte. Im Schein des dritten Autos lag seine Leiche verkrümmt in einer Blutlache auf dem staubigen Boden.

„Der wird Ihnen nichts mehr tun", sagte der Farbige, der nun die Lichter aller Autos ausschaltete und mit einer Taschenlampe leuchtete. „Wie konnten Sie nur so blöd sein und mitten in der Nacht außerhalb von Bamako in der Gegend herumfahren?"

„Das frage ich mich auch", warf Vera ein, die sich nun auch aus dem Auto wand.

„Was wollte der von uns?", fragte Eric und zeigte auf den leblosen Körper am Boden.

„Das erzähle ich Ihnen später. Jetzt kommen Sie und steigen Sie in meinen Wagen." Der Mann schob die Beiden auf sein Auto zu.

„Wer sind Sie?", fragte nun Vera.

„Auch das erzähle ich Ihnen später. Wie ich schon sagte. Wir müssen hier schnellstens weg."

Da Erics Wagen durch die Einschüsse nicht mehr fahrbereit war, blieb den Beiden nichts anderes übrig als in das Auto des fremden Retters zu steigen. Der Mann setzte sich ein Gerät vor die Augen, das entfernt an ein Fernglas erinnerte.

„Ein Nachtsichtgerät", erklärte er. „Auf den nächsten Kilometern sollten wir unsichtbar bleiben. Deshalb müssen wir erst mal auf die Fahrzeugbeleuchtung verzichten.

„Zufällig sind Sie wohl nicht hier?", wollte Eric wissen, der auf dem Rücksitz Platz genommen hatte. Vera saß auf dem Beifahrersitz.

„Nein. Ob Sie es glauben oder nicht. Ich bin hier um Ihr Leben zu retten."

Vera schlug die Hände vor das Gesicht. „Sie wussten, dass man uns töten wollte? Dann können Sie uns hoffentlich auch sagen warum da jemand hinter uns her ist? Oh, mein Gott. In was sind wir nur hier hineingeraten?"

Der Farbige startete den Motor und fuhr langsam los. „Über die Hintergründe kann ich euch nur wenig erzählen. Aber ich kann euch sagen, wer diesen Auftragskiller angeheuert hat." Er wandte seinen

Kopf zu Vera. Mit seinem Nachtsichtgerät sah er aus wie eine außerirdische Mischung aus Mensch und Maschine. „Nabil Samir, Ihr netter Kollege von der UN hat wohl tierisch Angst, sie könnten etwas gesehen haben, was sie nicht sehen sollten. Deshalb hat er gestern ein armes Schwein angeheuert, das Sie und Ihren Freund beseitigen sollte. Er hat Sie hier vor die Stadt gelockt wo es niemanden wundert, wenn zwei Weiße einfach mal überfallen werden. Und Sie haben ja prima mitgespielt."

„Ja, ganz prima", erwiderte Vera sarkastisch. „Und was soll ich denn so wichtiges gesehen haben?"

„Das möchte ich von Ihnen wissen. Sagen Sie es mir. Schließlich habe ich ja gerade Ihr Leben gerettet."

„Ich hatte mehr aus Zufall ein Foto gemacht, auf dem dieser Nabil zu sehen ist", mischte sich Eric nun ein. „Er ist darauf mit den Kerlen zu sehen, die auf der ‚Pont des Martyrs' versucht haben mich umzubringen. Wahrscheinlich hat er das mitbekommen. Ich selbst habe ihn erst gestern darauf entdeckt. Und Vera wusste bis vorhin überhaupt nichts davon."

„Ihr Nabil hat offensichtlich ein Geheimnis, das ihm so wichtig ist, dass er dafür einen Killer anheuert. Er hat Kontakte zu einer ägyptischen Sekte, die auch Verbindungen zu Gruppen hier in Mali hat. Dieser Sagara Diakité, der in dem Kleinbus war, der Sie von der Brücke geschubst hat, gehört auch zu der Gruppe. Wenn ich nicht den Auftrag hätte diese Sektenspinner zu beobachten, dann wären Sie jetzt vermutlich tot. Ich habe mitbekommen wie er nach einem Auftragsmörder gesucht hatte. Dann bin ich dem Täter gefolgt. Wie es scheint kam ich gerade noch rechtzeitig."

Vera stieß nun mit der Frage hinaus die sie schon beschäftigte seit sie in das Auto gestiegen war.

„Wer sind Sie?"

„Nennen Sie mich einfach Khaled. Ich finde, wir sollten uns eigentlich duzen. So wie ich das sehe werdet ihr nicht einfach wieder zurück nach Bamako können. Dieser Anschlag war nun schon der zweite innerhalb weniger Tage. Nabil Samir wird nicht locker lassen. Besonders wenn er erfährt, dass auch dieser Mordversuch nicht erfolgreich war."

„Können wir nicht einfach zu Polizei gehen? Schließlich haben wir nichts getan. Wir sind die Opfer", schlug Vera vor.

„Diese Sekte, hat scheinbar Kontakte in alle Kreise hier in Mali. Dieser Sagara Diakité zum Beispiel liegt inzwischen nicht mehr im Krankenhaus. Er ist einfach verschwunden. Das heißt, es gibt ein paar Zeugen die gesehen haben wie Leute, die wie Pfleger aussahen den bewusstlosen Mann aus dem Gebäude gebracht haben. Sagara stand unter polizeilicher Bewachung. Trotzdem wurde er entführt. Und was hat die Polizei denn bezüglich des Mordversuches auf der Brücke erreicht. Nichts. Gar nichts. Wollt ihr unter diesen Umständen euer Leben der Polizei hier anvertrauen."

„Du bist nicht von der Polizei", stellte Eric fest.

„Richtig, ich bin nicht von der Polizei." Im Schein der Armaturbeleuchtung konnte man nun so etwas wie ein Lächeln auf dem Gesicht des Fahrers erkennen. „Ich arbeite für den US-Geheimdienst. Mehr kann und will ich euch nicht sagen."

Wieder vergrub Vera ihr Gesicht in ihre Hände. „In was sind wir da nur hineingeraten."

„Wir fahren nun erst mal zu einem Freund bei dem wir unterkommen können. Er wird uns ganz bestimmt nicht verraten. Ich kenne ihn schon seit Jahren." Khaled wusste, dass die Beiden nun Aufmunterung brauchten.

„Von Nabil hatte ich auch gedacht, dass ich ihn kenne. Und nun bin ich auf der Flucht vor ihm."

„Wenn ich sage, dass ich ihn kenne, bedeutet das, dass mein Geheimdienst ihn kennt. Genügt dir das als Sicherheit?"

Vera nickte. „Ja, verdammt. Das muss wohl genügen."

Die beiden Deutschen mussten die Schießerei, ihre unerwartete Rettung und die beunruhigenden Informationen erst einmal verdauen. Während der nächsten Stunde saßen sie in Gedanken versunken auf ihren Sitzen und versuchten die Eindrücke zu ordnen. Khaled steuerte seinen Wagen mit Hilfe des Nachtsichtgerätes zielsicher durch die rabenschwarze Nacht. Wenn er in der Ferne ein anderes Fahrzeug erkannte, bog er schnell von der ungepflasterten Piste ab und wartete bis er wieder unerkannt weiterfahren konnte.

Nach etwa zwei Stunden kamen sie zu einem kleinen Dorf, das nur aus etwa einem Dutzend Lehmhütten bestand. Khaled wies Vera und Eric an, nichts von seiner Verbindung zum Geheimdienst zu erzählen. Scherzhaft ergänzte er, sonst müsse er sie töten. Weder Vera noch Eric konnten über diesen Scherz lachen.

Misstrauisch wurden die nächtlichen Besucher von Dorfbewohnern, die von dem Motorengeräusch geweckt wurden, gemustert. Als aber einer der Männer, die neugierig aus den Hütten kamen, Khaled erkannte, schlug die Stimmung in ein freundliches Willkommen um.

„Khaled, mein Freund. Was fährst du mitten in der Nacht hier durch die Einsamkeit? Ist dir deine Autowerkstatt zu langweilig?", fragte ein älterer Mann mit weißem Bart. Die in vielen Teilen Malis übliche, längere Begrüßungszeremonie begann. Dazu gehörte es, sich nacheinander nach dem Befinden einzelner Verwandter zu erkundigen und zwischendurch immer wieder Allah zu loben. Als der Begrüßungsritus beendet war, bat Khaled um eine Unterkunft für die Nacht.

Khaleds Freund, der sich Brehima nannte, wies ihnen eine halbfertige Hütte zu, die er zurzeit für seinen Schwiegersohn baute. Immerhin hatte sie ein Dach und die vier Wände mit den kleinen Löchern, die die Funktion von Fenstern erfüllten, strahlten auf die beiden Deutschen in dieser augenblicklichen Situation so etwas wie Geborgenheit aus.

Bevor die drei allerdings dazu kamen, etwas Schlaf zu finden, lud Brehima sie dazu ein eine Kanne Tee zu trinken und von sich zu erzählen. Vera und Eric überließen es vorsichtshalber ihrem geheimnisvollen Freund das Wort zu führen. Khaleds Warnung, nichts von dessen Geheimdiensttätigkeit zu erzählen, klang ihnen noch immer in den Ohren.

„Ich habe diese beiden Deutschen zufällig am Stadtrand von Bamako getroffen", berichtete Khaled dem alten Mann. „Jemand wollte sie ausrauben und ermorden. Ich half ihnen und dabei ist der Täter umgekommen. Ich möchte natürlich keinen Ärger bekommen, weil ich geholfen habe und es dabei einen Toten gab. Du verstehst. Das heißt, es ist mir wichtig, dass niemand erfährt, dass wir heute Nacht hier waren." Eric staunte. Khaled erzählte nicht einmal die Unwahrheit. Er ließ nur weg, dass er für einen Geheimdienst arbeitete.

„Falls wirklich jemand nach euch fragen sollte, werden wir erzählen, dass wir über Nacht drei Engländer beherbergt haben. Du kannst dich darauf verlassen", bestätigte Brehima und goss seinen Gästen die erste Tasse Tee ein. Vera nippte an dem kleinen Glas und verzog das Gesicht, was den Männern allerdings gar nicht auffiel. Der Tee schmeckte sehr stark. Sie sah unauffällig zu Eric hin, der scheinbar auch überrascht war wie intensiv der Tee schmeckte. Da beide ihren Gastgeber nicht beschämen wollten, tranken sie tapfer ihr Glas aus und beobachteten weiter das Gespräch.

„Wie ist es deinem Dorf in den letzten Monaten ergangen?", fragte Khaled seinen Freund.

„Viele Flüchtlinge aus dem Norden kamen hier vorbei. Wir haben ihnen geholfen wo wir konnten. Aber mit unseren Feldern und unseren Ziegenherden können wir gerade einmal uns selbst versorgen. Unsere Vorräte sind nun leer. Ich habe einen meiner Söhne mit einer Schnitzerei, die unsere Vorfahren angefertigt haben, nach Bamako geschickt. Dort soll er die Holzfigur verkaufen und dafür Hirse besorgen, damit unser Dorf bis zur nächsten Ernte überlebt. Keiner von unserem Volk wollte die Kämpfe im Norden. Unfrieden bedeutet nur Hunger und Tod."

Da inzwischen jeder in der Runde sein Teeglas geleert hatte goss Brehima erneut Tee ein. Nun forderte er seine Gäste auf Zucker hinzuzugeben. Vera und Eric waren erleichtert, da sich nun das Getränk leichter genießen ließ. Inzwischen waren sie etwas entspannter. Die freundliche Atmosphäre gab ihnen die Zuversicht zurück, dass die Geschehnisse der letzten Stunden und Tage doch ein gutes Ende nehmen würden. Genüsslich tranken sie ihre Gläser leer.

Nun goss der Malier wieder nach und reichte auch erneut den Zucker. Dabei sagte er in einem fast andächtigen Ton: „Eine Tasse Tee, bitter wie der Tod. Eine Tasse, lieblich wie das Leben. Eine Tasse, süß wie die Liebe." Die beiden Deutschen verstanden nun den Inhalt dieser Teezeremonie. Nicht zufällig hatten die verschiedenen Aufgüsse unterschiedlich Geschmacksnoten. Sie symbolisierten die unterschiedlichen Eckpunkte des Lebens.

Im Verlauf der Teezeremonie kam eine bleierne Müdigkeit über Vera und Eric. Brehima blieb das nicht unbemerkt und er nahm das kleine Tablett mit der Kanne und den leeren Gläsern und wünschte allen eine gute Nacht. Dann verließ er die Hütte und Eric erklärte, dass er jetzt unbedingt schlafen müsse. „Die letzten Stunden waren einfach zu viel. Ich will einfach nur abschalten und schlafen."

„Ihr solltet wirklich Kräfte sammeln", bestätigte Khaled. „Morgen werden wir versuchen, heraus zu bekommen, welche Verbindung es zwischen der ägyptischen Sekte und Gruppen hier in Mali gibt. Vielleicht sind uns deine Beziehungen als Sprachforscher sogar nützlich."

„Wenn es hilft, das alles aufzuklären, dann soll es mir recht sein. Aber jetzt muss ich schlafen. Gute Nacht." Eric legte sich in eine Ecke des Raumes auf den Boden und kroch unter die Decke die Brehima bereit gelegt hatte.

„Ich werde mich bei meinen Leuten von der UN melden müssen", gab Vera zu bedenken. Eric hörte diese Frage bereits nicht mehr. Als er sich niedergelegt hatte war er sofort eingeschlafen.

„Ja." Khaled nickte. „Aber versuch auch du jetzt zu schlafen. Morgen sehen wir weiter."

20

Die Mitarbeiter der ‚Société Pharmaceutique Internationale', die die Unterlagen von Pierre Tisserand auswerteten, stießen immer wieder auf dieselbe Frage: Was war mit ‚Nyi' gemeint, das Tisserand mit ‚Blut' übersetzt hatte? Mehrmals war in den Aufzeichnungen zu lesen: ‚Geheilt durch das Blut'. Hatte Tisserand hier plötzlich irgendwelche religiösen, christlichen Überzeugungen mit einfließen lassen? Wollte er kranke Mitglieder der Dogongemeinschaft heilen indem er sie zum Christentum bekehrte? Weitere Hinweise auf religiöse Überzeugungen des Franzosen gab es in seinen Notizen nicht. Er hatte seine Arbeit stets auf einer naturwissenschaftlichen Basis betrieben. Wenn nun in seinen Unterlagen von ‚Heilung durch Blut' zu lesen war, dann musste das einen anderen Grund haben.

Entscheidend für den Konzern war, dass Tisserand überhaupt von Heilung sprach. Diese Notiz allein, war für die Forschungsleiter Grund genug ein weiteres Forschungsteam die Arbeit von Tisserand fortsetzen zu lassen. Auch wenn kein Ansatz zu erkennen war, ob hier überhaupt wirklich Heilungen stattgefunden hatten.

Man stellte ein Team zusammen. Zu ihm gehörten eine Botanikerin, ein Pharmakologe und zur Sicherheit ein ehemaliger Fremdenlegionär, der schon einige Aufträge für den Konzern erledigt hatte. Die Botanikerin, die gebürtige Malierin Fania Bodu war eine zurückhaltende, zierliche Person mit sehr dunkler, fast schwarzer Hautfarbe. Die beiden Männer waren Franzosen und schienen sich gegenseitig in Sachen Körperbau übertrumpfen zu wollen. Beide waren groß und athletisch. Fania hatte zuerst den Eindruck, dass sie nur als Bodyguards zu ihrer persönlichen Sicherheit engagiert wurden, doch nach einigen Gesprächen mit Michel Giraud, dem Pharmakologen wusste sie auch dessen Fachwissen zu würdigen. Als vor zwei Jahren schon einmal ein Mitarbeiter für einen Einsatz in Mali gesucht wurde, hätte Michel beinahe diesen Job bekommen. Allerdings entschied man sich damals für Pierre Tisserand. In Michels Augen war dessen Ableben eine Bestätigung dafür, dass die damalige Entscheidung falsch war. Dass er nun mit zwei Begleitern dorthin reisen sollte ärgerte ihn zusätzlich. Besonders die Tatsache, dass man ihm Etienne für seine Sicherheit zugeteilt hatte, empfand er als unnötig. Er sah sich selbst in bester körperlicher Verfassung und vertraute darauf, dass er mit seinem, seiner Meinung nach, außergewöhnlichen Intellekt auch schwierige Situationen meistern würde. Während der Vorbereitungsphase ließ er das Etienne bei jeder sich bietenden Gelegenheit spüren.

Etienne Berger, der Sicherheitsexperte, verbrachte die kurze Zeit die das Team zur Vorbereitung hatte hauptsächlich damit, sich mit den sicherheitsrelevanten Eigenheiten eines Einsatzes in Mali vertraut zu machen. Da es in den letzten Jahren immer häufiger vorkam, dass in Nordafrika oder dem Nahen Osten Reisende entführt wurden, für die Terroristen dann Lösegeld verlangten, war sein Beitrag zu dieser Mission praktisch überlebenswichtig. Sein Auftrag war es, dafür zu sorgen, dass die beiden Wissenschaftler wieder heil und gesund nach Frankreich zurückkommen sollten. Und dafür wollte er auch sorgen.

Etienne ertrug die abfälligen Äußerungen Michels, dass man doch auf einen Personenschützer verzichten könne, mit bemerkenswertem Gleichmut. Leuten wie ihm war Etienne schon oft begegnet. Immer wieder verwechselten sie den Einsatz in einem afrikanischen Land mit einer Urlaubsreise nach Ibiza. Erst wenn ihnen vor Ort klar wurde, dass ihnen eine falsche Entscheidung das Leben kosten konnte, wurden sie auf einmal lammfromm und befolgten dann auch willig seine Anweisungen.

Fania bemerkte zwar Michels Alphatier-Gehabe, doch auch sie entschloss sich ihn zu ignorieren. Sie sah in diesem Auftrag die Möglichkeit ihren Heimatkontinent als den Ort mit den zukunftsträchtigsten biologischen Ressourcen ins Licht der Öffentlichkeit zu rücken.

Als endlich der Tag der Abreise anbrach, trafen sich die drei am frühen Morgen in der Lobby ihres Hotels in Paris. Ein Hotelangestellter hatte ihre Koffer auf einen Wagen geladen und brachte das Gepäck zu dem Taxi, das vor dem Gebäude wartete.

„Guten Morgen, Madame Bodu. Ich hoffe Sie hatten eine erholsame Nacht." Michel sah in seinem etwas zu weiten Anzug aus wie eine schlechte Kopie von James Bond.

„Guten Morgen, die Herren", antwortete Fania und ignorierte seine Frage.

„Guten Morgen", erwiderte auch Etienne die Begrüßung. „Das Gepäck wird gerade verladen. Wir können gleich losfahren.

„Es muss schön für sie sein, wieder zurück nach Mali zu Ihren Dogongeschwistern zu kommen", erkundigte sich Michel.

Fania hatte Michel zwar schon mehrmals erklärt, dass das Volk der Dogon in Mali nur 5 Prozent der Bevölkerung ausmacht und sie selbst zur Ethnie der Soninke, und nicht zu den Dogon, gehörte, doch schienen diese Informationen nicht in dessen Bewusstsein anzukommen.

„Selbstverständlich freue ich mich auf diesen Auftrag", antwortete Fania geduldig. „Und das Volk der Dogon fühlt sich ebenso wie das Volk der Soninke, zu dem ich gehöre, als Teil der großen Vielvölkernation Mali." Sie hatte in den letzten Tagen schon mehrmals versucht Michel zu erklären, dass die Grenzen, die die Kolonialmächte in Afrika gezogen hatten, oftmals mitten durch das Gebiet eines Volkes oder einer ganzen Ethnie führten. So lebt das Volk der Soninke nicht nur in Mali, sondern auch in Mauretanien, in der Elfenbeinküste und in Burkina Faso.

„Das ist doch alles Westafrika. Die Gegend hat doch gestimmt."

Michel versuchte, besonders entspannt zu wirken indem er diesen Scherz machte, doch auf Fania wirkte er nur albern.

„Wir sollten jetzt losfahren", drängte Etienne. „Ich hoffe, Sie haben beide meine Sicherheitsanweisungen gelesen."

„Ja, habe ich. Ich weiß, dass wir in den Gebieten dieser Dogon-Eingeborenen nicht auf eine Polizeistation um die Ecke hoffen können. Wir dürfen also nicht nach Einbruch der Dunkelheit draußen spielen gehen", spottete Michel und verließ als erster die Lobby.

„Auch ich habe Ihren Bericht gelesen. Vielen Dank für Ihre Vorsorge. Ich denke, wenn wir uns an Ihre Anweisungen halten, dann wird uns auch nichts geschehen." Fania schätzte die Ernsthaftigkeit mit der Etienne seine Arbeit erledigte.

„Danke.", entgegnete Etienne mit besorgter Miene. „Wenn dieser Möchtegernheld vielleicht irgendwann sein übergroßes Ego ablegt, dann wird unsere Mission auch eine Chance auf Erfolg haben.

21

Es war Nabil, der meldete, dass Vera Stratmann nicht zum Dienst erschienen war. Er gab sich besorgt und betonte immer wieder, dass Vera in den letzten Tagen seltsame Andeutungen gemacht hätte und möglicherweise eine Affäre mit einem Einheimischen unterhielt. Es deute auch einiges darauf hin, dass sie sich mit einem Weißen amüsiere, aber mehr könne er dazu nicht sagen. All diese Aussagen Nabils waren natürlich falsch und sollten nur dazu dienen Vera eine Mitschuld an ihrem Verschwinden anzudichten.

Am Abend zuvor, nachdem Vera das Hotel verlassen hatte um mit Eric zum Restaurant außerhalb Bamakos zu fahren, hatte er sich mithilfe einer Plastikkarte und etwas Draht, Zugang zu Veras Zimmer verschafft. Dort versteckte er ein Foto Sagaras und dessen Telefonnummer. Er fand auch Veras Notizbuch, dass sie für Aufzeichnungen bei Besprechungen und Konferenzen benutzte. Er schlug es auf, blätterte zu den letzten beschriebenen Seiten und schrieb dort, so gut er eben ihre Schrift nachahmen konnte, das Wort ‚Sagara' hinein und malte daneben ein Herz. Auf die davor liegende Seite schrieb er den Namen eines Stadtviertels mit einer hohen Kriminalitätsrate. Er nannte natürlich nicht das Viertel in dem er selbst den Auftragsmörder gefunden hatte.

Sobald man Veras Verschwinden zu Kenntnis genommen hatte, würde man ihr Zimmer durchsuchen und die von ihm versteckten Indizien finden. So wie er seine gefälschten Beweise versteckt hatte, musste alles darauf hindeuten, dass es Vera war, die Sagara beauftragt hatte Eric von der Brücke zu stoßen. Sagara war inzwischen aus dem Krankenhaus verschwunden und wenn nun Vera auch verschwunden war und man die Leiche Erics fand, dann brauchte die Polizei nur 1 und 1 zusammenzählen um zu dem Bild zu kommen, dass Vera ihren deutschen Freund ermorden ließ und dann mit Sagara durchgebrannt sein musste. Da Nabil angeordnet hatte, dass man Erics Leiche im Auto lassen und Veras Leiche irgendwo in der Wüste vergraben sollte, würde die Polizei auch Erics Leiche als Indiz bekommen.

Es missfiel Nabil zwar seinen Freund Sagara als Komplizen von Vera darzustellen, aber da Sagaras Mittäterschaft am Attentatsversuch auf Eric allgemein bekannt war, stand Sagara sowieso unter Anklage. Vor allem aber waren die Ablenkungsmanöver nützlich um die Polizei davon abzubringen die Verbindung des gemeinsamen Glaubens von Nabil und Sagara aufzudecken. So wurde der Kult geschützt. Und das war vorerst das wichtigste.

Nabil selbst präsentierte sich den Ermittlern stets als hilfsbereiter Außenstehender der völlig erschüttert darüber war, dass seine Kollegin scheinbar ein Doppelleben führte. Er beantwortete die Fragen der malischen Polizei und betonte den Ermittlern gegenüber immer wieder, dass man die Europäer eigentlich nie richtig verstehen könne. Weiße Frauen seien eben ganz anders als die Muslimas in Ägypten oder in Mali.

In Gesprächen mit den Ermittlern der UN betonte Nabil, dass sich Vera in den letzten Tagen einsam gefühlt hätte. Er selbst habe immer zuviel Scheu gehabt um ihr nach Feierabend Gesellschaft zu leisten, aber Vera hätte Kontakte hier im Land gesucht. So wie er die Sache sähe, sei sie dabei an den Falschen geraten.

Da Vera erst wenige Stunden vermisst wurde gingen die Ermittlungen noch in alle Richtungen. Die meisten der UN-Mitarbeiter die Vera kannten, berichteten dass sie nicht an ein Verbrechen glaubten, da Vera zu erfahren sei um sich in Gefahr zu bringen. Alle hofften, dass der Fall bald aufgeklärt würde und sich alles als Missverständnis herausstelle.

22

Als Sagara erwachte, fühlte er sich erstaunlich vital. Er hatte das dringende Bedürfnis aufzustehen und wollte sich schon aufrichten um sich auf die Bettkante zu setzen als er bemerkte, dass er auf dem Boden einer Lehmhütte lag. Unter ihm polsterte nur eine grob geflochtene Matte den harten Untergrund. In dem Raum war außer einer erloschenen Feuerstelle nur in einer Ecke ein Topf und einige Schüsseln mit Hirse und Früchten.

Er versuchte aufzustehen, was ihm zwar gelang, aber kurzzeitig ein heftiges Schwindelgefühl auslöste. Er hielt sich an der Wand fest und wartete bis der Schwindel aufhörte. Als er sich wieder gefangen hatte, ging er zu dem offenen Eingang um hinaus zu gelangen. Er trat ins Freie und die Sonne blendete ihn. Er kniff die Augen zusammen und überlegte wie er hier hergekommen war.

Er erinnerte sich an die ‚Märtyrer-Brücke'. Daran, dass er zusammen mit Omar in einem Kleinbus einen Weißen verfolgte. Er wusste nicht mehr genau warum sie hinter dem Mann her gewesen waren. Irgendwann waren sie ganz dicht hinter dessen Auto. Das waren seine letzten Erinnerungen.

Nun befand er sich in diesem Dorf. Er kannte es. Es war Jongu, ein Dogondorf. Es gehörte zu den acht heiligen Dörfern die in einer besonderen Beziehung zu Nommo standen. Er wusste zwar nicht wie er hier her gekommen war, aber langsam kam in ihm ein Verdacht auf, warum er hier hergebracht wurde.

Vorsichtig versuchte er wieder die Augen zu öffnen. Er blinzelte und erkannte schemenhaft die Toguna, die niedrige, offene Hütte direkt vor den Felsen. In der Toguna versammelten sich immer die

Dorfältesten um sich über die Angelegenheiten des Clans zu beraten.

Sagara konnte nun seine Augen ganz öffnen und spürte mit jedem Lichtstrahl wie neue Kräfte seinen Körper durchfluteten. Selten hatte er sich so lebendig gefühlt. Er atmete tief durch und es war, als ob mit jedem Atemzug ein Schwall purer Energie in seinen Körper fuhr. Nun ließ er den Blick über den Dorfplatz vor sich streifen. Einige Bewohner die seine Anwesenheit bemerkten, kamen freudig rufend auf ihn zu. In seiner Wahrnehmung überwanden sie dabei kosmische Entfernungen. Ihre Schritte schienen in Zeitlupe abzulaufen und fasziniert nahm er dabei jede noch so kleine Bewegung war. Als er zum Himmel blickte leuchtete das Blau fast überirdisch und die endlose Weite schien ihn zu sich zu rufen.

Als nun die ersten Bewohner bei ihm angekommen waren und ihn bei ihren Begrüßungen berührten spielte sich seine Wahrnehmung wieder auf das ihm gewohnte Maß ein. Er erwiderte die Begrüßungsgesten und suchte nach bekannten Gesichtern. Jedoch fand er keines unter den immer mehr hinzukommenden Leuten.

Als er endlich Seydou, den Dorfältesten, den er kannte, entdeckte drängte er sich durch die Menge dem alten Mann entgegen.

„Sei gegrüßt, weiser Seydou", rief Sagara ihm entgegen.

„Sei gegrüßt, Sagara, mein Bruder." Der übliche Begrüßungsdialog folgte und am Ende bemerkte Seydou: „Amma war dir gnädig und nun lebst du wieder."

„Ich war tot?", fragte Sagara verwirrt.

„Dein Geist befand sich in einem tiefen Schlaf und dein Körper wurde nur noch mit den Maschinen der Weißen am Leben gehalten. Aber Amma hat dich davon erlöst." Die Menge die Sagara inzwischen bestürmte, machte ein weiteres Gespräch nun fast unmöglich. Seydou deutete mit seinen Händen auf die Menge um zu signalisieren, dass sie in ihre Häuser zurückkehren sollten.

„Wie habt ihr mich wieder ins Leben zurückgeholt?" Die Menge zog sich zwar langsam zurück, aber immer noch wurde Sagara von Leuten umlagert, die sich davon überzeugen wollten, dass sie hier keinen Geist vor sich hatten.

„Wie ich sehe bist du wieder zu Kräften gekommen. Die Antwort die du suchst, findest du in der Kammer der Ahnen, dort oben im

Felsen. Ich vermute du hast Kraft und Ausdauer genug um dort hoch zu steigen." Seydou wies hinauf auf die Felswand, die fast dreihundert Meter hoch über dem Dorf ragte. Dort waren einige Eingänge zu sehen die vor Generationen in den Fels gehauen wurden. Eine Leiter oder ein Seil das nach oben führte war nicht zu sehen. Geschweige denn eine Treppe.

„In der oberen Kammer findest du deine Antwort. Du wirst den Weg an der Wand hinauf finden. Amma hat dich gestärkt", erklärte der alte Mann mit wissender Miene.

Sagara schob die aufgeregte Menge zur Seite und ging zwischen den Lehmhütten auf die steile Felswand zu. Dort angekommen tastete er nach einem hervorstehenden Stück Felsen und zog sich hoch. Seine nackten Füße suchten ebenfalls Halt und fanden auch festes Gestein. Wieder zog sich Sagara ein Stück höher und so überwand er mit spielerischer Gewandtheit die Strecke bis zur ersten Kammer.

Noch hatte er ein Mehrfaches des bereits zurückgelegten Weges vor sich, aber ohne eine Rast einzulegen kletterte er weiter. Immer wieder suchten seine Hände nach Möglichkeiten sich festzuhalten und ohne jedes Anzeichen von Erschöpfung zog er sich höher und höher. Nicht einmal rutschte er ab oder suchte vergebens nach Halt. So stieg er von einer Kammer zur Nächsten.

Erst als er bei der obersten Kammer angekommen war, sah er zurück nach unten. Inmitten der Dorfbevölkerung sah er Seydou, der etwas zu ihm hoch rief das er nicht verstand.

Sagara wand sich wieder dem Eingang zu und betrat den dunklen Raum. Mehrere Personen befanden sich darin. Fackeln tauchten den Ort in ein schummeriges Licht. Er ging an den auf dem Boden hockenden Menschen vorbei in den hinteren Teil des Gewölbes. Er wusste, dass Seydou die Wahrheit gesagt hatte als er ihm erklärte, dass er hier seine Antwort fand. Am Ende des Ganges, etwas höher gelegen als der übrige Boden, befand sich etwas das die Aufmerksamkeit aller Menschen in diesem Raum besaß.

„Nommo.", sagte Sagara voller Ehrfurcht, breitete seine Arme aus und fiel auf die Knie.

23

„Also. Tragen wir noch einmal alle Fakten zusammen", rekapitulierte Khaled während des Frühstücks, das hauptsächlich aus einer gräulichweißen Hirsesuppe bestand. In der Nacht hatte es geregnet. Es war der erste Niederschlag der beginnenden Regenzeit.

„Euer Freund Nabil hat dich, Eric, vor ein paar Wochen von diesem Sagara Diakité und einem Anderen namens Omar, der wohl in Timbuktu ein Schriftstück geraubt hatte, und der am Steuer saß, von der ‚Pont des Martyrs' in den Niger stoßen lassen. Sagara lag einige Tage im Koma im ‚Centre Hospitalier Universitaire'. Wie mir ein Verbindungsmann dort berichtete ist er inzwischen verschwunden. Da dieser Anschlag nicht gelang, hat Nabil erneut einen Killer auf dich angesetzt. Dank meines Eingreifens lebst du aber noch."

„Und zufällig lebe ich auch noch", ergänzte Vera.

„Glücklicherweise leben wir alle drei noch. Allah sei Dank", bestätigte Khaled. „Aber die Frage ist jetzt: Warum wollte Nabil euren Tod? Ihr habt gesagt, es gibt ein Foto auf dem Nabil zusammen mit Sagara und diesem Omar zu sehen ist."

„Ja. Omar hatte in Timbuktu im Ahmed-Baba-Institut ein Schriftstück geraubt. Ich war da sogar dabei. Nabil wollte wohl auf keinen Fall mit Omar in Verbindung gebracht werden", beteiligte sich Eric nun an der Diskussion.

„Du hattest beide also zuvor schon einmal gesehen", fuhr Khaled fort. „Deshalb warst du der einzige der beide hätte identifizieren können. Und es gibt weitere Verbindungen zwischen Nabil und Omar. Nabil kommt aus Ägypten, ebenso wie Omar. Außerdem gehören beide dieser neuen Sekte an." Khaled wusste, dass er mit dieser Bemerkung bei den beiden Deutschen neue Fragen aufwarf.

„Was ist das für eine Sekte? Ist das irgend so ein Voodoo-Kult? Ist Nabil in Wirklichkeit ein Zombie, der Erics Hirn verspeisen will?" Bei dem Stichwort ‚Sekte' wurde Vera sarkastisch.

„Wir beobachten in Ägypten, besonders in Tel el-Amarna, einen regen Zulauf zu einer Gruppe, die sich einem über dreitausend Jahre alten Sonnenkult verschrieben hat. Genauer gesagt ist es ein Ableger des monotheistischen Kultes den der Pharao Amenophis IV. vergeblich versucht hatte einzuführen." Khaled schlürfte an seinem Teeglas.

„Amenophis IV. Muss man den kennen?", fragte Eric ungeduldig.

„Ihr kennt ihn vielleicht unter dem Namen, den er sich gegeben hat, seit er Aton als alleinigen Gott verehrte und Nofretete zu seiner Frau nahm."

„Echnaton. Du sprichst von Echnaton", ging Vera ein Licht auf. „Das ist doch dieser Pharao mit dem seltsamen Aussehen, so als ob er einen Geburtsfehler hätte."

„Ja, ich meine Echnaton. Der Pharao, der versucht hatte in Ägypten eine neue monotheistische Religion mit Aton dem Sonnengott einzuführen. Schon in dem Namen ‚Echnaton', den sich der Pharao gegeben hat befindet sich der Gottesname ‚Aton'. ‚Derjenige der Aton dient' bedeutet der Name Echnaton."

„Hat diese Religion denn überhaupt all die Jahrhunderte überlebt?", wollte Eric nun wissen.

„Ja. In gewisser Weise hat sie bis heute überlebt. Aber wenn man den Arnhátón-Kult, wie er sich heute nennt, verstehen will, dann muss man sich mit Echnaton selbst befassen. Er war in seinem Eifer für den, seiner Meinung nach, einzig wahren Gott sehr radikal. Er verlegte den Hauptkultort seines Reiches in die von ihm gegründete Stadt Amarna und die meisten Priester verloren ihr Amt, da Echnaton und seine Frau Nofretete die einzigen Hohepriester waren. Die verbliebenen Priester hatten dann nur assistierende Aufgaben." Khaled hatte sich offenbar sehr intensiv in diese Thematik eingearbeitet. Vera und Eric waren beeindruckt.

„Kein Wunder, dass Echnaton mit seinem Glauben keinen Erfolg hatte. Schließlich wurden da viele der führenden Köpfe arbeitslos."

„Echnaton war zudem auch kein geschickter Kriegsherr. Er widmete sich mehr seinem Gott als dass er sich um Politik kümmerte. Nicht nur die alte Priesterschaft hatte er sich zum Feind gemacht. Auch bei seiner Armee war er nicht sonderlich beliebt. In den Augen vieler wirkte er wie ein Schwächling."

„Wenn man die alten Darstellungen von ihm sieht, dann bekommt man auch heute als Museumsbesucher noch den Eindruck einen ‚Softie' vor sich zu haben. So weit ich mich erinnere wirkt Echnaton mit seinem schmalen Gesicht fast wie eine Frau oder ein Zwitterwesen", ergänzte Vera, die offenbar bei ihren Museumsbesuchen aufgepasst hatte.

„Richtig. Die Darstellungen von Echnaton unterscheiden sich deutlich von denen anderer Pharaonen. Die Forscher sind sich heutzutage allerdings, wie bei vielen anderen Aspekten Echnatons, nicht einig, ob seine Darstellung mit den vielen Verzerrungen, besonders realistisch oder vielleicht so etwas wie expressionistisch ist."

„Soweit ich weiß, haben die späteren Pharaonen nach Echnatons Tod die alten Götter wieder eingeführt", erklärte Vera mit fragendem Unterton.

„Ja. Der Pharao nach Echnaton führte bereits die alten Götter wieder ein. Auch sein Name wird euch bekannt sein."

„Tut-anch-Amun", warf Eric schnell ein. Auch er wollte bei dieser Geschichtsstunde glänzen.

„Auch das ist richtig. Ihr Deutschen seid ja gut informiert." Khaled grinste. „Aber schließlich befinden sich viele der ägyptischen Antiquitäten, die eure Forscher geraubt haben, ja auch in euren Museen. Ich denke da nur an die berühmte Büste Nofretetes. Aber das ist ein anderes Thema."

„Wenn dieser Echnaton also so unbeliebt war, warum gibt es dann heute Menschen, die sich nach dreitausend Jahren plötzlich seinem Kult anschließen", lenkte Eric wieder auf die ursprüngliche Frage zurück.

„Echnaton ließ sich auf den Fresken und Reliefs als Familienmensch in idyllischer Umgebung darstellen. Man sieht ihn zusammen mit seiner Frau Nofretete und seinen Töchtern. Die Darstellung der Natur erreichte einen Höhepunkt. Für die Menschen der heutigen Zeit ist Echnaton ein Mann der Harmonie und des Friedens. Der Kult mit dem wir es heutzutage zu tun haben, bezieht sich nicht direkt auf Echnaton. Nachdem zur Zeit Tut-anch-Amuns der Atonkult massiv bekämpft wurde, flüchteten sich einige Anhänger Echnatons in einen neuen Kult, der noch unbelastet war. Man kreierte praktisch einen neuen Gott, nannte ihn Arnháton, führte aber alle Rituale in der Art und Weise des Atonkultes fort. Da die neue Sekte damals nicht den Anspruch hatte die etablierten Götter zu verdrängen, duldete man ihn parallel zur Staatsreligion. Als im Laufe der nächsten Jahrhunderte weniger tolerante Herrscher den Kult bekämpften, verschwand er im Untergrund."

„Dieser pazifistische Echnaton war wohl so eine Art Mahatma Gandhi?", erkundigte sich Vera.

„Eigentlich nicht", widersprach Khaled. „Seine Religion hatte er mit großer Härte und Konsequenz durchgesetzt. Auch deshalb war er bei vielen Menschen unbeliebt. Aber du denkst in die richtige Richtung. Echnaton waren Spiritualität und die radikale Abkehr vom Althergebrachten wichtiger als Krieg und Eroberungen. Und genau das suchen viele Menschen in der heutigen Zeit. Gerade in Nordafrika und dem nahen Osten, wo seit Jahrzehnten oder Jahrhunderten Konflikte herrschen. Der arabische Frühling hat viele Menschen enttäuscht. Keiner der Mächtigen unserer Zeit hat seine Versprechungen auf Frieden gehalten. Nach den Diktatoren kam das Chaos, und nach dem Chaos kamen entweder neue Diktatoren oder westlicher Konsumterror. In dieser Gemengelage fanden sich nun Menschen die, woher auch immer, von dem alten Arnhátonkult erfahren hatten. Das blieb unserem Geheimdienst natürlich nicht verborgen und seit einigen Jahren beobachten wir deren Treiben."

„Und was macht der US-Geheimdienst nun in Mali?" Veras Geduld wurde auf die Probe gestellt.

„Seit einigen Monaten wandern viele der Anhänger des Arnháton-Kultes nach Mali ab. Bisher haben wir noch keine Erklärung dafür."

„Na. Ägypten ist nun mal nicht das ideale Land um eine neue Religion zu gründen. Ist bei euch noch niemand auf diese Idee gekommen." Vera gab sich sichtlich genervt. Für sie hatten alle Ausführungen Khaleds bis jetzt noch nichts mit ihren augenblicklichen Problemen zu tun.

„Die Leute wandern nicht einfach aus Ägypten ab. Es zieht nur ein Teil der Leute, wenn auch ein beachtlicher Teil, nach Mali. Und zwar nur nach Mali."

„Aha. Sonnenanbeter wandern nach Mali. Deshalb müssen Eric und ich sterben. Na, wenn uns das jetzt nicht weiterhilft." Vera hatte keine Lust mehr auf Khaleds schulmeisterliche Belehrungen. „Warum will Nabil uns töten lassen? Ist er auch einer dieser Sonnenanbeter? Ist das eine Mutprobe für ihn, damit auch er ein Hohepriester werden kann.

Dann hätte er uns doch wahrscheinlich selbst umgebracht?"

„Dazu kann ich leider nichts sagen. Über die Aktivitäten der Sekte hier in Mali haben wir so gut wie keine Informationen. Ich hatte gehofft, dass ihr etwas über Nabils private Unternehmungen sagen könnt."

Vera beruhigte sich wieder. „Nabil war ein prima Kollege. Ich kann eigentlich immer noch nicht glauben, dass er für das alles hier verantwortlich sein soll." Kopfschüttelnd fuhr sie fort. „Ich weiß eigentlich gar nichts darüber was Nabil abends hier in Mali gemacht hat. Irgendwie ist er immer ausgewichen, wenn ich einmal danach gefragt hatte. Ich habe dann halt nicht mehr weitergefragt, schließlich wollte ich auch nicht aufdringlich sein."

„Wo kam er denn her als wir ihn abends mit dem Taxi aufgelesen hatten", hakte Eric nach.

„Auch das hat er mir nicht gesagt. Er war einfach verdammt geschickt darin, immer ein neues Thema anzuschneiden."

„Nabil und dieser Sagara gehören auf jeden Fall beide zu diesem Kult. Soviel ist sicher", fasste Khaled zusammen.

„Und dieser Sagara gehört wahrscheinlich zum Volk der Dogon", ergänzte Eric. „Sagara ist ein typischer Dogonname. Meist weist er auf eine bestimmte Sippe oder einen Clan hin." Eric stockte. Nun wurde ihm einiges klar. „Dieser Omar, der in Timbuktu das Schriftstück mit dem Symbol geraubt hatte, der wollte wissen, ob es möglich wäre, dass das Zeichen ein Dogonsymbol sei. Auch da haben wir eine Verbindung. Auf diesem Papier hatten deutsche Forscher einen Fund in Ägypten beschrieben der wohl Ähnlichkeit mit einem Dogonsymbol hat. Omar, der einerseits eine Verbindung zu den Dogon hat, aber andererseits zu diesem neuen Kult gehört, hatte hier ein Dokument gefunden, das so etwas wie die Bestätigung oder eine Rechtfertigung seines neuen Glaubens darstellte. Er empfand es als Unrecht, dass es dem Institut gehören sollte. Omar wollte das Papier haben, er geriet deshalb mit dem Leiter unserer Abteilung in einen heftigen Streit, der mit dem gewaltsamen Raub und der Flucht Omars endete."

„Sehr gut, mein deutscher Freund", lobte Khaled. „Hier haben wir doch einen wirklichen Anhaltspunkt."

„Es gibt Hunderte von Dogon-Dörfern in der Gegend um Mopti.

Während meiner Recherchen bei der Erforschung der Dogon-Dialekte habe ich nie irgendwelche Verbindungen zu einer ägyptischen Sekte mitbekommen", gab Eric zu bedenken.

„Du hast ja auch nicht nach diesem Zusammenhang gesucht. Wer nicht weiß wonach er sucht, der wird es auch nicht finden. Wir wissen aber nun wonach wir suchen müssen."

„Und was ist mit Nabil?", wollte Vera wissen. „Wie werden wir uns vor ihm schützen?"

„Ich hoffe nur, dass Nabil nicht von seinem Plan ablässt euch zu töten", erklärte Khaled. Eric und Vera wurden kreidebleich. „Wenn Nabil immer noch hinter euch her ist, dann wird er uns im Gebiet der Dogon zu den Anhängern seines Kultes führen."

24

Martin Renner hatte von Berlin die Anweisung erhalten, Nachforschungen anzustellen, mit welchen Absichten Max Strobl immer wieder nach Bamako kam. Vor dreißig Jahren, bevor der alte Mann zur Fahndung durch den BND ausgeschrieben wurde, arbeitete Strobl als Heilpraktiker und niemand interessierte sich für ihn. Dann plötzlich, im Dezember 1983 wurde allen Auslandsagenten des Bundesnachrichtendienstes das Fahndungsfoto des Mannes zugesendet. Es dauerte allerdings einige Jahre bis die ersten Meldungen über Sichtungen erschienen. So unauffällig Strobl bis zu seinem Verschwinden lebte, so unentdeckt blieb er danach.

Strobls Erscheinen in Mali war eine kleine Sensation innerhalb des BND. Leider hatte niemand damit gerechnet ihn gerade hier zu finden, was bedeutete, dass es nicht genug Personal für eine lückenlose Überwachung gab. Bis der BND Verstärkung nach Bamako geschickt hatte, war Strobl wieder verschwunden.

Nun untersuchten Renner und sein Team, zu dem auch ein malischer Verbindungsmann der örtlichen Polizei gehörte, alle verbliebenen Spuren. Strobl hatte sich in einem Hotel mit europäischem Standard einquartiert. Für einen Mann wie ihn, immerhin fast hundert Jahre alt, war das nicht ungewöhnlich. In diesem Alter wäre für einen Europäer die Schlichtheit der malischen Wohnverhältnisse schwer zu ertragen. Die Hotelangestellten berichteten, ihn niemals zuvor gesehen zu haben, was typisch für einen Mann, der nicht gefunden werden wollte, war. Sie berichteten auch, dass er mehrmals täglich mit Einkäufen zurückkam. Das war wiederum ungewöhnlich, da ein Mann auf der Flucht nicht unbedingt in ein Hotel in einer Millionenstadt zog, um einfach nur Einkäufe zu machen. Renners Nachforschungen ergaben, dass Strobl sich Kartons mit der Aufschrift ‚Fragile' kommen ließ, die die Hotelangestellten bei seiner Abreise in seinen Lieferwagen bringen mussten. Die Kartons waren sehr leicht und der Inhalt ließ auf Glasbehälter schließen. Außerdem hatte Strobl einige Einkäufe bei verschiedenen Apotheken gemacht.

Alles in allem ergaben die Zeugenaussagen für Renner das Bild einer Einkaufstour zur Besorgung von Laborutensilien. Er überprüfte daraufhin entsprechende Lieferanten im Umkreis um das Hotel und ermittelte sogar ein Unternehmen, das einem Deutschen eine größere Menge an verschiedenen Glasbehältern verkauft hatte. Damit hatte der BND-Agent schon zwei Punkte auf der Karte von Bamako. Wenn er noch heraus bekäme in welchen Apotheken Strobl seine Einkäufe machte, dann ergäbe das sogar ein Bild davon in welchem Umkreis er seine Besorgungen macht.

25

Lucas Sidibé, der Leiter der Sonderkommission ‚Etranger' der malischen Polizei war ein erfahrener Mann. Während der Kämpfe mit den aufständischen Tuareg und den Islamisten war es ihm gelungen in den meisten Bezirken Bamakos ethnische Konflikte zu unterbinden. Er sah es als seine patriotische Pflicht, all seine Fähigkeiten und Kräfte in den Dienst seines Heimatlandes Mali zu stellen. Stets hatte er seinen beruflichen Verpflichtungen die höchste Priorität in seinem Leben eingeräumt. Oft hatte seine Ehe darunter gelitten. Zwar machte ihm seine Frau nie offene Vorwürfe, schließlich war Lucas das Familienoberhaupt, aber im Laufe der Jahre hatte er gelernt ihre Gesten und Zeichen richtig zu deuten. Ihm war bewusst, dass sie die vier gemeinsamen Kinder im Grunde genommen alleine aufgezogen hatte. Unzählige Tage und Nächte musste er in dem Polizeihauptquartier, an Tatorten, auf Konferenzen oder mit Nachforschungen verbringen. Er leitete Einsätze und machte, wenn es sein musste die eine oder andere Untersuchung auch selbst.

Durch seine unermüdliche Einsatzbereitschaft hatte er sich nach oben gearbeitet. Trotzdem behielt er Bodenhaftung, was ihm den Respekt seiner Untergebenen verschaffte. Das schwierigste bei seiner Arbeit in all den Jahren war es den ständigen Bestechungsversuchen zu widerstehen. Dabei hatte er nicht nur immer wieder auf oftmals beträchtliche Summen an Schmiergeldern verzichtet, er hatte sich auch unzählige zusätzliche Feinde gemacht. Die unlauteren Angebote kamen nicht nur von Tätern oder deren Kumpanen, auch in den eigenen Reihen gab es Leute die ihn dazu bringen wollten hier und da einmal bei wohlhabenden oder prominenten Personen ein anderes Recht anzuwenden als bei dem gewöhnlichen Kriminellen. Vor Lucas Sidibés Augen waren sie alle gleich.

In den ersten Dienstjahren hielt es noch niemand für möglich, dass Lucas nicht doch irgendwann einmal schwach werden würde. Nach fünf oder sechs Jahren, so spotteten seine Kollegen, wäre auch er so weit, dass er auf der Lohnliste irgendwelcher mächtiger Bandenchefs stände. Aber Lucas hatte Ausdauer und Prinzipien. Er blieb sauber und das sprach sich bis in die Regierungsetagen herum. Als seine Gegner merkten, dass er dort Rückhalt hatte, verzichtete man darauf ihn kaufen zu wollen und man versuchte ihm aus dem Weg zu gehen. Korrupte Vorgesetzte gaben ihm dann zwar nicht mehr die allerwichtigsten Fälle, aber Fälle bei denen er seinen Grundsätzen treu bleiben konnte. Er wurde nun spät befördert, aber er wurde befördert. Als man während der Aufstände einen zuverlässigen Mann als Koordinator der Polizei in Bamako brauchte, fiel die Wahl auf Lucas. Er bewährte sich und schaffte sich doch wieder neue Gegner in den eigenen Reihen. Karrieristen, die die verworrene Lage in Bamako 2011/2012 ausnutzen wollten um möglichst schnell gut bezahlte Posten bei der Polizeiführung zu bekommen, stolperten über seine Unbestechlichkeit.

Nach dem Abflauen der Kämpfe 2013 rächte sich das für Lucas und er wurde mit fadenscheinigen Argumenten zur Sonderkommission ‚Etranger' versetzt, der Polizeieinheit die sich mit Opfern ausländischer, meist europäischer Herkunft befasste. Er beschloss, sich auch diesmal durchzubeißen und seine Arbeit mit vollem Einsatz zu machen.

In der letzten Zeit hatte er nur Bagatellfälle zu klären, da seit Monaten kaum Ausländer nach Mali kamen. Und wer in das Land einreiste war meist vorsichtig genug um in kein Verbrechen verwickelt zu werden. Als nun vor einigen Tagen auf der ‚Pont des Martyrs' ein spektakulärer Mordanschlag auf einen Deutschen geschah, sah es zuerst so aus, als ob Lukas den Fall bekommen würde. Eric Harder, das Opfer überlebte den Sturz mit seinem Auto in den Niger und einer der Täter kam, im Koma liegend, ins Hospital. Nach zwei Tagen Ermittlungsarbeit wurde ihm der Fall seltsamerweise entzogen und der Verkehrspolizei übergeben. Angeblich deshalb, da ja kein Ausländer zu Schaden gekommen sei. Zähneknirschen legte Lucas die Arbeit an diesem Fall nieder und wandte sich wieder weniger brisanten Fällen zu.

Nun hatte er wieder den Namen Eric Harder auf seinem Schreibtisch. Diesmal wurde er vermisst. Seine Haushälterin hatte der Missionsgesellschaft für die er arbeitete gemeldet, dass er 36 Stunden vermisst sei. Da Lucas zeitgleich eine Meldung bekam, dass eine UN-Mitarbeiterin seit einem Ausflug mit eben diesem Eric Harder verschollen ist, nahm er die Anzeigen sehr ernst.

Lucas schickte einen Beamten zu Harders Wohnhaus und kümmerte sich selbst um die Besichtigung der Unterkunft der Deutschen. Das Hotel lag in der Nähe der Regierungsgebäude und die UN-Mitarbeiter waren sehr kooperativ. Besonders der Kollege der UN-Mitarbeiterin, ein Ägypter namens Nabil Samir.

Die Ermittlungen ergaben kein einheitliches Bild. Die Kollegen beschrieben Vera Stratmann als erfahrene Mitarbeiterin, der niemand zutraute unkalkulierbare Risiken einzugehen. Die Untersuchung ihres Zimmers vermittelte den Anschein, dass sie die eine oder mehrere Affären außerhalb des UN-Umfeldes hatte. Auf den ersten Blick schien das ein Szenario zu sein, dass in afrikanischen Ländern nicht ungewöhnlich ist. Außerhalb ihrer Heimatländer ließen sich europäische Frauen oft auf Beziehungen ein, die ihnen zuhause niemand zugetraut hätte. Es war auf jeden Fall vorstellbar, dass die Deutsche eine Affäre mit Sagara Diakité angefangen haben könnte. Die Indizien in ihrem Zimmer wiesen darauf hin. Warum sie ihn dann allerdings nie im Krankenhaus besucht hatte, war wiederum seltsam. Ebenso passte die Notiz einer Adresse in einem Rotlichtviertel Bamakos nicht in das Bild, dass die meisten ihrer Kollegen von ihr gaben. Lucas blieb misstrauisch.

Einen Tag nach dem Verschwinden der beiden Deutschen fand man den Mietwagen Eric Harders am Stadtrand. Mehrere Einschusslöcher deuteten unzweifelhaft auf eine Schießerei hin. Der Besitzer eines zweiten Wagens lag tot daneben. Seine Identität musste noch ermittelt werden. Und möglicherweise war noch ein drittes Fahrzeug beteiligt.

Gegenüber der Presse hielt sich Lucas zurück. Noch ergaben die Indizien kein stimmiges Bild. Deshalb lehnte er es ab eine offizielle Pressekonferenz zu geben. Jedoch gab es in seinem Team mindestens eine Person, die sich nicht an seine Anweisung hielt und Ermittlungsergebnisse weitergab. Am darauf folgenden Tag konnte man in der Zeitung lesen, dass eine Deutsche entführt worden sei und ihre beiden Liebhaber im Verdacht ständen die Täter zu sein. Das Liebesleben der Weißen wurde mehr als fantasievoll ausgeschmückt. Einige Zeitungsberichte sprachen sogar davon, dass es wahrscheinlich sei, dass die Deutsche den Auftrag zur Ermordung eines Maliers gegeben hätte. Sogar ein Foto der angeblich kriminellen Deutschen konnten die Zeitungen präsentieren.

Als Lucas die Meldung in der Zeitung entdeckte rief er wutentbrannt sein Team zusammen. Er forderte den Namen desjenigen, der der Presse Informationen gegeben hatte. Dass sich niemand meldete überraschte ihn nicht. Er wies mit Nachdruck darauf hin, dass das Meiste was über den Fall in der Zeitung stand erfunden war und die Vermissten nur in Gefahr bringen würde. Doch bei seinen Mitarbeitern erntete er nur ein schadenfrohes Grinsen.

Lucas ging zurück in sein Büro. Noch nie in all den Jahren hatte er so sehr an seiner Berufung zum Polizisten gezweifelt.

26

Als Khaled und seine beiden deutschen Schützlinge das kleine Dorf wieder verließen, hätte Eric seinem Gastgeber Brehima am Liebsten einige Franc als Zeichen der Dankbarkeit gegeben. Aber der Gedanke daran, dass Vera und er praktisch auf der Flucht waren und nicht abzusehen war wie sich die Dinge in den nächsten Tagen entwickeln würden, drängte ihn zu einer für ihn ungewohnten Sparsamkeit. Er bedankte sich herzlich und wünschte Brehima und den anderen Bewohnern des Dorfes alles Gute und Gottes Segen.

„Si Allah le veut. Wenn Allah es will", antwortete Brehima und winkte den Abreisenden hinterher.

Der Himmel war wolkenverhangen. Zwar regnete es nicht mehr, aber die schwüle Witterung wies eindeutig darauf hin, dass in den nächsten Tagen und Wochen die Regenzeit viele Gebiete des Landes überschwemmen würde.

Vera hatte seit dem frühen Morgen darauf gedrängt ihre Vorgesetzten bei der UN darüber zu informieren, dass man auf sie einen Attentatsversuch unternommen hatte und sie nun außerhalb Bamakos in einem Geländewagen unterwegs sei. Khaled hatte ihr erklärt, dass das Dorf keinen Telefonanschluss hatte und es hier in der Steppe auch kein Handynetz gab.

„Verdammt, was soll ich jetzt machen", schimpfte Vera. „Ihr zwei könnt ja, wenn ihr wollt eigene Nachforschungen im Dogongebiet machen. Aber ich will zurück nach Bamako. So korrupt kann doch die Polizei hier in Mali nicht sein, dass selbst ein UN-Mitarbeiter um sein Leben fürchten muss."

Khaled gab sich sachlich. „Ich bleibe dabei, dass es diesen zweiten Anschlag auf Eric nicht gegeben hätte, wenn es nicht auch bei der Polizei in Bamako jemanden geben würde der euch aus dem Weg schaffen möchte. Eric kann auf keinen Fall einfach zurück in sein Haus. Das wäre sein Todesurteil. Und ich kann dich nicht zurückbringen. Ich kann es nicht riskieren in Bamako mit dir gesehen zu werden. Falls du nun überlegst einfach mit einem Bus nach Bamako zu fahren, dann kann ich dir nur sagen, dass das bei einer weißen Frau an Selbstmord grenzt."

„Dann sorge wenigstens dafür, dass ich mich bei meinen Leuten in

Bamako melden kann. Die werden es bestimmt hinbekommen, dass ich abgeholt werde."

„Im nächsten Dorf, das ein Telefon hat, kannst du anrufen", erklärte Khaled. „Aber vielleicht sind inzwischen Dinge geschehen, die dir die Entscheidung mit uns zu kommen, leichter machen."

„Was soll das den heißen?", empörte sich Vera. „Ist das eine Drohung?"

„Nein", beschwichtigte Khaled. „Ich erinnere nur daran, dass dein netter Kollege Nabil kein Dummkopf ist. Er wird alles tun, damit jeder Verdacht von ihm weggeleitet wird. Und das Einfachste für ihn wird sein, alle möglichen Verdächtigungen auf dich zu lenken."

„Wie konnte ich mich in Nabil nur so täuschen? Wie kann so jemand überhaupt nur bei den Vereinten Nationen arbeiten? Wir wurden doch alle überprüft."

„Gesetze und Regeln haben Lücken. Menschen sind nicht unfehlbar. Und Nabil war vielleicht wirklich ein Musterknabe als er bei euch anfing. Nun aber müssen wir herausfinden wieso er und seine Sekte euch nach dem Leben trachten. Und das können wir am Besten im Gebiet der Dogon."

„Und dieses Gebiet ist mehr als 500 km entfernt", ergänzte Eric.

„Was einfach nur bedeutet, dass wir uns beeilen müssen und eben nicht zurück nach Bamako fahren sollten, wo ihr entweder von der Polizei wegen irgendwelcher falschen Verdächtigungen in den Knast kommt oder einem weiteren Killer, den Nabil möglicherweise angeheuert hat, zum Opfer fallt." Khaled wusste, dass Vera und Eric in dieser Situation nicht lange widersprechen würden. Menschen denen der Boden unter den Füßen weggezogen wird schließen sich früher oder später einer Leitfigur an. Und das war für die beiden nun einmal Khaled.

„Wenn wir im nächsten Dorf sind, will ich auf jeden Fall telefonieren", erklärte Vera erneut. Khaled sagte nun nichts mehr. Er konzentrierte sich darauf das Auto über die schlammige Piste zu steuern. Durch den Regen in der Nacht war der Weg auf dem lehmigen Boden kaum noch zu erkennen. Zwar zeigte ihm sein Navi seine Position und sein Ziel. Da es aber in dieser Gegend keine asphaltierten Straßen gab, musste er sich seinen konkreten Weg selbst suchen. Auch eine gedruckte Karte, die er immer mit sich führte, half ihm wenig. Da sie bisher nur etwa 100 Kilometer von Bamako nach Osten gefahren waren, kannte Khaled die Gegend noch ein wenig. Die vor ihnen liegende Strecke war aber weitestgehend unbekannt.

Das nächste Dorf erreichten sie nach etwa einer Stunde. Vera bestand darauf, dass sie anhielten und die auf der Straße spielenden Kinder nach einem Telefon fragten. Die Kinder erklärten, dass es nur ein Sattelitentelefon im Auto des Dorfältesten gäbe, aber der sei unterwegs. Resigniert deutete Vera Khaled, dass er weiterfahren könne.

„Irgendwo im Nirgendwo. Wer hier draußen stirbt wird erst nach Tagen oder Wochen gefunden", stellte Vera resignierend fest.

„Oder erst nach Monaten", fügte Eric hinzu.

„Daran könnt ihr sehen, dass ich euch nur helfen will", erklärte Khaled. „Wenn ich ein Auftragskiller von eurem Nabil wäre, dann hätte ich euch längst kaltmachen können und aus dem Auto geworfen. Also, seht es ein. Wir sitzen alle im selben Boot."

Nach weiteren fünf Stunden Autofahrt über eine schlammige Straße, die oft nicht einmal diesen Namen verdiente, begann es wieder zu regnen. Zuerst blies ein leichter Wind kleine Schauer über das Land, doch schnell entwickelte sich das Lüftchen zu einem Gewittersturm, der das Vorankommen mit dem Geländewagen fast unmöglich machte. Massen von Regenwasser peitschten auf die Windschutzscheibe des Autos.

„Ich sehe nichts mehr. Wir können nur noch im Schritttempo fahren", stöhnte Khaled. „Aber bald müsste wieder ein Dorf kommen."

„Hoffentlich dann mit einem ..." Vera sprach nicht weiter. Sie wusste, dass sie inzwischen die Nerven der Männer mit ihrer Frage nach einem Telefonanruf strapazierte. Khaled warf ihr nur einen gelangweilten Blick zu.

„Ich glaube ich kann schon das Dorf erkennen", meldete sich Eric.

„Sag ich doch." Khaled lächelte. Er war ein wenig stolz auf seine Fahrkünste in dieser unwirtlichen Umgebung. Die Sicht aus dem Fahrzeug war weiterhin sehr schlecht. Als sie das Dorf erreichten, fuhr er noch langsamer um nicht mögliche Passanten zu gefährden. Vor einer der Lehmhütten erkannte Vera einen Polizeijeep.

„Hey. Seht mal. Da ist ein Polizeiwagen. Die haben bestimmt auch Sattelitentelefon oder so was. Halt an, Khaled."

„Vera. Rechne bitte nicht damit, dass die Leute hier nur darauf warten deine Geschichte zu hören. Warte lieber mal ab", versuchte Khaled sie zurück zu halten.

„Verdammt, lass mich raus. Ich hab die Schnauze voll von dem Herumgekurve in der Wildnis. Ich will wieder zurück in mein Hotel." Mit diesen Worten sprang Vera aus dem Wagen und stapfte durch den prasselnden Regen auf das Polizeifahrzeug zu. Sie hielt ihre Hände über den Kopf um sich vor dem Unwetter zu schützen, was angesichts der Wassermassen aber zwecklos war. Als sie bei dem Polizeijeep ankam, sah sie durch die Windschutzscheibe und erkannte, dass niemand darinnen saß. Also ging sie weiter zu der Hütte neben dem Auto.

„So eine dumme Kuh", fluchte Khaled. „Die bringt uns noch alle in Gefahr."

„Dann hol sie doch zurück." Eric war nun ernstlich besorgt um Vera.

„Meinst du, ich will, dass der Polizist mich mit euch beiden sieht? Wir warten ab, wie der Ordnungshüter auf Veras Geschichte reagiert."

„Und wenn sie etwas von deiner Geheimdienstsache erzählt?", fragte Eric ängstlich.

„Das weißt du doch. Dann muss ich sie töten." Khaled blickte mit einem Lächeln nach hinten zu Eric, der am liebsten nach draußen gerannt wäre um Vera zurück zu holen.

Vera war inzwischen bei der Hütte angekommen und spähte durch den Eingang ins Innere.

„Hallo, ist jemand da drin?", rief sie und steckte den Kopf hinein. In der Hütte drängten sich etwa ein Dutzend Menschen. Männer, Frauen, Kinder, Alte und Junge. Bis auf den Polizisten in Uniform waren es alle einfache Dorfbewohner, Bauern und Hirten. Meist in ihrer bunten Stammestracht. Manche Männer hatten Hemden und Hosen im westlichen Stil. Sie saßen auf dem Boden um ein Feuer und waren lebhaft in ein Gespräch vertieft.

Der Polizist erkannte Vera offenbar sofort. Als er sie erblickte stand er sogleich auf und griff nach einer Zeitung, die er in einer Beintasche seiner Uniformhose stecken hatte.

„Ach. Die deutsche Lady. Nicht wahr? Sie werden schon gesucht", begrüßte er sie. Dabei war er verdächtig freundlich. Das fiel Vera sogar in dieser ungemütlichen Situation auf.

„Ja. Es gab da einen Zwischenfall. Man hat auf uns geschossen und nun ist der Mann tot. Aber ich muss jetzt die UN anrufen, damit die wissen, dass alles OK ist." Vera wusste, dass sie in ihrem triefend nassen Zustand nicht besonders überzeugend wirkte und dass ihr Kurzbericht auch wenig Sinn ergab.

„Ja. Es gab da einen Toten. Und Sie werden vermisst. Das steht sogar in der Zeitung." Mit diesen Worten hielt der Polizist Vera die Zeitung hin. Sie konnte zwar ihr Foto entdecken, aber durch das Unwetter war es in der Hütte zu dunkel um den Text lesen zu können.

„Ich muss bitte telefonieren. Haben sie ein Telefon?", bettelte Vera.

„Ja, warten sie." Der Polizist griff an seinen Gürtel. Vera war für einen Augenblick glücklich, da sie erwartete, dass der Polizist ein Telefon hervorholen würde, dann bemerkte sie, dass der Mann kein Handy zückte, sondern seine Pistole.

„Was soll das?", fragte sie überrascht.

„Sie werden zwar nicht offiziell gesucht. Aber wenn das stimmt, was in der Zeitung steht, dann sind Sie möglicherweise die Mörderin eines Bürgers der Republik Mali. Und ich mag das gar nicht wenn Ausländer unsere Leute umbringen lassen." Mit diesen Worten richtete der Polizist seine Waffe auf Vera, die instinktiv die Hände hob. Die anderen Menschen in der Hütte schrien auf und rannten nach draußen, kamen aber schnell wieder hinein ins Trockene.

„Ich … Ich habe nichts getan. Der Mann wollte uns umbringen. Der wollte auch Eric umbringen. Wir sind unschuldig." Vera wurde bewusst, dass sie genau überlegen musste was sie sagte. Khaled hatte ihnen geholfen und sie wollte ihn nicht in weitere Schwierigkeiten bringen.

Der Polizist gab nun Anweisungen. „Wir gehen jetzt zu meinem Wagen. Dann machen wir eine lange Fahrt nach Bamako. Sie sind nun verhaftet und wenn wir den Fall gelöst haben, dann können Sie möglicherweise wieder gehen. Also machen Sie keinen Ärger. Mag sein, dass sie glauben wir sind hier alles Wilde und auf einen Schwarzen mehr oder weniger kommt es nicht an. Aber ich vertrete hier das Gesetz und sie werden sich fügen müssen."

Vera kam die Situation wie ein weiterer Alptraum vor. Der Mann von dem sie Hilfe erwartet hatte, warf ihr vor, einen Mord in Auftrag gegeben zu haben. Verzweifelt fügte sie sich den Anweisungen des Polizeibeamten. Sie ging aus der Hütte in den Regen. Unauffällig hielt sie Ausschau nach Khaleds Wagen. Der stand nicht mehr dort wo sie ihn verlassen hatte. War Khaled einfach weitergefahren? Aber wie hätte er ihr auch jetzt noch helfen können? Mit erhobenen Händen ging sie vor der gezückten Waffe her zu dem blauen Polizeigeländewagen. Das Rauschen des Regens und des Sturms übertönten alle anderen Geräusche. Verzweifelt versuchte sie das Geräusch von Khaleds Wagen herauszuhören. War sie nun ganz allein dem Polizisten ausgeliefert?

Als sie bei dem Wagen ankamen, öffnete der Mann die Beifahrertür und befahl: „Reinsetzen und sitzenbleiben." Vera setzte sich und versuchte nicht die Nerven zu verlieren.

Der Polizist ging mit gezückter Waffe um das Fahrzeug herum und behielt Vera im Auge. Ängstlich beobachtete Vera wie der Mann sich der Fahrertür näherte. Er öffnete die Fahrertür und stieg ein. Als er die Tür zuziehen wollte erschien wie aus dem Nichts Khaled, der den Polizisten mit einem gezielten Schlag an die Schläfe außer Gefecht setzte. Bewusstlos sackte der Mann auf dem Lenkrad zusammen.

„Los, komm. Wir müssen hier weg", befahl Khaled. Hektisch öffnete Vera ihre Tür und rannte auf Khaled zu.

„Dort hinten steht der Wagen." Khaled wies zwischen einige Hütten. Durch den starken Regen konnte Vera aber kein Auto erkennen. Sie rannte einfach ihrem Freund hinterher.

Beim Auto angekommen, sprangen sie hinein und Khaled startete den Motor. Um eine bessere Sicht zu haben und schneller fahren zu können, streckte er den Kopf aus dem Seitenfenster und fuhr los.

„Ist alles OK?", fragte Eric, der die ganze Zeit hilflos wartend im Auto verbracht hatte.

„Scheiße ist alles. Der Typ wollte mich verhaften, weil er meinte, ich hätte diesen Killer abgeknallt. Ist doch alles total bescheuert." Vera strich durch ihre Haare, die genauso wie ihre gesamte Kleidung vor Nässe trieften. Khaled ging es nicht besser. Da der Regen aber, wie in diesen Zonen Afrikas, sehr warm war froren die beiden nicht.

Das Auto hatte inzwischen das Dorf verlassen und Khaled zog den Kopf wieder in den Innenraum zurück.

„Eric, nimm die Karte und versuche das Dorf Dégnékoro zu finden. Das ist eine kleine Stadt im Kreis Dioïla. Dort gibt es in der Nähe eine illegale Goldgräbersiedlung am Fluss Bagoé. Wenn die Polizei nach Vera sucht, dann kommen wir dort am Besten unter bis das Wetter es zulässt, dass wir weiterfahren können.

„Wir wollen zu einer illegalen Goldgräbersiedlung?", protestierte Eric von seiner Rücksitzbank aus. „Da ist doch jeder zweite ein Auftragskiller. Was ist, wenn Nabil auch da jemanden auf mich angesetzt hat?"

„Nabil weiß nicht wo du bist. Auch dieser Polizist eben hat dich nicht gesehen. Und ob ihr es glaubt oder nicht. Ich kenne auch dort jemanden unter den Goldgräbern", beschwichtigte Khaled. „Außerdem ist das Lager nicht ein Camp von Killern, sondern von hart arbeitenden Männern. Wer sein Geld mit Verbrechen verdienen will, zieht hier in Mali nicht zu den Goldschürfern, sondern in die Slums der Großstädte. Viele Goldgräber bringen sogar ihre Familien mit." Dann wandte sich Khaled an Vera: „Da wir wegen dir wieder unterwegs sind und nun so viele Kilometer wie möglich hinter uns bringen müssen ist es nun deine Aufgabe den Kopf aus dem Fenster zu halten und den Weg zu erkennen. Der Regen ist nämlich immer noch zu stark für die Scheibenwischer."

„Na, klar", presste Vera zwischen den Zähnen durch. Dann sagte sie, wesentlich sanfter: „Danke, dass du mich da eben rausgeholt hast."

27

Beim Landeanflug auf den internationalen Flughafen von Bamako überflog die Linienmaschine die Außenbezirke der Hauptstadt. Der Airport liegt südlich der Millionenstadt und Michel, der am Fenster saß, kommentierte seinen Ausblick. „Braune Erde, armselige Hütten mit weißen Dächern und dazwischen hin und wieder mal ein paar grüne Büsche. Bamako hat wirklich etwas zu bieten", sagte er zynisch.

„Was haben sie denn erwartet", konterte Fania. „Eine Skyline wie New York? Wenn wir aus einer anderen Richtung gekommen wären, dann hätten sie die ‚Central Bank of West African States' sehen können. Aber wir sind nicht hier um die Sehenswürdigkeiten Malis zu besichtigen. Wir werden die Arbeit von Pierre Tisserand fortführen."

Auch Etienne konnte Michels spöttische Bemerkung nicht einfach so stehen lassen: „Im Gebiet des Dogonvolkes werden wir etwas zu sehen bekommen, das wahrscheinlich viel spektakulärer ist als jede Großstadtskyline. Die Felsen von Bandiagara gehören zum Weltkulturerbe. Das Felsmassiv hat eine Länge von fast 170 km. Es liegt östlich der Regionalhauptstadt Mopti wo es auch einen Flughafen gibt." Da Etienne auch einige Buchungen im Auftrag der ‚Société Pharmaceutique Internationale' erledigt hatte, erklärte er zum wiederholten Mal den Ablauf der kommenden Tage: „Wir werden heute hier in Bamako übernachten und morgen nach Mopti weiterfliegen. Das Hotel, das ich für uns drei gebucht habe, hat europäischen Standard. Dort werden auch UN-Mitarbeiter untergebracht. Es wird allerdings für die nächsten Tage das letzte Mal sein, dass wir diesen Luxus genießen dürfen. In Koro, einer Stadt im Dogonland können wir zwar auch in einem Hotel wohnen, das ist aber wesentlich einfacher gehalten."

„Wir werden sowieso nur im Hotel sein um zu übernachten. Tagsüber werden wir die Dörfer besuchen", stellte Fania fest. „Den Anfang werden wir mit dem Ort Koro selbst machen. Koro hat zwar inzwischen viel von seiner Ursprünglichkeit verloren und ist sehr auf Touristen ausgelegt, aber um Kontakte zu knüpfen ist es der richtige Ort."

„Wie weit ist es dann morgen von Bamako nach Mopti?", wollte Michel wissen.

„Etwa sechshundert Kilometer. In Mopti werden wir einen Mietwagen organisieren. Von Mopti nach Koro sind es dann noch einmal einhundertsiebzig weitere Kilometer. Diese letzte Etappe können wir mit dem Auto in etwa zweieinhalb Stunden schaffen", erklärte Etienne. „Schaut mal. Gleich landen wir."

Sanft setzte das Flugzeug auf der Asphaltpiste auf. Über die Lautsprecher gab das Personal einige Anweisungen und dann verließen die Passagiere die Maschine.

28

Als Nabil die Zeitung mit dem Foto von Vera in den Händen hielt, musste er unwillkürlich lächeln. Es war zwar alles andere als günstig, dass der Killer versagt hatte, aber der Umstand, dass Vera für die Presse den Sündenbock abgab, ließ die Dinge in die richtige Richtung laufen. Wie überall in der Welt, so hatte auch hier in Mali die Presse einen nicht zu unterschätzenden Einfluss.

Was Nabil allerdings im Moment trotzdem Sorgen bereitete, war die Tatsache, dass Sagara, seine Hauptkontaktperson zum Amma-Arnháton-Kult, aus dem Krankenhaus verschwunden war. Er kannte hier in Bamako zwar noch zwei weitere Kult-Mitglieder, aber die gehörten, genauso wie er nur zum äußeren Kreis der Gemeinschaft.

Seine nächste Aufgabe, die er sich in seinen freien Stunden stellte, war es, Kontakt zu den beiden Anderen aufzunehmen, damit er wieder mit dem inneren Kreis der Arnháton-Gläubigen in Verbindung sein konnte. Er wusste, dass es eine junge Frau in einem angrenzenden Stadtteil gab. Sie war, ebenso wie er, bemüht in die innere Gemeinschaft aufgenommen zu werden. Er hatte sie einmal nach einem Treffen mit Sagara bis vor ihre Haustür nach Hause begleitet. Jetzt musste er sie wiedertreffen um gemeinsam die nötigen Kontakte wiederherzustellen.

Er brauchte einige Zeit bis er die Straße wiedergefunden hatte. Immer wieder fuhr er die Gegend, die er in Erinnerung hatte, ab. Glücklicherweise hatte es hier in Bamako nur wenig geregnet. Als er sich sicher war, dass er vor dem Haus seiner Glaubensschwester stand, parkte er seinen Wagen am Rand der menschenleeren Straße und stieg aus. Seine blankpolierten Lackschuhe sanken einige Zentimeter in den nassen lehmigen Boden. Er ging die ungepflasterte Straße entlang bis zu einer etwa zwei Meter hohen Mauer, hinter der sich ein Hof verbarg und ein kleines Haus, in dem Bintou mit ihrer Familie wohnte. Auf der Mauerkrone befanden sich dicht an dicht zerschlagene Flaschenböden, die mit ihren scharfen Glasscherben ungebetene Besucher vor dem Überwinden der Mauer abhalten sollten. Offensichtlich war diese Wohngegend alles Andere als sicher.

Als Nabil vor der Eingangstür stand, suchte er nach einer Klingel oder etwas Ähnlichem. Er fand aber nichts und so begann er laut zu rufen. „Hallo! Bintou, sind Sie da? Hier ist Nabil", aber es regte sich nichts hinter der Mauer.

Er drückte gegen die Tür und stellte überrascht fest, dass sie sich öffnen ließ. Vorsichtig schob er die Tür auf und spähte in den kleinen Hof, der sich zwischen der Mauer und dem Haus befand. Niemand war zu sehen. Wieder rief er: „Hallo! Bintou. Ist irgendjemand hier?" Er ging weiter auf das Wohngebäude zu. Mit jedem Schritt wurde er hellhöriger, ob nicht doch irgendwo ein Hund sein könnte, in dessen Revier er nun eindrang. Als er bei der Haustür ankam, suchte er auch hier wieder nach einer Klingel. Aber so etwas war nur in Europa üblich. Er klopfte an die Tür und rief wieder: „Bintou?" Als er erneut klopfen wollte, bemerkte er plötzlich, dass jemand hinter ihm stand. Er drehte sich um und blickte auf eine Machete, die ihm eine junge Malierin direkt vor das Gesicht hielt.

„Es ist gefährlich um fremde Häuser zu schleichen. Glaube mir das, Nabil" Es war Bintou, die ihm eindringlich in die Augen sah und das Messer langsam senkte.

Nabil, der ergeben die Hände gehoben hatte, sagte nur: „Ich habe immer wieder gerufen. Ich bin nicht herumgeschlichen."

„Was willst du hier. Du weist doch, dass wir uns unauffällig verhalten sollen."

„Sagara ist seit einigen Tagen verschwunden. Wir müssen gemeinsam versuchen wieder die Verbindung zu den Hogon aufzunehmen. Du willst doch auch in den engeren Kreis?"

„Sagara ist verschwunden?" Bintou war ehrlich betroffen. „Dann müssen wir wirklich etwas unternehmen. Was ist denn passiert? Ich hatte nur gehört, dass er im Krankenhaus liegt."

„Das Krankenhaus gibt keine Informationen heraus. Und die Polizei hat auf meine Fragen nur geantwortet, dass Sagara nicht mehr in ihrem Gewahrsam sei."

„Meinst du, dass Arnháton ihn aus dem Koma geholt hat?" Bei dem Namen ‚Arnháton' leuchteten Bintous Augen.

„Das glaube ich nicht. Das Krankenhaus ist kein Ort für eine Heilung durch Amma oder Arnháton. Aber wir zwei wissen zu wenig darüber. Was immer auch passiert ist, wir müssen Kontakt zu einem Dogonpriester, also einem Hogon, aufnehmen." Nabil wirkte verzweifelt.

„Die Hogon leben in ihren Dörfern am Bandiagara-Felsmassiv. Wenn wir dort ohne eine Aufforderung erscheinen, dann laufen wir Gefahr heilige Orte zu entweihen, auch wenn wir das gar nicht wollen. Wir müssen abwarten bis ein Gesandter der Hogon uns kontaktiert."

„Aber soviel Zeit habe ich nicht." Nabils Stimme war lauter als er beabsichtigt hatte. Etwas leiser fügte er hinzu: „Es ist sehr wichtig für mich, dass ich den Hogon möglichst bald zeigen kann, dass ich würdig bin, in den inneren Kreis aufgenommen zu werden."

„Wieso hast du es so eilig?", wollte Bintou wissen.

„Das kann ich dir jetzt nicht sagen. Ich kann dich nur bitten mir zu helfen. Kennst du jemanden der Kontakt zu einem Hogon hat?" Bintou war sich unschlüssig, ob sie Nabil die gewünschten Informationen geben sollte. Wenn Nabil bei seiner Suche zu ungestüm vorging, dann riskierte er nicht nur, dass er die heiligen Stätten unabsichtlich entweihte, er brachte dann möglicherweise auch die ganze Kultgemeinschaft in Gefahr. Daran wollte sie nicht mitschuldig sein. Andererseits ahnte sie, dass Nabil wirklich nicht mehr viel Zeit blieb. In den letzten Wochen wirkte er kränklich. Irgendwie fiebrig und matt. Wenn Arnháton Sagara aus dem Koma holen konnte, dann konnte er auch Nabil helfen.

„In Koulikoro gibt es einen Mann, der dir helfen kann. Er ist wie Sagara ein Kundiger. Er heißt Isai. Ich sage dir das nur, weil ich glaube, dass du wirklich Hilfe brauchst. Mache Arnháton keine Schande. Und wenn Isai dir sagt, dass du noch warten musst, dann hältst du dich daran. Hast du verstanden?"

„Ja, du hast mein Wort. Ich danke dir. Wo finde ich Isai in Koulikoro? Hast du seine Adresse?"

„Na, du bist lustig. Adresse? In dem Viertel in dem er wohnt haben die Straßen keine Namen. Ebenso wenig wie hier. Er wohnt im äußersten Westen der Stadt, ziemlich nahe am Niger. Dort wirst du dich nach ihm durchfragen müssen."

„Danke. Du kannst dir gar nicht denken, wie wichtig das für mich ist." Nabil hätte sie am liebsten vor Freude umarmt, hielt sich aber zurück.

„Ich glaube, ein wenig kann ich es mir schon vorstellen", erklärte sie mit einem Lächeln. Dann schloss sie ihn kurz ihre Arme, löste sich wieder und sagte zum Abschied die Grußformel mit der der Kult den Dogon-Schöpfergott Amma, mit ihrem von Aton abgeleiteten Sonnengott Arnháton, in Einklang brachte: „Amma sei mit dir. Arnháton sei über dir."

„Amma sei mit dir. Arnháton sei über dir", erwiderte Nabil und verließ das Anwesen.

Als er wieder auf der Straße war, beeilte er sich um so schnell wie möglich zu seinem Auto zu kommen. Dabei beachtete er die Pfützen nicht und trat mehrmals in das lehmig, braune Wasser. Seine elegante schwarze Hose bekam hellbraune Flecken.

Nachdem er sich in sein Auto gesetzt hatte, griff er sofort in das Handschuhfach und holte eine kleine Tasche, in der er seine Medikamente aufbewahrte, heraus. Er nahm zwei Tabletten und schluckte sie mit etwas Wasser aus einer Flasche vom Rücksitz. Dann schloss er die Augen und atmete tief durch. Seine Ärzte hatten ihm immer wieder erklärt, wie wichtig es sei, dass er die Tabletten regelmäßig und vorschriftsgemäß einnahm. Die optimale Wirkung der Präparate zeige sich nur bei absoluter Therapietreue. Außerdem bestände schon nach wenigen Fehlern bei der Einnahme die Möglichkeit einer Resistenz gegen die Medikamente.

Seit einigen Tagen hatte er den Eindruck, dass die Tyrosinkinasehemmer, die ein Fortschreiten seiner Leukämieerkrankung verhindern sollen, nicht mehr die üblichen Wirkungen zeigten. Tyrosinkinasehemmer blockieren gezielt bestimmte Eiweiße in einer Leukämiezelle und hemmen dadurch deren Vermehrung. Doch im Moment fühlte er sich schwächer als sonst. Hinzu kamen Gelenk- und Muskelschmerzen. Sowie eine starke Übelkeit, als eine weitere Nebenwirkung der Medikamente. Hatte sein Körper eine Resistenz gegenüber seinen Medikamenten aufgebaut? Befand sich die Krankheit vielleicht schon in der akzelerierten Phase? In einer Großstadt in Ägypten oder irgendwo in Europa hätte er jetzt einen Spezialisten aufgesucht und seine Medikamentencocktails neu einstellen lassen.

Doch die Untersuchungen würden wieder etliche Zeit in Anspruch nehmen. Und diese Zeit brauchte er um endlich erneut Verbindung zu den inneren Kreisen des Kultes aufzunehmen.

Seine ganze Hoffnung galt nun den Möglichkeiten die der Amma-Arnháton-Kult in Aussicht stellte. Die Kundigen versprachen den wahren Gläubigen eine völlige Heilung von jeder Art von Krankheit. Sagara hatte ihm berichtet, dass er eine AIDS-Patientin erlebt hatte, die wieder vollständig gesund geworden sei. Eine phantastische Vorstellung für Nabil. Aber ihm lief die Zeit davon. Ohne einen Kundigen als Kontaktperson hatte er keine Möglichkeit seinen Glauben vor einem Hogon unter Beweis zu stellen. Und solange Vera und ihr deutscher Freund nicht kalt gestellt waren, könnten die beiden auch jederzeit seine Pläne zum Scheitern bringen. Wenn es zudem wirklich so sein sollte, dass die Krankheit in die Phase der Blastenkrise trat, dann konnte jeder zusätzliche Tag den er warten musste entscheidend sein. Dieser Isai aus Koulikoro musste ihm einfach helfen.

Langsam verschwand die Übelkeit. Nabil wurde etwas ruhiger. Allerdings sorgten die Nebenwirkungen des Medikaments dafür, dass seine Konzentration nachließ, und das konnte Nabil momentan nicht gebrauchen. Schließlich musste er sich einen Plan ausdenken, wie er sich in den nächsten Tagen nach Koulikoro absetzen konnte ohne bei seinen Kollegen Verdacht zu erregen. Aber immer wieder schweiften seine Gedanken ab und er musste an die letzte Nacht denken. Wieder hatte er einen lebhaften Traum gehabt, der von einer Quelle handelte, die aus einer Felswand sprudelte.

Auf der Rückfahrt zu seinem Hotel geriet Nabil in eine Kontrolle der Polizei. Kurz zuvor hatte sich ein junger Selbstmordattentäter vor dem ‚Musée National du Mali' in die Luft gesprengt. Er wollte ein Zeichen gegen die Verehrung der heidnischen Kultobjekte im Museum setzen. Da die Kontrollen um das Museum sehr sorgfältig ausgeführt wurden, kam der Attentäter nicht dazu bis in den meist stark bevölkerten Besucherbereich vorzudringen. Das Wachpersonal hatte ihn schon weit vor dem Gebäudekomplex beobachtet. Das nervöse Auftreten des jungen Mannes der sich als Rucksacktourist ausgab, weckte das Misstrauen der Wachleute, die ihn dann schon von weitem dazu aufgefordert hatten stehen zu bleiben und seinen Rucksack zu öffnen. Offensichtlich geriet der Attentäter in Panik und befürchtete, seinen Anschlag nicht mehr ausführen zu können. Mit einem lauten ‚Es gibt nur einen Gott' hatte er die Bombe in seinem Rucksack gezündet und sich damit in die Luft gesprengt. Da er noch weit vor dem Museum, auf einem Weg der von einem Parkplatz zum Gebäude führte, gestellt worden war, wurden glücklicherweise keine weiteren Menschen verletzt. Auch der Sachschaden hielt sich in Grenzen. Einige Autos wurden durch die Explosion in Mitleidenschaft gezogen. Ansonsten war die Tatsache, dass ausländische Selbstmordattentäter, mutmaßlich Islamisten, weiterhin auf malischem Boden ihre Anschläge verübten, das wirklich Besorgniserregende an diesem Vorfall. Da die Serie der Anschläge nicht abriss zogen einige Medien inzwischen Parallelen zu den Zuständen in Afghanistan oder im Irak. Die Reaktionen einiger europäischer Regierungen die aufgrund der Gefahr von Entführungen Reisewarnungen veröffentlichten und vor einer Einreise nach Mali warnten, trugen zu derartigen Vergleichen mit anderen Krisenländern bei. Da die Anschlagsserien zwar stets in den Metropolen Malis stattfanden, aber auch die Touristen in den ländlichen Regionen ausblieben, hatten die Terroristen zumindest insofern Erfolge zu verbuchen, dass sie die Wirtschaft, die auf die Einnahmen aus dem Tourismus angewiesen war, enorm schädigten.

Als Nabil die Polizeisperre von weitem erblickte, überkamen ihn starke Kopfschmerzen. Eine weitere Nebenwirkung der Medikamente. Er ging davon aus, dass er nicht lange aufgehalten werden würde und bald sein Hotel erreichen könnte. Die Polizisten hatten die Gegenfahrbahn abgeriegelt, standen mit Maschinenpistolen bewaffnet an beiden Seiten von Nabils Fahrbahn und ließen den Verkehr im Schritttempo an sich vorbeifahren. Verdächtige Fahrzeuge wurden hinaus gewunken und einer intensiveren Kontrolle unterzogen. Nabil erwartete, dass es offensichtlich sei, dass er kein islamistischer Terrorist ist und dass man ihn genauso weiterfahren lassen würde wie die Fahrzeuge vor ihm. Es waren noch vier Fahrzeuge vor ihm und seine Kopfschmerzen wurden immer heftiger. Er beschloss eine der Schmerztabletten einzunehmen, die er immer bei seinen Medikamenten mitführte. Da er bereits Schritttempo fuhr, war es nicht schwierig die Tabletten aus dem Handschuhfach zu bekommen und eine davon einzunehmen.

Nun fuhr Nabil an den Polizisten vorbei und versuchte trotz der Kopfschmerzen so entspannt wie möglich auszusehen.

„Fahren Sie bitte rechts heran, schalten Sie den Motor aus, steigen aus und zeigen Sie uns Ihren Ausweis und die Fahrzeugpapiere", befahl einer der Polizisten, ein mittelgroßer Mann mit einer Narbe an der Wange, und richtete seine Maschinenpistole direkt auf Nabil. Entgeistert folgte er den Anweisungen und stand wenige Augenblicke später wie ein gestellter Krimineller neben seinem Fahrzeug. Minuziös kontrollierte der Ordnungshüter die Unterlagen. Immer wieder verglich er Eintragungen und beäugte Details. Nabil war sich sicher. Der Mann suchte nach Unstimmigkeiten.

„Sie sind Ägypter?", stellte der Polizist fest und sah Nabil misstrauisch an.

„Ja. Ich arbeite für die Vereinten Nationen. Ich helfe Ihren Behörden hier in Mali dabei eine effektive Organisation einzurichten. Was habe ich getan, dass Sie mich so verdächtigen?"

„Alles Routine. Glauben Sie mir", antwortete der Polizist. „Wir sorgen nur dafür, dass keine arabischen Terroristen unser Land daran hindern die effektive Organisation unserer Behörden zu optimieren." Nabil entging nicht der sarkastische Unterton des Uniformierten, aber er versuchte sich nicht davon provozieren zu lassen.

„Sie sind also im Auftrag der UN unterwegs", setzte der Polizist seine Befragung fort. „Warum treiben Sie sich dann hier herum und sind nicht bei unseren Ministerien im Regierungsviertel?"

Nabil versuchte, sich zu konzentrieren, was ihm immer schwerer fiel, da die Kopfschmerzen immer heftiger wurden. Scheinbar verfehlten die Tabletten ihre Wirkung.

„Ich bin privat unterwegs. Hören Sie. Wir sind alle auf der gleichen Seite", erklärte Nabil, aber seine ausweichende Antwort stellte den Polizisten in keiner Weise zufrieden.

„Auf welcher Seite Sie stehen, werden wir feststellen. Verlassen Sie sich darauf. Jetzt gehen Sie langsam zu dem Kofferraum und öffnen ihn. Aber bitte sehr langsam. Haben Sie verstanden?" Der Ton des Polizisten war nun ganz unverkennbar feindselig. Mit erhobenen

Händen ging Nabil langsam zum Kofferraum und öffnete ihn. Zum Vorschein kam nichts weiter als ein kleines Set mit Autowerkzeug für Notfälle.

„Kann ich jetzt weiterfahren?", fragte Nabil nun. Die Schmerzen in seinem Kopf hämmerten mit jedem Pulsschlag.

„Was haben Sie eben in Ihrem Auto hantiert, bevor wir Sie heraus gewunken hatten. Haben Sie da irgendetwas vor uns verstecken wollen?"

„Ich habe Kopfschmerztabletten aus dem Handschuhfach geholt, da es mir, wie Sie sicher scharfsinnig festgestellt haben, im Moment sehr schlecht geht", antwortete Nabil wahrheitsgemäß. Auch er konnte den Sarkasmus, der in seinen Worten lag, nicht verbergen.

Der Polizist wies einen Kollegen an, den Innenraum des Autos zu kontrollieren. Hilflos sah Nabil zu, wie der Mann in allen Winkeln des Fahrzeugs suchte. Als die Untersuchung fertig war erklärte der Polizist mit der Narbe: „Sie können weiterfahren. Berichten Sie ihren Terrorfreunden, dass wir es nicht zulassen werden, dass unser Land noch einmal überrannt wird."

Nabil versuchte sich zu rechtfertigen. Er wollte noch einmal erklären, dass er kein Terrorist, sondern ein Helfer von der UN ist. Aber bevor er ein weiteres Wort herausbrachte richtete der Polizist seine Maschinenpistole auf Nabils Kopf und sagte nur: „Fahren Sie. Sofort."

Halb bewusstlos vor Schmerz kam Nabil vor seinem Hotel an. Beinahe hätte er eine Gruppe von Hotelgästen vor dem Gebäude über den Haufen gefahren. Es waren zwei weiße Männer und eine dunkelhäutige Frau. Fania, Michel und Etienne. Im letzten Augenblick zog Etienne seine zwei Begleiter vor dem Auto zurück und beobachtete argwöhnisch wie Nabil den Wagen parkte und ausstieg. Michel positionierte sich ängstlich hinter seinen beiden Kollegen. Ihm kamen nun doch Bedenken, dass er hier Opfer einer Entführung oder eines Anschlags werden könnte. Benommen von dem Kopfschmerz und den wirkungslosen Schmerztabletten wankte Nabil von dem Fahrzeug zur Eingangshalle. Als er an der Dreiergruppe vorbei kam legte Etienne seine rechte Hand vorsichtshalber an die Pistole, die er unter seinem Jackett im Schulterholster trug. Mit schmerzverzerrtem Gesicht torkelte Nabil den Weg zum Eingangsportal entlang und verschwand im Gebäude. Als er nicht mehr zu sehen war bemerkte Etienne spöttisch: „Sie können wieder anfangen zu atmen, Michel. Die Gefahr ist vorbei."

29

Am Abend erreichte Khaled mit Vera und Eric das kleine Dorf Dégnékoro. Es lag etwa 170 Kilometer östlich von Bamako. Die Sonne war bereits untergegangen. Wie immer in den Äquatorregionen war es noch keine 19:00 Uhr als die Sonne hinter dem Horizont verschwand. Der Regen hatte inzwischen aufgehört und im Licht der Scheinwerfer spiegelten sich die Pfützen.

Sie durchfuhren das Dorf, in dem nur wenige Häuser beleuchtet waren. Hier, weit ab der Metropolen, gab es keinen Anschluss an ein öffentliches Stromnetz, allerdings waren die wichtigsten Gebäude mit Solaranlagenversehen, so dass das Dorf während der Nacht nicht völlig im Dunkeln lag.

„Von hier aus sind es nur noch etwa 20 Kilometer bis zu der Goldgräbersiedlung", verkündete Khaled als sie Dégnékoro durchquert hatten.

„Hätten wir nicht hier in diesem Dorf bleiben können?", fragte Vera. „Ich bin hundemüde und ich will endlich etwas Trockenes anziehen"

„Ich bezweifle, dass du in Dégnékoro eine Boutique findest, um dir neue Sachen zu besorgen. In dem Goldgräbercamp wirst du alles kaufen können. Dort gibt es genug Händler, die alle erdenklichen Waren anbieten, denn leider sind viele Männer, die etwas gefunden haben, nur allzuschnell bereit das erzielte Geld wieder auszugeben."

„Und du meinst, dass wir dort sicher sind?", erkundigte sich Eric erneut.

„Falls dort die Polizei nach euch fragt, dann könnt ihr euch auf jeden Fall eher darauf verlassen, dass keiner eure Anwesenheit ausplaudert, als wenn ihr euch in einem Dorf versteckt, in dem sich seit Jahren kein Weißer mehr aufgehalten hat."

„Morgen fahren wir aber weiter? Wir verbringen doch nur die Nacht dort?" Vera war, ebenso wie Eric, bei dem Gedanken in einem illegalen Camp zu übernachten, unwohl zumute.

„Wir kaufen ein paar Vorräte, übernachten dort und morgen früh machen wir uns dann gleich wieder auf den Weg nach Bandiagara", bestätigte Khaled.

Der Weg durch den Schlamm dauerte für die zwanzig Kilometer noch über eine Stunde. Immer wieder sah es so aus als ob der Wagen im Matsch stecken bleiben würde, aber dank des Allradantriebs ging es doch langsam aber stetig voran.

Schon von weitem war das Camp in der Dunkelheit zu erkennen. In einigen Bars, die eigentlich nur aus einfachen Hütten und überdachten Theken bestanden, leuchteten bunte Lampen um die Arbeiter anzulocken. Viele junge Männer hatten ihre Dörfer und Familien verlassen um hier das große Glück zu machen. Vor einigen Jahren hatte ein Bauer auf dem Feld in der Nähe des Bagoé-Flusses einige glänzende Krümel im Boden entdeckt. Es war Gold wie sich später herausstellte. Das sprach sich herum und als andere Männer probehalber nach Gold gruben, wurden auch sie fündig. Der Bauer hatte nun weiteren, vom Goldfieber gepackten Männern, Teile seines Ackers verpachtet und damit das große Geschäft gemacht.

Nun graben sich mehr als tausend Goldsucher tief durch die rotbraune Erde. Meist legen sie erst einmal einen senkrechten Schacht in bis zu zwanzig Metern Tiefe an. Der wird behelfsmäßig mit Ästen aus der Umgebung gesichert. Dann suchen die Goldgräber nach bestimmten Verfärbungen im Erdreich. Hat man eine entsprechende Farbnuance gefunden, dann gräbt man horizontal der Farbspur entlang. Das Erdreich dieser Schichten wird dann mühsam nach oben transportiert wo es gewaschen und immer wieder gesiebt wird. Wenn man Glück hat, hält ein Team von Arbeitern am Abend wenige Gramm Goldstaub in den Händen. Aus 1 Tonne Sand waschen die Männer mühsam innerhalb einiger Wochen etwa 10 Gramm Gold heraus.

Als Khaled das Auto auf die ärmlichen Holz- und Wellblechhütten zusteuerte wurde er anfangs misstrauisch von den Bewohnern beobachtet. Erst als sich herausstellte, dass es kein Polizeifahrzeug war wurde die Atmosphäre entspannter.

Khaled fragte aus dem Wagen heraus einige Männer nach seinem Freund Daniel. Als er noch hinzufügte, dass er Daniel, den Schmied meinte, boten die Männer an, Khaled zu ihm zu führen.

„Eric, du bleibst hier und passt auf, dass niemand das Auto klaut. Vera kommt mit mir", sagte Khaled mit einem verschmitzten Schmunzeln.

„Wie? Ihr wollt mich hier alleine lassen. Was soll ich denn machen, wenn die Jungs hier über mich herfallen?"

„War nur ein Spaß, mein deutscher Freund. Natürlich kommst du mit. Es ist für euch sicherer wenn wir drei zusammen bleiben. Wir steigen jetzt aus und lassen uns zu Daniel führen."

Als die drei das Fahrzeug verlassen hatten, folgten sie zwei jungen Männern in die Dunkelheit. Khaled hatte eine Taschenlampe mitgenommen. Einzelne Hütten waren schwach erleuchtet, so dass man sich grob orientieren konnte. Einige Minuten später kamen sie zu einer Hütte, neben der eine Schmiede und mehrere Werkbänke im Licht der Taschenlampe zu sehen waren. Einer der jungen Männer rief durch die geschlossene Tür des kleinen Hauses nach Daniel.

Die Tür öffnete sich und im Dunkeln konnte man nur die hellen Augen und die weißen Zähne des Bewohners erkennen.

„Was gibt´s?", fragte Daniel. Seine Stimme klang bestimmt, aber nicht unfreundlich.

„Hier ist jemand für dich. Er sagt, er sei ein alter Freund von dir und hat auch zwei Europäer dabei."

„Ein Freund? Ein Schmied hat viele Freunde. Schließlich braucht jeder ihn irgendwann einmal." Mit diesen Worten trat Daniel vor seine Hütte.

„Ich bin es. Khaled aus Bamako." Khaled richtete die Lampe auf sein Gesicht.

„Khaled, alter Junge." Daniel schien ehrlich erfreut zu sein. „Bist du unter die Goldgräber gegangen. Wir haben uns ja ewig nicht gesehen."

„Wir sind im Moment auf der Durchreise nach Bandiagara. Und

ich konnte meine Freunde hier davon überzeugen, dass sie einmal das Land fern ab der Touristenzentren erleben müssen." Khaled leuchtete nun die beiden Deutschen an.

„Willkommen in der Welt der Goldgräber." Daniel trat auf Khaled zu. Die beiden jungen Männer, die die Besucher geführt hatten verabschiedeten sich. „Ich glaube Khaled kein Wort. Aber das macht nichts. Irgendwann wird er mir erzählen warum ihr hier seid. Wenn ihr Khaleds Freunde seid, dann seid ihr auch meine Freunde." Nun begann wieder eine ausführliche Begrüßungszeremonie und nachdem sich jeder nach dem Befinden des anderen ausführlich erkundigt hatte, lud Daniel seine Gäste in den Bereich seiner Schmiede ein.

Die Gerätschaften befanden sich unter einem ausladenden Dach. In der Mitte des Arbeitsbereiches lag eine Feuerstelle, die Daniel nun entfachte um für etwas Licht zu sorgen.

„Strom haben wir nur zu bestimmten Zeiten, sonst überlasten wir den Generator", erklärte Daniel.

Um die Feuerstelle herum standen zwei Werkbänke und mehrere verschlossene Kisten mit Werkzeug. Nachts schloss Daniel das Arbeitsgerät sicherheitshalber ein. Er bot den dreien an, auf den Kisten Platz zu nehmen und setzte sich selbst auf einen kleinen Hocker.

Daniel war Anfang vierzig und sehr muskulös. Sein Kopf war kahlgeschoren. Er trug ein gelbes gemustertes Hemd und strahlte, trotz seiner imposanten Erscheinung eine einnehmende Freundlichkeit aus.

„Wir bleiben nicht lange. Morgen reisen wir weiter", erklärte Khaled. „Finden die Leute hier immer noch Gold in der Erde?"

„Ja. Manche Glückspilze waschen immer ein paar Gramm heraus. Und das führt dazu, dass nach und nach mehr Leute hierher kommen. Nicht nur Männer hier aus Mali. Solche Goldfunde sprechen sich in ganz Westafrika herum. Wir haben hier auch Goldsucher aus Benin oder Burkina Faso."

„Und die Behörden lassen solche Lager einfach zu?", erkundigte sich nun Eric.

„Die Polizei sieht selten einen Grund zum Eingreifen. Schließlich verdienen die umliegenden Dörfer an den Goldgräbern. Händler aus der Region verkaufen hier ihre Waren. Auch das Land auf dem wir graben, nehmen wir den Bauern nicht einfach weg. Es werden faire

Verträge mit ihnen gemacht."

„Ein illegales Camp, das faire Verträge macht?", Eric konnte seine Zweifel nicht für sich behalten.

„In den meisten Goldgräbersiedlungen gibt es Leute denen so etwas wie die Position eines Chefs übertragen wurde. Das sind Männer die sich im Laufe der Jahre das Ansehen der Arbeiter erworben haben. Meist besteht ihre Aufgabe darin Streitigkeiten innerhalb der Siedlung zu schlichten. Deshalb nennt man sie auch Schlichter. Aber sie sorgen auch dafür, dass Konflikte mit den benachbarten Dörfern beigelegt werden und das man für das Land zahlt auf dem nach Gold gesucht wird."

„Also organisiert sich die Gemeinschaft hier selbst. Und die Schlichter vertreten hier das Recht."

„Wer welche Rechte hat, ergibt sich aus dem Ansehen, das jeder innerhalb der Gemeinschaft hat. Die Rechte die die Männer hier haben können sie nicht mit der Polizei einklagen. Wer hier mit der Polizei seine Interessen durchsetzen will, der schließt sich damit selbst aus der Gemeinschaft aus. Aber es gibt Regeln die das Zusammenleben ordnen."

„Trotzdem sitzen wir hier auf verschlossenen Kisten. Ich nehme an, dass dein Werkzeug morgen nicht mehr da wäre, wenn du es abends nicht einschließen würdest", bohrte Eric nach.

„Habt ihr in Europa nicht auch Häuser in denen ihr euch einschließt? Und trotzdem gilt eure Gesellschaft nicht als gesetzlos. Mann muss einem Dieb nicht auch noch eine Gelegenheit geben, etwas zu entwenden. Mir ist klar, dass es für einen Europäer wie dich schwer zu verstehen ist, dass hier tausend oder mehr Menschen arbeiten, ohne eine offizielle Erlaubnis zu haben. Aber glaube mir, die meisten wären zuhause bei ihren Familien geblieben, wenn es dort eine Perspektive für sie gäbe." Eric schwieg. Er fühlte sich immer noch unwohl. Die Vorstellung, dass er hier unter Menschen war, die die Suche nach Gold einte und bei denen die Polizei nichts zu sagen hatte, bereitete ihm großes Unbehagen.

„Ich gehe sogar davon aus, dass ich als Schmied meine Sachen nicht verschließen müsste", fuhr Daniel fort. „Ich werde hier in der Siedlung fast so respektiert wie ein Schlichter. Wie ich schon sagte. Irgendwie ist jeder auf mich angewiesen. Das führt dazu, dass ich für potentielle Diebe tabu bin. Anders verhält es sich für die meisten anderen. Wenn ein Pechvogel einmal lange Zeit kein Gold gefunden hat, weil seine Grube einfach an der falschen Stelle liegt, dann kann es schon einmal passieren, dass er heimlich in einem anderen Claim schürft oder auch einmal das Werkzeug eines anderen Gräbers entwendet. Jeder weiß das und in gewissen Grenzen wird das toleriert."

Nun hatte auch Vera eine Frage. „Ich habe neben der Bar auch ein paar Kinder gesehen. Arbeiten auch Kinder hier in den Gruben?"

„Die meisten Männer schließen sich zu kleinen Teams zusammen, in denen man sich die Arbeit und den Gewinn teilt. Manche Männer bringen ihre Familien mit, die dann auch mitarbeiten. Die Kinder hier im Camp sind somit leider auch Arbeitskräfte. Aber auch zuhause müssten sie mit für den Lebensunterhalt sorgen."

Eric und Vera stellten noch weitere Fragen, die Daniel geduldig beantwortete. Währenddessen bewirtete er seine Gäste mit Tee. Khaled verließ die Gesellschaft kurz um einen Händler aufzusuchen, bei dem er Lebensmittel für die nächsten Tage besorgen konnte. Er hatte Glück und fand einen Laden, der ihm zu dieser späten Stunde Vorräte verkaufte. Einen Teil davon verspeiste er dann mit den anderen, die bereits sehr hungrig waren, in Daniels Schmiede.

„Hast du einen Platz für uns, wo wir schlafen können?", fragte Khaled seinen Gastgeber, als sie fertig gegessen hatten.

„Ihr könnt euch hier bei der Schmiede ausbreiten", erklärte Daniel.

„Was? Das ist ja praktisch unter freiem Himmel. Hier gibt es ja keine Wände. Nur dieses Dach." Vera hielt das für einen Scherz.

„Ihr seid hier bei mir im Bereich des Schmieds. Damit seid ihr für eventuelle bösen Buben genauso tabu wie mein Werkzeug. Ihr könnt euch auch eine leere Hütte, irgendwo da draußen, suchen. Aber dann seid ihr auf euch alleine gestellt. Es ist eure Entscheidung." Daniel gab sich gleichgültig.

„Es ist ja nur für eine Nacht", sagte Eric und versuchte seine eigene Angst zu verbergen.

„Und ich bleibe ja hier bei euch. Entspannt euch einfach", ergänzte Khaled. „Was gibt es schöneres als eine Nacht im Freien in Afrika."

30

Sagara war in den Tagen nach seiner wunderbaren Heilung innerlich zerrissen. Einerseits wollte er am liebsten so schnell wie möglich zurück nach Bamako und jedem erzählen was er in der Felsenhöhle am Steilhang von Bandiagara gesehen hatte. Doch andererseits hatte Seydou, der Dorfälteste ihm ausdrücklich befohlen, dass niemand außerhalb des Dorfes von den Umständen seiner Gesundung erfahren dürfe. Die Konsequenzen wären in jeder Hinsicht katastrophal. Sagara hatte sich natürlich dem Willen des Oberhauptes gefügt. Sein Tatendrang war seit dem Erwachen aus dem Koma unbändig und so half er im Dorf, wo er konnte. Durch die gerade einsetzende Regenzeit wurden viele Lehmhäuser des Dorfes weich und gaben nach. Das bedeutete, dass ständig Ausbesserungen nötig waren.

Lehm ist in Mali und vielen angrenzenden Ländern ein beliebtes und viel genutztes Baumaterial, da es billig und praktisch ist. Lehm schützt sowohl vor Hitze als auch vor Kälte. Außerdem ist Lehm entlang des Niger praktisch überall vorhanden. Man muss nur mit Wasser den Boden aufweichen und schon hält man das Baumaterial in den Händen.

Die überall aus größeren Lehmgebäuden herausragenden Holzbalken, sind weniger als Dekoration gedacht, sondern erfüllen einen praktischen Zweck. In der Regenzeit entstehen oft große Schäden an den Gebäuden, denn der Lehm wird aufgeweicht. Wenn nun die Bewohner die Schäden ausbessern müssen, nutzen sie die Holzbalken an den Außenwänden als Leitersprossen und Haltegriffe. Somit ist jedes Haus auf die Reparaturarbeiten vorbereitet.

Sagara arbeitete von früh morgens bis zum Sonnenuntergang. In den Abendstunden saß er bei Seydou, der als Dorfältester auch die Position des Hogon, also des Priesters, inne hat. Dort ließ er sich von dem alten Mann tieferes Wissen über Amma weitergeben. Stundenlang diskutierte er mit dem Hogon über Gemeinsamkeiten und Unterschiede zu dem Arnhátonkult und saugte alles Wissen wie ein Schwamm auf. Seine Energie erschien fast unerschöpflich.

Manchmal dachte er an seine Glaubensgeschwister in Bamako. Er wusste, dass viele darauf warteten von den Hogon gerufen zu werden, um auch etwas von dem erleben zu dürfen, dass er selbst hier erfahren hatte. Aber er hatte nicht den Mut Seydou darauf anzusprechen. Er wusste, dass der Dorfälteste zu gegebener Zeit die Einladung aussprechen würde. Dann wenn die Arnhátongemeinschaft bereit war, davon zu erfahren.

31

Gegen Mitternacht kehrte in der Goldgräbersiedlung allmählich Ruhe ein. Die meisten Arbeiter hatten sich schon wenige Stunden nach Sonnenuntergang zur Ruhe begeben. Sie wussten, dass auch der nächste Tag, wie immer, sehr hart werden würde. Die wenigen Männer, denen nach Feiern zumute war, kosteten die Zeit bis Mitternacht aus um sich zu amüsieren. Da der Campchef jedoch angeordnet hatte, dass zu dieser Zeit alle Bars zu schließen hatten, begann damit auch so etwas wie Nachtruhe.

Um zwei Uhr setzte ein heftiger Regen ein, der bis in die Morgenstunden andauerte und von starken Windböen begleitet wurde. Pausenlos prasselten die Regentropfen auf die Dächer der behelfsmäßigen Gebäude. Die Arbeiter, die schon mehrere Jahre in den Hütten und Zelten verbracht hatten, und für die die Wetterkapriolen der Regenzeit nichts Neues war, konnten selbst bei dieser Geräuschkulisse vor Erschöpfung tief und fest schlafen. Eric und Vera allerdings taten seit Beginn des Regens kein Auge mehr zu. Trotz ihrer Ermüdung durch die strapaziöse Autofahrt. Der Regen schien von Stunde zu Stunde lauter auf das Wellblechdach der Schmiede zu hämmern. Jede Windböe wehte einen weiteren Schwall von Regenwasser zu ihnen herüber. Daniel brachte ihnen Decken, damit sie wenigstens etwas vor der Nässe geschützt waren, verschwand aber sofort wieder in seinem Haus. Vera hatte gehofft, dass er vielleicht, angesichts der ungemütlichen Lage während des Unwetters, die beiden doch in sein Haus hineinlassen würde. Doch diese Hoffnung erfüllte sich nicht. Ihnen blieb nichts weiter übrig, als die Zeit bis zum Morgengrauen abzuwarten und darauf zu hoffen, wenigstens während der Autofahrt am nächsten Tag ein paar Stunden Schlaf nachholen zu können.

Khaled schien das Wetter wenig zu stören. Als Daniel die Decken gebracht hatte, wickelte er sich darin ein und lag entspannt auf einer der Werkbänke, die er sich, genauso wie Eric und Vera, leer geräumt hatte.

Als die ersten Sonnenstrahlen durch die Wolken stießen, hörte der Regen auf. Benommen vom fehlenden Schlaf erhob sich Vera von ihrer provisorischen Schlafstätte und hoffte durch die Bewegung munter zu werden. Als ihre Füße den Boden berührten, stellte sie fest, dass der Regen den Boden in eine lehmigbraune, schlammige Masse verwandelt hatte. Sie beschloss, den Umstand, dass es nun weit und breit keinen trockenen und sauberen Ort gab, zu ignorieren und sah sich nach etwas klarem Wasser um. Sie entdeckte eine Zeltplane, die Daniel an der Seite des Wellblechdaches angebracht hatte um den Arbeitsbereich großflächig vor der Sonne zu schützen. Dort hatte sich Regenwasser angesammelt. Kurzentschlossen drückte sie von unten gegen die Ausbuchtung und hielt ihr Gesicht unter das überquellende Wasser. Der Schwall ergoss sich über ihren ganzen Kopf, so dass nun auch ihre Haare und ihre Bluse durchnässt waren.

Leise stöhnte sie auf: „Oh, tut das gut. Jetzt nur noch einen Kaffee und dann werde ich vielleicht wach." Dann schüttelte sie ihren Kopf, so dass ihre Haare auseinander flogen und die Wassertropfen durch die Schmiede sausten.

„Hey, was soll das", brummte Eric, der einige Tropfen ins Gesicht bekam. „Kaum hat der Regen aufgehört, spielt Madame Vera die Sturmfee und lässt es hier unter dem Dach regnen."

„Sag bloß, du hast jetzt geschlafen. Ich habe dich die ganze Nacht beobachtet. Ich habe gehört, wie du ständig über den Regen meckertest. Du hast genauso wenig geschlafen wie ich. Und wenn hier gleich tausend Menschen auf den Beinen sind, wirst du ebenso wenig schlafen können." Vera schüttelte ihre Haare erneut. Diesmal ausschließlich um Eric zu necken.

„Oh, du gemeines Biest." Eric verbarg sein Gesicht unter der Decke. „Warum gehst du nicht einfach jetzt mal weit, weit raus in die Savanne, tötest einen Löwen und machst uns zum Frühstück einfach einmal ein Löwensteak mit Bratkartoffeln?"

„Du willst mich den Löwen vorwerfen, du gemeiner Schuft." Vera trat an Eric Schlafplatz und schlug mit gespieltem Groll auf die Decke, unter der er sich verkrochen hatte, ein. „Faul im Bett liegen und eine arme Frau mit Löwen kämpfen lassen. Dir wird ich´s zeigen." Eric streckte seinen Arm unter der Decke hervor und versuchte theatralisch Vera auf Abstand zu halten. Die Beiden neckten sich wie zwei Teenager.

„Ist das junge Glück schon wach?", meldete sich Khaled. „Ich hoffe, ihr hattet eine erholsame Nacht."

„Wie konntest du bei dem Unwetter schlafen?", erkundigte sich Vera. „Bei diesem Krach konnte ich kein Auge zutun. Und Eric ebenso wenig."

„Wenn man seit Monaten auf den Regen gewartet hat, dann ist dieses Geräusch wie Musik. Es war einfach mein Schlaflied. Solltet ihr auch mal probieren." Mit diesen Worten stand Khaled auf, zog sein Hemd aus und stellte sich mit bloßem Oberkörper an die Stelle, an der auch Vera das Wasser von der Zeltplane drückte. Er schlug mit der Faust von unten auf das Zeltdach. Wieder spritzte Wasser von der Plane. Anerkennend äußerte er: „Da hat sich unsere junge Abenteurerin doch gut mit den Besonderheiten unserer Unterkunft zurechtgefunden. Gratuliere."

„Vielleicht werde ich ja etwas munter wenn ich eine Tasse Kaffee getrunken habe. Ich hoffe doch, dass es hier so etwas wie Kaffee gibt?", fragte Eric während er sich von seinem Schlafplatz erhob.

Khaled hielt triumphierend eine Packung mit gemahlenem Kaffeepulver in die Höhe: „Seht mal, was ich für euch besorgt habe. Kaffee aus Nigeria. Extra für unsere Europäer. Brot, wie ihr es gewohnt seid gibt es hier allerdings nicht. Wir werden, wie fast alle hier, Reis mit einer Soße frühstücken."

„Damit werden wir wohl diesen Tag überleben können. Danke, Khaled." Auch Vera war über die Aussicht auf einen heißen Kaffee zur Stärkung mehr als erfreut.

„Ich mache schon mal Feuer für das Kaffeewasser." Khaled entfernte die Asche aus der Feuerstelle der Schmiede und entfachte mit dem daneben liegenden Holz ein neues Feuer. Dann deutete er auf einen Topf: „Eric, ich gehe mal zum Fluss um mich frisch zu machen. Kümmerst du dich um den Kaffee?"

„Ich würde mich auch gerne mal waschen", bemerkte Vera. „Khaled, kannst du dafür sorgen, dass ich dort mal ein paar Minuten ungestört bin?"

„Klar. Kein Problem." Khaled steckte seine Pistole, die er in der Nacht in der Werkbank versteckt hatte, unter seine Weste in das Holster. Dann zogen beide los in Richtung des Bagoé-Flusses.

Da bereits viele Männer am Fluss waren, mussten sie einige hundert Meter wandern, bevor sie ein abgelegenes Uferstück fanden. Während Vera sich frisch machte, hielt Khaled potentielle Zuschauer fern. Als beide mit ihrer morgendlichen Wäsche fertig waren gingen sie zurück ins Camp.

Dort war bereits der Kaffe fertig und auch Daniel war aufgestanden, saß bei Eric am Feuer und kochte Reis mit etwas Gemüse für das Frühstück. Als dann endlich alles zum Essen bereit war, verteilte Daniel die Teller. Da es kein Besteck gab, wurde mit der rechten Hand gegessen. Eric kannte das von seiner Arbeit mit den Dogon. Auch Vera war mit der eisernen Regel vertraut, dass man niemals mit der linken Hand essen darf, da man sich mit dieser in einigen afrikanischen Ländern gewöhnlich nach dem Stuhlgang säuberte. Tapfer konzentrierte sie sich bei jeder Handbewegung darauf, auf keinen Fall mit der linken Hand in den Reis zu langen.

„Ich hoffe, ihr wollt nicht gleich nach dem Frühstück losfahren. Ich möchte euch noch gerne durch das Camp führen", bot Daniel an.

„Ich weiß nicht, ob wir dafür Zeit haben. Wir müssen noch einige hundert Kilometer zurücklegen bis wir nach Bandiagara kommen." Eric war überhaupt nicht begeistert von dem Gedanken unnötig Zeit in der Goldgräbersiedlung zu verbringen.

„Wenn diese Siedlung wirklich so gut mit ihren eigenen Gesetzen funktioniert, wie du das gestern beschrieben hast, Daniel, dann bin ich sogar wirklich an einer Besichtigung interessiert", erklärte Vera, deren Neugier geweckt wurde. Eric warf ihr einen missbilligenden Blick zu.

Khaled wandte sich an Daniel: „Haben sich Dogonmänner denen

du in letzter Zeit begegnet bist vielleicht irgendwie anders verhalten als sonst?"

„Nein. Davon kann ich nicht berichten. Aber hier im Camp gibt es auch eigentlich keine Dogon. Die bleiben entweder in ihren Dörfern oder ziehen in die Großstädte, um da das Glück zu machen."

„Und wie sieht es mit Ägyptern aus, die einer neuen Religion angehören?", fragte Khaled weiter.

„Die meisten Ägypter sind Muslime wie wir. Nur gewährt uns unsere Auslegung des Islam mehr Freiheiten. Während des Tuareg-Aufstandes kamen hin und wieder Islamisten zu uns, die versuchten die Gesetze der Scharia im Camp anzuwenden. Doch auch mit Hilfe ihrer Sturmgewehre hatten sie genauso wenig Erfolg wie das Militär oder die Großkonzerne der Goldminen, wenn sie uns ihre Regeln aufzwängen wollten. Aber von einer neuen Religion war nie die Rede." Daniel schwieg einen Augenblick. „Ich hoffe, du bringst uns keinen religiösen Konflikt. Einer der Gründe, warum wir es hier im Camp hinbekommen, dass unsere Gemeinschaft zusammen hält, ist der, dass wir es vermeiden uns wegen religiöser Vorstellungen zu bekämpfen. Du weist genau, dass wir hier fast alle Muslime sind, auch wenn die meisten sich noch alten Sitten und Gebräuchen verpflichtet fühlen." Daniels Stimme wurde ungewohnt scharf. Khaled verstand den deutlichen Hinweis, dass Daniels Prioritäten in erster Linie dem Wohl des Camps galten.

„Hast du eine Familie?", wollte Vera von Daniel wissen, um das Thema zu wechseln.

„Ja. Eine Frau und drei Kinder. Sie leben in unserem Dorf, in der Nähe von Koutiala. Ich sehe sie nur wenige Wochen im Jahr. Dann, wenn hier im Camp, während der Regenzeit, keine Grabungen möglich sind. Durch das eindringende Wasser ist es dann zu gefährlich in den Minen zu arbeiten. Dann gibt es auch keine Arbeit für mich."

„Aber die Regenzeit hat doch schon begonnen", bemerkte Eric.

„Das stimmt. Doch einige Teams haben Wasserpumpen, die eindringendes Wasser sofort nach oben befördern. So können sie die Zeit der vorübergehenden Schließung hinausschieben."

„Wann wirst du deine Familie besuchen?", fragte Vera.

„In etwa zwei Wochen. So lange braucht man mich hier mit Sicherheit." Daniel stand auf und nahm seinen Hut, der stark an einen grauen Cowboyhut erinnerte, von einem Haken an der Hüttentür. „Ich schlage vor, ich führe euch nun durch das Camp." Da alle bereits mit dem Frühstück fertig waren widersprach ihm niemand und die Gruppe setzte sich in Bewegung.

Sie gingen den schlammigen Weg zwischen den Hütten entlang, bis sie zu einem etwa zwei Quadratmeter großen Erdloch kamen, das von einem schlecht gesicherten Blechdach geschützt wurde. Wie bei einem Brunnen befand sich eine Winde über der Öffnung, an der ein Seil in die Tiefe führte. Zwei Jungen standen dabei und horchten in die Tiefe.

„Hier ist der Einstieg zu einem Schacht, der etwa zwanzig Meter steil hinunter geht. In so einer Mine arbeiten bis zu zehn Männer. Die Jungen holen die geschürfte Erde nach oben. Hier arbeitet die ganze Familie mit. Die Schürfrechte für diesen Abschnitt haben sich drei Brüder für ein halbes Jahr von dem Landbesitzer gesichert. Die Männer arbeiten unter Tage. Die Jungen holen das abgebaute Material nach oben, zermahlen die Steine und geben den feinen Sand an die Frauen weiter, die dann aus der Erde den Goldstaub heraus waschen", erklärte Daniel. Ein Stück von dem Erdloch entfernt befanden sich einige Wasserrinnen in denen sich in mehreren Bereichen schwarze Teppiche befanden. Die Frauen kippten die Eimer mit Erde auf die Rinnen und das Wasser wusch die leichten Bestandteile davon. Die schwereren Erdklumpen blieben in den Matten hängen und dieser Vorgang wurde so oft wiederholt, bis sich nur noch feiner Staub in der letzten Matte verfing. Wenn die Goldgräberteams nun Glück hatten befanden sich bei der letzten Aussiebung ein paar Gramm des funkelnden Metalls.

„Man liest öfter, dass bei der Goldgewinnung immer wieder mit Quecksilber gearbeitet wird und die Menschen dabei sich selbst und die Umwelt vergiften. Du hast bisher nichts von Quecksilber erwähnt." Vera lag diese Frage schon seit dem Eintreffen im Camp auf der Zunge.

„Leider ist Quecksilber in den meisten Camps ein großes Umweltproblem und damit ein Gesundheitsproblem. Quecksilber ist billig, leicht zu bekommen und einfach anzuwenden. Der Chef unseres

Camps hat es aber durchgesetzt, dass die Arbeiter hier mit dem eben beschriebenen wesentlich umständlicheren Verfahren das Gold aus der Erde waschen. Dadurch hat er es aber auch geschafft, dass uns die Behörden weitestgehend in Ruhe lassen. Leider ist das umweltfreundliche Verfahren nicht nur mühsamer, sondern auch weniger effektiv. Bis zu vierzig Prozent des Goldgehalts in der ausgewaschenen Erde bleibt nicht in den Matten hängen, sondern wird mit der Ausspülung weggewaschen. Deshalb gibt es leider immer wieder Goldsucher, die auch hier im Camp heimlich mit Quecksilber arbeiten. Aber früher oder später fliegen sie auf."

„Und was passiert mit denen?", fragte Eric.

„Wer hier im Camp gegen die Anweisungen des Chefs verstößt und damit die ganze Siedlung in Gefahr bringt, der spielt mit seinem Leben." Daniel wurde nicht konkreter. Er ahnte, dass die beiden Deutschen keine Einzelheiten über die Maßnahmen gegen solche Verstöße wissen wollten.

Sie gingen einige hundert Meter weiter und kamen immer wieder an ähnlichen Orten vorbei. Danach erreichten sie einen etwa dreißig Meter langen Graben, der mit unzähligen Holzstangen und Ästen gesichert war. Auch er reichte einige Meter in die Tiefe.

„Hier könnt ihr besser sehen wie es in der Tiefe aussieht." Daniel deutete auf die riesige Furche in der Erde. „Diese Arbeiter graben sich auf voller Fläche von oben her in den Boden. Das ist etwas sicherer als in zwanzig Metern Tiefe einen Tunnel zu graben. Aber auch hier besteht natürlich die Gefahr, dass die Wände nachgeben und einstürzen." Dutzende Männer hackten, schleppten Eimer, kletterten hinein und hinaus. Die Hölzer, die zur Sicherung der Wände und als Leitern oder Abdeckungen verwendet worden waren, sahen grob und wenig bearbeitet aus.

Durch den Regen in der Nacht war der Graben an einem Ende eingestürzt. Einige Arbeiter waren damit beschäftigt die Erde und die Holzbalken aus dem Schacht zu schaffen.

„Deshalb wird das Camp in zwei oder drei Wochen geschlossen", erklärte Daniel. „Kommt mit. Ich zeige euch, wer sonst noch vom Camp profitiert."

Eric sah zum Himmel hinauf. Wieder schoben sich Wolken vor die

Sonne. „Es sieht so aus, als ob es bald wieder Regen gibt", sagte er halblaut vor sich hin. Die Anderen stimmten ihm zu, beachteten die Gewitterwolken aber nicht weiter.

Sie gingen weiter bis sie an den Rand der Siedlung kamen. Hier gab es keine Minen mehr, dafür aber Hütten, die offensichtlich als Läden dienten. Vor den Gebäuden saßen Männer und Frauen, die vor sich ihre Waren ausgebreitet hatten. Meist verkauften sie Lebensmittel. Einige auch technische Geräte oder Goldschmuck.

„Hier hat sich ein Teil der Händler niedergelassen. In den Goldgräbern haben sie einen festen Kundenstamm." Daniel breitete seine Hände aus. „Auch von den umliegenden Dörfern kommen regelmäßig Frauen, die Früchte von ihren Feldern anbieten."

„Ich gehe davon aus, dass es hier auch Frauen gibt, die nicht nur Früchte, sondern auch sich selbst anbieten", stellte Vera ungeniert fest.

„Hier im Camp kommt auf dreißig Männer nur eine Frau. Selbstverständlich gibt es da einen gewissen Bedarf an Frauen. Zwei Drittel der Bevölkerung Malis lebt unterhalb der nationalen Armutsgrenze. Wenn Frauen auf diese Weise hier ihren Lebensunterhalt verdienen, dann tun sie das um zu überleben. Möglicherweise passt das nicht in euer moralisches Weltbild. Aber hier sterben die Menschen wenn sie nicht erfinderisch sind."

Vera konnte Daniels verbalen Seitenhieb nicht auf sich sitzen lassen: „Aber die Vereinten Nationen haben in Mali 2012 mit dem World Food Programme mehr als 1,2 Millionen Menschen mit Ernährungshilfe unterstützt. Und das trotz der, auch für unsere Mitarbeiter, gefährlichen Situation während der Tuareg-Rebellion."

„Damit hat die UNO sicher tausende Leben gerettet. Aber an der prekären Situation der meisten Menschen hat es nichts Grundsätzliches geändert." Daniel sagte das kühl, ohne eine Wertung in seinen Tonfall zu legen.

„Wo können wir tanken?", fragte Khaled, dem die meisten Informationen nicht neu waren. Er hatte die Gruppe bei der Besichtigung nur deshalb begleitet, da er merkte, dass seine Anwesenheit eine beruhigende Wirkung auf die beiden Deutschen hatte.

„Hier im Camp gibt es auch eine provisorische Tankstelle. Wir gehen auf dem Rückweg daran vorbei. Falls ihr aber noch weitere Besorgungen machen müsst, dann solltet ihr das jetzt hier tun. In den anderen Bereichen des Camps gibt es nur wenige Händler." Vera nutzte diese Gelegenheit und kaufte ein paar notwendige Kleinigkeiten, während die Männer geduldig in der Nähe warteten.

Als sie auf dem Rückweg bei der Tankstelle vorbeikamen schlug Khaled vor, dass er das Auto tanken würde, während Eric und Vera ihre Sachen in Daniels Schmiede packten. „Dann können wir die Weiterfahrt ohne Verzögerung antreten. Ich komme zur Schmiede, wenn ich den Wagen aufgetankt habe", erklärte er. „Ich glaube, es wird wirklich bald regnen." Bei diesen Worten fielen die ersten Regentropfen vom Himmel.

„Ist gut. Beeilen wir uns", bestätigte Eric und alle liefen im Laufschritt los.

Viel hatten Eric und Vera nicht zu packen. Es ging hauptsächlich um die Vorräte, die Khaled am Abend zuvor besorgt hatte. Während sie unter dem Dach der Schmiede warteten entwickelte sich der Regenschauer zu einem regelrechten Wolkenbruch. Einem Wasserfall gleich, ergossen sich Unmengen von Wasser über die Landschaft. Der Boden, der noch nicht vom Regen der Nacht getrocknet war, konnte die Wassermassen nicht mehr aufnehmen und die Wege zwischen den Hütten ähnelten immer mehr kleinen Flüssen, die mit jeder Minute bedrohlich anschwollen. Während einige Männer unter den Dächern Schutz suchten, wurden andere Männer sichtlich nervös.

Auch Daniel war deutlich beunruhigt.

„Verdammt. Es ist zwar der Beginn der Regenzeit, aber mit einem solchen Gewitter hat hier noch niemand gerechnet", fluchte er.

„Die Leute werden doch bei solch einem Wetter ihre Minen schnellstens verlassen? Oder?" Vera ahnte, was Daniel so sehr Sorgen machte.

„Natürlich kommen die Männer jetzt hoch. Wenn es noch nicht zu spät ist." Unvermittelt rannte Daniel hinaus in das Unwetter. Ohne zu überlegen folgten ihm Vera und Eric. Wie eine Wand aus Wasser umgab sie der Regen. Nach wenigen Metern hatten sie die Orientierung verloren. Sie folgten Daniel und bemühten sich ihn nicht aus den Augen zu verlieren. Die Wucht des Regens hämmerte wie Faustschläge auf ihre Köpfe. Nun waren in dem tosenden Rauschen auch immer häufiger Schreie von entsetzten Menschen zu hören.

Als Daniel einen der Eingänge zu den Schächten erreicht hatte, sahen sie zwei verzweifelte Jungen die immer wieder etwas in den Schacht hinein riefen.

„Wer ist noch da unten?", fragte Daniel die Jungen.

Mit tränenerstickter Stimme antwortete eines der Kinder: „Unser Vater und noch fünf andere Männer. Ich glaube, der Schacht ist eingestürzt. Als wir den Eimer nach oben holen wollten, ließ er sich nicht hochziehen. Und die Lampen der Männer sieht man auch nicht mehr."

Daniel bemerkte, dass das Regenwasser auf dem Erdboden in das Einstiegsloch eindrang.

„Gibt es noch einen anderen Eingang in die Mine?", fragte er.

„Nein, nur diesen. Wie sollen unser Vater und die Anderen jetzt wieder heraufkommen?"

Einige andere Männer und Frauen kamen herbeigeeilt. Auch die Mutter der Jungen war dabei. Als sie die Situation erkannte, sank sie laut schluchzend auf die Knie. Eine andere Frau hielt sie fest, aber auch sie begann laut zu weinen.

„Wir müssen da hinunter. Sonst sterben unsere Freunde", sagte einer der Männer, ein glatzköpfiger Kerl mit einer John-Lennon-Brille, und ging an den Rand des Erdlochs.

„Das ist zu gefährlich. Die Wände sind durch den Regen weich und werden weiter einstürzen", versuchte Daniel den Mann zurückzuhalten.

„Wir müssen etwas tun. Die da unten brauchen uns." Der Mann legte sich ein Seil um die Hüfte. „Ihr sichert mich mit dem Seil. Wenn die Wände nachgeben, dann zieht ihr mich sofort wieder hoch. Wenn die Wände halten, dann kann ich die Männer vielleicht befreien."

„Das ist doch Wahnsinn", warf Daniel ein. „Du wirst auch da unten umkommen."

„Wir müssen es versuchen." Der Mann griff nach einer Schaufel. „Ich grabe und ihr zieht die Eimer mit der Erde nach oben."

Eric sah in den Schacht. Einige starke Äste an den Seiten dienten sowohl als Gerüst zum Hinauf- und Runtersteigen als auch zum

Abstützen der Wände. Es wirkte wie ein Kartenhaus, das bei einer Erschütterung in sich zusammenfallen würde. Diese Erschütterung drohte mit dem Unwetter nun gekommen zu sein. Eric sah auf die verzweifelten Kinder und auf die hilflos, weinenden Frauen.

„Ich gehe mit hinunter." Auch Eric griff nach einem Seil. „Wenn der Schacht dort eingestürzt ist, wo er waagerecht abgeht, dann ist dort für uns beide Platz zum Graben."

„Jetzt will auch noch der weiße Mann den Helden spielen." Daniel warf hilflos seine Hände in die Luft. „Khaled, sag deinem deutschen Freund, dass er da nicht wieder lebend heraus kommt." Aber Khaled sagte erst einmal nichts. Er überlegte. Dann widersprach er Daniel: „Noch besteht Hoffnung für die Männer da unten. Ich werde Eric mit dem Seil sichern. Die Zwei müssen nur sehr vorsichtig sein, wenn sie hinab steigen. Sie dürfen das Holzgerüst so wenig wie möglich belasten."

Zuerst stieg der Glatzkopf in den Schacht. Er hatte sich eine Stirnlampe aufgesetzt und den kleinen Spaten an seinem Gürtel befestigt. Die Männer, die ihn oben am Einstiegsloch sicherten, ließen ihn langsam und vorsichtig hinab.

Das eindringende Regenwasser floss in kleinen, schlammigen Bächen an den Wänden herab. Dadurch war auch das Gerüst aus Baumstämmen an den Wänden extrem rutschig. Vorsichtig kletterte der Maler Sprosse für Sprosse in die Tiefe.

In etwa zwanzig Metern Tiefe erkannte er im Licht der Stirnlampe die herabgebrochenen Erdmassen. Wie Eric vermutet hatte, war am Anfang des horizontalen Ganges durch das einfließende Wasser die Decke herabgebrochen. Dort war der Bereich völlig zugeschüttet. Das Regenwasser sammelte sich am Boden, so dass der Mann schon bis zu den Knöcheln im Wasser stand. Leider war zu befürchten, dass das Regenwasser auch durch den verschütteten Bereich drang und dahinter ebenfalls anstieg. Auch deshalb lief ihnen die Zeit davon.

Der Glatzkopf rief nach oben: „Du kannst runterkommen. Hier ist Platz für zwei. Lasst aber zuerst die Eimer hinab."

Zwei Eimer wurden an weiteren Seilen hinabgelassen und der Mann füllte den ersten mit Erde. Eric kletterte hinab. Auch er hatte sich eine Stirnlampe von einem Arbeiter geben lassen. Unten angekommen gab der Malier ihm Anweisungen, wo er vorsichtig graben sollte.

„Wie ist eigentlich dein Name?", fragte Eric seinen Mitstreiter.

„Issaka. Und wie heißt du, mein Freund?"

„Ich heiße Eric."

„Willkommen im Bauch von Mutter Erde, Eric" Issaka schüttelte Eric die Hand.

In der ersten halben Stunde hatte Eric das Gefühl, dass sie noch keinen Meter vorgedrungen wären. Gnadenlos plätscherten die Bäche aus braunem Regenwasser auf die Männer hinab. Immer wieder musste Eric gegen Panikattacken kämpfen, wenn das herabstürzende Wasser so heftig war, dass es den Anschein hatte, dass die Wände einbrächen.

„Warum tust du das?", fragte Issaka nach einer Weile. „Warum hilfst du diesen Männern, die doch Fremde für dich sind? Warum riskierst du dein Leben?"

„Weil mein Leben auch nicht wertvoller ist als das Leben dieser Männer", antwortete Eric, der über seine Antwort selbst überrascht war. „Und warum bist du hier unten?", stellte er die Gegenfrage.

„Ich kenne die Männer. Alle sechs. Es ist unsere gemeinsame Mine. Wir stammen alle aus dem gleichen Dorf. Ich kenne die Kinder der Männer schon seit ihrer Geburt."

„Die Männer leben noch. Ich weiß es. Wir müssen uns beeilen." Eric war davon ehrlich überzeugt.

„Woher weist du das?", erkundigte sich Issaka.

„Keine Ahnung. Ich weiß es einfach."

„Wir müssen neue Stützen aufstellen, sonst bricht uns die Decke wieder ein. Hier liegen Einige von dem eingestürzten Bereich. Halte du diesen Balken an die Decke. Ich stemme ihn mit diesem Ast hier fest." Eric nahm den Balken und die Beiden stellten noch weitere Stützpfeiler auf.

Vera stand immer noch mit den anderen Leuten an dem Schachteingang. Zwar liefen auch die angrenzenden Claims mit Regenwasser voll, aber die Männer die dort gearbeitet hatten, konnten sich noch rechtzeitig retten. Alle Aufmerksamkeit richtete sich nun auf diesen Schacht und die sechs Verschütteten. Vera fühlte sich hilflos und lauschte intensiv, ob sie Erics Stimme in der Tiefe hören konnte. Jeder

Eimer, der problemlos nach oben gebracht werden konnte war für sie ein Zeichen der Hoffnung. Zum einen, dass die Männer gerettet werden würden. Zum anderen, dass Eric wieder heil nach oben kam. Aber die Tatsache, dass sie gar nichts tun konnte, außer abzuwarten und zu hoffen, brachte sie an den Rand der Verzweiflung.

Mehr als zwei Stunden gruben Eric und Issaka sich durch das völlig durchnässte Erdreich. Da das Unwetter nicht nachgelassen hatte und der Regen immer noch permanent eindrang, reichte ihnen nun das Wasser bis zu den Knien. Nun ließen sie auch mit jedem zweiten Eimer das eindringende Wasser nach oben ziehen. Mehrmals rutsche die Erde nach und jeder Spatenstich war nun ein enorm riskantes Unterfangen. In regelmäßigen Abständen unterbrachen sie die Grabungsarbeiten und lauschten, ob sie eventuelle Rufe der Eingeschlossenen wahrnehmen konnten. Aber nichts war zu hören.

„Wenn das Wasser weiter steigt, dann ertrinken sie." In der Stimme des Farbigen war nun deutlich Panik zu spüren. Sie gruben weiter und nach einigen Minuten machten sie wieder eine Pause und horchten nach Hilferufen.

Da endlich hörten sie undeutlich eine Stimme hinter dem Geröll.

„Da ist jemand. Sie leben. Hurra, sie leben", rief Eric und war außer sich vor Freude.

Issaka rief durch den Schacht nach oben: „Wir hören Lebenszeichen. Wir müssen ganz nah dran sein."

„Gott sei Dank", murmelte Vera und presste ihre gefalteten Hände an ihr Gesicht.

„Gott ist groß", hörte sie einige der umgebenden Personen erleichtert sagen. Einige begannen zu jubeln. Die meisten aber warteten noch besorgt auf weitere Nachrichten aus der Tiefe.

Eric stach nun ganz behutsam in das schlammige Geröll. Er wollte weder einen weiteren Erdrutsch verursachen, noch mit seinem Spaten einen der Eingeschlossenen verletzen. Vorsichtig arbeiteten sich die Beiden weiter. Nach einiger Zeit lauschten sie wieder und erneut hörten sie jemanden rufen.

„Wir sind gleich bei euch. Haltet durch", antwortete Eric.

Dann endlich zeigte sich nach einem Spatenstich eine Öffnung. Dahinter war schwach das Licht einer Grubenlampe zu sehen.

„Wir sind durch", Issaka gab die Meldung schnell nach oben weiter. Freudenschreie waren nun sowohl von oben als auch aus dem Loch zu den Verschütteten zu hören.

„Seid ihr OK?", fragte Eric durch die kleine Öffnung.

„Wir fünf sind unverletzt, aber Edou ist bewusstlos. Bitte beeilt euch. Hier steigt das Wasser."

Auch die Verschütteten schaufelten das Erdreich von ihrer Seite aus beiseite. Es dauerte noch zwanzig Minuten bis der Durchgang so groß war, dass der erste Mann durchkriechen konnte. Dann zogen sie den Bewusstlosen durch die Öffnung. Die Kraft aller Männer war nötig, den schlaffen Körper des Verletzten durch das Loch zu befördern. Dann banden sie den Mann an mehrere Seile und ließen ihn nach oben ziehen. Dabei kletterte Eric mit hinauf und sorgte, so gut er konnte, dafür, dass der Ohnmächtige nicht zu oft an das Holzgerüst stieß. Währenddessen krochen die restlichen Männer heraus zu Issaka. Bis der Bewusstlose die Oberfläche erreichte, konnte kein weiterer Mann mit dem Aufstieg beginnen. Trotz Erics Bemühungen stieß der Körper immer wieder an das Gebälk und Erde löste sich. Meist kleine Brocken. Dann wieder eine größere Lawine.

„Seid vorsichtig. Hier stürzt gleich alles ein", rief Issaka zu Eric und den Leuten die Edou nach oben zogen. Aber wieder stürzten Erdbrocken auf die Wartenden herab. Die zwanzig Meter, die die Männer von der Erdoberfläche trennten wirkten durch den eindringenden Regen und die herab fallende Erde unendlich weit entfernt. Das Regenwasser, das sich am Boden sammelte stieg weiter an und der Untergrund war inzwischen so weich, dass es immer schwerer wurde die Füße aus dem Schlamm zu lösen.

Als Eric mit dem Bewusstlosen im Freien ankam jubelte die Menge. Man schleppte den Verletzten einige Meter weiter und Daniel, der Erfahrung als Sanitäter hatte, versuchte den Mann wieder zu Bewusstsein zu bringen. Derweil kletterten die restlichen Männer, einer nach dem anderen, aus der Grube heraus. Zuletzt kam Issaka. Die Familien der Geretteten konnten ihr Glück kaum fassen. Herzlich umarmten sie zuerst ihre Männer, dann Issaka und Eric, die als Helden gefeiert wurden.

Eric ließ die Gratulationen nur widerwillig über sich ergehen. Er beobachtete die Frau und die Tochter des Bewusstlosen. Beide knieten ängstlich abwartend neben dem Mann, der von Daniel, mehr oder weniger fachmännisch untersucht wurde.

„Gibt es denn keinen Arzt hier im Camp?", fragte Eric Issaka, der neben ihm stand.

„Nein, der einzige Arzt den es im Camp gibt, ist vorgestern mit einem Verletzten nach Bamako gefahren." In Issakas Antwort war tiefes Bedauern zu hören.

Eric beobachtete wie Daniel den Mann vorsichtig nach Verletzungen absuchte. Die Frau des Verletzten, die die ganze Zeit weinend und schluchzend daneben gesessen hatte, begann sich zu beruhigen. Eric sah dass sie die Hände faltete und offensichtlich zu beten begann. An ihrer Gebetshaltung erkannte Eric, dass sie eine Christin war. Auch die Worte, die sie betete, kannte Eric gut: „Notre Père, qui es aux Cieux, que ton nom soit sanctifié." Vater unser im Himmel, geheiligt werde dein Name. Während die Frau halblaut das Gebet sprach, kniete sich ihre Tochter, ein etwa zwölfjähriges Mädchen daneben und begann mitzubeten. Auch Eric faltete die Hände und sprach leise mit. Seit dem Tod seiner Frau und seiner Tochter hatte er die Worte dieses, die Christenheit verbindenden Gebets nicht mehr gesprochen. Seit damals verhinderte sein Groll auf Gott auch nur den Ansatz eines Gebets. Doch nun erschien ihm diese Zuwendung an Gott als die einzig richtige Reaktion auf die Geschehnisse.

Eric kniete sich nun auch zu dem Bewusstlosen, nahm dessen linke Hand in seine beiden Hände und begann selbst ein kurzes Gebet, dass nur aus wenigen Worten bestand: „Großer Gott, bitte hilf uns. Dieser Mann muss leben." Vera beobachtete erstaunt diese Szene. Sie wusste zwar, dass Eric als Sprachforscher für eine christliche Missionsgesellschaft einen gläubigen Hintergrund hatte, aber über seine persönliche Beziehung zu Gott hatte sie bisher nichts erfahren.

Daniel hatte seine Untersuchungen beendet und begann nun damit, eine Verletzung am Hinterkopf des Mannes zu säubern. Da war ein leises Stöhnen des Verletzten zu hören. Er bewegte kaum die Lippen, aber der Laut war deutlich vernehmbar. Die umherstehende Menge, die bisher wild durcheinandergeredet hatte, war nun still und lauschte. Nur der prasselnde Regen war nun zu hören. Wieder kamen Laute von dem Verletzten. Diesmal bewegte er auch seine rechte Hand. Dann schlug er die Augen auf. Benommen blickte er seine Frau und seine Tochter an. Den beiden liefen Tränen über die Wangen. Aber diesmal waren es Tränen der Freude und der Erleichterung.

„Gott sei Dank", sagte Eric leise. In dem nun beginnenden Freudentaumel der Menge hörte das aber niemand.

Zwei Männer hoben nun den Verletzten auf eine Trage und brachten ihn mit Hilfe von Khaled und Daniel zu dessen Hütte, wo er weiter versorgt werden sollte. Vera trat zu Eric, der nun gedankenverloren der kleinen Gruppe nachschaute.

„Geht es dir gut?", fragte sie, immer noch etwas in Sorge.

„Ja, ich bin in Ordnung. Jetzt, wo alles überstanden zu sein scheint, bekomme ich etwas weiche Knie." Eric sah an sich herab, er war über und über mit Schlamm bedeckt.

„Ich vermute, niemand hier hätte dir das alles zugetraut. Die Chancen, dass du da unten wieder lebend herauskommst standen nicht besonders gut. Du hättest mal hören sollen wie Daniel die ganze Zeit geschimpft hat." Sie nahm seinen Kopf in ihre Hände. „Das war eine richtige Heldentat, die du da eben vollbracht hast."

„Ich konnte einfach nicht anders. Hast du die Frauen und die Kinder gesehen? Und all die anderen, die um ihre Männer, Väter und Freunde gezittert haben?" Nun, da die Anspannung von ihm abfiel wurden seine Augen feucht und eine Träne löste sich. Vera zog sein Gesicht zu sich herunter und berührte mit ihrer Stirn die seine.

„Ich habe auch um dich gezittert. Ich glaube sogar, ich hatte noch nie um jemanden so sehr Angst gehabt, wie um dich. Bitte pass immer gut auf dich auf. Ich will nie mehr solche Angst um dich haben müssen." Vera schlang ihre Arme fester um Eric. Dann folgte ein langer, inniger Kuss. Anschließend sagte sie: „Es war gut, dass du diese Männer gerettet hast. Ich bin sehr stolz auf dich."

Eric vergaß in diesem Moment die Welt um ihn herum. Er hielt Vera in seinen Armen, spürte ihre Wärme, ihre Arme, die sie immer noch um seinen Hals gelegt hatte. Er genoss ihre Nähe, die ihm unendlich gut tat.

Einige Minuten verharrten sie so. Die Menge hatte sich inzwischen aufgelöst. Die Leute suchten nun in ihren Hütten Schutz vor dem

Unwetter. Als Khaled zurück kam, lösten sich Eric und Vera wieder voneinander.

„Dem Verletzten geht es den Umständen entsprechend gut", berichtete er. „Als der Gang eingestürzt ist, ist ihm wohl ein Balken auf den Kopf geschlagen. Dadurch wurde er bewusstlos. Glücklicherweise wurde er aber nicht vollständig verschüttet, so dass seine Kameraden ihn freischaufeln konnten." Dann wandte er sich speziell an Eric. „Der Verletzte und seine Familie sind dir und Issaka überaus dankbar, soll ich dir ausrichten. Sie wollen es dir später selbst auch noch einmal persönlich sagen, wenn sich alles etwas beruhigt hat. Ebenso die anderen Familien der Geretteten." Khaled betrachtete nun Erics vollständig verdreckte Kleidung. „Ich vermute unser Held möchte sich jetzt etwas frisch machen. Der Chef unseres Camps, Alassane Douentza, bietet euch an, dass ihr das sogenannte Gästehaus nutzen könnt. Es ist das einzige gemauerte Gebäude hier in der Siedlung. Es gibt zwar auch dort keine Dusche, aber immerhin eine Toilette, Waschmöglichkeiten und sogar elektrisches Licht. Wenn wir bis morgen hier bleiben, dann wollen die Bewohner auch eine Party für dich und Issaka schmeißen."

Vera sah Eric an: „Bei diesem Unwetter kommen wir mit unserem Geländewagen sowieso nur langsam voran. Da kommt es doch auf einen Tag nicht an. Und wenn man für euch extra eine Party geben will, dann wäre es doch unhöflich abzulehnen."

Eric schaute zu Khaled. Dessen Blick verriet, dass auch er bleiben wollte.

„Na, wenn ihr zwei euch einig seid, dann bleiben wir natürlich noch eine Nacht", gab sich Eric geschlagen.

„Ich habe sogar noch ein paar trockene Kleidungsstücke organisieren können. Die Teile sehen sogar alle recht frisch und gepflegt aus. Falls ihr lieber bei eurer eigenen Kleidung bleibt, dann könnt ihr die Feuerstelle im Gästehaus zum Trocknen eurer Sachen nutzen." Dann fügte Khaled noch an Vera gerichtet hinzu: „Es ist zwar alles Männerkleidung, aber ich nehme an, dass du praktische Männerhosen einer Dloki-Ba, wie die Frauen hier in Mali ihre Robe nennen, vorziehst. Ich werde übrigens in der Hütte von Daniel schlafen. Er hat es mir angeboten. Ihr habt also das Gästehaus ganz für euch allein."

„Danke, Khaled." Die Aussicht auf ein paar ruhige Stunden mit Eric allein erzeugte bei Vera fast so etwas wie Ferienstimmung. „Ich bin schon gespannt auf das Gästehaus."

Khaled führte die beiden durch den immer noch heftigen Regen zu ihrem Häuschen. Es bestand aus einem großen Wohnraum und einem kleinen Toilettenraum. Die Toilette entpuppte sich als Plumpsklo, aber immerhin hatten sie sie für sich allein. Das Waschbecken in dem Wohnraum hatte zwar ein Abflussrohr, jedoch kein fließendes Wasser. Das konnte man aus einem großen Wasserkanister der über dem Waschbecken angebracht war abzapfen. Für die hiesigen Verhältnisse war das ein Luxus. Offenbar war das Haus wirklich für ganz besondere Besucher vorgesehen.

„Willkommen im Hotel-Dégnékoro", verkündete Khaled als sie das Häuschen betraten. „Wenn ihr nachher etwas Warmes essen wollt, dann kommt am besten zu Daniel. Ich werde dort für euch mitkochen. Ruht euch bis dahin am Besten etwas aus."

Vera glaubte ein leicht anzügliches Lächeln in Khaleds Gesichtszügen zu erkennen. Sie entgegnete nur: „Wir werden dann zum Essen kommen. Vielen Dank, Khaled."

Der Wohnraum hatte außer dem Waschbecken noch eine Feuerstelle, über der auf einem Dreibeingestell ein Topf hing. Da das Haus nicht immer bewohnt war, befand sich noch kein Feuer darunter. Das Zimmer hatte nur eine kleine Fensteröffnung. An einer Wand befand sich ein Tisch mit drei Stühlen. Das Highlight dieser Unterkunft bildete das Bett, das sogar aus einem massiven Bettgestell mit Matratze bestand. In dieser Umgebung wirkte es sehr exotisch. Zwei weitere Matratzen auf dem Boden dienten als weitere Schlafgelegenheiten.

„Ladys first", erklärte Eric und bot Vera das Bett an. „Ich kann auf einer der Matratzen schlafen. Ein harter Untergrund soll gut für den Rücken sein."

„Nein. Das Bett gehört natürlich dem Helden des Tages", lehnte Vera ab.

„Ich schlafe auf keinen Fall in diesem Bett, während du auf dem Boden liegst", erwiderte Eric, während er sich in dem Spiegel neben dem Waschbecken betrachtete.

„Dann werden wir wohl beide auf den Matratzen schlafen", kombinierte Vera.

„Soviel wäre dann schon mal geklärt", stimmte Eric lachend zu.

Er betrachtete die Kleidungsstücke, die Khaled organisiert hatte. Misstrauisch roch er daran: „Sie riechen sogar frisch", stellte er anerkennend fest.

„Ich fühle mich in meinen eigenen Sachen doch wohler", erklärte Vera. „Die paar Schlammspuren werde ich einfach hier am Waschbecken säubern."

Eric knöpfte sein Hemd auf, um sich der verschmutzten Kleidung zu entledigen und sich an dem Becken zu waschen. Vera wandte ihren Blick dezent zu der Fensteröffnung durch die man ein paar dürre Bäume sah, auf die immer noch strömender Regen herabprasselte.

Als Eric nur noch in der Unterwäsche am Waschbecken stand, riskierte Vera den einen oder anderen Blick auf ihren Zimmergenossen. Sie stellte fest, dass ihr gefiel was sie sah. Prüfend fragte sie sich, ob es die Vertrautheit war, die Eric so anziehend machte oder der trainierte Körper der nun zu sehen war.

Eric bemerkte im Spiegel, dass er von Vera gemustert wurde. Es war ihm nicht unangenehm. Auch er empfand eine tiefe Verbundenheit mit Vera. War es der gemeinsame kulturelle Hintergrund der sie beide verband? Die Tatsache, dass sie die einzigen Europäer in dieser Umgebung waren? Oder vielleicht die gemeinsame Sprache? Wenn sie alleine waren unterhielten sie sich in Deutsch. In Gegenwart der Malier sprachen sie Französisch. Waren es die gemeinsamen Erlebnisse der letzten Tage, die sie verbanden? Bildeten sie so etwas wie eine Notgemeinschaft. Oder war es echte Zuneigung? Immerhin hatten sie schon in Bamako gemeinsame Abende verbracht.

Als Eric mit seiner Wäsche fertig war, zog er eine frische Hose und ein buntes Hemd mit Palmenaufdruck an. Vera wusste nicht ob Eric jetzt mehr wie ein Tourist oder mehr wie ein afrikanischer Farmer aussah.

„Die verdreckte Kleidung wasche ich am Fluss wenn der Regen aufgehört hat. Bei den hohen Temperaturen werden die Sachen auf jeden Fall bis morgen getrocknet sein", meinte Eric. Vera untersuchte nun auch den Stapel mit den Hemden von Khaled.

„Ich glaube, dieses Hemd kann ich wohl doch anziehen", erklärte sie und breitete ein hellbraunes Hemd vor sich aus. Dann wandte sie sich zu Eric: „Nicht gucken", sagte sie und wies in Richtung der gegenüberliegenden Wand.

Schnell hatte Vera sich umgezogen. „Das Hemd ist gar nicht so schlecht. Was meinst du?", fragte sie als sie das Hemd zugeköpft hatte.

Eric betrachtete sie und schmunzelte. Um ihre Hose säubern und trocknen zu können hatte Vera auch sie ausgezogen. Das Hemd, das sie nun anhatte war sehr lang geschnitten, so dass sie es wie ein Kleid trug. Ein sehr kurzes Kleid. Sie sah bezaubernd aus.

„Es steht dir auf jeden Fall sehr gut", erwiderte er. „Vielleicht solltest du allerdings so nicht durch das Camp laufen."

Vera ging auf Erics Bemerkung nicht ein. Sie schenkte ihm nur ein Lächeln und kramte in einem Karton mit Lebensmitteln. Eric ließ sich nun auf einer der Matratzen nieder. Die Anstrengung der letzten Stunden machte sich inzwischen bemerkbar. Um die Männer zu retten hatte Eric seine letzten Kraftreserven mobilisiert. Nun, da er zur Ruhe kam, spürte er wie seine Muskeln schmerzten. Als er seine Hände betrachtete, bemerkte er, dass sich Schwielen gebildet hatten. Kein Wunder, da er derart anstrengende körperliche Tätigkeit nicht gewohnt war und seine Hände bisher nur an seinem Laptop gearbeitet hatten.

„Bei den Sachen, die Khaled uns besorgt hat ist auch Tee. Ich mache uns mal eine Kanne. Damit du wieder zu Kräften kommst", entschied Vera.

„Du bist die Chefin des Hauses." Eric genoss es umsorgt zu werden.

„Eine Tasse Tee, bitter wie der Tod. Eine Tasse, lieblich wie das Leben. Eine Tasse, süß wie die Liebe", zitierte Vera die Worte Brehimas von der Teezeremonie zwei Tage zuvor.

„Nein, bitte nicht so stark und so süß wie dieser Tee damals. So etwas kann man nur genießen, wenn man in einer Lehmhütte unter Einheimischen ist", beschwerte sich Eric scherzend.

„Mit einer deutschen Frau in einem gemauerten Häuschen geht das natürlich gar nicht." flachste Vera ebenso. Mit geübten Handgriffen hatte sie das Feuer entfacht und einen Kessel mit Wasser darüber gehängt.

„In meiner Kindheit hatten wir zu Hause einen offenen Kamin. Ich hatte schon damals gerne mit dem Feuer gespielt. In den Hotelzimmern, die ich während meiner Arbeit bei der UN bewohne, fehlt mir das beruhigende Flackern eines Feuers doch irgendwie", erklärte sie.

Eric beobachtete sie, während sie weitere Holzstücke ins Feuer legte, mit einem Schüreisen die Glut anfachte und die Höhe des Kessels mit Hilfe einer Eisenkette regulierte. Mit ihrem Pferdeschwanz, der bei jeder Bewegung frech wippte, dem legeren Hemd und den nackten Beinen strahlte sie eine unglaubliche Anziehungskraft auf ihn aus. Er sog diese Szene in allen Details in sich auf und unwillkürlich kamen in ihm Erinnerungen an seine verstorbene Frau Susanne hoch. Wie sehr hatte sie ihm im ersten Jahr nach dem tragischen Unfall gefehlt. Und auch jetzt noch.

Mit den Erinnerungen kamen aber auch Schuldgefühle. Durfte er hier einfach die Anwesenheit von Vera genießen. Durfte Vera den Platz von Susanne in seinem Leben einnehmen? Eric wusste, dass sein Leben weitergehen musste. Er wusste auch, dass seine verstorbene Frau sicher nicht wollte, dass er den Rest seines Lebens alleine bleiben würde. Zudem fühlte er in jedem Augenblick, den er mit Vera verbrachte, dass nur sie es sein konnte die diesen besonderen Platz in seinem Leben einnehmen würde.

„Der Tee ist fertig. Kommst du an den Tisch?", meldete Vera.

„Ich kann jetzt beim besten Willen nicht aufstehen", bedauerte Eric. „Mir tut jeder einzelne Muskel in meinem Körper weh. Goldgräber ist wohl doch nicht der richtige Job für mich."

„Dann bleibst du eben da unten sitzen." Vera reichte ihm eine Tasse und Eric nahm sie ihr mit einer fast rituellen Geste aus der Hand. Er pustete sanft über das heiße Wasser und nahm einem winzigen Schluck. Als er wieder zu Vera hinaufschaute stand sie ebenfalls mit einer Tasse vor ihm und setzte sich neben ihn.

„Wenn der Herr nicht zur Teegesellschaft kommt, dann kommt die Teegesellschaft eben zum Herrn", flachste sie und rückte ein Stück näher an ihn bis sie an seiner Schulter lehnte.

„Vor ein paar Tagen haben wir noch in Bamako den Abend auf

einem Musikfestival verbracht und hatten geglaubt dieses Land zu kennen. Jetzt sitzen wir hier, draußen regnet es und wir sind froh, dass wir ein Feuer haben", philosophierte Vera und kuschelte sich noch etwas fester an Eric.

„Wir zwei haben nicht nur Feuer", ergänzte Eric und legte den Arm um Vera. „Wir zwei haben auch uns."

32

Das Hotel „La Maison Blanche" in Mopti erfüllte Michels Ansprüche zwar nicht vollständig, aber in den wichtigsten Bereichen kam es seiner Auffassung eines europäischen Standards entgegen. Im Restaurant gab es eine Speisenkarte mit französischen Gerichten. Alle Räume waren klimatisiert, der einheimische Akzent des Personals unterschied sich nur unmerklich von dem eher lateinisch intonierten Dialekt seiner südfranzösischen Herkunft.

Der Flug von Bamako in die etwa 600 Kilometer entfernte Regionalhauptstadt war problemlos verlaufen und Michel, wie auch seine beiden Begleiter, wurden in dem Hotel freundlich empfangen. Das Ausbleiben von ausländischen Besuchern, seit den Reisewarnungen einiger europäischer Staaten, hatte katastrophale Folgen für den Tourismus, der eine der stärksten Einnahmequellen Moptis darstellte. Umso zuvorkommender wurden die Mitarbeiter der ‚Société Pharmaceutique Internationale' von dem Hotelpersonal behandelt.

Michel überließ es Fania und Etienne, den vorbestellten Mietwagen abzuholen und die Vorbereitungen für die Weiterreise nach Koro zu treffen. Gegen die ausdrückliche Warnung Etiennes machte er sich alleine auf den Weg zu den Sehenswürdigkeiten Moptis. Zuerst besichtigte er die berühmte Moschee von Komoguel. Das beeindruckende Gebäude, dass aus dem Flusslehm des Niger, dem Banco, erbaut wurde ist eine verkleinerte Nachbildung der berühmten Großen Moschee von Djenné. Früher verirrten sich täglich dutzende Touristen hierher, heute war Michel der einzige ausländische Besucher. Dann schlenderte er durch das Handwerkerviertel. Auch wenn er die Atmosphäre in den Gassen mit den unzähligen Kleinbetrieben äußerst anregend empfand, konnte er sich nicht zum Kauf eines Objektes der malischen Handwerkskunst entscheiden. Egal wie niedrig die Preise waren, es war ihm zu teuer. Kurz vor der Dämmerung machte er noch einen Abstecher an die Mündung des Bani-Flusses in den Niger, die während der augenblicklichen Regenzeit, durch die Überschwemmungen einen dramatischen Anblick bot. Ganze Stadtteile wurden durch das Hochwasser vom Rest der Stadt abgetrennt und standen für Wochen auf eigenen Inseln. Deshalb nennt man die Stadt Mopti auch das ‚Venedig Afrikas'.

Während Michel unentwegt Fotos von der Flusslandschaft des Niger schoss, bemerkte er nicht, dass er beobachtet wurde. Zwischen den unzähligen Schifferbooten, die entlang des Ufers am Fluss lagen, folgten ihm seit einiger Zeit vier Männer. Sie gaben sich nicht einmal große Mühe unauffällig zu bleiben. Je länger sie Michel beobachtet hatten, desto mehr wuchs ihre Gewissheit, dass der weiße Europäer sich völlig arglos in der Stadt bewegte. Im Süden Malis wären die vier Männer einem Einheimischen aufgrund ihres Aussehens aufgefallen, doch hier in der pulsierenden Handelsmetropole Mopti fielen die Männer aus dem Norden der Sahara nicht auf. In dieser Stadt führten schon seit Jahrhunderten die Handelswege Malis und der angrenzenden Länder zusammen.

Michel fotografierte eine Gruppe Boote die idyllisch am Ufer lagen. Dann ging er näher an das Ufer um das Panorama der weiten Wasserfläche des Niger mit seiner Kamera einzufangen. Er schoss einige Bilder und horchte dann auf. Erst jetzt fiel ihm auf, dass es ungewöhnlich still war. Er sah sich um und bemerkte, dass er sich auf seiner Fototour ohne es zu bemerken in einen abgelegenen Bereich des Ufers bewegt hatte. Scheinbar war er völlig allein in diesem Uferbereich. Der Sonnenuntergang, der malerisch den Niger in ein feuriges Orange tauchte, kündigte die baldige Nacht an. Nun kamen ihm die langen Schatten zwischen den Booten auf einmal unheimlich vor. Wieder blickte er sich um und glaubte in den Augenwinkeln eine Bewegung gesehen zu haben. Angst stieg in ihm auf. Irgendwo zwischen den Booten hörte er Schritte im lehmigen Sand. Er spürte, wie sein Puls sich beschleunigte. Die Angst ließ sein Herz rasen. Er sah sich nach etwas um, das er als Waffe gebrauchen könnte. Glücklicherweise lagen einige dicke Äste, die an das Ufer des Nigers gespült worden waren, zwischen den Booten. Michel hob einen langen, dicken Ast auf und hielt ihn im Anschlag. Im Falle eines Überfalls wollte er nicht unvorbereitet sein. Seine Angst steigerte sich fast zur Panik. Am liebsten hätte er laut um Hilfe geschrien, doch wollte er jeden Laut vermeiden um mögliche Räuber nicht auf sich aufmerksam zu machen.

Langsam ging er zwischen den Booten hindurch um wieder zu den Häusern und den belebten Straßen zu gelangen. Schritt für Schritt schlich er mit dem fest umklammerten Knüppel nach vorne. Wieder hörte er Schritte, dann flüsterte jemand nicht weit von ihm. Michel lauschte. Aber es war wieder still.

Mit einem beherzten Sprung hechtete er hinter dem letzten Boot hervor. In Kämpferpose stand er nun mit seinem Ast, auf dem mit Schilf bewachsenen Uferbereich, zwischen den Booten und den Häusern. Er drehte sich nach allen Seiten herum und erblickte die vier Männer die ihn schon seit einer Stunde unbemerkt verfolgt hatten. Mit kühlen Augen musterten sie Michel, der immer noch bereit war mit seinem Knüppel zuzuschlagen. Doch niemand regte sich. Den Blick fest auf die Vier gerichtet, ging er nun langsam weiter auf die Häuser zu und senkte seine Waffe erst als er wieder einen Weg erreicht hatte. Zur Sicherheit behielt er den Stock auf seinem Weg zurück ins Hotel. Unterwegs blickte er in jedes Gesicht, das ihm begegnete. Falls er jetzt entführt worden wäre, so wollte er wenigstens das Gesicht seiner Entführer gesehen haben. Doch musste er feststellen, dass sich in den Gesichtern der Passanten eher Erstaunen oder Furcht spiegelte. Erst als er das Hotel erreichte, kam ihm der Gedanke, dass er den Stock sichtlich als Waffe getragen hatte und so selbst als Bedrohung auf seine Umwelt wirkte.

„Na, Michel. Hatten Sie einen entspannten Nachmittag in Mopti?", fragte Fania im Foyer als Michel das Hotel betrat.

„Ja, sicher", antwortete Michel. „Ich habe ja gesagt. Diesen Etienne brauchen wir nicht als Bodyguard."

„Frau Stratmann hat in Koulikoro einige wichtige Reformen eingeleitet", erklärte Nabil seinem Vorgesetzten. Der stämmige Mittfünfziger hörte sich Nabils Bericht geduldig an. Bisher hatte er Vera und Nabil alle Freiheiten bei ihrer Arbeit gelassen. Stets hatten ihre Maßnahmen genügend Erfolge erzielt, so dass ein Einschreiten von höherer Ebene nicht notwendig war. Nun, da Vera offensichtlich entführt worden war, wollte Nabils Vorgesetzter einen tieferen Einblick in deren Tätigkeit haben.

„Bevor ich nun ohne Frau Stratmann hier in Bamako unsere Arbeit fortsetzen kann, muss ich den Erfolg der Reformen erst noch verifizieren. Leider hat Frau Stratmann nur wenige Aufzeichnungen angelegt. Die Dokumentation ihrer Arbeit ist leider sehr lückenhaft." Nabil legte sich ins Zeug um Veras Arbeit in einem möglichst schlechten Licht erscheinen zu lassen. Er hatte lange gebraucht um sich eine einigermaßen plausible Begründung für eine Exkursion nach Koulikoro einfallen zu lassen. Erfreut erinnerte er sich an einige Kontakte, die Vera tatsächlich nach Koulikoro aufgebaut hatte. Nun war es sein Ziel diese Kontakte zu nutzen um einige Tage dort verbringen zu können. In dieser Zeit würde er Isai aufsuchen um seine Verbindung zum Amma-Arnháton-Kult zu intensivieren.

„Sie möchten also nach Koulikoro fahren um sich dort über die Erfolge der örtlichen Verwaltung in Bezug auf die Fischindustrie und den Umweltschutz zu informieren?", brachte es der Vorgesetzte noch einmal auf den Punkt.

„Es wäre sehr hilfreich", bestätigte Nabil. „Wenn die von uns empfohlenen Maßnahmen konsequent umgesetzt wurden, dann könnte das bedeuten, dass sie auch in Bamako und damit landesweit greifen würden. Andererseits würden uns eventuelle Misserfolge in Koulikoro davor bewahren ähnliche Fehler hier in der Hauptstadt zu begehen."

Gespannt wartete Nabil auf die Reaktion seines Vorgesetzten. Konnte er noch von dem Vertrauensvorschuss der Vergangenheit profitieren? Oder musste er sich das Wohlwollen seines Vorgesetzten erst wieder neu verdienen? Der Belgier sah Nabil mit unbewegter Miene einen Augenblick lang intensiv an. Dann umspielte ein Lächeln seine

Mundwinkel: „Wenn es der erfolgreichen Fortführung Ihrer gemeinsamen Arbeit mit Frau Stratmann dient, dann werde ich Ihnen einen Abstecher nach Koulikoro genehmigen. Ich nehme an, Sie werden nicht dort übernachten. Schließlich liegt Koulikoro nur etwa sechzig Kilometer von Bamako entfernt. Halten sie mich auf jeden Fall auf dem Laufenden."

Nabil hatte Mühe seine Freude über diese Entscheidung nicht allzu deutlich zu zeigen. Höflich bedankte er sich und versicherte mehrmals, wie wichtig die Erkenntnisse aus Koulikoro seien und dass er selbstverständlich regelmäßig Bericht erstatten würde.

Sofort machte sich Nabil daran alle Vorbereitungen für einen schnellen Aufbruch nach Koulikoro zu treffen. In seinem Büro erledigte er einige Telefonate um alle notwendigen Personen über seine Abwesenheit zu informieren. Sicherheitshalber sprach er immer von einer mehrtägigen Abwesenheit. Dann fuhr er zu seinem Hotel und packte einen Koffer mit den wichtigsten Utensilien. Dabei stellte er seine Medikamente zunächst für drei Tage zusammen, dann legte er zur Sicherheit noch eine Ration für weitere zwei Tage dazu. Er wollte auf unvorhergesehene Situationen vorbereitet sein und sicherstellen, dass er jederzeit die Tyrosinkinasehemmer ordnungsgemäß einnehmen konnte. Auch wenn ihm bewusst war, dass er trotz seiner chronischen myeloischen Leukämie ein relativ normales Leben führen konnte, so setzte ihm die Tatsache, dass immer noch ein Restrisiko bestand, dass er die Krankheit nicht überleben könnte, psychisch heftig zu.

Als er sein Hotelzimmer verließ war es später Nachmittag. Da die Strecke von Bamako nach Koulikoro gut ausgebaut war, rechnete Nabil mit einer Fahrzeit von etwa einer Stunde. Er tankte seinen Mietwagen voll und verließ Bamako über die Avenue de l'Unité Africaine um auf die ‚RR14' in Richtung Koulikoro zu kommen. Die Straße war asphaltiert und verlief meist schnurgerade in Richtung Osten. Da diese Strecke eine der Hauptverkehrswege war, begegneten ihm regelmäßig andere Fahrzeuge. Die Straße war relativ schmal, so dass entgegenkommende Autos trotz teilweise hoher Geschwindigkeit oft dicht an ihm vorbeifuhren. Einen Mittelstreifen oder gar getrennte Fahrbahnen gab es nicht.

Nabil gehörte auf dieser Strecke mit seinem PKW eher zu den Verkehrsteilnehmern mit den kleinen Fahrzeugen. Meist waren Kleintransporter, Busse oder LKWs unterwegs. Büsche oder dürres Gras wuchsen bis an den Fahrbahnrand.

Sorgenvoll beobachtete er den Himmel. Wieder zogen sich die Wolken zusammen und türmten sich zu bedrohlichen Gebilden. Nabil wusste, dass es bald zu plötzlichen Gewitterentladungen kommen würde. Zwar hatte er den Komfort, dass er sich auf einer asphaltierten Straße befand und damit nicht mit ausgewaschenen Schlaglöchern rechnen musste, aber die heftigen Niederschläge zur Regenzeit machten auch die Fahrt in dieser Umgebung zu einer gefährlichen Exkursion.

Es dauerte nicht lange bis er direkt in eine Gewitterfront hinein fuhr. Der Regen hämmerte auf das Autodach und Bäche von Wasser liefen über die Windschutzscheibe. Als er den Scheibenwischer anstellte, musste er feststellen, dass die Gummiteile so verschlissen waren, dass sie wenig Wirkung zeigten. Da er kaum die Fahrbahn erkennen konnte, fuhr er nun wesentlich langsamer. Allerdings wurde er nun von den Fahrzeugen hinter ihm mit heftigem Gehupe überholt. Offensichtlich haben alle anderen intakte Hochleistungs-Scheibenwischer, dachte er leicht genervt.

Da nicht nur die Fahrer auf seiner Spur keinen Grund sahen das Tempo zu drosseln, sondern auch die Fahrer der Gegenfahrbahn kam es schnell zu brezligen Situationen. Nabil schaltete nun auch die Scheinwerfer ein um besser gesehen zu werden.

Etwa fünf Kilometer bevor er Koulikoro erreicht hatte, entdeckte er wieder im Rückspiegel die Scheinwerfer eines sich nahenden Fahrzeugs. Als sich das Gefährt ungefähr bis auf zehn Meter genähert hatte, erkannte Nabil, dass es sich um einen Kleinlaster handelte. Wie so oft ragte die Ladung mehr als einen Meter über die Oberkante des LKWs hinaus. Nabil hielt sich so eng wie möglich an den rechten Fahrbahnrand um seinem Hintermann das Überholen zu erleichtern. Der Laster setzte zu einem Überholmanöver an, erkannte jedoch schnell dass auf der Gegenspur ein Bus entgegen kam und lenkte wieder ein. Auch ein zweiter Überholversuch wenige Augenblicke später schlug fehl. Nabil schimpfte einige Flüche vor sich hin und verringerte sein Tempo noch mehr um sich leichter überholen zu lassen. Nun war die Gegenfahrbahn, so weit man das überblicken konnte, frei und mit einem Hupkonzert zog der Laster an ihm vorbei.

Immer noch behinderte der starke Regen Nabils Sicht, jedoch bemerkte er weitere Scheinwerfer die sich von links dem LKW näherten. Ihm stockte der Atem. Mit hoher Geschwindigkeit raste ein Fahrzeug, offenbar von einer kreuzenden Fahrbahn von links auf den Laster zu. Es war keinerlei Verringerung der Geschwindigkeit zu erkennen. Instinktiv trat Nabil auf die Bremse. Sein Auto geriet, trotz des niedrigen Tempos ins Schlingern, kam aber auf der Gegenfahrbahn zum stehen. Der LKW fuhr ohne jede Reaktion über die nun sichtbare Kreuzung. Das Auto von links, ein Kleinbus erkannte im letzten Moment den Laster und versuchte auszuweichen, geriet aber ebenfalls ins schlingern und raste über das nasse Gras am Rande der Kreuzung auf Nabils Fahrzeug zu. Im Regen erkannte Nabil nur die Scheinwerfer die sich taumelnd näherten und krallte sich an das Lenkrad. Keine zwei Sekunden später spürte er den Aufprall des Kleinbusses.

Das andere Fahrzeug traf Nabils Auto mit voller Wucht am linken, hinteren Kotflügel. Nabil wurde in die Sicherheitsgurte gepresst und der Stoß nahm ihm die Atemluft. Sein Auto drehte sich um sich selbst und sein Kopf prallte gegen das Seitenfenster. Blut quoll aus der Platzwunde an seiner Schläfe. Außerdem machte sich ein stechender Schmerz in seiner Brust bemerkbar. Mehrere Rippen waren gebrochen. Bevor das Auto zum stehen kam schlug Nabils Kopf auf das Lenkrad und er verlor die Besinnung.

Der Laster, der vor Nabil gefahren war, hatte von dem Zusammenstoß nichts mitbekommen. Er setzte seine Fahrt fort ohne den Kleinbus von links auch nur bemerkt zu haben.

Das andere Fahrzeug, der Kleinbus, kippte nach dem Zusammenstoß auf die Seite und rutsche fünfzehn Meter auf der Fahrbahn entlang. Er war voll besetzt. Außerdem befand sich eine Unmenge an Gepäck darin. Die Insassen schrien voll Panik und versuchten sich irgendwo festzuhalten, was in dem überfüllten Innenraum kaum möglich war. Als der Bus zum stehen gekommen war kletterten die ersten sofort durch die Türen der nun nach oben liegenden Seite. Außer dem Fahrer waren nur Frauen im Fahrzeug, die auf dem Weg nach Bamako waren um dort Waren aus ihrem Dorf zu verkaufen. Eine nach der anderen kletterte aus dem Kleinbus. Manche hatten Prellungen, aber keine meldete Knochenbrüche. Als fast alle draußen waren hörte man erst ein Schluchzen aus dem Fahrzeug, dann ein lautes Wimmern. Sofort sprang der Fahrer wieder an die Tür um nach den verbliebenen Frauen zu sehen.

Im Inneren des Busses waren noch zwei Frauen. Die eine lag leblos im unteren Bereich, während die andere an ihr rüttelte und immer wieder ihren Namen rief. Doch die Bewusstlose zeigte keine Regung. Der Fahrer stieg wieder in den Bus und wies die eine Frau an, das Fahrzeug zu verlassen. Dann hob er die reglose Frau auf und zog sie nach draußen.

Inzwischen hatten einige andere Fahrzeuge angehalten und die Fahrer standen wild gestikulierend herum. Manche versuchten mit ihren Mobiltelefonen Hilfe zu holen, doch es gab offensichtlich wegen des Gewitters Probleme mit dem Handyempfang. Einige sahen auch nach Nabil und erkannten, dass auch er das Bewusstsein verloren hatte. Man zog ihn auf die Straße und versuchte ihn in einer stabilen Seitenlage zu positionieren. Da der Regen immer noch gnadenlos herunterprasselte legte man eine Decke über ihn. Nun diskutierten die Anwesenden, was man mit den Verletzten machen sollte. Ein junger Mann bot an, Nabil und die andere Frau mit Nabils Wagen zurück nach Bamako zu fahren, jedoch stellte sich heraus, dass das Auto nicht mehr fahrtüchtig war. Ebenso sprang der Kleinbus nicht mehr an, nachdem man ihn mit vereinter Kraft wieder auf die Räder gestellt hatte.

Während die Anwesenden weiter über die Versorgung der Bewusstlosen diskutierten näherte sich ein LKW mit Soldaten der malischen Armee. Zuerst sah es so aus, als ob der Laster, trotz der winkenden Menge, nicht anhalten würde. Zu oft hatte man von vorgetäuschten Unfällen berichtet, die sich als Falle von Terroristen herausstellten. Unzählige Soldaten, der meist schlecht ausgebildeten Armee hatten dabei ihr Leben verloren. Mit entsicherten Kalaschnikows stiegen nun drei Männer vom Laderaum des LKWs. Ein weiterer kam aus dem Führerhaus des Fahrzeugs, offensichtlich ein Offizier. Während die drei Soldaten in sicherer Entfernung stehen blieben kam der Offizier auf den Unfallort zu: „Was ist hier passiert? Gibt es Verletzte?", fragte er mit deutlich erkennbarem Misstrauen.

„Ein Unfall. Ein Mann und eine Frau sind bewusstlos", antwortete der Fahrer des Kleinbusses. „Bei dem Regen habe ich die Kreuzung gar nicht gesehen. Auf einmal war dann der Laster da und dann das Auto mit dem Mann dort. Ich wollte das alles nicht." Er verbarg sein Gesicht in seinen Händen.

Der Offizier winkte seine Männer heran, die immer noch ihre Sturmgewehre schussbereit hielten. Die Soldaten leuchteten in die Unfallfahrzeuge und behielten die Umherstehenden stets im Auge. Einer der Soldaten untersuchte die Bewusstlosen und wusste ebenfalls keinen Rat. Der Offizier entschied, die Verletzten und eine Angehörige der Frau mit in das fünf Kilometer entfernte Camp nach Koulikoro zu nehmen. Der Fahrer des Kleinbusses ließ sich mit einem anderen Autofahrer ebenfalls mit nach Koulikoro befördern. Von dort wollte er Jemanden organisieren, der seinen Bus wieder flott machte. Die anderen Frauen zogen es vor, bei ihrem Gepäck im Bus zu warten um sicher zu stellen, dass es nicht gestohlen wurde.

Nabil und die andere Verletzte wurden auf die, mit einer Zeltplane überdachte, Ladefläche des Armee-LKWs gehoben. Dort wurden sie in den Mittelgang zwischen die beiden gegenüberliegenden Bankreihen gelegt. Die beiden Frauen und die Soldaten setzten sich dazu. Als auch der Offizier eingestiegen war setzte der LKW seine Fahrt nach Koulikoro fort.

Als Nabil erwachte spürte er sofort wieder den stechenden Schmerz in der Brust. Er versuchte flach zu atmen um seinen Brustkorb möglichst wenig zu bewegen. So war der Schmerz erträglicher. Er sah sich um, bewegte den Kopf und bekam wieder die Rückmeldung seines Körpers. Schmerz. Also versuchte er aus den Augenwinkeln zu erkennen wo er sich befand. Er lag auf einem Bett. Es fühlte sich sauber an. Seine Hose hatte er noch an. Aber statt seines Bürohemdes, dass er sonst immer trug, hatte er nun ein Patienten- oder Pflegehemd an. Es war ebenso weiß, wie die Umgebung um ihn herum. Es war aber kein Zimmer in dem er sich befand, sondern ein Zelt. Deutlich erkannte er die Stoffbahnen über ihm und an den Zeltwänden. Vorsichtig versuchte er wieder den Kopf zu drehen. Sofort meldeten sich seine gebrochenen Rippen. Ein höllischer Schmerz, der ihm wieder den Atem raubte.

Links neben sich erkannte er ein weiteres Patientenbett, ebenso wie das seine mit einer Kontrollkonsole versehen und einem Tropf. Allerdings war dieses Bett leer und mit sauber gefalteter frischer Bettwäsche versehen. Im gegenüberliegenden Bereich befanden sich ebenfalls leere Betten mit der dazu gehörenden Ausrüstung. Durch eine Öffnung zwischen den Bettreihen erkannte er einen Durchgang, der auch aus Zeltplanen gebildet wurde. Offensichtlich waren so mehrere Zelte miteinander verbunden.

Als er seinen Kopf zur rechten Seite gestemmt hatte, entdeckte er in dem Bett neben ihm eine Frau. Sie schien zu schlafen. Regelmäßige Atembewegungen waren zu sehen. Auch in ihrem linken Arm steckte eine Kanüle an der ein Schlauch zu einem Tropf führte. Eine junge Frau in einer traditionellen Dloki-Ba saß bei ihr und hatte eine Hand sanft auf ihren Arm gelegt. Nabil vermutete, dass sie eine Verwandte sein könnte. Alles erinnerte an ein Krankenhaus. Nur befand er sich offenbar in einem Zelt. Dann fiel sein Blick auf mehrere olivgrüne Kisten die akkurat in einer Ecke gestapelt waren. Sie waren mit einem roten Kreuz versehen und mit der Schnörkellosen Beschriftung des Militärs gekennzeichnet. Ihm dämmerte, dass er sich in einem Feldlazarett befand.

Mühsam durchforstete er seine Erinnerungen. Wieder hatte er von der Quelle in den Felsen geträumt. Diesmal war ihm in dem Traum auch einer Gestalt begegnet. Doch wie bereits zuvor verflüchtigten sich die Erinnerungsfetzen sobald er wieder richtig wach war.

Er fragte sich wie er hierher gekommen war, doch er wusste nur noch, dass er sich auf dem Weg nach Koulikoro befunden hatte. Er wollte dort Isai, einen Kundigen des Amma-Arnháton-Kultes, aufsuchen. Es hatte auf der Fahrt dorthin geregnet. Immer wieder war er von anderen Fahrzeugen überholt worden. Aber so sehr er sich auch anstrengte, an mehr konnte er sich nicht erinnern.

Sein Blick wanderte wieder zu der Frau auf dem anderen Bett. Auch sie war ihm völlig unbekannt. Die Farbige mit der kunstvoll geflochtenen Haartracht lag unter einer dünnen Decke, die wohl mehr als Sichtschutz, als zur Regulierung des Wärmehaushalts dienen sollte. Ihr rechter Arm war mit einem Gips verbunden und auch ihr Kopf war bandagiert. So gerade wie sie auf dem Rücken lag, hatte Nabil den

Eindruck, dass sie entweder nach einer Operation sehr tief schlief oder möglicherweise im Koma lag.

Von Ferne hörte er Stimmen. Die Zeltwände schirmten die Umgebungsgeräusche nur wenig ab. Er lauschte intensiv um Wortfetzen zu erkennen, die ihm Informationen über seinen Aufenthalt geben könnten. Einige französische Begriffe hörte er heraus, was ihn nicht überraschte. Dazu kamen aber auch Gespräche die in Englisch geführt wurden. Die Stimmen in der näheren Umgebung unterhielten sich allerdings in Deutsch. Da Nabil einige Jahre in Deutschland gelebt hatte, war ihm diese Sprache noch gut bekannt. Er hörte mehrere Männerstimmen und auch eine Frauenstimme. Den Inhalt ihres Gesprächs konnte er nicht erkennen, doch klang es nicht aufgeregt oder besonders ernst. Eher militärisch sachlich und kameradschaftlich.

Nabil hoffte, dass man bald nach ihm schauen würde und man ihm erklärte, wie er hier her gekommen sei. Aber die Personen im Nebenzelt machten keine Anstalten zu ihm zu kommen. Instinktiv versuchte er sich aufzurichten um nach den Leuten im Nebenraum zu rufen, doch sofort warf ihn wieder der Schmerz in seiner Brust zurück. Er stöhnte, schloss die Augen und machte nun wieder flach liegend einen erneuten Versuch sich bemerkbar zu machen.

„Hallo", rief er in Deutsch, da er davon ausging dass die Leute am Ende des Ganges deutsche Ärzte waren. „Hallo. Kann mir jemand sagen wo ich hier bin?"

Ein Mann und eine Frau in sandfarbenen Kampfanzügen mit braunem und olivgrünem Tarnmuster kamen nun durch den Gang. „Na, dass ist ja eine Überraschung. Unser Patient spricht ja Deutsch", begrüßte ihn der Mann, der den Dienstgrad eines Stabsarztes inne hatte. Die Frau, die hier offensichtlich Krankenschwester war, besaß den Rang eines Feldwebels. Der Arzt stellte sich und seine Kameradin vor: „Mein Name ist Doktor Dressler. Ich bin hier der Stabsarzt. Das ist Feldwebel Braun. Wir haben Sie versorgt, nachdem unsere malischen Kameraden Sie und diese Frau in dem anderen Bett, zusammen mit einer Angehörigen, hier eingeliefert hatten."

„Wo bin ich hier? Und wie bin ich hier hergekommen?", wiederholte Nabil seine Frage.

„Laut den Aussagen unserer malischen Kameraden und der Zeugin, hatten Sie einen Zusammenstoß mit einem Kleinbus. Wenn Sie sich daran nicht erinnern können, dann ist das nicht ungewöhnlich. Eine retrograde Amnesie ist nichts Ungewöhnliches nach einem schweren Unfall", erklärte der Arzt.

„Einen Unfall? Nein, ich kann mich wirklich nicht erinnern."

„Die Frau in dem anderen Bett war wohl mit einigen anderen Frauen und einem Fahrer mit einem Kleinbus auf dem Weg von ihrem Dorf nach Bamako", fuhr der Mediziner fort. „Kurz vor der Stadt fuhr der Bus wegen des starken Regens und schlechter Sicht ungebremst in eine Kreuzung. Sie konnten zwar einem LKW ausweichen, doch stießen sie mit Ihrem Wagen zusammen. Glücklicherweise hatte Ihr Fahrzeug schon gestanden, sonst wären sie wohl wesentlich schwerer verletzt."

„Und diese Frau war in dem Kleinbus?", fragte Nabil. Der Arzt erklärte Nabil den gesamten Vorgang, wie er ihn von der am Bett sitzenden Schwägerin der Verletzten berichtet bekommen hatte. Mehrmals betonte er, dass Nabil keine Schuld an dem Zusammenstoß hatte.

Die Soldaten der malischen Armee hatten die Verletzten und die beiden Frauen ins Camp gebracht, da dort die nächstliegende hochwertige medizinische Versorgung zur Verfügung stand.

„Was ist das hier für ein Camp?", wurde Nabil nun neugierig.

„Wir sind hier auf der Koulikoro-Training-Area. Einem Gelände auf dem die deutsche Bundeswehr, zusammen mit anderen Einheiten der Europäischen Union, malische Soldaten ausbildet. Sie hatten insofern Glück, dass Sie von den malischen Soldaten in Obhut genommen wurden und wir hier über ein Luftlande-Rettungszentrum verfügen. Wir konnten recht schnell feststellen, dass sie keine schwerwiegenden Verletzungen haben und deshalb schon morgen wieder entlassen werden können." Dann fügte er noch hinzu: „Wir haben übrigens schon das Quartier der Vereinten Nationen in Bamako über Ihren Unfall verständigt. Ihren UN-Pass haben wir bei Ihren Ausweisen gefunden. Wenn Sie möchten, können Sie sich natürlich selbst dort melden. Wir werden Ihnen ein Telefon bringen. Handyempfang gibt es aus Sicherheitsgründen hier auf dem Gelände der EUTM nicht."

Nabil ging nicht darauf ein. „Was ist mit meinem Auto?", erkundigte er sich. „Steht es noch beim Unfallort?"

„Ihr Auto steht noch dort. Falls Sie persönliche Dinge darin haben, die Sie benötigen, dann werde ich den Kommandeur bitten, jemanden, der sie holt, dort hinzuschicken."

„Ja. Ich hatte einen Koffer im Auto. Es wäre sehr wichtig für mich, dass ich ihn bekomme. Wie lange war ich denn bewusstlos?"

„Sie waren etwa zweiundzwanzig Stunden ohne Bewusstsein. Aber Ihre Werte sind alle im grünen Bereich, bis auf die Anzahl Ihrer Leukozyten im Blut. Machen Sie sich keine Sorgen", versuchte der Arzt ihn zu beruhigen.

Nabils Sorge galt allerdings weniger der Bewusstlosigkeit sondern mehr der Tatsache, dass er in den letzten zweiundzwanzig Stunden keine Medikamente eingenommen hatte. Damit hatte er bereits mehrere Gaben der Tyrosinkinasehemmer verpasst.

„Wann kann ich mit meinem Koffer rechnen?", fragte er. „Darin befinden sich wichtige Medikamente. Ich bin Leukämiepatient."

„Das erklärt natürlich die Auffälligkeiten in Ihrem Blutbild", erklärte der Arzt. „Aber warum haben wir denn bei Ihnen keinen Patientenausweis gefunden? Für den Notfall sollten Sie ihn immer mit sich führen. Das ist Ihnen doch sicher bekannt?"

„Ich bin nicht davon ausgegangen, dass er mir in Mali etwas nützen würde. Oder wollen Sie mir etwa erzählen, dass Sie auch Krebsmedikamente in Ihrem Lazarett vorrätig haben?", erwiderte Nabil trotzig.

„Nein. Das nicht", antwortete der Stabsarzt sachlich. „Aber dann hätten wir sie sofort ins ‚Centre Hospitalier Universitaire' nach Bamako verlegt."

Nabil vergrub sein Gesicht in seinen Händen. Er versuchte seine Situation zu analysieren. Sollte er seine Absicht, den Kundigen des Amma-Arnháton-Kults in Koulikoro zu treffen, aufgeben und so schnell wie möglich nach Bamako zurückkehren um seine Krebstherapie neu einzustellen?

„Sie sollten auf jeden Fall so schnell wie möglich einen Krebsspezialisten in der Hauptstadt aufsuchen", kam die Empfehlung des Stabsarztes, fast so als könne er Gedanken lesen.

Nabil zeigte für einen Augenblick keine Reaktion. Dann sah er zu dem Arzt auf und meinte: „Sie haben recht. Sobald ich meinen Koffer wieder habe, werde ich ein Taxi zurück nach Bamako nehmen."

Doktor Dressler teilte Nabil noch einige Details bezüglich der Unfallfolgen mit und erklärte, dass Nabil aufgrund des Schleudertraumas zwar bis morgen unter Beobachtung bleiben müsse, aber man ihn auch wegen der fehlenden Leukämiemedikation sofort in die Universitätsklinik nach Bamako überweisen könne. Nabil erklärte, dass er selbst mit einem Taxi nach Bamako fahren würde, sobald er einen Abschleppdienst für sein lädiertes Auto gefunden habe. Der Stabsarzt bot an, sich dafür einzusetzen, dass Nabils Auto von einem Bundeswehrfahrzeug überführt würde. Nabil nahm das Angebot an und bedankte sich.

Als der Arzt und die Krankenschwester gegangen waren, legte sich Nabil in seinem Bett zurück und dachte: „Zurück nach Bamako? Niemals. Sobald ich hier wieder draußen bin, werde ich Isai aufsuchen."

34

Martin Renner konnte sein Glück kaum fassen. Bei seinen Nachforschungen hatte er eine Apotheke ausgemacht, in der man sich nicht nur genau an Max Strobl erinnern konnte, sondern die ihm auch eine größere Lieferung Ethanol nach Mopti liefern ließ. Da Strobl die meiste Zeit seines Lebens als Heilpraktiker gearbeitet hatte, kam Renner zu der Vermutung, dass sich der Gesuchte hier in Mali weiter als Naturheilkundler betätigte. Die Besorgungen die Strobl in Bamako machte, unterstützten diesen Verdacht.

Renner sortierte in Gedanken die Möglichkeiten die Indizien zu bewerten. Wenn Strobl, der es über Jahre hinweg geschafft hatte unentdeckt zu bleiben, sich nun von Bamako aus eine Lieferung nach Mopti senden ließ, dann konnte das mehrere Gründe haben. Naheliegend war, dass der Meister der Tarnung bemerkt hatte, dass er entdeckt wurde und nun eine falsche Fährte legen wollte. Das war zwar möglich, aber wenn Strobl von sich ablenken wollte, dann hätte er eine Spur gelegt, die noch weiter von dem Ort seines Erscheinens wegführte. Mopti war gerade so weit weg, dass ein alter Mann doch in Versuchung kam sich diesen Weg zu ersparen.

Sollte Strobl wirklich nur zur Besorgung seiner Gerätschaften nach Bamako gekommen sein, dann wäre er sicher nicht mit einem Flugzeug eingereist. Bei internationalen Flügen wäre er bei einem Fahndungsaufruf schon vor Monaten entdeckt worden. Dass Strobl den Weg über die Straßen von einem der umliegenden Länder her genommen hatte, war grundsätzlich auszuschließen. Auch wenn Strobl die Fitness eines dreißig Jahre Jüngeren hätte, dann wären die Strapazen einer solchen Überlandreise eine Belastung die an die Grenzen des Erträglichen ginge.

Übrig bliebe die Möglichkeit, dass sich Strobl in der Nähe von Mopti aufhielt und, aus welchem Grund auch immer, die Lieferung aus Bamako dringend benötigte. Ethanol war zwar auch in Mopti zu bekommen, aber entweder war die dortige Qualität nicht ausreichend oder Strobl wollte es vermeiden zu nahe an seinem Aufenthaltsort einzukaufen und bevorzugte es, Besorgungen in der Anonymität einer Millionenstadt zu machen.

Martin Renner entschied sich für die letzte These und bereitete eine Reise nach Mopti vor. Er würde seinen malischen Kollegen Samuel Nangou mitnehmen. Sicherheitshalber wies er einen zusätzlichen Mitarbeiter an, weiter in Bamako nach Max Strobl zu forschen. Noch einmal sollte er nicht entwischen. Allein die Tatsache dass ein steinalter Mann den BND an der Nase herumführte nagte an seinem Selbstverständnis.

35

Die Party, die der Campchef Alassane Douentza für Eric und Issaka, die beiden Retter der Verschütteten, ausrichtete begann etwa um 19:30 Uhr. Die Sonne war schon untergegangen und die Bars hatten ihre Einrichtungen in schummriges Licht getaucht. Musik war zu hören. Meist Hits aus dem westafrikanischen Raum. Selten internationale Pop- oder Rocksongs. Einige Arbeiter waren schon erschienen und begannen stolz ihre hart erarbeiteten Gewinne in Bier und Schnaps umzusetzen.

Der Campchef hatte für 20:20 Uhr eine Rede und offizielle Würdigung der Helden des Tages angekündigt. Vera und Eric stießen erst kurz vor dem offiziellen Teil der Feier zur Partygesellschaft, da sie nach dem Mittagessen bei Khaled in einen fast komatösen Tiefschlaf gefallen waren. Die Anstrengungen der letzten Tage zeigten sich nun deutlich.

Als der Campchef erschien und die Musik vorübergehend ausgeschaltet wurde, richtete sich die ganze Aufmerksamkeit auf die nun folgende Lobrede.

„Meine lieben Freunde hier im Camp", begann Alassane Douentza. Der kräftige, stark beleibte Schwarze mit dem Bürstenhaarschnitt und dem bunten Hemd hielt ein Mikrophon in der rechten Hand und gestikulierte mit seinem linken Arm bei jedem Satz. „Wir alle haben heute einige bange Stunden durchlebt. Der Himmel und der Regen hatten sich gegen uns verschworen. Ebenso schien es, dass Mutter Erde dabei war ihren Tribut zu zollen. Jeden Tag, wenn unsere tapferen Männer tief in der Erde nach Gold graben, riskieren sie ihr Leben. Wenn sie in die Tiefe hinuntersteigen wissen sie niemals ob sie am Abend wieder heil hinauf zu ihren Freunden und Familien kommen. Auch heute wagten einige Männer trotz des Regens den Einstieg in ihre Schächte. Doch die Mächte der Natur hielten es für richtig sechs von uns tief in der Erde gefangen zu halten. Sie waren schon dem Tod geweiht."

Die blumigen Worte Douentzas verfehlten nicht ihre Wirkung. Er hatte die volle Aufmerksamkeit der Bewohner seines Camps. Andächtig lauschten sie seinen Worten. „Der Tod hatte sie schon in seinen Krallen, aber es gab zwei Männer, die den Mut hatten, ihr Leben zu riskieren um die Gefangenen dem Tod zu entreißen." Bei diesen Worten zeigte er auf Eric und Issaka, die zusammen mit vier der Geretteten an einem Tisch saßen. Einige Anwesenden klatschten und der Beifall steigerte sich zu einem tosenden Applaus. Der Campchef trat auf die beiden zu und nötigte sie aufzustehen.

Douentza fuhr fort: „Ich vermute, jeder der ein Camp wie das unsere nach einem Wolkenbruch wie heute schon einmal gesehen hat, hätte gewettet, dass unsere beiden Helden auch den Tod in der Tiefe gefunden hätten. Deshalb hatte keiner den Mut unseren Jungs dort unten zu helfen. Keiner außer Issaka, den jeder hier im Camp kennt."

Wieder wurde er vom Applaus der Menge unterbrochen. „Keiner außer Issaka. Und Eric Harder aus Deutschland. Diese beiden Männer haben ihr Leben riskiert um vielen Familien hier im Camp ihre Väter, Brüder, Söhne und Ehemänner wieder zu bringen. Diese Männer sind wahre Helden. Ihnen gehört unser aller Respekt." Wieder brauste eine Welle des Beifalls los und einige Männer und auch eine Hand voll Frauen stürmte auf die Angesprochenen ein, um ihnen die Hände zu schütteln. Während Issaka die Ehrungen sichtlich genoss, nahm Eric den Dankessturm etwas schüchtern entgegen. Immer wieder suchte er in der Menge nach Vera, die mit Khaled an einer Bar Platz genommen hatte. Als sich ihre Blicke trafen, lächelte sie ihm aufmunternd zu. Khaled hob zuprostend eine Flasche Wasser und rief etwas, das Eric nicht verstand.

Wieder meldete sich der Campchef zu Worte: „Die Familien der Geretteten haben einige Franc zusammengelegt und werden heute Abend selbstverständlich alle Getränke und alles Essen für unsere beiden Helden bezahlen. Und da unser deutscher Freund nicht alleine gekommen ist, werde ich persönlich alle Rechnungen für seine liebreizende Gefährtin bezahlen. Frau Vera Stratmann." Douentza bahnte sich den Weg durch die Menge bis zu Vera. Die war über die Freigiebigkeit des Campleiters höchst überrascht und hätte am liebsten abgelehnt, doch da die Menge nun ihr zujubelte war jeder Widerspruch zwecklos. Sie setzte ein freundliches Lächeln auf und bedankte sich brav bei dem fülligen Schwarzen.

Vera hatte jetzt erwartet, dass Douentza seine Rede fortsetzte und sich den beiden gefeierten Rettern widmete, doch der Campchef setzte sich zu ihr an die Bar. Direkt zwischen sie und Khaled. Erstaunt sah sie Khaled an. Sie hoffte, dass Khaled protestierte, doch der hielt sich erstaunlicherweise zurück. Offenbar stand Douentza in der Hackordnung des Camps ganz oben und ohne einen triftigen Grund hatte Khaled hier kein Recht einzugreifen.

Immer noch zeigte Vera ein freundliches Lächeln, doch beobachtete sie misstrauisch jede Geste Douentzas. Er sah erstaunlich gepflegt aus, hatte aus der Nähe betrachtet sogar sympathische Gesichtszüge. Zwar hatte er sich einfach zwischen Vera und Khaled gesetzt, aber er hielt doch genug Abstand zu ihr, dass Vera sich nicht bedrängt fühlte.

Trotzdem machte sie sich darauf gefasst, dem Alphamännchen neben sich bald eine Abfuhr erteilen zu müssen.

„Was darf ich Ihnen bestellen?", fragte Douentza. „Die Auswahl ist leider nicht sehr groß. Von den Spirituosen würde ich Ihnen abraten. Das ist alles nur billiger Fusel. Aber der Wirt hat einige Flaschen Rotwein aus Namibia. Cabernet Sauvignon. Der Wein stammt aus dem Weinbaugebiet von Omaruru. Es ist das größte und älteste Anbaugebiet Namibias. Wirklich empfehlenswert. Übrigens wurde der Wein dort von einer deutschen Winzerfamilie angebaut. Sollten Sie einmal probieren." Vera hätte nun jede Form der Anmache von dem Campchef erwartet, aber keine Weinempfehlung. Da sie während ihrer Arbeit bei der UN schon von den in Europa eher unbekannten Weinanbaugebieten wie Tansania oder Namibia gehört hatte, wurde ihre Neugier geweckt.

„Rotwein aus Namibia. Würde ich gerne einmal probieren", folgte sie der Empfehlung. Der Campchef orderte eine Flasche bei dem Barbesitzer und ließ sie öffnen. Der Barkeeper nahm zwei Weingläser aus einem Schrank hinter sich und wischte sie mit einem erstaunlich sauberen Handtuch aus. Dann stellte er sie vor seine Gäste.

Stilvoll nahm Douentza nun die Flasche und goss sich einen Schluck ein um sicher zu stellen, dass der Inhalt der Flasche nicht verdorben war. Prüfend nahm er einen Schluck und nickte anerkennend. Dann goss er Vera etwas in ihr Glas, damit auch sie probieren konnte, ob der Wein ihr munden würde. Da es wirklich ein ausgezeichneter Jahrgang war, lobte sie Douentzas Entscheidung und ließ sich das Glas ganz füllen.

„Ich hatte nicht erwartet hier einen Weinkenner zu treffen. Haben Sie einmal auf einem Weingut gearbeitet?" Noch während Vera diese Frage aussprach, wurde sie sich bewusst, dass sie sich von den üblichen Vorurteilen leiten ließ, ein Farbiger könne bestenfalls als Arbeiter auf einem Weinberg Erfahrungen mit Wein sammeln.

Douentza lächelte höflich und antwortete: „Als ich in Paris Geologie studiert habe, besuchte ich mit meinen Kommilitonen hin und wieder eines der kleinen Weinlokale im ‚Quartier Latin'. Viel Geld konnte ich in den Lokalen nicht lassen, da ich nicht aus einer wohlhabenden Familie kam und mich nur mit einem kleinen Stipendium über

Wasser halten konnte. Aber eine Liebe zu guten Weinen ist daraus erwachsen."

„Sie haben in Paris studiert und leben jetzt hier in diesem Camp?", wunderte sich Vera.

„Ich habe sogar mit ‚magna cum laude' abgeschlossen. Doch das bedeutet nicht zwangsläufig, dass man danach eine Anstellung in dem angestrebten Beruf bekommt."

„Aber Geologen werden doch bestimmt in den industriellen Goldminen in ganz Afrika gesucht." Vera nippte wieder an ihrem Wein. Er schmeckte ihr einfach hervorragend. Lag das nun daran dass er wirklich so außergewöhnlich war, oder war sie einfach nur überrascht überhaupt ein solches Getränk hier zu finden?

„Sicher gibt es Geologen in den großen Goldminen-Konzernen. Aber ich habe nicht in Paris studiert um danach mitzuhelfen Afrika zum Wohle einiger Aktionäre auszubeuten. Doch lassen Sie uns nicht an diesem schönen Abend über ein so trauriges Thema reden. Sie sind hier auf dem Weg nach Bandiagara, hat mir Daniel erzählt. Die Felsen dort sind sehr beeindruckend. Und die Menschen dort haben sich ihre ursprüngliche Kultur weitestgehend bewahrt."

„Ja", bestätigte Vera und kam sich etwas seltsam in der Rolle der einfachen Touristin vor. Hatte der offensichtlich doch gebildete Douentza wirklich noch nicht mitbekommen, dass Vera als Entführungsopfer gesucht wurde? „Ja, wir wollen nach Bandiagara, ins Dogonland. Dort bekommen wir sicher einiges zu sehen."

Vera beobachtete wie Eric immer noch von Männern und Frauen umringt wurde, die ihn und Issaka feierten. Jetzt schien es Eric nicht mehr so unangenehm zu sein im Mittelpunkt zu stehen. Er wirkte wesentlich entspannter. Sie suchte seinen Blick, aber offenbar war er im Moment gedanklich ganz bei sich und der ihn umringenden Menge.

„Ich hoffe, Sie haben es bequem in unserem Gästehaus", erkundigte sich Douentza.

„Danke. Gegenüber den Behausungen der Arbeiter hier ist es wirklich eine Luxusvilla. Wir sind sehr froh, dass wir bis morgen dort wohnen können."

„Ihr Freund hat ja auch Großartiges geleistet. Da wollen wir uns natürlich erkenntlich zeigen. Sind Sie schon lange ein Paar?" Vera hatte diese Frage befürchtet. Khaled hatte bei ihrer Ankunft am Vortag dringend darauf hingewiesen, dass Vera und Eric sich als Pärchen ausgeben sollten, um möglichen Verehrern keine Hoffnung zu machen.

„Ja, wir kennen uns schon lange", log sie und hatte dabei ein ganz ungutes Gefühl. Dieser Douentza war der mächtigste Mann hier im Camp. Ihn zu belügen und damit zu riskieren sein Wohlwollen zu verlieren war ein beunruhigender Gedanke.

„Es ist sehr mutig von Ihnen in diesen unruhigen Zeiten nach Mali zu kommen", wechselte Douentza das Thema. Offenbar hatte er eine erstaunliche Beobachtungsgabe und spürte, dass Vera das Thema ‚Beziehung' unangenehm war. „Die meisten Europäer meiden unser schönes Land, aus Angst vor einer Entführung. Leider sind diese Befürchtungen auch begründet. Das übliche Lösegeld für einen entführten Deutschen liegt bei mehreren Millionen Euro."

„Deshalb haben wir Khaled an unserer Seite. Wenn er bei uns ist, dann kann uns ja nichts passieren."

„Das glaube ich gern", stimmte Douentza zu und drehte sich zu Khaled um, der belustigt zusah wie Eric immer noch von den Familien der Geretteten umringt wurde. Douentza kannte Khaled und wusste von seiner Freundschaft zu Daniel. Dass Khaled mit einer Autowerkstatt seinen Lebensunterhalt verdiente, glaubte er allerdings nicht. Doch ließ er Khaled sein kleines Geheimnis, solange er keinen Ärger machte.

„Lassen Sie uns ein weiteres Glas auf alle mutigen Europäer trinken, die hier nach Mali kommen um die Menschen in Afrika besser zu verstehen", verkündete Douentza und goss sich und Vera neuen Wein ein. Beide hoben ihre Gläser und prosteten sich zu. Vera war amüsiert, was man ihr auch ansah.

Eric genoss inzwischen seine Rolle als Held. Immer wieder kamen neue Leute auf ihn zu, bedankten sich und umarmten ihn. Ebenso erging es Issaka. Als dann der größte Ansturm vorüber war wich Eric eine Frau, die ihn beglückwünschte und die ihn herzlich in die Arme schloss, nicht mehr von der Seite. Er dachte sich nichts dabei und war froh, dass keine weiteren Gratulanten seine Aufmerksamkeit beanspruchten. Da Eric inzwischen einige Flaschen Bier geleert hatte und die Huldigungen der letzten Stunden sein Selbstbewusstsein erheblich gesteigert hatten, befand er sich in einer Hochstimmung die ihn seine sonst übliche Vorsicht vergessen ließ. Er lud die Frau auf eine Flasche Bier ein und die junge Malierin bedankte sich mit einem aufreizenden Lächeln. Die Musik aus den blechernen Lautsprechern war inzwischen so laut, dass Eric nur schwer verstand was die junge Frau außer „Merci" noch sagte. Er beugte sich an ihr Ohr um nicht so laut schreien zu müssen und fragte nach. Doch die Malierin kicherte nur. Also beschloss Eric einfach nur mit den Bierflaschen anzustoßen und sagte nur so laut wie möglich: „à votre santé."

Vera hatte bemerkt, dass Khaled Erics Treiben beobachtete. Immer wieder fiel nun auch ihr Blick auf Eric. Da inzwischen kaum noch neue Gratulanten auf ihn einstürmten, hatte sie nun einen freien Blick auf ihren Freund. Was Eric bisher nicht erkannt hatte, bemerkte sie sofort. Die junge Frau mit der er herumturtelte war eine Prostituierte. Offensichtlich hatte er viel Spaß mit ihr. Eric und die junge Schwarze scherzten, lachten und berührten sich immer wieder mehr oder weniger zufällig. „Merkt Eric wirklich nicht, worauf das junge Ding aus ist?", fragte sich Vera. „Oder will Eric selbst die Gunst der Stunde nutzen?" Nach den innigen Stunden, die Vera mit Eric in dem Gästehaus verbracht hatte, fühlte sie sich nun von seinem Geplänkel mit dem leichten Mädchen arg enttäuscht.

„Der Wein schmeckt wirklich hervorragend", bemerkte Vera erneut und stellte ihr leeres Glas auffordernd vor den Campchef. Da die Weinflasche inzwischen geleert war, orderte Douentza eine weitere Flasche des Cabernet Sauvignon. Gleich nachdem er die Gläser wieder aufgefüllt hatte, stürzte Vera den Wein in einem Zug hinunter.

„Sind Sie verheiratet?", fragte Vera nun unverblümt. Wenn Eric sich so prächtig amüsierte, dann würde sie diesen Abend auch in vollen Zügen genießen, beschloss sie. „Jemand in ihrer Position ist doch sicher sehr begehrt." Sie berührte Douentzas Hand und versuchte es möglichst zufällig erscheinen zu lassen, was ihr in Anbetracht der Wirkung des Alkohols nur mäßig gelang.

„Ich bin geschieden. Meine Frau und meine Tochter leben in Bamako. Meine Tochter studiert dort Medizin an der ‚Faculté de Médecine'. Wenn Sie wissen wollen ob ich in einer festen Beziehung lebe, dann muss ich Ihnen antworten: Nein, ich bin zurzeit Single." Wieder streifte Veras Hand ‚rein zufällig' die des Campchefs, doch zu Veras Überraschung zog Douentza seine Hand zurück. Nicht hastig oder abweisend. Ganz langsam und fast beiläufig. Offensichtlich hatte er weder die Absicht Veras Avancen auszunutzen, noch wollte er sie beleidigen. Stattdessen bestellte er, ohne vorher Vera zu fragen zwei Portionen eines Lammgerichts. Während sie auf das Essen warteten setzte er das Gespräch fort: „Ich lernte meine Frau kurz nach meiner Wiederkehr aus Frankreich kennen. Sie ist Ärztin am ‚Centre Hospitalier Universitaire'. Wir planten damals eine rosige Zukunft. Sie, die Ärztin. Ich, der Geologe. Ein Haus im besten Viertel Bamakos wollten wir kaufen. Karriere machen. Irgendwann eine Schar Kinder in die Welt setzen. Viel verdienen und auch viel weitergeben. Dass ich nach einem Studium in Europa nirgendwo eine angemessene Anstellung finden würde, war nicht geplant. Meine Frau ist eine ausgezeichnete Ärztin. Sie hat Erfolg in ihrem Beruf. Doch mit dieser Situation kam ich nicht zurecht. Ich verlor mein Selbstvertrauen und nach einiger Zeit auch das Vertrauen meiner Frau. Irgendwann hat sie dann die Scheidung verlangt. Ich stimmte zu und seitdem lebt meine Frau mit meiner Tochter ihr eigenes Leben."

„Das war sicher eine harte Zeit." Vera fiel es nicht leicht, sich diesen kräftigen, selbstbewussten Mann, der eine dominante Ausstrahlung besaß, als einen unsicheren Ehemann vorzustellen. Während Douentza erzählte, beobachtete sie immer wieder Eric, der sich offenbar ganz im Bann der jungen Malierin befand.

Der Barkeeper meldete, dass das Lammgericht fertig sei und Douentza ließ es an einen freien Tisch bringen. Bevor Vera ihm folgte, wandte sie sich an Khaled: „Siehst du, was Eric da mit dieser Nutte treibt. Widerlich. Geh zu ihnen und sag der Schlampe, dass sie verschwinden soll."

Khaled zuckte nur mit den Schultern, grinste und sagte: „Dies ist ein freies Land. Wenn Eric eine Malierin dir vorzieht, dann ist das seine Sache. Im Übrigen wollte ich mich jetzt sowieso mit Daniel und einem der Goldgräber treffen. Wenn wir hier einige Francs in Gold eintauschen, dann können wir das Gold später mit Gewinn weiterverkaufen. Angesichts unserer begrenzten Finanzen wäre das ein sinnvoller Handel. Wenn du Eric von dieser Frau losreißen willst, dann musst du das schon selbst machen."

Vera warf Khaled einen vernichtenden Blick zu und eilte dann Douentza hinterher. Immer noch in der Absicht, sich auf jeden Fall besser zu amüsieren als Eric.

Das Lamm schmeckte zäh. So gut der Wein war, so mangelhaft waren die Kochkünste des Barbetriebs in diesem Camp. Tapfer kaute Vera an den Fleischbrocken, bis sie ihren Teller geleert hatte. Von ihrem jetzigen Platz war ihr der Blick auf Erics Tisch verwehrt. Auch wenn Douentza es während des Essens verstand ein angenehmer Gesprächspartner zu sein, so suchte ihr Blick immer wieder Erics Richtung. Douentza blieb das nicht verborgen.

„Wir sollten uns zu ihrem Freund setzen. Ich nehme an, er vermisst bereits ihre Anwesenheit", schlug Douentza vor.

„Eine gute Idee", bestätigte Vera und fügte noch hinzu: „Obwohl es auch gut möglich ist, dass er gerade ganz prima unterhalten wird."

„Da diese Feier ja ihm zu Ehren stattfindet, sollte das wohl auch so sein", bemerkte Douentza. Er hatte schon lange die Situation durchschaut.

„Ich befürchte an Erics Tisch ist kein Platz mehr frei", wandte Vera ein.

„Überlassen Sie das mir. Ihr Freund Eric wird sich sehr freuen, dass Sie sich zu ihm gesellen. Glauben Sie mir." Auch wenn ein schelmisches Lächeln für einen Moment auf dem Gesicht des Campchefs aufblitzte, so kamen seine Worte immer noch ausgesprochen taktvoll herüber.

Douentza bewegte sich durch die Menge zu Erics Tisch und Vera folgte ihm.

„Mein lieber Herr Harder. Es ist mir eine Ehre dass ich ihnen nun auch einmal persönlich zu Ihrem heldenhaften Einsatz gratulieren darf", begrüßte er Eric, der ihn gar nicht kommen gesehen hatte und nun etwas überrascht war. Douentza reichte ihm die Hand und erklärte: „Zu meinem Bedauern ist es mir jetzt nicht möglich Ihnen hier am Tisch Gesellschaft zu leisten. Ich habe leider eine Verabredung mit der jungen Frau, die Ihnen hoffentlich in den letzten Minuten eine angenehme Gesprächspartnerin war." Bei diesen Worten machte Douentza eine kurze Kopfbewegung, die die junge Malierin sofort als Zeichen verstand, unverzüglich mitzukommen.

Als sich die Frau verabschiedete, war für einen Moment ein Ausdruck des Bedauerns auf Erics Gesicht zu lesen. Als er hinter Douentza Vera entdeckte hellte sich sein Gemüt jedoch sofort auf.

„Vera. Schön, dass du hier bist. Ich hoffe, du hast dich gut mit dem Campchef unterhalten." Eric hatte etwas Mühe deutlich zu sprechen. Er vertrug offensichtlich weniger Alkohol als er sich eingestehen wollte.

Vera antwortete mit einem schnippischen Unterton, den Eric allerdings in seinem Zustand nicht wahrnahm. „Danke der Nachfrage. Herr Douentza ist ein wahrer Gentleman. Wie ich sehe, hast du auch die Gesellschaft gefunden, die zu dir passt."

Eric war sichtlich überfordert damit, Veras Bemerkung richtig zu interpretieren. Der Campchef deute auf den nun frei gewordenen Stuhl: „Bitte setzen Sie sich, meine liebe Vera. Wenn Sie erlauben, lasse ich Ihnen beiden noch einen alkoholfreien Bananencocktail bringen. Ein weiteres Getränk, das ich in dieser Bar empfehlen kann." Dann verabschiedete sich Douentza und zog mit der jungen Malierin davon. Vera hätte Eric jetzt am liebsten einige unangenehme Fragen gestellt, doch verschob sie das auf den nächsten Morgen, wenn Eric seinen Rausch ausgeschlafen hatte.

Issaka, der in Begleitung seines Bruders auch an dem Tisch saß, stellte sich als äußerst begabter Komiker heraus, der im Laufe des Abends seine neuen deutschen Freunde immer wieder zum Lachen brachte. Als Eric und Vera am späten Abend ihre Hütte aufsuchten war Veras Groll auf Eric weitestgehend verflogen.

„Wenn wir in Bamako geblieben wären, dann hätten wir das alles niemals erlebt", prahlte Eric, während er sich auf seiner Matratze niederließ. „Und dass die Leute hier alle so nett sind, hier in dem Camp. Das muss man erst mal erlebt haben."

Vera überprüfte die Verriegelung der Tür und antwortete nur mit einem kurzen: „Ja, du meinst wahrscheinlich besonders die Frauen hier im Camp." Dass Eric in seinem alkoholisierten Zustand keine große Hilfe wäre, wenn doch jemand im Camp auf die Idee käme die beiden heute Nacht zu überfallen, gefiel ihr gar nicht. „Schlaf jetzt, damit du morgen wieder fit bist", wies sie ihn an. Doch er hörte sie bereits nicht mehr. Er hatte sich in die Decke eingerollt und schlief schon tief und fest.

36

Sagara war seit seiner Wiedererweckung in Jongu ein neuer Mensch. Er wunderte sich täglich über seinen Gleichmut, mit dem er die Aufgaben, die Seydou ihm erteilte, abarbeitete. Als Wiedererweckter konnte sich Sagara eines hohen Ansehens in der Dorfgemeinschaft erfreuen. Man respektierte ihn als einen der Auserwählten, der das Geheimnis in der oberen Felsenhöhle erleben durfte. Da er, wie alle Auserwählten, mit einem außergewöhnlichen Maß an Gelassenheit, Scharfsinn und Einfühlungsvermögen ausgestattet war, wurde seine Sichtweise bei Streitigkeiten oder sonstigen Entscheidungen geschätzt. Er hatte nun auch einen festen Platz in der Toguna, der Beratungshütte.

Trotz seines neuen Bewusstseins musste sich Sagara an seine neue Rolle erst noch gewöhnen. Immer wieder erinnerte er sich an sein altes Leben. Immer wieder erinnerte er sich an die Verfehlungen, die er begangen hatte. Verfehlungen die er teils unbeabsichtigt, teils bewusst angerichtet hatte. Auch wenn er jetzt eine völlig neue Sichtweise auf die Welt hatte, so schaffte er es nicht seine Vergangenheit abzuschütteln.

„Werde ich meinen Freund Nabil je wiedersehen?", fragte er Seydou während seiner abendlichen Lektionen der alten Dogonmythen.

„Möchtest du das denn?" Der alte Seydou kannte Sagara inzwischen gut genug um zu wissen, dass Nabil zu Sagaras engsten Freunden zählte. Mit seiner Frage wollte er den Wiedererweckten nur weiter zum Reden bringen.

„Ja. Ich hoffe, dass Nabil auch hier zu uns kommt und ein neues Leben beginnen kann. Er hat mehr als jeder andere darauf gehofft. Wie gerne würde ich dabei sein wenn er in die Arme Nommos sinkt. Aber wird das je geschehen? Und wenn ja, wann wird das sein?"

Sagaras Stimme klang beunruhigt.

„Wenn diese Frage an die Zukunft dich daran hindert in der Gegenwart zu leben, dann solltest du den Dorfseher dazu befragen. Er wird das Fuchsorakel bitten, deine Fragen zu beantworten", riet der Dorfälteste.

Sagara kannte das Fuchsorakel. Oft hatte er zugesehen wenn andere Bewohner es befragen ließen. Gerne hätte auch er nun Antworten auf seine Fragen gehabt, doch nun erwuchsen Zweifel in ihm, ob er mit den Antworten würde leben können. „Hat sich der Dorfseher denn niemals geirrt?", wollte er nun wissen.

„Niemals", kam Seydous Antwort in einem Tonfall der jeden Zweifel ausschloss. „Das Fuchsorakel wird dir deine Antworten geben."

Wenig später besuchte Sagara Akouni, den Wahrsager des Dorfes. Der alte Mann trug, wie viele Männer der Gemeinschaft die typische Dogonmütze. Sie ähnelte entfernt einer Zipfelmütze aus Stoff, mit mehreren Enden an denen jeweils eine kleine Quaste hing. Seine Kunst, die Zukunft aus den Zeichen des Fuchsorakels zu lesen, war fester Bestandteil des Dorflebens. Zu ihm kam man wenn man eine Entscheidung zu treffen hatte und die Absichten Ammas erkunden wollte.

Der Dorfseher saß am Rand der Siedlung vor seiner Lehmhütte und sah den Kindern zu, die zwischen den Felsen spielten. Als er Sagara erkannte begrüßte er ihn herzlich.

„Du trägst eine Sorge in deinem Herzen", begriff der alte Mann sofort.

„Ich bin sehr dankbar für das neue Leben, dass Amma mir geschenkt hat. Aber mich beschäftigt die Frage, was mit meinen Freunden in Bamako geschieht und ob ich sie wiedersehe. Besonders, was aus meinem Freund Nabil wird."

Akouni stand auf und legte beide Hände auf Sagaras Schultern. „Wenn es der Wille Ammas ist, dann kann ich für dich das Fuchsorakel befragen. Die Sonne wird bald unter gegangen sein. Wenn wir jetzt alles bereit machen, dann kann ich morgen in den Zeichen lesen und dir sagen, was du wissen möchtest."

„Ja. Das wäre mir sehr wichtig", antwortete Sagara. „Bitte befrage das Orakel."

„Dann lass uns gehen." Der Seher ging in seine Hütte und kam mit einem dünnen Holzstab und einigen kleinen Aststücken heraus. Dann lief er mit Sagara wenige hundert Meter hinab vor das Dorf. Dort gab es wenig Vegetation. Einige Bäume trotzten den Sanddünen. Ebenso ragten dürre Büsche und Gestrüpp hin und wieder aus dem Boden.

Die zwei Männer zogen ihre Schuhe aus und betraten einen kreisförmigen Bereich mit einem Durchmesser von etwa zwanzig Metern. Er war von einem Ring aus dürrem Geäst umschlossen. In seinem Inneren befand sich nichts weiter als feiner Sand.

„Du möchtest wissen, ob du deinen Freund Nabil wiedersiehst?", wiederholte Akouni Sagaras Bitte.

„Ja, das ist meine Frage an das Orakel", bestätigte Sagara.

Der Seher kniete sich nieder und begann damit, mit den kleinen Ästen eine etwa einen Meter breite und dreizehn Meter lange Bahn abzustecken, das ‚Table de Divination'. Auf dieser Fläche wischte er an einem Ende mit einem flachen Stein den Sand gerade, so dass er im Sand einen gleichmäßigen Grund hatte, auf den er mit den Fingern mystische Zeichen malte. Diese Zeichen symbolisierten die Frage, waren für Sagara aber nicht zu entziffern.

Auf diese Weise malte Akouni mehrere Felder in den Sand der etwa dreizehn Meter langen Bahn bis die gesamte Fläche mit den Orakelzeichen gefüllt war. Dann streute er einige Erdnüsse auf die Bahn um Yurugu, den hellen Fuchs anzulocken, damit er über Nacht seine Pfotenabdrücke im Sand hinterließ. Aus diesen Abdrücken des ‚Renard Pâle' würde der Seher dann am nächsten Tag die Prophezeiung herauslesen.

„Nun musst du Geduld haben", erklärte Akouni. „Lass uns zu den Anderen an das Feuer gehen." Dann fügte er noch hinzu. „Ich habe bemerkt, dass dir eine Frau hier im Dorf gefällt. Das war nicht zu übersehen. Um das zu erkennen war nicht einmal ein Orakel nötig.

„Leider wurde Ihr Fahrzeug aufgebrochen", erklärte die junge Frau in dem Kampfanzug. In ihrer Funktion als Krankenschwester teilte sie Nabil mit, was ihre Kameraden bei seinem Auto in Erfahrung gebracht hatten. „Es sieht so aus, dass sich in der Nacht jemand an Ihrem Auto zu schaffen machte. Es stand immer noch am Unfallort, so wie unsere malischen Kameraden es beschrieben hatten. Offensichtlich war es auch abgeschlossen, denn jemand hat die Scheibe der Fahrertür eingeschlagen und dann alles entwendet was nach Wertsachen aussah. Auch ihr Koffer war nicht zu finden. Für die Täter war es eine leichte Beute. Mitten in der Nacht hatten sie wohl nicht mit Zeugen zu rechnen. Übrigens, haben wir Ihr Fahrzeug abgeschleppt. Es befindet sich nun hier im Camp."

Nabil war wie betäubt. Er zeigte keine Reaktion. Die Krankenschwester, Feldwebel Braun, hakte noch einmal nach: „Sind Sie in Ordnung? Haben Sie mir zugehört?"

„Ja." Nabils Gehirn begann wieder zu arbeiten. „Ja. Danke für die Information. Der Koffer ist weg haben Sie gesagt."

„Ja, leider. Ich hörte, darin waren Ihre Tyrosinkinasehemmer und andere Medikamente."

Nabil überlegte, ob er nicht doch seine Zusage an Doktor Dressler einhalten und nach Bamako zurückkehren sollte, um dort seine Therapie fortzusetzen. Doch er hielt an seiner geheimen Entscheidung fest. Er würde dem Lazarettpersonal erklären, dass er beabsichtigte von Koulikoro aus mit einem Taxi zur Universitätsklinik in die Hauptstadt zu fahren. Aber sobald er das Camp verlassen hatte, würde er sich in Wahrheit auf die Suche nach Isai machen. Wenn sich seine Leukämie durch die ausgelassenen Medikamenteneinnahmen inzwischen bereits in der Phase der Blastenkrise befand und sein Blut, sowie das Knochenmark mit einer Unmenge von Blasten, also von unreifen Zellen, überschwemmt werden würden, dann hätte er sowieso nur noch wenige Zeit zu leben.

„Ja, meine Medikamente waren in dem Koffer. Aber das Leben geht weiter. Machen Sie sich keine Gedanken", winkte Nabil ab. „Wann kann ich wieder hier raus?"

„Doktor Dressler hat gesagt, er kann Sie heute noch nach Bamako überweisen. Wenn Sie möchten kann ich nachsehen, ob Ihre Entlassungspapiere schon fertig sind."

„Danke. Das wäre sehr nett. Es ist sehr wichtig für mich, dass ich so schnell wie möglich wieder hier raus kann."

Die Krankenschwester verließ das Zelt. Nabil war wieder allein. Die Frau, die nach dem Unfall mit ihm eingeliefert worden war, wurde inzwischen in ein anderes Zelt verlegt. Er legte sich in seinem Bett zurück und schloss die Augen. Wie sehr hasste er es, von diesen verdammten Medikamenten abhängig zu sein. Wie sehr beneidete er all die Menschen, die ein ganz normales Leben führten. Wie ungerecht war doch das Schicksal, dachte er.

Doch dann schüttelte er fast unmerklich den Kopf. Nein. Es war kein ungerechtes Schicksal dem er ausgeliefert war. Er hatte einen Gott, der ihm helfen würde. Einen Gott, der ihn heilen würde. Amma-Arnháton würde ihn wieder gesund machen. Vollständig heilen. Er musste nur einen Hogon finden, der das Ritual bei ihm zulassen würde.

Nabil dachte zurück an die Treffen mit Sagara, in Bamako in den letzten Wochen. Sagara hatte immer wieder betont, dass der Amma-Arnháton-Kult keine Philosophie über das Jenseits sei, sondern die Beziehung zu einem Gott, der auch jetzt und heute heilt. Jede Krankheit, jedes Gebrechen. Wenn Nabil gesund werden wollte, dann musste er den Kundigen zeigen, dass er würdig war vor einen Hogon zu treten. Und dazu musste er aus diesem verdammten Armeelager heraus.

Ungeduldig wartete er, dass der Arzt wieder erscheinen würde. Die meiste Zeit des Tages verbrachte Stabsarzt Dressler damit, seine Kameraden von der malischen Armee zu schulen. Dazu gehörten neben dem theoretischen Unterricht auch Übungen in denen die medizinische Versorgung unter Gefechtssituation oder nach einem terroristischen Anschlag trainiert wurde. Der Bereich in dem sich Nabil befand, diente in erster Linie der Versorgung von akuten Notfällen in der eigenen Truppe.

Seit einiger Zeit war das Camp aber zusätzlich noch mit den Vorbereitungen für den Besuch der deutschen Verteidigungsministerin beschäftigt. Und am heutigen Tag war es endlich soweit. Die Oberbefehlshaberin der Bundeswehr besuchte das Camp in Koulikoro. Dort informierte sie sich über die Arbeit der deutschen, sowie weiterer europäischer Einsatzkräfte bei der Aus- und Fortbildung malischer Soldaten. Ihr entschlossenes Auftreten beeindruckte viele Beobachter, und bei ihren Presseauftritten betonte sie immer wieder wie wichtig die Stabilisierung Malis und dessen Stärkung der Eigenverantwortung sei.

Nabil verfolgte den Besuch der Verteidigungsministerin vom Eingang seines Zeltes aus. Als der Ehrengast das Camp am späten Nachmittag verließ, kehrte wieder der Alltag im Camp ein.

Doktor Dressler erschien mit einigen malischen Kameraden. Er stellte Nabil den Männern in den Kampfanzügen vor und erklärte, dass er dessen Folgen des Autounfalls zu Schulungszwecken für die Ausbildung der Malier nutzen wolle. In englischer Sprache erläuterte er den anderen Uniformierten Nabils gesundheitlichen Zustand. Interessiert verfolgten die Soldaten die Ausführungen des Arztes, stellten einige Rückfragen und nickten immer wieder verstehend. Da nur wenige der deutschen Einsatzkräfte die französische Sprache ausreichend beherrschten, war Englisch die bevorzugte Sprache im Umgang zwischen den mehr als zwanzig Nationen im Camp.

„Wann werde ich entlassen?", stellte Nabil am Ende der Visite endlich seine drängende Frage.

„So wie es aussieht, erholen Sie sich gut. Wie fühlen Sie sich wenn Sie aufstehen? Haben Sie irgendwelche Schwindelanfälle?"

„Nein", log Nabil. „Mir geht es gut. Ich möchte nur wieder nach Bamako um endlich meine Medikamente zu bekommen."

38

„Pierre Tisserand hat in seinen Aufzeichnungen einen Touristenführer namens Ogobara Bono erwähnt", berichtete Fania ihrem Kollegen Michel während des Frühstücks. „Etienne und ich haben über das Tourismusbüro hier in Mopti ausfindig gemacht, dass dieser Ogobara in Koro lebt. Da wir dort in den nächsten Tagen in einer Herberge unterkommen, wird er der erste sein, den wir kontaktieren werden. Vielleicht weiß er etwas über die ‚Heilung durch das Blut' von der Tisserand geschrieben hat."

„Das hört sich ja dramatisch an", bemerkte Michel. „Heilung durch das Blut! Möglicherweise werden wir ja Zeugen eines blutigen Rituals. Vielleicht wird ja irgendjemand in Stücke gehackt und wenn jemand der eine Krankheit hat, die Körperteile isst, dann wird er gesund. Ich bin auf jeden Fall gespannt auf die Rituale der Eingeborenen."

Fania war sichtlich angewidert von Michels Gewaltfantasie und der Arroganz die er regelmäßig an den Tag legte. Aber sie versuchte das Gespräch wieder auf eine sachliche Ebene zu bringen: „Ich gehe davon aus, dass damit ein spezieller Pflanzensaft gemeint ist. Vielleicht ist damit ja die Afrikanische Malve gemeint. Man nennt sie auch ‚die Roselle'. Ihr lateinischer Name ist Hibiscus sabdariffa. Der Tee aus dieser Pflanze ist blutrot. Außerdem ist dieser sogenannte Dableni-Tee das Nationalgetränk hier in Mali. Wirkstoffe in dieser Pflanze sind zum Beispiel Polyphenole und Vitamin C. Viele schreiben ihr auch die Fähigkeit zu, den Immunaufbau zu unterstützen. Man sollte also nicht so viel Mythisches in diese Formulierung ‚Heilung durch das Blut' hineininterpretieren."

„Na ja. Wenn es einfach nur Hibiskus ist, der unseren Bossen das große Geld einbringt, dann soll mir das auch recht sein", winkte Michel ab und wandte sich wieder seinem Frühstück zu.

Nach dem Frühstück checkten Fania und ihre zwei Begleiter aus dem Hotel aus und stiegen in den gemieteten Geländewagen. Etienne entschied, dass Michel den Wagen steuern sollte. Sollte der Fall eintreten, dass sie sich verteidigen müssten, dann hätte Etienne so eher die Möglichkeit seine Waffe einzusetzen. Wie erwartet protestierte Michel anfangs, da er sich darauf gefreut hatte während der Fahrt entspannt die Landschaft zu genießen, doch fügte er sich angesichts der Entschlossenheit Etiennes.

Kaum hatten sie die ersten Meter in dem Geländewagen zurückgelegt, da erkannte Michel am Straßenrand die vier Männer, die er am Vortag am Nigerufer gesehen hatte. Er fragte sich, ob sie ihm durch Mopti hierher bis zum Hotel gefolgt waren. Für einen Moment wollte er Etienne von seinen Befürchtungen erzählen, doch entschied er sich dagegen. Immer noch war er bemüht Etiennes Teilnahme an diesem Einsatz unnötig erscheinen zu lassen. Wenn sie Mopti verlassen hatten, so hoffte er, würde er sowieso nichts mehr von den Männern hören.

39

Es war ein wunderschöner Morgen. Die Sonne flutete mit ihrem warmen Licht die Ebene unter dem majestätischen Bandiagara-Felsmassiv. Die eckigen Speicherhäuser mit ihren runden Strohdächern warfen geheimnisvolle Schatten über die Lehm- und Natursteinhäuser. In der Ferne war das Meckern einiger Ziegen zu hören. Im Dorf regten sich die ersten Bewohner. Einige hatten auf den terrassenartigen Dächern ihrer kleinen Häuser geschlafen. Die meisten jedoch verbrachten jetzt in der Regenzeit die Nächte innerhalb der meist nur aus einem Raum bestehenden Lehm- oder Steinhäuser.

Sagara ging, noch bevor er seine erste Mahlzeit zu sich genommen hatte, zu Akouni dem Wahrsager des Dorfes.

„Wird Yurugu die Zeichen hinterlassen haben?", fragte Sagara den alten Mann.

„Yurugu hinterlässt immer seine Botschaft. Lass uns gehen und du bekommst deine Antworten."

Gemeinsam gingen sie vor das Dorf. Schon von weitem versuchte Sagara zu erkennen, ob die Abdrücke der Pfoten zu sehen waren, doch erst als sie den Kreis aus Gestrüpp betraten, waren die Spuren deutlich zu sehen.

Wortlos deutete Akouni mit seinem Stock auf einige Symbole, die er am Tag zuvor in den Sand gezeichnet hatte, fuhr damit immer wieder die Spur des Fuchses ab und murmelte dabei einen lautlosen Gesang vor sich hin. Sagara beobachtete den alten Mann intensiv und betrachtete dabei die Spuren im Sand. Zwar war er sowohl ein Kundiger, als auch ein Wiedererweckter, aber die Fähigkeit das Orakel zu interpretieren blieb dem Dorfseher vorbehalten.

„Du wirst deinen Freund Nabil wiedersehen", kam nun die bange erwartete Antwort.

„Kannst du mir auch sagen, wann und wie ich ihn wiedersehen werde?", fragte Sagara, der nun von einer Welle von Emotionen hin- und hergerissen war, nun weiter.

„Der Tod schwebt über ihm. Er wird große Freude erleben und großes Leid. Du wirst eine Entscheidung treffen müssen. Aber bevor dein Freund zu dir kommt, werden seine Schatten auf dich treffen."

Der alte Mann fuhr immer wieder mit seinem Stock knapp über die Zeichen im Sand. Sagara versuchte die Aussagen des Sehers gedanklich einzuordnen.

„Welche Schatten werden auf mich treffen?"

„Dein Freund hat Ereignisse in Gang gesetzt, die er nicht kontrollieren kann. Auch du hast einen Anteil daran."

Sagara schwieg. Er dachte an sein letztes Treffen mit Nabil in Bamako. Damals hatte er gehandelt, ohne sich Gedanken über die Folgen zu machen. Inzwischen bereute er seine Taten.

„Die Schatten die ich sehe werden nicht nur über dich kommen, sie werden sich über unser ganzes Dorf und das gesamte Volk der Dogon legen."

„Das war nicht meine Absicht", antwortete Sagara. „Das wollte weder ich noch Nabil."

„Die Kinder Ammas, die nun aus Ägypten zu uns ins ‚Pays Dogon' kommen, bringen Unglück über uns. Du musst den Hogon unseres Dorfes über die Botschaft Yurugus informieren. Er muss sich mit den Oberhäuptern der anderen Dörfer beraten." Die Stimme Akounis zitterte. Sagara erkannte, dass der Seher sich ernstlich Sorgen machte.

„Werden die Dogon die Schatten besiegen können?", fragte Sagara. Ihm versagte fast seine Stimme.

„Du weißt, mit welcher Aufgabe unser Volk betraut wurde. Wenn wir uns unserer Verantwortung würdig erweisen, dann werden wir uns auch diesen Schatten stellen können. Mehr hat uns Yurugu nicht mitgeteilt. Geh nun zu Seydou. Ihr müsst euch beraten und unser Volk vorbereiten auf das was bald kommen wird."

Während der Seher nun den Orakelplatz abräumte ging Sagara in Gedanken versunken zurück ins Dorf. Er fühlte sich schuldig an dem was auf sein Dorf zukam. Bis vor wenigen Tagen war er sich noch sicher, dass die Zukunft seiner Gemeinschaft in der Zusammenführung seines Volkes mit dem Arnháton-Kult lag. Zwar hatten die neuen ‚Geschwister' aus Ägypten meist eine stark romantisierte Vorstellung von der Religion Echnatons. Und die Sitten und Gebräuche der Dogon hatten sich im Laufe der Jahrhunderte auch weiterentwickelt. Aber der Wille, die gemeinsamen Wurzeln zu finden, war anfangs auf beiden Seiten vorhanden. Nun aber hatte ihm der Dorfseher verkündet, dass das gesamte Volk der Dogon in Gefahr sei. Sagara war zutiefst verunsichert. Hatte ihm das Erlebnis der Wiedererweckung in der Felsenhöhle noch ungeahnte Kraft gegeben, so versetzte ihn inzwischen die Vorstellung, dass durch ihn das gesamte Erbe der Dogon in Gefahr war, in blanke Panik.

Schon von weitem erkannte er Madou, die Frau Seydous, wie sie auf der Feuerstelle unter freiem Himmel die Hirsesuppe als Morgenmahlzeit zubereitete. Auf dem Dach seines Hauses saß Seydou und betrachtete den Sonnenaufgang.

„Hat Akouni dir das Orakel gelegt?", richtete Seydou die Frage an Sagara, bevor der das Wort an ihn richten konnte.

„Yurugu hat seine Botschaft hinterlassen. Ich werde meinen Freund Nabil wiedersehen. Doch Yurugu hat noch eine weitere Nachricht an unser Volk."

„Du klingst sehr besorgt", erkannte Seydou. Er kam über die, für Dogon-Dörfer typische, Treppe aus einem bearbeiteten Holzstamm herunter. Diese Treppen bestehen aus einem schräg liegenden Balken aus dem Stufen herausgeschlagen wurden, die als schmale, aber praktische Treppe nutzbar sind.

„Akouni hat mir mitgeteilt, dass mit meinem Freund Nabil Schatten über unser Dorf kommen werden. Und für diese Gefahr bin auch ich mitverantwortlich." In Sagaras Stimme klang tiefes Bedauern. Seydou legte ihm tröstend die Hand auf die Schulter und sagte: „Sicher wird uns Amma durch Yurugu auch zeigen, wie wir unser Volk vor diesen Schatten schützen können."

„Mein Wunsch, dass Nabil die tieferen Geheimnisse Ammas, oder auch Arnhátons, wie er es formulieren würde, erkunden könnte hat mich großes Unrecht tun lassen."

„Das weiß ich", unterbrach ihn Seydou. „Aber du kannst helfen, dieses Unrecht wieder gut zu machen. Deshalb haben wir dich von dem Hospital in Bamako hierher bringen lassen."

Erleichterung war in Sagaras Gesicht zu erkennen. „Ich hatte nie den Mut danach zu fragen", erklärte er. „Ich hatte mich immer gewundert, warum gerade ich wiedererweckt wurde. Aber es ist nicht leicht, über seine Fehler zu reden."

„Es wird aber leicht, wenn man seine Fehler erkannt hat. Sag mir, welche Botschaft Yurugus besorgt dich?"

Die beiden hatten sich inzwischen vor dem Haus auf dem Boden niedergelassen und tranken Tee, den Seydous Frau reichte. Sagara hatte Mühe die richtigen Worte zu finden. Mit tief gesenktem Blick begann er: „Du weißt, dass viele von unserem Volk die Menschen aus Ägypten in unserer Gemeinschaft willkommen geheißen haben."

„Auch sie sind Nachkommen der vier Brüder Domno, Dyon, Ono und Arou. Auch wenn die Ägypter nicht zum Volk der Dogon zählen, so teilen sie doch unseren Glauben."

„Akouni, der Seher, hat im Orakel gesehen, dass mit Nabil eine große Gefahr über unser Dorf und unser Volk kommen wird. Und ich trage mit Schuld daran, denn ich war dabei als man versucht hatte einen Menschen zu töten. Nur deshalb, damit die Verbindung zwischen uns Dogon und den Anhängern des Amma-Arnháton-Kultes geheim bleibt."

„Aber deshalb sind nicht alle Brüder und Schwestern aus Ägypten eine Gefahr für uns. Außerdem haben wir strenge Regeln aufgestellt, wann jemand von außen in den engeren Kreis der Dogon aufgenommen wird. Dein Freund Nabil gehört ja auch nicht dazu, obwohl er es sich so sehr wünscht. Was hat das Orakel denn noch gesagt?"

Sagara wiederholte die Botschaft Akounis: „Der Tod schwebt über Nabil. Er wird große Freude erleben und großes Leid. Ich werde eine Entscheidung treffen müssen. Und bevor Nabil zu uns kommt, werden seine Schatten auf uns treffen. Und zum Schluss hat er noch hinzugefügt, dass die Kinder Ammas, die aus Ägypten zu uns kommen, Unglück mit sich bringen."

Seydou wirkte nun auch nachdenklich. Der alte Mann kannte die Geschichte seines Volkes gut. Er wusste um die Bereitschaft der

Dogon einerseits ihre eigene Kultur zu bewahren. Das war einer der Gründe warum sie sich in diesem abgelegenen Gebiet bei Bandiagara angesiedelt hatten und dort erst spät von den Europäern entdeckt wurden. Andererseits übernahmen die Dogon auch recht unkompliziert neue Bräuche und Rituale. Beispielsweise die militärischen Beerdigungsrituale der französischen Armee während der Kolonialzeit. Auch der Islam oder das Christentum hatten so leicht in manchen Dörfern Fuß gefasst. Hatten die Dogon vielleicht doch mit dem Amma-Arnháton-Kult einen unheilvollen Pakt geschlossen, der das gesamte Volk in Gefahr brachte?

„Ich werde deine Bedenken mit den anderen Dorfältesten besprechen", erklärte er. „Ein Sprichwort sagt: ‚Ganz egal wie lange ein Baumstamm im Wasser liegt, er wird kein Krokodil werden'. Vielleicht verhält es sich ebenso mit den Menschen. Egal wie lange sie die Religion Echnatons imitieren, oder auch unsere Rituale. Sie werden keine Dogon werden."

Sagara bedankte sich und verließ den Dorfchef. Hatte er sich bis heute morgen noch auf ein Wiedersehen mit Nabil gefreut, so fürchtete er sich nun vor dem Tag an dem er ihn wiedertreffen würde.

40

Nachdem Martin Renner und Samuel Nangou ihr Hotelzimmer in Mopti bezogen hatten, sahen sie zum wiederholten Male die Unterlagen über Max Strobl durch. Strobl wurde 1914 im hessischen Frankfurt geboren. Er studierte dort Medizin, hatte aber schon früh Kontakt zu Ärzten die auch alternative Verfahren anwendeten. Schon während seines Medizinstudiums begann er parallel eine Ausbildung zum klassischen Homöopathen. 1938 schloss er sein Medizinstudium ab und war auch mit der Homöopathieausbildung fertig. Die Rahmenbedingungen für Homöopathen waren damals äußerst günstig. Nachdem sich 1935 der „Deutsche Zentralverein homöopathischer Ärzte" der „Reichsarbeitsgemeinschaft für eine Neue Deutsche Heilkunde" angeschlossen hatte, war die Förderung der Homöopathie durch das nationalsozialistische Regime beispiellos. Schauten früher die Schulmediziner nur abfällig auf die Anhänger der klassischen Homöopathie, so hatte dieses Konzept der Therapie nun das Ansehen einer zukunftsweisenden Heilkunde. Strobl wurde mit staatlichen Forschungsprojekten betraut und brachte einige Veröffentlichungen heraus. Nach eigenen Angaben arbeitete er hauptsächlich im Dienst für die Versorgung der Kriegsverletzten. Nachweise für diese Arbeit konnte er während der Entnazifizierung nach Kriegsende nicht liefern, man konnte ihm aber auch nicht das Gegenteil beweisen. So behielt er seine ärztliche Approbation auch nach Kriegsende. Er arbeitete dann in einer eigenen Praxis als Schulmediziner mit einer naturheilkundlichen Ausrichtung. Bis er 1983 urplötzlich von der Bildfläche verschwand. In den Unterlagen des BND befanden sich keineAngaben über die Gründe für das abrupte Untertauchen. Renner vermutete, dass man Strobl wegen irgendwelcher Kriegsverbrechen suchte. Warum seine Vorgesetzten aber ein solches Geheimnis darum machten, blieb ihm ein Rätsel.

Nun suchte Renner also seit Jahren einen Mann, der bald seinen hundertsten Geburtstag feierte und der noch erstaunlich vital durch Mali reiste. Für den BND war Strobl fast so etwas wie ein Phantom. Jeder innerhalb des Geheimdienstes hatte schon einmal von ihm gehört, keiner hatte ihn seit dreißig Jahren gesehen. Und jeder träumte davon, ihn zu ergreifen. Jetzt war Renner nahe daran sich diesen Traum zu erfüllen.

Er beschloss auf die gewohnte Weise vorzugehen. Mit seinem malischen Kollegen Samuel Nangou würde er die Apotheken hier in Mopti besuchen und die Angestellten möglichst beiläufig in Gespräche über Glasbehälter und Ethanol verwickeln.

„Als Weißer würdest du nur auffallen", gab Nangou zu bedenken. „Ich könnte weitere Unterstützung von meinen Kollegen der Polizei in Mopti anfordern."

„Es existiert kein offizieller Haftbefehl für Max Strobl", erwiderte Renner. „Dass die malischen Behörden dich zur Unterstützung meines Auftrags abberufen haben, war schon ein großes Entgegenkommen."

„Handelt es sich bei Max Strobl um einen Kriegsverbrecher? Warum sollte der Mann sonst untertauchen, nachdem er fast vierzig Jahre unauffällig im Nachkriegsdeutschland gelebt hat."

„In den Unterlagen steht nichts von Kriegsverbrechen. Ich halte es aber für möglich, dass deswegen nach ihm gefahndet wird. Die wahren Gründe kennen nur die hohen Tiere ganz oben."

„Vielleicht ist er ja ein Terrorist. Im August 1983 hatte eine Gruppe Terroristen einen Anschlag auf das ‚Maison de France' am Kurfürstendamm in Berlin verübt. Möglicherweise war er ja einer der Terroristen."

Renner war zwar beeindruck über welche Kenntnisse der jüngeren deutschen Geschichte sein malischer Kollege verfügte. Trotzdem widersprach er ihm. „1983 war Strobl bereits 69 Jahre alt. Glaubst du wirklich, dass jemand in diesem Alter einen Terroranschlag verübt?" Renner zündete sich eine Zigarette an und hielt dann die Packung seinem Kollegen hin.

„Vielleicht glaubt Strobl ja, so wie viele Terroristen, dass er für eine historische Sache kämpft. Wer glaubt, für höhere Werte zu kämpfen, der begeht auch im hohen Alter solche Taten." Nangou nahm sich eine Zigarette aus Renners Packung und zündete sie sich an.

„Deine Erklärung ist wirklich naheliegend. Schließlich wäre Strobl nicht der erste Ex-Terrorist den es nach Mali zieht." Renner inhalierte den Rauch seiner Zigarette und blies ihn dann sanft zur Zimmerdecke.

„Warum wird er aber dann nicht einfach steckbrieflich gesucht, so wie andere Terroristen?", gab Nangou zu bedenken.

„Das geht uns nichts an", entschied Renner. „Unsere Aufgabe ist es Strobl zu finden und ihn der Justiz in Deutschland zu übergeben. Wie die Richter dort entscheiden ist nicht unser Problem."

„Vielleicht soll er ja gar nicht vor ein Gericht gebracht werden", mutmaßte Nangou.

„Wie meinst du das? Glaubst du, jemand würde Strobl einfach so exekutieren? Ohne ein Gerichtsurteil?"

„Nein. Ich spreche natürlich nicht von einer Exekution. Ich meine nur, wenn Strobl ohne einen offiziellen Haftbefehl gesucht wird, dann wäre es doch zumindest möglich, dass auch die weiteren Handlungen nach der Festnahme inoffiziell bleiben."

„Wir sollten aufhören zu spekulieren", versuchte Renner das Thema zu beenden. „Wie ich schon sagte: Wir finden Strobl, übergeben ihn an unsere Kollegen in Berlin und damit ist unser Auftrag erledigt."

„Und was ist mit dem Ruhm, dass wir Strobl dingfest gemacht haben?"

„Der Fall Strobl unterliegt immer noch strengster Geheimhaltung. Es würde mich wundern, wenn sich das in der nächsten Zeit ändern sollte. Weder ich in Deutschland, noch du in Mali werden offiziell davon prahlen können."

„Das wird wohl immer unser Schicksal sein. Man vollbringt im Verborgenen große Taten und keiner merkt etwas davon."

„Deshalb arbeiten wir ja auch für die Geheimdienste", scherzte Renner. „Aber jetzt müssen wir erst einmal die großen Taten vollbringen, von denen du eben geredet hast."

41

Als Nabil aus dem Lazarett des Koulikoro Training Camps in das ‚Centre Hospitalier Universitaire' überwiesen werden sollte, bot der deutsche Kontingentführer, ein Oberstleutnant, Nabil an, dessen beschädigtes Auto direkt zu dem Autoverleih nach Bamako zurückbringen zu lassen.

„Es gehört leider nicht zu unseren Aufgaben zivile Fahrzeuge instand zu setzen, aber wenn wir ihnen auf diese Weise helfen können, dann tun wir das gerne", erklärte der hochgewachsene Offizier.

„Danke. Aber es genügt, wenn Sie mein beschädigtes Auto zu einer Werkstatt nach Koulikoro bringen. Von dort werde ich ein Taxi nach Bamako nehmen", entgegnete Nabil, der immer noch mit einem leichten Schwindelgefühl kämpfte.

Nachdem Nabil noch einige Unterschriften, mit denen er bestätigte, dass er selbstständig die Fahrt nach Bamako antreten wolle, geleistet hatte, ging er mit zwei deutschen Soldaten zum Instandsetzungsbereich des Camps. Dort befand sich Nabils Mietwagen bereits auf einem Transporter. Es war ein leicht gepanzerter LKW, der zur

Bergung kleiner Fahrzeuge wie dem Geländewagen „Iltis" oder dem Kleintransporter „T3" diente.

Die Soldaten waren beide mit Maschinenpistolen der Bauart MP2A1, sogenannten „Uzis", bewaffnet. Auf dem Weg zu dem LKW durchquerten sie das Camp. Etliche olivgrüne Container standen ordentlich in endlosen Reihen am Rand des zentralen Platzes. In einiger Entfernung konnte Nabil etwa ein Dutzend malische Soldaten sehen, die unter Anleitung deutscher Unteroffiziere die Räumung von Minen trainierten. Am anderen Ende des Platzes fand unter einem offenen Zelt offensichtlich eine Schulung statt. In der Ferne hörte man Gewehrsalven von Gefechtsübungen.

Das Koulikoro Training Camp befand sich auf dem Gebiet der Militärschule Malis. Über 500 Soldaten aus mehreren europäischen Ländern hatten nun den Auftrag hier mehr als 2000 malische Soldaten zu trainieren. Da sich während der Tuaregaufstände herausgestellt hatte, dass die malische Armee völlig unzureichend organisiert war, war die Militärhilfe der Europäer, besonders Frankreichs äußerst wichtig. Um die Ausbildung der malischen Soldaten zu verbessern waren nun auch deutsche Soldaten im Land. Die deutsche Bundeswehr genoss besonderes Vertrauen unter den Maliern, da Deutschland 1960 der erste Staat war, der die Unabhängigkeit Malis anerkannte.

„Ist es weit bis zu einer Autowerkstatt in der Stadt?", erkundigte sich Nabil auf Deutsch bei den beiden Soldaten.

Erfreut über Nabils Deutschkenntnisse erklärte der Ranghöhere dass sie nur mit wenigen Minuten Fahrzeit rechneten, da sich das Camp sehr nah an der Stadt befand.

„Erwartet ihr immer noch Anschläge?", fragte Nabil besorgt mit einem Blick auf die Maschinenpistolen.

„Leider gibt es im Norden des Landes immer noch vereinzelt Anschläge der Islamisten aus dem Ausland. Terroristische Aktionen der malischen Bevölkerung sind praktisch ausgeschlossen. Wir müssen allerdings damit rechnen, dass es Extremisten gibt die selbst hier in der Mitte Malis Anschläge auf Militärobjekte verüben." Trotz der Sonnenbrille, die der Soldat trug, war eine gewisse Anspannung in seinem Gesicht zu lesen.

„Sie sitzen in der Mitte", ordnete der Unteroffizier an, als sie vor dem Laster standen. Nabil kletterte umständlich auf der Beifahrerseite in das Führerhaus. Wieder musste er mit Schwindelgefühl kämpfen.

„Ich hoffe, die Werkstatt kann ihr Auto wieder flottmachen", meinte der Fahrer während er den Motor startete. Das Dröhnen des 500-PS-Motors ließ das ganze Fahrzeug vibrieren. Als sich das Gefährt in Bewegung setzte, fühlte sich Nabil wie im Cockpit eines Jumbo-Jets auf der Startbahn.

Während sie über das Gelände des Camps fuhren winkten einige Kameraden den Soldaten zu. Nabil spürte die enge Verbundenheit unter den Militärangehörigen. Am Tor des Camps angelangt, wurden sie herzlich mit militärischem Gruß verabschiedet.

Die Straße, die am Ausbildungsgelände vorbeiführte war stark mit Fahrrädern, Pferdekutschen und Kleinbussen befahren. Der schwere Bundeswehr-LKW wirkte wie ein Fahrzeug aus einer anderen Welt. Immer wieder hupte der Fahrer, da das gigantische Gefährt kaum Ausweichmöglichkeiten auf den zum Teil engen Straßen hatte. Oft blieben die Passanten am Straßenrand stehen und winkten freundlich herauf. Die Deutschen winkten lächelnd zurück. Der Soldat auf dem Beifahrersitz behielt aber seine Maschinenpistole immer schussbereit.

„Sie arbeiten für die Vereinten Nationen?", fragte der Fahrer.

„Ja. Hier in Mali ist nicht nur die Armee ein wenig unorganisiert, sondern auch die Verwaltung. Ich analysiere mit einigen Kollegen die Strukturen und mache dann konkrete Vorschläge für die leitenden Beamten in den Behörden." Nabil beobachtete nervös den Trubel auf den Straßen. Er fühlte sich äußerst unwohl in diesem Armeefahrzeug, in dem offensichtlich bewaffneter Schutz notwendig war.

„Und Sie arbeiten hier in Koulikoro?", hakte der andere Soldat nach.

„Eigentlich befinden sich unsere primären Ansprechpartner in der Hauptstadt Bamako. Aber eine funktionierende Verwaltung ist in Koulikoro natürlich ebenso wichtig. Immerhin ist Koulikoro ein Industriestandort."

„Da hat die Regenzeit Ihnen ja ganz schön einen Streich gespielt. Ihr Unfall hätte ziemlich übel ausgehen können. Ist ihr Mietwagen gegen solche Unfälle versichert?" Nabil dachte nur, dass eine solche Frage ein typisches Klischee über die deutsche Absicherungsmentalität erfüllte. Aber natürlich war er froh, dass im Mietvertrag des Autos auch eine Vollkaskoversicherung enthalten war. Er hatte bereits vom Armeecamp aus telefonisch mit der Autovermietung Kontakt aufgenommen.

„Ja. Es gibt eine Versicherung", antwortete Nabil. „Sie übernimmt die Reparatur. Die Autovermietung ist froh, dass ich die Reparatur hier in Koulikoro erledigen lasse und dann wieder ein fahrtüchtiges Auto zurückbringe."

Ein Motorrad überholte den LKW und setzte sich direkt vor das Armeefahrzeug. Der Zweiradfahrer trug einen Sturzhelm, was in dieser Umgebung sehr auffällig war. Zudem fuhr er nun so langsam, dass der Fahrer des LKWs genervt hupte. Doch der Zweiradfahrer vor ihm zeigte keine Reaktion.

„Halte Abstand", wies der Unteroffizier nun den Fahrer an.

„Der Typ wird immer langsamer", erwiderte der Fahrer. „Verdammt. Der Kerl will uns stoppen."

„Überhol ihn. Gib Gas"

„Ich kann nicht. Hier sind überall Leute auf der Straße."

„Dann fahr rückwärts. Nur weg von dem Scheiß-Motorrad."

Der Fahrer entdeckte nun doch eine Lücke in dem Verkehrsgewühl und setzte an, das Motorrad zu überholen. Nabil rutschte instinktiv in seinem Sitz ein Stück herunter. Der Unteroffizier auf dem Beifahrerplatz suchte in der Menschenmenge nach weiteren potentiellen Gefahren.

Der LKW war halb an dem Motorrad vorbei als mit einem ohrenbetäubenden Knall eine Druckwelle die Mitte des Lasters zerriss. Während die Ladefläche und das darauf befindliche Auto völlig zerfetzt wurden, schützte die gepanzerte Kabine die darin befindlichen Männer erheblich. Trotzdem zersplitterte das Fenster auf der Beifahrerseite und die Glasstücke rissen die Haut von der rechten Gesichtshälfte des Unteroffiziers. Die Druckwelle nahm Nabil den Atem und er rutschte weiter nach unten. Auch er bekam einige Glassplitter ab, doch die Hauptwucht hatte den Soldaten zu seiner Rechten getroffen. Trotzdem war Nabils Gesicht vom eigenen Blut und dem seines Nebenmanns völlig verschmiert.

Der Soldat am Steuer hatte sofort gehalten und zu seiner Maschinenpistole gegriffen. Er war praktisch unverletzt geblieben und suchte die Straßenszene vor sich ab. Die kompakte Konstruktion der „Uzi" machte auch eine sichere Handhabung in der engen Fahrerkabine möglich.

„Seid ihr O.K.?", fragte er während er von seinem Fahrersitz aus die Umgebung beobachtete. Den Finger immer am Abzug.

„Weiß nicht", antwortete Nabil. „Scheiße, ich blute... Mein Gesicht... Irgendwas ist mit meinem Gesicht." Nabil tastete sein Gesicht ab und starrte auf seine blutverschmierten Hände.

„Walter. Was ist mit dir?", fragte der Fahrer noch einmal seinen Kameraden, immer noch die Waffe im Anschlag. Doch er bekam keine Antwort.

„Walter. Was ist los?", fragte er erneut. Dann löste er seinen Blick für einen Moment von der Umgebung.

„Verdammt. Walter. Sag doch was", entfuhr es ihm. Doch sein Kamerad hing leblos im Sicherheitsgurt. Sein Kopf war unnatürlich zur Seite gekippt. Die rechte Gesichtshälfte war nur eine blutige Masse.

Nabil sah nun auch auf seinen Nebenmann und verlor angesichts der blutigen Szene fast das Bewusstsein. Alles kam ihm plötzlich irreal vor. Irgendwie weit entfernt. So als wäre er eigentlich gar nicht hier. Er stand unter Schock.

Der Fahrer sagte etwas zu Nabil, doch Nabil hörte ihn nicht. Er nahm ihn gar nicht wahr.

Wieder sprach ihn der Fahrer an: „Nehmen Sie den Verbandkasten, der dort vor Ihnen ist. Wenn Sie stark bluten, dann verbinden Sie sich. Wenn nicht, dann sehen Sie zu wie Sie meinem Kameraden helfen können. Ich fordere Verstärkung an."

Der Fahrer kontaktierte über Funk das Camp und gab eine kurze Lagebeschreibung durch. Dann versuchte er den LKW zu starten, was ihm zwar gelang, jedoch verhinderte die Beschädigung durch die Detonation, dass sich das Gefährt in Bewegung setzte.

Nabil war immer noch völlig paralysiert. „Scheiße. Mann. Kommen Sie zu sich", schrie ihn der Soldat an. Wieder nahm er die „Uzi" in Anschlag und beobachtete den Außenbereich. Aber er konnte nichts Verdächtiges entdecken.

Der Sprengstoff des Attentäters hatte nicht nur ihn selbst und das

Armeefahrzeug zerrissen, sondern auch einige Passanten auf der rechten Seite der Straße. Tote und Verletzte lagen auf der lehmig staubigen Straße. Von dem Führerhaus des LKWs konnte man das aber nicht sehen, da auch der Rückspiegel abgerissen war.

„Sie bleiben hier", befahl der Soldat. Immer noch kamen die Worte nicht in Nabils Gehirn an.

Der Fahrer öffnete seine Tür und richtete die Waffe hinaus. Außer einigen erschreckten Gesichtern konnte er nichts erkennen. Schussbereit machte er sich nun auf den Weg zu der Stelle an der die Explosion stattgefunden hatte. Dort angelangt sah er eine unförmige Masse aus Metallteilen und menschlichen Überresten. Das was von dem Attentäter und seinem Motorrad übriggeblieben war. Etwas weiter weg lagen einige Malier. Manche leblos. Andere schrien oder wimmerten.

„L'aide arrive tout de suite. Gleich kommt Hilfe", rief er einigen Unverletzten zu, die sich bereits den Verwundeten angenommen hatten. Nach wie vor hatte er den Finger am Abzug seiner Maschinenpistole.

„Hat jemand gesehen, wie die Bombe hochgegangen ist?", fragte er nun die Helfer und die unschlüssig Umherstehenden. Ein Mann meldete sich. Einige Augenblicke ein weiterer.

„Gut. Bitte laufen Sie nicht weg. Ich brauche Ihre Aussage." Dann ergänzte er: „Ich hole Verbandszeug. Dann können wir die Verwundeten versorgen."

Er schnallte sich nun seine Maschinenpistole auf den Rücken und rannte zurück zur Fahrerkabine. Dort wollte er einen weiteren Verbandskasten holen und nachsehen ob Nabil seinen Kameraden versorgen konnte.

Er riss die Fahrertür auf und bemerkte sofort, dass Nabil nicht mehr da war. Ungläubig sah er sich um. Aber weit und breit konnte er den Ägypter nicht entdecken. Überall standen nur entsetzte Malier, die auf den zerfetzten Laster und die Opfer starrten.

42

Als Khaled an frühen Morgen an die Tür des Gästehauses klopfte, hatte Vera bereits mehrere Versuche gestartet um Eric auf die Füße zu bekommen. Erics feucht-fröhlicher Abend hatte Nachwirkungen hinterlassen. Da er keinen Alkohol gewohnt war, spürte er nun einen heftigen Kater. Unentwegt klagte er Vera wie leidvoll doch sein Zustand sei, aber Vera hielt sich mit Beileidsbekundungen merklich zurück.

„Wer saufen und flirten kann, der kann auch am nächsten Tag früh aufstehen. Besonders wenn man noch einige hundert Kilometer über steinige Pisten fahren muss und heraus bekommen will, warum ein wild gewordener ägyptischer UN-Verwaltungsberater uns beide töten lassen will. Hast du vergessen, dass wir hier nicht auf einer Ballermann-Party auf Mallorca sind, sondern in einem der ärmsten Länder der Welt, wo die Polizei mich für eine Anstifterin zum Mord an dir hält."

Während Vera Eric eine Standpauke hielt, öffnete sie Khaled die Tür. Ohne in Veras Strafpredigt einzugreifen verfolgte er die Szene und lehnte sich amüsiert an den Türrahmen.

Reumütig stimmte Eric Vera zu: „Meine Güte. Du hast ja recht. Ich habe gestern nicht gewusst, wann besser Schluss gewesen wäre." Doch dann grinste er selbstzufrieden. „Aber schön war es doch. Für ein paar Stunden war ich der Held des Tages. So etwas muss man schon mal erlebt haben."

„Wenn der Held des Tages nun seinen Hintern mal nach draußen bewegen könnte. Ich möchte heute nämlich so schnell wie möglich hier weg, bevor wir noch einen weiteren Tag hier festhängen."

„Du hast dich gestern Abend doch auch amüsiert", protestierte Eric. „Ich habe genau gesehen wie du diesen Douentza angeschmachtet hattest. Es hätte nicht viel gefehlt, dann wärst du ihm um den Hals gefallen."

Vera überlegte einen Augenblick, was sie antworten sollte, dann sagte sie nur: „Idiot." Und stürmte aus dem Haus. „Komm schon, Khaled. Ich hoffe, bei dir gibt es was zu frühstücken."

Während des Frühstücks waren sowohl Eric, als auch Vera merklich bemüht, wieder entspannt miteinander zu kommunizieren. Sorgsam vermieden sie es nun über den vergangenen Abend zu sprechen. Erics Magen war aber immer noch angeschlagen und so aß er kaum etwas. Khaled und Daniel waren dagegen quietschvergnügt und erzählten sich gegenseitig Anekdoten aus vergangenen Zeiten.

Als sie mit dem Essen fertig waren, verabschiedeten sich Khaled, Vera und Eric von Daniel jeweils mit einer kurzen aber herzlichen Umarmung.

„Pass auf die beiden auf", ermahnte Daniel seinen Freund Khaled. „Die beiden überleben in der Savanne keine zwei Tage." Dann fügte er noch scherzend hinzu: „Auch wenn Eric als Goldschürfer sicher eine große Zukunft hat."

Sie stiegen in den bereits beladenen Geländewagen und fuhren mit einem letzten Gruß los. Campbewohner die ihnen noch begegneten, winkten zum Abschied. Dann ließen sie das Camp hinter sich.

Der Regen der letzten Tage hatte den Boden derart aufgeweicht, dass die Piste kaum noch erkennbar war. Khaled richtete sich wieder ausschließlich nach Navi und Karte. Doch nicht nur das Fehlen einer erkennbaren Wegstrecke bereitete Schwierigkeiten. Auf dem schlammigen Lehmboden kamen sie nur langsam voran. Immer wieder musste Khaled abbremsen um Schlammlöchern oder Felsen auszuweichen.

„So kommen wir erst in einer Woche im ‚Pays Dogon' an", schimpfte Khaled. „Wir sehen zu, dass wir bis heute Abend den Ort Miéna erreichen, er liegt etwa 100 Kilometer östlich von hier. Wenn die malische Polizei nicht inzwischen auch dort nach euch sucht, dann müssten wir dort übernachten können."

„Und wie fahren wir dann von dort weiter ins Dogongebiet", fragte Eric, dem das Geschaukel über die Buckelpiste merklich auf den Magen schlug.

Khaled gab Eric die Karte nach hinten. Miéna liegt nur wenige Kilometer von der ‚Route Nationale 6', die nach Mopti führt, entfernt. Diese Strecke ist ausgebaut und asphaltiert. In der Regenzeit ist das die einzige zuverlässige Möglichkeit mit dem Auto die Entfernung zu überwinden."

„Müssen wir auf einer Nationalstraße nicht mit Polizeikontrollen rechnen?", gab Eric zu bedenken.

„Natürlich", stimmte Khaled zu. „Aber so weit entfernt von Bamako werden wir Möglichkeiten finden auch das zu bewältigen. Wichtig ist erst mal, dass wir den Zusammenhang zwischen der Amma-Arnháton-Sekte, den Dogon und eurem Freund Nabil aufklären. Und dabei sollten wir nun keine Zeit mehr verlieren."

„Außerdem hat eine asphaltierte Straße noch einen weiteren Vorteil", japste Eric. „Man kommt sich dort nicht vor, wie auf hoher See."

Eric musste noch weitere Stunden in dem Auto auf unwegsamen Gelände ertragen. Er litt immer noch an den Nachwirkungen der Party des Vorabends. Die unruhige Fahrt über die Schlammpiste gab ihm dann den Rest und so verbrachte er den Tag damit, leise stöhnend auf der Rückbank des Fahrzeugs das Ende dieser Etappe abzuwarten.

Khaled entschied, dass sie erst einmal mindestens fünf Stunden durchfahren müssten, bevor sie eine Rast einlegen würden. Gegen Mittag setzte dann wieder Regen ein und so mussten sie die Pause in dem Wagen verbringen. Eric, der sich nach etwas Bewegung sehnte, traf dieser Umstand besonders hart. Vera empfand seinen Zustand zwar als gerechte Strafe für seine Ausschweifung, aber trotzdem stieg so etwas wie Mitleid in ihr auf. Sie bot ihm etwas vom Reiseproviant an.

„Du solltest etwas essen. Sonst kommst du gar nicht mehr auf die Beine."

„Das Geschaukel in dieser Kutsche hat meinen Magen völlig durcheinander gebracht. Ich kann jetzt nichts essen", antwortete Eric und kämpfte mit der Übelkeit.

„Iss etwas", wiederholte Vera und versuchte humorvoll einen scharfen Ton in ihre Stimme zu legen. „Das ist ein Befehl." Dabei reichte sie ihm ein Stück Hirsebrot. Mit einem leisen Ächzen nahm er das Brot und biss ein winziges Stück ab.

Khaled war als erstes mit dem Essen fertig und startete wieder den Motor. Langsam bahnte er sich den Weg durch den Regen. Vera versuchte Khaled dabei zu unterstützen nach unpassierbaren Schlammlöchern Ausschau zu halten. Da die Scheibenwischer die Regenmassen nur wenig effektiv beiseite schoben, war Khaled für Veras Hilfe dankbar.

Nach weiteren vier Stunden hatten sie Miéna erreicht. Da wegen des Regens niemand auf den Straßen zu sehen war, hielt Khaled an der einzigen Tankstelle des Ortes. Er wies seine Schützlinge an, im Wagen zu bleiben und ging zu dem kleinen Haus, das offensichtlich als Unterkunft des Tankwarts diente. Dort fragte er den jungen Mann, der hier arbeitete, ob er wüsste, wo man im Ort die Nacht verbringen könne. Dann ließ er den Geländewagen volltanken.

„Es gibt hier etwas, was sich Hotel nennt", berichtete Khaled als er wieder ins Auto stieg. Es ist im Norden des Ortes. Der Tankwart hat mir den Weg beschrieben. Ein Haus mit einer blauen Tür."

„Hauptsache wir können mal wieder aufrecht stehen", meinte Eric voller Vorfreude.

Die Beschreibung des Tankwarts war ausgesprochen hilfreich und Khaled fand das Haus auf Anhieb.

Die Herberge wurde von einem Ehepaar geleitet, das auch einen kleinen Laden mit Artikeln des täglichen Gebrauchs führte. Das Paar hatte drei kleine Kinder, die alle noch nicht zur Schule gingen. Mit einem weiteren Kind war die junge Mutter schwanger.

Khaled entrichtete eine Anzahlung für die Unterkunft. Er selbst bezog ein eigenes Zimmer. Das Zweite überließ er Eric und Vera. Nach einer kleinen Mahlzeit zog er sich in sein Zimmer zurück. Er meinte nur, die letzten Stunden am Steuer des Autos währen sehr kräftezehrend gewesen und er benötige jetzt unbedingt etwas Erholung.

Eric hatte sich inzwischen wieder fast vollständig erholt und fand die kleine Herberge ganz entzückend. Die Kinder der Familie umringten die beiden Deutschen und waren fasziniert von deren heller Haut. Eric kramte aus dem Proviantaschen eine Tafel Schokolade aus Militärbeständen, die sie im Goldgräbercamp gekauft hatten und verteilte einige Stücke an die zwei Mädchen und den kleinen Jungen, der gerade Laufen gelernt hatte.

Vera hätte nach der langen Autofahrt am Liebsten einen Halbmarathon gelaufen, aber bei dem immer noch heftigen Regen blieb sie doch lieber im Haus. Glücklicherweise besaß das Haus Stromanschluss und so konnten sie den Abend im Licht einiger nackter Glühbirnen verbringen.

Kurz nach Anbruch der Dunkelheit, als der Regen aufgehört hatte, besuchte eine fast schon elegant gekleidete Frau mittleren Alters die Familie. Auch sie wurde von den Kindern herzlich begrüßt, doch als klar war, dass sie keine Geschenke mitgebracht hatte, wandten sich die Kleinen wieder Eric zu.

Vera hatte vermutet, dass die Frau eine Verwandte der Hauseltern wäre, doch es stellte sich heraus, dass sie eine Tresseuse war, eine Friseurin, die die Haare von Awa, der Hausherrin in ein fantastisch geflochtenes Kunstwerk verwandelte. Vera durfte bei der mehr als drei Stunden dauernden Arbeit der Haarkünstlerin dabei sein und erfuhr so, dass die Frisur einer malischen Frau weit mehr über sie aussagte als ein europäischer Besucher erwartete.

Zwar werden in den letzten Jahren die Haare der Malierinnen immer öfter nach europäischen Modetrends frisiert, doch bestimmen in den meisten Fällen traditionelle Vorgaben die Auswahl der geflochtenen Muster.

„An der Frisur einer Frau kannst du sehen zu welchem Volk sie gehört. Eine Bambara trägt eine andere Frisur als eine Dogon-Frau oder eine Bozo", erklärte die Tresseuse während sie dabei war, die Haare ihrer Kundin kunstvoll zu flechten. „Außerdem kannst du sehen, ob sie verheiratet ist oder nicht. Kinder haben andere Frisuren als Erwachsene. Und den Rang einer Frau in der Gruppe kannst du auch an ihren Haaren erkennen."

Vera war beeindruckt über die Kunstfertigkeit mit der die Haare geflochten wurden. „Kein Wunder, dass es mehrere Stunden dauert bis ein solches Kunstwerk fertig ist", sagte sie anerkennend.

„Für eine Frisur zu besonderen Festtagen kann man auch schon einmal einen ganzen Tag verwenden", berichtete die Flechtkünstlerin. „In Bamako gibt es richtige Stars unter den Friseurinnen", erklärte sie weiter. „Und nicht nur für Frauen ist es wichtig, dass ihre Frisur die richtige Aussage hat. Auch viele Männer zeigen mit ihren Haaren ihre Herkunft und ihren Status."

Vera ließ sich die einzelnen Bedeutungen der Zöpfe und eingeflochtenen Ringe erklären und überlegte im Stillen, ob sie nicht doch auch am nächsten Tag ein paar Stunden bei einer Tresseuse verbringen sollte. Doch dann beschloss sie, dass ihr Pferdeschwanz im

Augenblick am praktischsten war. Außerdem hätte sie es Khaled und Eric schwer verständlich machen können, warum sie heute auf eine schnelle Weiterfahrt gepocht hatte und am nächsten Tag erst einmal zum Friseur gehen wollte.

Als die Tresseuse mit ihrem Werk fertig war, brannte sie mit einem Feuerzeug einzelne umherstehende Haare ab und Awa bewunderte sich in einem großen Handspiegel.

Vera und Eric zogen sich früh in ihr Zimmer zurück. Zwar befanden sich darin außer einen Tisch und einem Stuhl nur zwei Matratzen auf der Erde, aber mehr brauchten die beiden auch nicht.

Khaled blieb die innige Zweisamkeit, in der Eric und Vera den Abend verbrachten, durch die dünnen Wände des Lehmhauses nicht verborgen. In seinem Zimmer schmunzelte er kurz und griff zu seinem Laptop. Er verkabelte es mit dem Mobiltelefon. Dann baute er eine sichere Internetverbindung zu seinen Kontaktleuten des Geheimdienstes auf und schrieb eine kurze Mail, die er verschlüsselt absendete. Kurze Zeit später kam eine Antwort. Nachdem er sie entschlüsselt hatte, runzelte er die Stirn. Die Lage hatte sich geändert. Die Amma-Arnháton-Sekte war nun nicht mehr das einzige Objekt seiner Mission. Ein anderes Element kam hinzu. Etwas womit er nun wirklich nicht gerechnet hatte.

43

Die Ältesten des Dorfes Jongu hatten in der Toguna beraten. Seydou hatte sich von den anderen Männern ihre Erfahrungen mit den Anhängern des Amma-Arnháton-Kultes berichten lassen. Einige Männer berichteten, dass sich der Kult besser mit den alten Dogon-Riten vereinbaren ließ als das Christentum oder der Islam. Andere Männer hatten die Erfahrung gemacht, dass sich die Sektenjünger nur schwer abwimmeln ließen, wenn die Priester der Dörfer darauf verwiesen, dass nur ausgewählte Leute auf Empfehlung eines Kundigen in den engeren Kreis der Gemeinschaft aufgenommen werden.

Es kam sogar schon zu gewaltsamen Übergriffen durch ägyptische Kultanhänger, die spontan in den Dörfern erschienen und abgewiesen werden mussten. Die Bereitschaft, die Echnatonlehre mit den Dogonriten aufgrund der Gemeinsamkeiten zu verschmelzen, schwand bei dem überwiegenden Teils der Bewohner.

Nachdem Akouni auch in der letzten Nacht erneut das Orakel befragt hatte, musste er abermals eine bedrohliche Vorhersage vermelden. „Yurugu hat uns wissen lassen, dass großer Unfriede mit den Jüngern Echnatons kommen wird. Söhne werden gegen ihre Väter aufbegehren. Töchter gegen ihre Mütter. Bruder gegen Bruder."

„Einige der Dogon sind in den letzten Jahrzehnten Christen geworden", begann Seydou das Ergebnis der Beratung zusammen zu fassen. „Andere wurden Muslime. Trotzdem konnten und mussten wir unsere alten Bräuche bewahren. Viele von uns waren der Meinung, dass uns das auch mit dem Arnháton-Kult gelingen könne. Wenn nun die Berichte der Dorfältesten und das Orakel des Fuchses uns zeigen, dass wir uns geirrt haben, dann müssen wir auch den Mut haben einen neuen Weg einzuschlagen."

„Mit den Anhängern des neuen Kultes kamen auch viele Touristen. Einige der Dörfer sind auf die Einnahmen durch die Besucher angewiesen. Besonders seit den Unruhen durch die Tuareg und die Islamisten. In den letzten Monaten hatten nur die Arnhátonjünger den Mut in unsere Dörfer zu kommen", gab einer der Männer zu bedenken.

„Viele respektieren aber nicht die heiligen Stätten. Sie betreten die geweihten Orte, weil sie nicht sehen können was wir sehen. Unzählige Plätze wurden so schon entweiht", erwiderte ein Anderer.

Keiner widersprach. Die Erfahrung, dass Besucher die heiligen Stätten von den profanen Orten nicht unterscheiden konnten, hatte man schon zu allen Zeiten gemacht. Der Amma-Arnháton-Kult hatte jedoch diese Fälle der gedankenlosen Entweihung enorm ansteigen lassen. Selbst die Leute, die auf Empfehlung eines Kundigen in den engeren Kreis aufgenommen wurden, hatten kein wirkliches Verständnis für die Traditionen der Dogon entwickelt. Der Amma-Arnháton-Kult blieb eine artifizielle Philosophie, die sich die Dogon überstülpen ließen.

„Was sollen wir tun?", richtete nun einer der Männer die Frage an Seydou.

Bevor der antworten konnte, ergriff Sagara das Wort: „Ich habe im Namen des Amma-Arnháton-Kultes viel Schande über Amma und über unser Volk gebracht. Ich habe nicht vor Gewalt zurückgeschreckt, weil ich glaubte dadurch den Kult schützen zu können. Wenn ihr beschließt, dass wir uns von den Arnháton-Leuten distanzieren, dann werde ich es auf mich nehmen die Leute fortzuschicken. Mit dieser Versündigung am Gastrecht werde ich leben müssen. Und auch sterben, wenn Amma es so will."

Schweigen legte sich über die Versammlung unter der Toguna. Keiner der Männer hatte den Mut, den anderen ins Gesicht zu sehen. Dann sagte Seydou: „Wir tragen die Verantwortung für unser Volk. Unsere Vorfahren sind hierher an die Felsen des Bandiagara-Massivs gezogen weil sie vor den Sklavenjägern flüchteten. Hätten sie das nicht getan, so gäbe es das Volk der Dogon heute nicht mehr. Ebenso hätten wir unsere alten Riten nicht mehr praktizieren können, wenn sich unsere Regierung nicht gegen die Islamisten aus dem Norden, die die Scharia im ganzen Land anwenden wollten, gewehrt hätte. In beiden Fällen musste eine Entscheidung getroffen werden. Und so sollten wir uns dem Vorschlag Sagaras anschließen. Wir werden uns vom Arnháton-Kult trennen. Hebt eure Hand, wenn ihr dafür stimmt."

Wieder schwiegen die Männer, aber sie hoben die Hand zur Abstimmung. Und sie folgten der Entscheidung Seydous. Alle.

Sagara lieh sich noch am selben Tag das Motorrad eines der Dorfbewohner. Mit der geländegängigen Suzuki fuhr er einige Dörfer entlang des Bandiagara-Massivs ab und teilte den Dorfältesten die Entscheidung der Dorfleitung von Jongu mit. Er berichtete auch von der Botschaft des Orakels. Oftmals beggnete er dabei einzelnen Arnháton-Jüngern die erwartungsgemäß mit Unverständnis reagierten. Verbale Attacken und tätliche Angriffe ertrug Sagara mit Gleichmut.

44

Khaled hatte vor dem Schlafengehen überlegt, ob er sich in der Nacht einfach fort schleichen und alleine die letzte Etappe nach Bandiagara zurücklegen sollte. Auf diese Weise wäre er unabhängiger und flexibler gewesen. Er hätte sich keinen Fragen stellen müssen, die früher oder später auftreten würden.

Aber dann müsste er damit rechnen, dass die beiden Deutschen doch direkt zur Polizei liefen und dort alles ausplauderten was ihnen so auf dem Herz lag. Damit hätten sie seine Mission erheblich gefährdet. Die Konsequenz für ihn würde deshalb lauten, dass er, um gefahrlos alleine seinen Auftrag erfüllen zu können, die beiden eliminieren müsste. Dieser Gedanke widerstrebte ihm aber. Schließlich war er Agent und kein Killer. Auch wenn die endgültige Ausschaltung von Gegnern manchmal ein Teil seiner Arbeit darstellen konnte. Aber Vera und Eric waren keine Gegner. Somit verwarf er diese Option.

Er beschloss am ursprünglichen Plan festzuhalten und mit den Beiden in das Gebiet der Dogon zu fahren. Dort angekommen würde er dann das Vorgehen den neuen Zielen anpassen. Welche Rolle Vera und Eric dann in dem Geschehen einnehmen, müsste er spontan entscheiden, wenn es soweit war.

Khaled verstaute den Laptop in seiner Tasche und steckte seine Pistole, die Glock 19C, in das Holster unter seiner Weste. Erst einmal musste er frühstücken. Für die kommenden Tage würde er Kraft brauchen. Viel Kraft.

Eric und Vera saßen am nächsten Morgen schon früh am Tisch in der Küche der Gastgeberfamilie. Sie alberten wieder mit den Kindern und machten einen äußerst vergnügten Eindruck. Khaled begrüßte die Runde kurz und ließ sich von der Hausherrin eine kleine Schüssel mit Hirsesuppe geben.

„Werden wir es heute bis Bandiagara schaffen?", erkundigte sich Vera.

„Wenn wir nicht aufgehalten werden, ist das durchaus möglich", meinte Khaled und setzte sich an den Tisch. Sofort lenkten die Kinder ihre Aufmerksamkeit von den beiden Deutschen auf Khaled. Da er die

Kinder aber ignorierte, erkannte die Mutter, dass Khaled seine Mahlzeit in Ruhe einnehmen wollte und wies die Kinder nach draußen.

„Was genau werden wir im Dogongebiet machen?", wollte nun Eric wissen. „Du hast gesagt, wir können dort die Beweise bekommen, dass dieser Nabil hinter den Anschlägen auf uns steckt."

Khaled sagte zunächst nichts. Ungerührt löffelte er seine Suppe. Auch Vera wartete auf eine Antwort. Ihre Unbekümmertheit, nach der offensichtlich angenehmen Nacht, war nun einer erwartungsvollen Anspannung gewichen.

Dann erklärte Khaled: „Ich habe neue Informationen über den Attentäter Sagara Diakité. Man kann davon ausgehen, dass er noch lebt und sich in einem der Dogondörfer befindet. Wir werden uns als Arnhátonjünger ausgeben und nach Sagara als Verbindungsmann fragen."

„Aber wir haben doch keine Ahnung von diesem „Amma-Dingsbums-Kult", wandte Vera ein.

Auf Khaleds Gesicht zeigte sich nun ein fast unmerkliches Lächeln. „Das ist nicht ganz richtig. Ich habe einige Informationen über die antike Religion Echnatons. Und Eric weiß durch seine Arbeit mit den Dogon auch einiges über deren Mythologie. Zusammen haben wir genug Material, dass wir uns als schwärmerische Anhänger der Sekte ausgeben können."

„Und selbst wenn wir diesen Sagara aufspüren. Was bringt uns das?", zweifelte Vera immer noch.

„Er wird uns entweder Nabil als Auftraggeber der Anschläge präsentieren um von sich abzulenken. Oder er wird alles leugnen und versuchen Nabil vor uns zu warnen. In beiden Fällen haben wir die Möglichkeit eine Verbindung zwischen Nabil und dem Attentäter nachzuweisen."

„Wie wollen wir das nachweisen?", wandte nun auch Eric ein.

„Das darf ich euch nicht verraten", erklärte Khaled und sein Lächeln ging in ein Grinsen über. „Sonst müsste ich euch töten. Ihr wisst ja. Es geht hier um eine Geheimdienstsache."

Vera und Eric schwiegen. Die Tatsache von Khaled derart abhängig zu sein war für die beiden Deutschen schwer zu ertragen. Da er ihnen bei dem Anschlag am Stadtrand von Bamako das Leben gerettet hatte vertrauten sie ihm notgedrungen. Doch seine wiederholten, flapsigen Bemerkungen, dass er sie unter Umständen töten müsste, verunsicherten sie immer wieder aufs Neue.

Nach dem Essen deckten sie sich mit weiteren Lebensmitteln ein, packten die Vorräte in das Auto und beglichen alle Rechnungen. Der Abschied von der Familie war kurz. Khaled drängte auf eine baldige Weiterfahrt.

Von Miéna zur ‚Route Nationale 6' nach Mopti waren es zwar nur 30 Kilometer, aber da die Pfade weiterhin stark durchnässt waren kam man nur langsam voran. Als sie endlich die Nationalstraße erreicht hatten, atmeten alle erleichtert auf.

„Also, Eric", begann Khaled. „Wir haben wieder einige Stunden Fahrt vor uns. Jetzt ist es an der Zeit, dass du uns etwas über die Religion der Dogon erzählst. Wir müssen uns schließlich glaubwürdig als Amma-Arnháton-Jünger präsentieren."

Eric war sich unsicher, wo er beginnen sollte. Die Mythologie der Dogon ist ein sehr komplexes System. Er berichtete von Amma, dem Schöpfergott. Von dem Ur-Ei, das die vier Elemente Feuer, Erde, Wasser und Luft enthielt. Von dem Samen, den Amma in das kosmische Ei hineinlegte und von unserer unvollständigen Welt, die neben sechs weiteren Dingen aus dem Ei entstanden ist.

Eric versuchte das schwierige Thema so einfach wie möglich zu erklären. Dabei musste er immer berücksichtigen, dass spirituelle Vorstellungen prinzipiell von der eigenen Kultur des Betrachters geprägt sind. Und Eric und seine beiden Begleiter waren es natürlich gewohnt in ihren monotheistischen Glaubenssystemen zu denken. Khaled hatte zwar einen leichten Vorteil, da er in Mali lebte und dieses Land kannte, doch musste auch er oft nachfragen um Erics Ausführungen einigermaßen zu verstehen. Zudem war sich Eric bei vielen Themen nicht sicher.

„Das Ur-Ei war dann auch so etwas wie die Gebärmutter der beiden ersten männlichen und weiblichen Zwillingspaare", fuhr Eric fort. „Die männlichen Zwillinge hießen Ogo und Nommo. Aus Nommo wurden die vier Nommo-Geister, deren Nachkommen die Ur-Ahnen der Dogon bilden."

„Am besten überlassen wir Eric das Reden mit den Dogon", schlug Vera vor. „Außer, dass Amma der Schöpfergott der Dogon ist und es vier Ur-Ahnen gibt, habe ich so gut wie nichts verstanden."

„Wenn Khaled sich so gut mit der Echnaton-Religion auskennt, dann soll er doch die Gespräche führen", protestierte Eric. „Schließlich sind die Sektenheinis ja in erster Linie so etwas wie die neuen Aton-Jünger."

Khaled erklärte besänftigend: „Ich habe den Eindruck, dass ich Erics Erklärungen einigermaßen verstanden habe. Ihr könnt euch also entspannt zurücklegen und alles Andere mir überlassen." Dann fügte er noch hinzu: „Wir kommen bald in die Stadt San", meinte Khaled. „Dort werden wir eine Pause machen und wieder tanken. Ihr solltet euch dann auch die Beine vertreten. Es wird unser letzter Halt sein, bevor wir die Steilwand von Bandiagara erreichen."

45

Als Nabil in Koulikoro vor dem Haus Isais ankam, war er immer noch stark benommen und kämpfte mit Übelkeit und Schwindel. Zwar hatte er auf dem Weg zum Haus des Kundigen eine Möglichkeit gefunden sich das Blut aus dem Gesicht zu waschen, aber auf seinem Hemd waren noch deutlich die Spuren des Anschlags zu sehen.

Er klopfte an die stark verwitterte Tür des Hauses, an dem noch ein paar letzte Spuren eines ehemals weißen Anstrichs zu sehen waren. Wie alle Häuser dieses Stadtviertels so hatte auch dieses Haus seit seiner Erstellung keine Ausbesserung oder Instandsetzung erfahren.

Nabil lauschte, ob Geräusche im Haus zu hören waren, doch alles war still. Wieder klopfte er und rief nun: „Isai. Sind Sie da?" Auch diesmal meldete sich niemand. Er stütze sich mit der linken Hand an die Hausmauer um nicht das Gleichgewicht zu verlieren und klopfte erneut. Wieder tat sich nichts und Nabil spürte wie die Kräfte in ihm schwanden. Er sank in die Knie und setzte sich, mit dem Rücken zur Tür, auf den Boden.

„Isai. Machen Sie auf. Bitte", rief er und rang vor Entkräftung nach Luft. Erneut wollte er rufen, doch seine Stimme versagte. Er sah sich auf der Straße um, ob er den Kundigen vielleicht dort entdecken würde, doch diese schmale Seitengasse war menschenleer. Mit letzter Kraft versuchte er sich wieder aufzurichten, aber ihm wurde schwarz vor Augen und er spürte, wie er zu Boden glitt. Im nächsten Moment hatte er bereits das Bewusstsein verloren.

Als er die Augen wieder aufschlug, lag er immer noch vor der Tür. Um ihn standen einige junge Leute, die ihn auf Arabisch ansprachen. Sofort erkannte er die ägyptische Prägung des neuarabischen Dialekts.

„Du suchst auch den Kundigen? Richtig?", fragte ein junger Mann, der eindeutig aus Nabils Heimat kam.

„Ja. Habt ihr Isai getroffen? Wisst ihr wo er ist?" Immer noch kostete ihn jedes Wort enorm viel Kraft.

„Nein. Aber von den Nachbarn konnten wir erfahren, dass er vor zwei Tagen das Haus verlassen hat. Er hatte von einem Traum berichtet. Ein Fuchs hatte ihm gesagt, dass er zu einer heiligen Quelle kommen muss. Das ist alles, was wir wissen."

„Der Traum", flüsterte Nabil. „Auch Isai hatte den Traum." Er spürte wie neue Kraft durch ihn floss. Spontan versuchte er sich aufzurichten. Wieder schwankte er, doch die jungen Leute stützten ihn.

„Ihr seid auch Kinder Arnhátons?", fragte Nabil, obwohl er sich bereits sicher war, Glaubensgeschwister vor sich zu haben. Er zählte drei junge Frauen und vier Männer.

„Ja, auch wir sind Kinder Arnhátons, die hier bei der großen Wiedervereinigung zur Amma-Arnháton-Gemeinschaft dabei sein wollen. Wir hofften bei Isai, dem Kundigen, die Empfehlung zum Empfang bei einem Hogon zu bekommen." Die jungen Leute führten Nabil zu einer niedrigen Mauer, auf die er sich setzen konnte, und boten ihm Wasser aus einer Glasflasche an.

„Auch ich bin deshalb hier", antwortete Nabil und trank einen Schluck aus der Flasche. „Aber wenn Isai auch den Traum hatte, den ich jede Nacht empfange, dann wird er uns ins Land der Dogon schon voraus gegangen sein."

„Meinst du wir sollten ohne seine Empfehlung zu den Felsen von

Bandiagara ziehen?", erkundigte sich nun eine junge Frau.

Nabil sagte zunächst nichts. Er musste erst einmal seine Gedanken sortieren. Er hatte noch längst nicht den Anschlag auf das Bundeswehrfahrzeug weggesteckt und war mehr in Trance als bewusst hier zu Isais Haus gelangt. Dass der Kundige nun nicht zuhause war und sich stattdessen eine Schar Arnhátonjünger zu ihm gesellte, stellte eine völlig neue Situation dar.

„Was meint denn ihr?", fragte Nabil die jungen Leute.

„Ich bin dafür", meldete sich als erstes die junge Frau, die Nabils Gedanken bereits als Aufforderung wahrgenommen hatte. Nach und nach stimmten die anderen ihr zu.

„Wir sollten Isai nach Bandiagara folgen", bestätigte nun ein junger Mann mit Nerdbrille und einem T-Shirt auf dem übergroß der Buchstabe „A" prangte.

„Wenn ihr alle dabei einer Meinung seid, dann komme ich mit", entschied sich Nabil. „Ich werde euch allerdings dabei keine große Hilfe sein. Wie ihr gemerkt habt bin ich im Moment etwas schwach auf den Beinen."

„Das ist kein Problem", beschwichtigte der Nerd, der sich Farid nannte. Ich habe einen VW-Bus und da ist auch noch Platz für dich drin. Für einen Glaubensbruder haben wir immer Platz."

Sie halfen Nabil auf die Beine und gingen gemeinsam zurück zur Hauptstraße, wo der Kleinbus stand. Das Gefühl der Gemeinschaft mobilisierte in Nabil weitere Energien. Trotzdem schaffte er es nur mit letzter Kraft in das Fahrzeug. Mit einem unterdrückten Stöhnen ließ er sich auf einen der Sitze fallen.

Eine junge Frau, die ihn auf französisch mit einem unverkennbar amerikanischen Akzent ansprach, zeigte auf die Blutflecke auf seiner Kleidung. „Hat dich ein Tier angefallen?"

„Nein. Es gab einen Anschlag. Auf deutsche Soldaten. Es war schrecklich. Aber ich konnte nicht dort bleiben. Ich musste doch zu Isai." Nabil fiel jedes Wort schwer. Aber er war dankbar, dass er nun unter Gleichgesinnten war.

Als alle sieben Arnháton-Jünger ihre Plätze eingenommen hatten verkündete Farid, der am Steuer saß: „Auf geht´s nach Bandiagara. Zunächst werden wir den Niger mit einer Fähre überqueren müssen."

Nabil erschrak bei dem Gedanken sich mit dem Fahrzeug einer der abenteuerlichen, meist überladenen Nigerfähren anvertrauen zu müssen. Aber wenn sie nicht den Umweg über Bamako machen wollten, dann gab es keine Alternative.
„Amma sei mit uns", stimmte der Fahrer lautstark an. „Arnháton sei über uns", antworteten die jungen Leute ebenso kraftvoll. Die Zuversicht seiner Begleiter ließ Nabil seine Bedenken vergessen. Endlich war er auf dem Weg zu dem Ort, wo sich all seine Hoffnung nach Erlösung befand. Bald würde er ein neues Leben beginnen können.

46

Für die Forscher der ‚Société Pharmaceutique Internationale' dauerte die Fahrt von Mopti nach Koro nur zweieinhalb Stunden. Da beide Städte durch die ‚Route Nationale 14' verbunden sind, kam man selbst in der Regenzeit gut voran. Michel hatte seine beiden Begleiter Fania und Etienne wohlbehalten nach Koro gebracht. Dass er während der Fahrt unentwegt in den Rückspiegel gesehen hatte war nur Etienne aufgefallen. Aber der Personenschützer dachte sich nichts weiter dabei. Schließlich beobachtete auch er die Straße hinter dem Fahrzeug um dessen Sicherheit zu gewährleisten.

Das Hotel in Koro war sehr einfach ausgestattet. Fania und Etienne wunderten sich, dass sie von Michel nicht die üblichen herablassenden Bemerkungen hörten. Michel wirkte nun stiller und unsicherer als in den letzten Tagen. Fania und Etienne registrierten diese Veränderung jedoch mit einer gewissen Erleichterung, da Michels Extrovertiertheit in der Zeit zuvor wenig zum Teamgeist beigetragen hatte.

Die wahren Hintergründe über Michels Veränderung ahnte niemand. Immer noch fühlte er sich verfolgt. Der Eindruck, dass ihn die vier Männer seit Mopti beobachteten, ließ ihn auch hier in Koro nicht mehr los. Die Hilflosigkeit mit der er dieser Situation gegenüber stand, war eine völlig neue Erfahrung für ihn. Mehrmals hatte er sich überlegt, sich seinen Teamkollegen anzuvertrauen, doch hielt ihn sein

Stolz immer wieder davon ab. Der Gedanke daran, von Etienne Ratschläge oder Anweisungen entgegennehmen zu müssen bereitete ihm ebensoviel Unbehagen wie die Vorstellung im Visier zwielichtiger Gestalten zu sein.

Der Tourismus in Koro war zwar, seit den Reisewarnungen einiger europäischer Staaten, aufgrund der unsicheren Situation im Norden Malis, nicht ganz zum Erliegen gekommen, doch drastisch zurückgegangen. Die Touristenführer begleiteten nun hauptsächlich esoterische Schwärmer, die eine religiöse Offenbarung im Umfeld der Dogonmythen erwarteten, zu den Sehenswürdigkeiten am Bandiagara-Felsmassiv. Da die meisten Sinnsucher Anhänger des Arnháton-Kultes waren, stellten die Touristenführer bald fest, dass das Interesse der Leute nur solange bestand, wie sich das Weltbild der Sekte mit dem der Dogon deckte.

Da Pierre Tisserand in seinen Aufzeichnungen einen Touristenführer namens Ogobara Bono erwähnt hatte, wollten Fania und Michel zunächst Kontakte in diese Richtung knüpfen.

„Vertrauen ist wichtig", stellte Fania fest. „Wir müssen das Vertrauen von diesem Touristenführer gewinnen."

„Bleibt den Menschen, die auf das Geld der Touristen angewiesen sind, denn sowieso nichts anderes übrig als den Leuten die hier herkommen zu vertrauen?", fragte Michel in die Runde.

„Wenn wir mehr über die Heilmethoden der Dogon erfahren wollen als man einem Touristen erzählt, dann müssen wir uns den Dogon so nähern, dass wir quasi in deren Gemeinschaft aufgenommen werden. Einem Touristen wird man immer nur das erzählen was der Tourist erwartet", erklärte Fania.

„Warum wenden wir uns dann nicht gleich an irgendeinen Dorfheiler und fragen ihn welche Pflanzen er benutzt?", schlug Michel nun vor.

„Weil wir nicht Gefahr laufen dürfen, die Gunst eines Heilkundigen leichtfertig zu verspielen. Wenn wir bei einem der Heiler in Ungnade fallen, dann sind uns auch die Türen zu den anderen Heilern verschlossen", erläuterte Fania. „Der gefahrloseste Weg läuft über die Touristenführer. Sie haben Kontakte zu fast allen wichtigen Personen der Dogon-Gesellschaft. Wenn wir von ihnen akzeptiert werden, dann können wir einigermaßen sicher Kontakt zu einem Heiler aufnehmen."

„Und dieser Ogobara Bono hatte Pierre Tisserand gekannt?", hakte Etienne nach.

„Tisserand erwähnte, dass Ogobara Bono einmal ein Treffen mit einem Heiler arrangiert hatte. Aus welchem Dorf dieser Mann, der wohl sein Onkel ist, stammt, steht leider nicht in den Unterlagen."

„Und wo können wir den Touristenführer treffen?", erkundigte sich Michel, den Fanias Ausführungen überzeugt hatten.

„In Koro sind Führungen über eine ‚Association des Guides' gut organisiert. Ogobara Bono ist Mitglied bei einer Association. Man kann ihn praktisch für einen oder mehrere Tage buchen."

„Gut", bekundete Michel seine Anerkennung. „Lassen wir uns von ihm in die Welt der Dogon einführen."

Als Fania noch am selben Abend in Begleitung von Etienne das Büro der ‚Association des Guides' in Koro besuchte, konnte sie für den nächsten Tag eine Führung von Ogobara Bono durch das Dorf Taru buchen. Als Fania die Unterlagen ausgefüllt und eine Anzahlung geleistet hatte, reichte der Mitarbeiter des Büros ihr einen Prospekt mit einigen Informationen zur Führung. Auf der letzten Seite entdeckte sie einige Bilder der Guides. Auf einem der Fotos war Ogobara Bono zu sehen. Ein junger Mann mit freundlichem Lächeln, sanften Gesichtszügen und einer makellosen Haut. Fania war derart fasziniert, dass sie für einen Augenblick die Welt um sich herum vergaß. Erst als der Mitarbeiter hinter der Theke zum wiederholten Mal ‚Au revoir' wünschte, nahm sie ihre Umwelt wieder wahr.

Beim Verlassen des Tourismusbüros fragte Etienne, der Fanias Gedankenverlorenheit bemerkt hatte: „Alles in Ordnung?"

Fania, die über die Wirkung des Fotos auf sie selbst überrascht war, antwortete nur: „Ja. Was sollte denn sein?"

„Ich hatte den Eindruck, dass in dem Prospekt etwas stand, was ihre Aufmerksamkeit ganz besonders in Anspruch genommen hat."

„Ich wollte nur sehen, mit wem wir es morgen zu tun haben. Schließlich hat dieser Ogobara unseren Kollegen Pierre Tisserand gekannt. Und wenn wir Glück haben, dann kann er für uns Kontakte zu einem der Dogonheiler knüpfen."

„Und was halten sie von ihm?"

„Er wirkt auf dem Foto sehr sympathisch", erklärte Fania und versuchte einen möglichst sachlichen Tonfall anzuschlagen. Dem kommenden Tag fieberte sie nun gespannt entgegen. Aber das behielt sie gegenüber ihren Kollegen lieber für sich.

Am nächsten Tag trafen sich Fania, Etienne und Michel am Büro der ‚Association des Guides' mit Ogobara, der die drei herzlich begrüßte. Der Malier hatte eine derart gewinnende Ausstrahlung, dass Fania nur schwer den Blick von ihm lösen konnte und jedes seiner Worte förmlich aufsog. Selbst Etienne und Michel hatten den Eindruck, dass sie mit diesem Guide einen Glückstreffer gemacht hatten.

Ogobara trug ein weites, kurzärmliges, rotes Hemd mit einem weißen Blumenmuster. Dazu eine dunkle Hose. Die Haare hatte er kurz rasiert. Eine Kopfbedeckung trug er nicht.

„Wir werden erst einmal mit meinem Auto bis kurz vor das Dorf Taru fahren. Dort gibt es eine kleine Station, wo wir in einen Eselskarren umsteigen können. Auf dem Gebiet um das Dorf sind keine Autos erlaubt", erklärte Ogobara. „Das würde die Geister der Ahnen erzürnen."

Sogar Michel war von der Aussicht mit einem Eselskarren zu dem Dorf zu reisen angetan und gab sich vergnügt. Offensichtlich hatte die Ausstrahlung Ogobaras eine positive Wirkung auf ihn.

Der Guide riet den drei Besuchern noch einige Kolanüsse als Gastgeschenk für die Dorfältesten zu kaufen, was Michel auch gleich in einem Laden neben dem Büro erledigte. Dann fuhren sie mit einem erstaunlich neu wirkenden Geländewagen etwa eine halbe Stunde nach Nordwesten und verfolgten gebannt, wie am Horizont die dreihundert Meter hohe Falaise von Bandiagara immer größer wurde. Die gigantische Felswand aus Sandstein, die auf fast 170 Kilometern das Gebiet des Pays Dogon durchschneidet ist ein grandioses Naturmonument. Aufgrund des Eisengehaltes erstrahlt das Felsmassiv in einem warmen Rotbraun. Von der Magie dieses Anblicks blieb niemand unbeeindruckt.

Etwa eineinhalb Kilometer vor der Falaise hielt Ogobara den Wagen an einem kleinen Gehöft und begrüßte dort einen Mann in typischer Dogontracht aus indigofarbenem Baumwolltuch und mit der mit Quasten behängten eigentümlichen Mütze. Nach der Begrüßung, die die gegenseitige Erkundung nach dem Befinden der näheren und weiteren Verwandtschaft beinhaltet, ließ sich Ogobara mit seinen Schützlingen zu einem Karren bringen, vor den schon ein Esel gespannt war.

„Ab hier zählt nun nicht mehr die Geschwindigkeit sondern der Augenblick", erklärte Ogobara. „Der Esel wird uns die letzten Meter bis in das Dorf Taru bringen."

Ogobara stellte einen kleinen Hocker vor den Eselskarren und hielt der kleinen Gruppe seine Hand entgegen um ihnen beim Aufstieg zu helfen. Fania stieg als erste auf den Karren und ließ sich auf der harten Holzbank nieder. Dann folgten die beiden Männer. Der Guide setzte sich auf die kleine vordere Bank und gab dem Esel mit einem Schlenker der Zügel das Zeichen loszulaufen.

„Machen Sie hier Urlaub?", erkundigte sich Ogobara nachdem sie das Gehöft verlassen hatten.

„Nein. Wir sind im Auftrag eines Forschungsinstituts hier", antwortete Michel wahrheitsgemäß.

„Kommen denn inzwischen wieder Touristen hierher?", fragte nun Fania.

„Leider nicht", erklärte Ogobara mit sichtlichem Bedauern. „Seit den Tuareg-Aufständen ist es ein sehr schweres Leben für die Touristenführer in Mali." Aber sofort lenkte er das Gespräch wieder in eine fröhlichere Richtung. „Wer hat von Ihnen schon einmal bei einer Krokodilfütterung zugeschaut?", fragte er seine Gäste, fast so wie ein Zoodirektor eine Schar Schulkinder.

Nur Fania meldete sich. „Am Fluss Casamance im Senegal konnte ich einige Male einer Krokodilfütterung zusehen. Ich nehme an, dass es das ‚Westafrikanische Krokodil' auch hier in den Wüstenoasen Malis gibt."

„Richtig", bestätigte Ogobara. „Einige dieser Krokodile leben auch in den fruchtbaren Uferregionen an den wenigen Flüssen im Dogonland. In unseren Legenden wird berichtet, dass die Krokodile die Vorfahren der Dogon, die auf der Flucht vor den islamischen Reitern der Mande waren, hierher zu den Felsen von Bandiagara führten. Deshalb sind Krokodile für uns Dogon heilige Tiere, die nicht gejagt werden dürfen."

„Das heißt, sie werden von den Dogon gefüttert?", fragte Etienne ungläubig.

„Wir werden sogar bei einer Fütterung dabei sein", bestätigte Ogobara.

„Aber hoffentlich nicht als Futter", scherzte Etienne. Alle lachten.

Dann fragte Ogobara: „Für welches Forschungsinstitut arbeiten Sie denn?"

„Für die ‚Société Pharmaceutique Internationale'. Ich nehme an, Sie haben schon einmal davon gehört. Unser Kollege Pierre Tisserand hatte diese Gegend bereits einmal besucht", antwortete Fania.

„Ja. Ich erinnere mich an ihn. Er hat sogar einige Zeit in einem Dorf nur wenige Kilometer von hier gelebt. Ich habe gehört, dass er in Mopti tot aufgefunden wurde." Ogobara schien nicht überrascht über das Erscheinen der drei Pharmamitarbeiter zu sein. „Sind Sie auch auf der Suche nach traditionellen Heilmethoden?", fragte er.

„Ja. Aber zunächst wollen wir uns einen ersten Eindruck über die Lebensweise Ihres Volkes verschaffen", versicherte Michel.

„Sehr gerne." Ogobara war es, wie vielen seines Volkes, ein sichtliches Vergnügen über seine Kultur zu berichten. Michel hatte mit seiner Interessensbekundung über die Lebensweise der Dogon den richtigen Nerv getroffen.

Als der Eselskarren mit der kleinen Reisegruppe in dem Dorf Taru ankam, wurden sie sofort von einer Schar Kinder umringt. Michel verteilte auch gleich Süßigkeiten, obwohl Ogobara zuvor davon abgeraten hatte, da viele Kinder durch die Bereitschaft der Reisenden Geld für kleine Dienste, wie Gepäcktragen oder Ähnliches, zu verteilen, dazu verführt werden der Schule fern zu bleiben und stattdessen Geld bei Touristen zu verdienen.

Mit den Kindern im Schlepptau machte sich die Gruppe dann sofort auf den Weg zu den Dorfältesten um das Begrüßungsgeschenk, die Kolanüsse, abzuliefern. Ogobara führte sie zwischen den Häusern aus Lehm und naturbelassenen Steinen entlang hinauf zur Toguna, der niedrigen, offenen Versammlungshütte mit den acht Säulen aus abenteuerlich aufeinandergeschichteten Steinen und dem Dach aus geschichtetem Knüppelholz und Hirsestengeln.

Die Dorfältesten luden Ogobara, Etienne und Michel ein in ihrer Runde Platz zu nehmen. Fania als Frau musste vor der Hütte warten. Michel überreichte dem Dorfchef das Gastgeschenk und nach einem prüfenden Blick auf die Kolanüsse und einer kurzen Ansprache von Ogobara, signalisierte der alte Mann, dass die Gruppe akzeptiert wurde und sich in Begleitung des Guides durch die Siedlung bewegen durfte.

Fania, die das Geschehen von ihrem Platz neben der Toguna beobachtet hatte, war erleichtert, dass nun die erste Hürde genommen war. Einige Minuten später folgten sie und ihre Kollegen Ogobara zu dem höher gelegenen Teil des Dorfes. Der Guide betonte immer wieder, dass sie nur die von ihm gezeigten Wege benutzen sollten und auch nicht unbeabsichtigt Gebäude, die ihnen unbekannt waren, berühren sollten. Zu groß sei die Gefahr, ein spirituelles Vergehen zu begehen. „Ein Dogondorf ist ein mythologischer Ort", erklärte er. „Nichts steht zufällig dort wo es sich befindet. Jede Form, jede Zusammenstellung folgt einem übergeordneten Plan. Der kubische Aufbau der Häuser symbolisiert die vier Himmelsrichtungen. Das Flachdach steht dabei für den Himmel. Manchmal sind an den Rändern der Dächer die vier Kardinalpunkte zu erkennen. Die Tür eines Hauses liegt immer im Norden, an der gegenüberliegenden Wand befindet sich der Herd. Auch er trägt eine Symbolik in sich, da er aus zwei Steinen besteht, die Westen und Osten markieren."

Der Aufstieg durch die steinigen Wege kostete die drei Gäste viel Kraft. Ogobara schien die Exkursion wenig abzuverlangen. Mühelos erklärte er die spirituellen Aspekte des Dorfes während er auf den engen Wegen voranschritt. Ohne Führer wären die meisten religiösen Dimensionen der oft unscheinbar wirkenden Dorfelemente den Reisenden verborgen geblieben.

„Ein Dorf hat neben der Toguna und den Wohnhäusern mit den Flachdächern noch weitere Gebäude, wie etwa die Getreidespeicher, mit den pittoresken Strohdächern, die meist mit kunstvoll geschnitzten Türen versehen sind. In ihnen werden hauptsächlich verschiedene Hirsesorten gelagert, aber auch Mais und Bohnen."

„Und warum haben die Getreidesilos diese putzigen Strohhüte als Dächer und keine Flachdächer wie die Wohnhäuser", fragte Fania.

„Die Strohdächer haben eine runde Form, die die Sonne symbolisiert. So ist die Sonne als höchster Punkt mit den vier Windrichtungen des Himmels und der Erde verbunden. Auch einfache Transportkörbe haben als Symbol der Sonne eine runde Öffnung, aber einen rechteckigen Boden."

Ogobara führte seine Schützlinge bis zu dem Haus eines Jägers. Die Front des Hauses war übersät mit Trophäen seiner Jagdzüge. Die Besucher waren beeindruckt von dieser skurrilen Sammlung von Beutestücken. Ogobara merkte ihnen aber auch an, dass die Schädel und Felle befremdend auf sie wirkten.

„Ist es nicht verdammt unvernünftig in dieser lebensfeindlichen Landschaft die letzten verbliebenen Tiere zu töten?", fragte Etienne, der schon seit dem frühen Morgen den Ausflug mit unzähligen Fotos dokumentierte.

„Das ist vollkommen richtig", stimmte Ogobara zu. „In der heutigen Zeit erlegen die Jäger kaum noch Wild. Die Trophäen, die wir hier sehen sind alle schon mehrere Jahrzehnte alt. Der Stand des Jägers genießt dennoch in der Dorfgesellschaft einen hohen Rang."

Der Jäger, ein alter Mann mit weißem Bart, trat nun aus seinem Haus und setzte sich auf einen Mauervorsprung neben der Haustür. Ogobara begrüßte ihn, wieder in Form der umfangreichen Begrüßungszeremonie. Dann erklärte er Fania und ihren Begleitern die symbolischen Bedeutungen der Beutetiere.

Nachdem die kleine Gruppe noch den Ritualplatz, auf dem noch Hirsereste, die blutigen Überbleibsel einiger geopferter Hühner und geheimnisvolle Fetische zu sehen waren, besichtigt hatten, kündigte Ogobara an, dass sie nun zu einem gemeinsamen Mahl bei der Familie eines Schwagers eingeladen seien. Michel nahm diese Nachricht mit einem lautstarken Seufzer der Erleichterung zur Kenntnis. Das Wandern auf den steilen, unebenen Pfaden im Dogondorf war für ihn, trotz seines muskulösen Körperbaus, ungewohnt.

„Wie kann man ein Dorf nur in eine so unwegsame Felslandschaft bauen?", fragte er. „Hier kostet jeder Schritt doch eine Unmenge Kraft."

Ogobara hörte diese Frage nicht zum ersten Mal. Zwar kamen die meisten Touristen, die eine Führung durch ein Dogondorf buchten, mit einem erstaunlichen Vorwissen nach Mali. Schließlich war eine Reise ins Dogonland kein Wellnessurlaub, sondern eher eine Bildungsreise. Aber es gab doch regelmäßig Besucher, die von den Eigenheiten dieser Landschaft überrascht waren, wenn sie sich die Wege einmal selbst erwanderten.

„Als die ersten Dogon vor einigen Jahrhunderten hier zur Falaise von Bandiagara kamen waren sie auf der Flucht vor Sklavenhändlern. Diesen Ort hatten sie sich nicht aufgrund der Schönheit ausgesucht, sondern weil sie sich hier verstecken konnten und weil dieser Ort gut zu verteidigen war. Über Generationen hinweg boten die Felsen Schutz vor Gefahren aller Art", erklärte Ogobara. „Da es seit einigen Jahrzehnten kaum noch Grund gibt sich in den Felsen zu verstecken, haben sich einige Dogonfamilien inzwischen in der Ebene, nahe an ihren Feldern angesiedelt."

„Dann ist diese Kletterei über die Felsen also nicht nur für uns Stadtmenschen auf die Dauer mühsam?", meinte Fania schmunzelnd während sie sich immer wieder aufs Neue darüber wunderte, wie anziehend der adrette Guide auf sie wirkte.

„Nein. Auch ein Dogon weiß eine kräfteschonende Infrastruktur zu schätzen", erwiderte Ogobara.

Das Essen bei Ogobaras Verwandten war für Fania, Michel und Etienne ungewohnt, aber schmackhaft. Etienne konnte sich nicht des Gedankens erwehren, dass der Eintopf aus Hirse, Gemüse und Hühnerfleisch doch etwas den europäischen Essensgewohnheiten angepasst worden sein könnte.

Die Gastgeberfamilie, ein Mann, seine drei Frauen und sieben Kinder, war ungemein freundlich und beantwortete geduldig die Fragen Fanias und Michels, die von Ogobara übersetzt wurden. Als die Pharmaforscher nach Heilungsmethoden fragten wurden die Antworten allerdings ausweichend. Allgemein wurde auf den Hausaltar verwiesen oder auf die Kraft des Dorfheilers. Um nicht zu fordernd zu erscheinen bohrten die Gäste während des Essens nicht weiter nach.

Nachdem sie sich von der Familie verabschiedet hatten, stellte Michel die entscheidende Frage direkt an Ogobara: „Können Sie ein Treffen mit dem Dorfheiler arrangieren?"

Ogobara hatte diese Frage erwartet. Nachdem die Besucher schon bei der Anreise erwähnt hatten, dass sie im Auftrag der ‚Société Pharmaceutique Internationale' unterwegs waren, war ihm klar, dass das Interesse an der Dogonkultur vor allem dem Heilwissen galt.

„Heute Nachmittag werden wir einen der berühmten Maskentänze erleben. Danach kann ich Ihre Bitte dem Heiler vortragen. Wenn er einwilligt, dann können Sie in den nächsten Tagen wiederkommen", antwortete der Guide. „Machen Sie sich aber keine großen Hoffnungen. Das Haus eines Heilers ist für Fremde tabu. Und das Wissen wird traditionell auch nur an andere Heiler weitergegeben."

„Vielleicht ist der Heiler ja auch an unserem Wissen interessiert. Es könnte ein Austausch zu beiderseitigem Vorteil stattfinden", schlug Fania vor.

„Ich werde Ihre Bitte dem Heiler vortragen", wiederholte Ogobara und wies mit der Hand zu einer abgelegenen Hütte. „Als Nächstes besuchen wir den Schmied."

Im Laufe des Nachmittags führte sie Ogobara noch zu einigen landschaftlich sehr reizvollen Orten, so dass die Fotoapparate der Besucher unentwegt im Einsatz waren. Bei den Erklärungen der Sehenswürdigkeiten versuchte er zwar komplizierte Beschreibungen zu vermeiden, doch gelang ihm das nicht immer. Zu komplex war das mythologische Weltbild der Dogon. Untrennbar verwoben waren die Kulte aus den Bereichen Ahnenverehrung, Maskentänze, landwirtschaftlichen Fruchtbarkeits-Ritualen und Totemzeremonien. An einem kleinen Teich, der durch einen aufgestauten Bach ein wertvolles Wasserreservoir bildete, führte Ogobara sie dann zu einem Mann, dessen Aufgabe es war, die am Teich lebenden Krokodile regelmäßig zu füttern.

„Die Krokodile gelten als unsere Verwandten", erklärte der Guide. „Und Verwandte gilt es zu beschützen und zu versorgen."

„Aber eure Verwandten mit dem Schuppenpanzer werden euch fressen, wenn ihr ihnen zu nahe kommt", wandte Michel ein.

„Nein", entgegnete Ogobara. „Seht selbst."

Der Betreuer der Krokodile kam mit einem Eimer voller Fleischstücke in ein Gehege, das an den Teich grenzte und bewegte sich völlig selbstverständlich zwischen den riesigen Reptilien. Die weit aufgerissenen Kiefer der Echsen schienen ihn nicht zu beeindrucken. Hin und wieder nahm er ein Stück Fleisch aus dem Eimer und warf es einem der Tiere ins Maul. Sofort schnappte es zu und verspeiste das Futter. Manchmal klopfte er mit der flachen Hand liebevoll auf den Hinterkopf eines Tieres. Niemals zeigte eines der Krokodile eine aggressive Reaktion.

„Man könnte wirklich glauben, dass das hier ein Familientreffen sei", bemerkte Etienne anerkennend.

„Wenn man mit dem nötigen Respekt und Wohlwollen aufeinander zugeht, dann erkennt man den Bruder im Gegenüber", ergänzte Ogobara. Die Besucher waren stark beeindruckt. Selbst wollte aber niemand zu den Krokodilen.

Nach einigen Stunden waren die Speicherchips der Fotoapparate ebenso gut gefüllt wie die Köpfe der Besucher.

„Zum Höhepunkt dieses Tages können wir noch einem Maskentanz bewohnen", erklärte Ogobara und führte die Gruppe auf den Platz vor dem Dorf.

Wie erwartet knipsten die Besucher während der beeindruckenden Tänze mit ihren Smartphones und Fotoapparaten um die Wette. Zur rhythmischen Musik, tanzten etwa zwanzig Männer mit ihren bunten, teilweise furchteinflößenden und mit geometrischen Mustern verzierten Masken. Zwei Tänzer erschienen auf hohen Stelzen und bewegten sich eindrucksvoll gewandt. Der aufgewirbelte Staub des sandigen Bodens verlieh der Szene einen unwirklichen Charakter. Fania vergaß für einen Augenblick, wie sehr sie die Anwesenheit Ogobaras genoss. Ebenso wie ihre beiden Begleiter sog sie die mitreißende Tanzszene in sich auf.

Nach mehreren Tänzen, die der Guide für seine Gäste kommentierte, entfernte sich die Tänzergruppe, immer noch im Rhythmus der Musik, und Ogobara wies die Besucher an, die Stelle auf der sie sich befanden nicht zu verlassen. „Ich werde nun dem Heiler eure Bitte vortragen."

Gespannt beobachteten die drei Reisenden wie Ogobara zu einem der Umherstehenden ging und gestenreich mit ihm ein Gespräch führte. Dann kam er zurück. Fania und Michel erwarteten atemlos die Reaktion auf ihre Anfrage.

„Ihr dürft in drei Tagen wiederkommen", berichtete er. „Der Heiler wird euch oben am Kultplatz treffen und ihr dürft ihm einige Fragen stellen. Allerdings hat auch er Fragen an euch. Und er besteht darauf, dass ich euch wieder begleite."

„Das ist doch ein voller Erfolg", jubelte Michel. „Wir sind einen Schritt weiter."

„Danke, Ogobara." Fania schenkte ihm ihr schönstes Lächeln. „Ohne Sie hätten wir das niemals geschafft."

„Gern geschehen", meinte der Guide. „Ich hoffe, Ihre Erwartungen während der Gespräche mit dem Heiler werden erfüllt."

Als eine Stunde später die Sonne unter gegangen war, führte Ogobara seine Gruppe wieder zu dem Eselskarren. Müde stiegen die Reisenden auf das Gefährt und der Guide lenkte das Tier in die Dunkelheit. Mit einer lichtstarken Taschenlampe beleuchtete er den Weg zu dem kleinen Gehöft, wo der Geländewagen stand. Nachdem sich ihre Augen an die Dunkelheit gewöhnt hatten, konnten sie in der Ferne einige Lichter des einsam gelegenen Hauses erkennen.

„Das war ein erlebnisreicher Tag", resümierte Fania.

„Und in drei Tagen werden wir da weiter machen, wo wir heute aufgehört haben", ergänzte Michel.

Etienne gefiel die Fahrt durch die Dunkelheit überhaupt nicht. Er hielt seine rechte Hand nahe an seiner Pistole und lauschte aufmerksam in die Nacht. Außer dem monotonen Rattern des Karrens und dem Stampfen der Eselshufe war nichts zu hören. Die Lichter des Gehöfts schienen gar nicht näher kommen zu wollen. Nach dem anstrengenden Tag musste Etienne alle Kraft aufbringen um konzentriert zu bleiben.

Nach einer scheinbar endlosen Zeit kamen sie bei dem Gehöft an. Ogobara rief nach dem Hausherrn, bekam aber keine Antwort. Also rief er noch einmal. Diesmal etwas lauter. Doch niemand antwortete. Etiennes anfängliche Erleichterung über das Erreichen des

Gehöfts war mit einem Mal verflogen.

„Geht sofort zum Auto und setzt euch rein", befahl Etienne. „Auch Sie, Ogobara. Wir bleiben keine Minute länger hier als notwendig."

Doch der Guide machte sich Sorgen um die Bewohner des Hauses und ging auf das Gebäude zu.

„Verdammt, Ogobara. Wohin gehen Sie?", fragte Etienne und schob Fania und Michel zum Geländewagen.

Bevor sie das Fahrzeug erreicht hatten öffnete sich die Tür des Hauses und ein lauter Knall zerriss die Stille.

„Ogobara", schrie Fania, die sofort erkannt hatte, dass auf den Guide geschossen wurde.

„Steigt ins Auto. Schnell", rief Etienne und zog seine Pistole. Im Licht der Haustür erkannte er nur einen schwarzen Schatten. Dann hörte er erneut einen Schuss. Irgendwo hinter ihm schlug ein Projektil ein. Noch war niemand in das Fahrzeug gestiegen, da die Autoschlüssel in Ogobaras Tasche waren. Schützend stellte sich Etienne vor Fania, die nun in Panik schrie.

„Runter", befahl Etienne. „Legt euch auf den Boden." Hinter ihm hörte er nun einen Schmerzensschrei Michels. Ein Projektil hatte ihn getroffen. Der Schatten aus dem Haus kam nun näher und wieder blitzte die Mündung einer Waffe auf. Etienne zielte mit seiner Pistole und drückte ab. Der Angreifer wurde von den Beinen gerissen und schoss mehrmals um sich. Glücklicherweise traf er dabei nur ins Leere.

Aus dem Haus kamen zwei weitere Männer. Einer schoss sofort in Etiennes Richtung. Fania hatte inzwischen aufgehört zu schreien und kroch hinter das Auto. Als ein weiterer Schuss direkt neben Etienne einschlug, schoss er auf die beiden herannahenden Männer. Beide Kugeln trafen, doch im Fallen erwiderten die Angreifer das Feuer und auch Etienne wurde getroffen. Er fühlte einen harten Schlag an der Schulter, wurde zurückgeschleudert, schoss erneut auf die Angreifer und verlor das Bewusstsein.

47

Als Martin Renner und Samuel Nangou die Adresse in Mopti aufsuchten, die die Apotheke in Bamako als Lieferadresse für Strobls Utensilien genannt hatte, mussten die beiden eine herbe Enttäuschung erleben. Sie fanden nichts als ein leeres Grundstück vor. Strobl war offensichtlich äußerst vorsichtig und hinterließ kaum nachvollziehbare Spuren.

Samuel Nangou ließ sich daraufhin von einem einheimischen Kontaktmann eine Liste der Apotheken in Mopti zusammenstellen. Auf der Liste befanden sich nur neun Adressen.

„Es gibt noch eine ganze Menge inoffizieller Medikamentenhändler in Mopti. Allerdings vermute ich, dass Strobl dort sich nicht mit seinen benötigten Sachen versorgt. Die inoffiziellen Händler verkaufen oft gefälschte Medikamente, während die offiziellen Apotheken meist französische Originalprodukte anbieten", erklärte Nangou seinem deutschen Kollegen.

Renner wusste noch nicht so recht was er mit der Information anfangen sollte: „OK. Wir haben jetzt neun Adressen von Apotheken. Aber wie soll uns das weiterhelfen? Wir können doch nicht alle neun Apotheken rund um die Uhr überwachen. Nur weil es möglich wäre, dass Strobl dort auftaucht."

„Strobl hat sich von Bamako aus die Ware liefern lassen. Warum sollte er sich nicht auch von Mopti aus die Sachen liefern lassen. Oder vielleicht lässt er die Utensilien auch abholen. Wenn wir unseren Kontaktmann nun als einen Boten ausgeben, der eine Sendung mit Glasbehältern und Ethanol abholen soll, dann bekommen wir möglicherweise eine verwertbare Reaktion."

„Und was machen wir, wenn es dort nichts abzuholen gibt?"

„Dann erklärt unser Abholer einfach, dass er sich in der Apotheke geirrt hat."

„Und wenn man unserem Abholer wirklich ein Paket für Strobl überreicht, dann haben wir ja immer noch nicht Strobls Aufenthaltsort?"

„Auch in diesem Fall erklärt unser Mann, dass ihn gerade in diesem Moment auffällt, dass er ja eigentlich in einer anderen Apotheke etwas abholen sollte. Aber dann wissen wir, dass dort jemand eine Bestellung für Strobl abholen wird. Wir müssen dann nur dem echten Boten folgen." Samuel Nangou hatte zwar selbst einige Bedenken bezüglich seines Plans, aber er versuchte Sicherheit und Zuversicht gegenüber seinem deutschen Kollegen auszustrahlen.

Kurze Zeit später hatte Nangou den einheimischen Kontaktmann instruiert. Als der Malier sich dann auf den Weg zu den Apotheken machte, blieben die beiden Agenten in ihrem Hotel. Sie wollten jedes Risiko, dass Strobl auf sie aufmerksam werden könnte, vermeiden. Nach jedem Besuch in einer Apotheke wurden sie telefonisch informiert. Die ersten fünf Versuche brachten erwartungsgemäß keinen Erfolg. Bei der sechsten Anfrage erklärte der Apotheker dem Kontaktmann, dass die Lieferung doch erst für den späten Abend vereinbart sei und dass die Utensilien erst noch zusammengestellt werden müssten.

„Volltreffer", jubelte Nangou. „Wir müssen uns dann nur noch an den Boten hängen. Wir sind nah dran. Ganz nah dran."

Renner positionierte sich in einem, der Apotheke gegenüberliegenden, Internetcafe. Er verabredete mit seinem Kollegen Nangou, dass er ihn nach etwa einer Stunde ablösen sollte, damit seine Anwesenheit in dem Cafe nicht Verdacht erregte. Da es jedoch noch einige Stunden dauerte bis ein Kunde die Apotheke mit einigen Kartons verließ, hatten sich Renner und Nangou jeweils schon zweimal abgelöst. Inzwischen war die Sonne untergegangen.

Renner deutete die Vorsicht, die der junge Mann bei der Handhabung mit den Paketen walten ließ so, dass in den Kartons Glasbehälter sein mussten. „Das muss einfach der Bote von Strobl sein", murmelte er vor sich hin, während er Nangou auf dem Handy anrief.

„Der Fuchs hat sich die Gans geholt", gab Renner über sein Mobiltelefon das Zeichen an Nangou, dass der sich sofort mit seinem Wagen an das Fahrzeug des Boten hängen sollte. Renner würde den beiden Autos dann mit seinem Wagen folgen, wenn er das Internetcafe verlassen hatte.

Nangou war auch sofort mit seinem Landrover vor Ort und beobachtete aus einiger Entfernung wie die Kartons in einen alten Mercedes-Geländewagen verladen wurden. Als der Bote sich ans Steuer setzte, startete Nangou seinen Wagen und folgte ihm mit einigem Abstand.

Auch Renner hatte inzwischen sein Auto erreicht und nahm ebenfalls die Verfolgung auf. Über sein Telefon ließ sich Renner von Nangou darüber informieren, welche Richtung der Bote einschlug. So hatte er Nangou bald eingeholt. Als sie die Stadt verlassen hatten, war eine Telefonverbindung nicht mehr möglich, da sich das Mobilfunknetz auf das Gebiet innerhalb Moptis beschränkte.

Sie fuhren auf der ‚Route National 6' in Richtung Süden. Als der Bote auf die ‚RN 14' nach Osten abbog, begann es zu regnen. Glücklicherweise konnte sich Nangou gut an der Heckbeleuchtung des Mercedes orientieren. Um nicht aufzufallen behielt er einen beträchtlichen Abstand.

„Schau an", dachte Renner. „Entweder fährt er in eines der Dogondörfer oder er will über die Grenze nach Burkina Faso."

48

Fania, die sich hinter dem Geländewagen verkrochen hatte, blickte ängstlich unter dem Auto hindurch. Seit einigen Minuten war kein Geräusch mehr zu hören. Auf dem Platz zwischen der Haustür und ihr konnte sie auch keine Bewegung wahrnehmen. „Sind alle tot?", fragte sie sich. Sie setzte an, nach Ogobara und den anderen Männern zu sehen, doch dann verließ sie der Mut. „Was ist, wenn sich noch irgendwo ein Gangster versteckt?", dachte sie.

Zusammengekauert wartete sie und traute sich nicht sich zu bewegen. Sie versuchte sich zu konzentrieren und das was sie gerade erlebt hatte zu analysieren. Warum hatte man auf sie geschossen? Wo waren die Bewohner des Gehöfts? Der Mann, der von der Haustür aus auf Ogobara geschossen hatte war auf keinen Fall der Hausbesitzer. Das hatte sie trotz der schlechten Lichtverhältnisse erkennen können. Die Tatsache, dass die Bewohner nirgends zu sehen waren ließ den Schluss zu, dass sie entweder im Haus gefangen waren oder verschleppt wurden oder schlimmstenfalls getötet wurden.

Waren die Gangster von ihnen bei einem Verbrechen gestört worden? Oder wollten die Täter die Europäer entführen um dann ein millionenschweres Lösegeld zu erpressen? Beides hielt Fania für möglich. Doch bedeutete es auch, dass sie weiterhin in Lebensgefahr war.

Wenn noch ein weiterer Täter im Haus war, dann durfte er auf keinen Fall mitbekommen, dass sie sich hier hinter dem Auto befand und unverletzt war. Ebenso musste sie damit rechnen, dass einer der verletzten Täter sich wieder aufrappeln könnte und sie als Zeugin beseitigen würde. Andererseits waren Ogobara und ihre Kollegen nun auf ihre Hilfe angewiesen. Sie durfte einfach nicht untätig bleiben.

„Selbstschutz ist das wichtigste Gebot in einer Gefahrensituation", hatte Etienne ihnen während der Vorbereitungsphase immer eingebläut. Dass eine solche Situation wirklich einmal eintreten würde, hatte sie sich, trotz der Kenntnis der schwierigen Situation in ihrem Geburtsland, bisher nur schwer vorstellen können. Wie sollte ihr Selbstschutz nun aussehen? Etiennes Waffe kam ihr in den Sinn. Sie musste irgendwie an seine Waffe kommen.

Langsam, mit kaum hörbaren Bewegungen kroch sie hinter dem Geländewagen hervor und suchte jeden Winkel des Anwesens mit den Augen ab. Da hörte sie ein Stöhnen. In der Stille der Nacht wirkten die Geräusche unwirklich laut. Ihr blieb fast das Herz stehen. Als sie erkannte, dass es Etienne war dessen Lebenszeichen sie wahrnahm, entspannte sie sich etwas. Sie kroch weiter bis sie Etienne erreicht hatte. Er blutete aus einer Wunde an der Schulter. Die Verletzung war nicht schwer, aber sie musste verbunden werden.

„Etienne. Ich bin´s, Fania", flüsterte sie. „Bitte sei ganz leise. Ich weiß nicht, ob hier noch irgendein Kerl ist, der uns abknallen will. Ich versuche dich zu verbinden. Kannst du mich verstehen?"

„Ja", antwortete Etienne. Er flüsterte ebenso leise wie Fania. „Es tut mir so leid. Ich hätte euch nicht in diese Falle laufen lassen dürfen."

„Mach dir darum keine Gedanken. Hast du noch deine Pistole?"

Etienne hielt die Waffe noch immer in der rechten Hand. Fania schnitt mit einem Messer einige Streifen aus seinem Hemd und verband damit die Wunde notdürftig. Dann nahm sie seine Pistole.

„Versuche an die Waffen dieser Scheißkerle zu kommen. Aber sei vorsichtig. Kannst du mit der Pistole umgehen?", fragte Etienne.

Fania bejahte. Erinnerungen an ihre Kindheit kamen auf. Hunger, Gewalt, Kindersoldaten. Sie verdrängte die Gedanken und ging nun geduckt, mit gezückter Pistole zu dem reglosen Körper eines der Gangster.

„Keine Bewegung", befahl sie, während sie die Waffe auf den Kopf des Mannes hielt und ihm einen leichten Tritt in die Seite verpasste. Der Mann zeigte keine Reaktion. Aus einer Wunde in der Brust trat Blut. „Tot", vermutete Fania, griff sich seine Beretta und brachte sie Etienne.

„Gut. Was ist mit den beiden anderen?", erkundigte sich Etienne, der inzwischen aufgestanden war und an dem Auto lehnte. „Und was ist mit Michel?"

Fania stand bereits vor ihrem leblosen Kollegen. Er lag auf dem Rücken. In der Dunkelheit konnte man sein Gesicht kaum erkennen. Doch je länger sie darauf blickte desto mehr wurde ihr klar, dass er tot war. Eine Kugel hatte ihn in die linke Stirn getroffen. Das Eintrittsloch war klein, fast unmerklich. Das Austrittsloch hinter dem rechten Ohr war faustgroß. Michel musste sofort tot gewesen sein.

Voller Zorn schlich Fania zu dem nächsten am Boden liegenden Gangster. Auch er zeigte keine Reaktion. Seine Pistole steckte sie in ihren Gürtel. Dann ging sie zu dem Dritten hinüber, der im Licht des Hauseingangs lag. Wieder zischte sie: „Keine Bewegung." und verpasste auch ihm einen Tritt.

Urplötzlich gab der am Boden Liegende einen Schrei von sich. Fania erstarrte, sah nur wie sich seine Pistole auf sie richtete. Dann hörte sie einen Schuss.

Erst einige Sekunden später realisierte sie, dass sie es selbst war, die geschossen hatte. Damit war sie dem Gangster zuvor gekommen. Mit einem Loch in der Stirn lag er wieder am Boden. Fania stand da wie betäubt.

„Fania. Sieh nach Ogobara. Lebt er noch? Hol seine Autoschlüssel. Schnell", hörte sie Etienne mit gedämpfter Stimme rufen.

Fania rannte nun, ohne auf ihre Deckung zu achten zu dem Guide hinüber. „Ogobara", flüsterte sie und hoffte inständig, dass er bei Bewusstsein war. Bevor sie bei ihm angekommen war, bemerkte sie, dass er sich bewegte. „Du lebst. Gott sei Dank."

„Der Mistkerl hat mir in den Bauch geschossen", presste er mit schmerzverzerrtem Gesicht hervor und versuchte sich aufzurichten. Fania half ihm und beobachtete die Haustür. Jeden Moment rechnete sie damit, dass ein weiterer Gangster herauskommen könnte und das Massaker weiterging. Doch es blieb ruhig.

„Ich helfe dir zum Auto. Halte durch", spornte sie den Dogon an.

Etienne hatte sich trotz der Schulterwunde inzwischen so weit erholt, dass er ebenfalls Ogobara helfen konnte. Der Guide holte die Autoschlüssel hervor. Fania, die über ihren Mut selbst erstaunt war, lief zurück zum Haus um nach den Bewohnern zu sehen. Als sie durch die Scheibe des einzigen Fensters blickte, entfuhr ihr unwillkürlich ein leiser Schrei des Entsetzens. Die gesamte Familie lag mit aufgeschlitzten Kehlen in der Mitte des Raumes. Eine riesige Blutlache breitete sich unter ihnen aus. Die drei Kinder lagen leblos auf ihren Eltern. Offenbar hatten die Täter zuerst den Hausherrn und seine Frau hingerichtet und dann die Kinder umgebracht.

Fania spürte wie ihr schlecht wurde. Unwillkürlich musste sie sich übergeben. Etienne und Ogobara beobachteten sie von dem Wagen aus. Sie saßen bereits darin und Etienne versuchte das Auto zu starten.

„Verdammter Mist." Wieder und wieder drehte Etienne den Zündschlüssel. Der Wagen sprang nicht an.

Ogobara blickte auf die Einschusslöcher in den Scheiben. „Wenn nicht nur die Scheiben getroffen wurden, dann ist im Kugelhagel wahrscheinlich irgendetwas am Motor oder an der Elektrik zerstört worden", meinte er und versuchte verzweifelt mit seinen Händen die Blutung an seinem Bauch zu stillen.

Benommen taumelte Fania zu den Männern zurück. Sie ahnten was die Botanikerin gesehen hatte.

„Sind sie alle tot?", fragte Etienne.

„Alle …" Fania brach in Tränen aus. „Alle … abgeschlachtet." Sie warf sich auf die Rückbank und erwartete, dass Etienne abfahren würde.

„Mit diesem Wagen kommen wir hier nicht weg", stellte Etienne fest. „Gibt es hier noch ein anderes Auto?"

„Ich habe keins gesehen", berichtete Ogobara.

„Ich auch nicht", erklärte Fania, die immer noch um ihre Fassung rang.

„Mit dem Eselskarren macht es keinen Sinn in die Dunkelheit los zu kutschieren." Etienne fingerte sein Mobiltelefon aus der Hosentasche und sah dann enttäuscht auf das Display. „Kein Netz. Hier draußen ist das auch kein Wunder."

„Meinst du hier in dem Haus gibt es ein Satellitentelefon?", fragte Fania den Guide.

„Nein. Das wüsste ich, wenn die Leute so etwas hätten."

Fania zwang sich die schrecklichen Bilder der Leichen im Haus zu verdrängen. „Ich gehe zurück zur Hauptstraße, über die wir heute Morgen mit dem Auto gekommen sind. Wenn jemand vorbei kommt halte ich ihn an und bringe ihn hierher."

„Das ist doch Wahnsinn", entgegnete Etienne. „Wir sind hier in der Wildnis. Da kommt nicht einfach mal ein Auto vorbei, so wie in einem Vorort von Paris."

„Willst du dass Ogobara verblutet?" Fania hatte offensichtlich ihren Entschluss schon gefasst. „Wir müssen etwas unternehmen. Das Dogondorf finde ich in der Dunkelheit nicht. Da gibt es keine asphaltierte Straße hin, an der ich mich orientieren könnte. Die Hauptstraße ist die einzige Chance Hilfe zu holen."

„Dann werde ich Hilfe holen gehen", widersprach Etienne.

„Du bist selbst verletzt. Wenn du unterwegs umkippst, dann hilfst du uns nicht und dann kann auch keiner dir helfen. Ihr zwei bleibt hier im Auto. Ihr könnt ja versuchen die Kiste wieder flott zu machen. Seht zu, dass Ogobaras Wunde gestillt wird. Ich werde wiederkommen wenn ich Hilfe gefunden habe."

„Du bringst dich nur wieder erneut in Gefahr", versuchte Etienne sie immer noch von ihrem Vorhaben abzubringen. „Eine Frau, alleine in der Nacht unterwegs…"

„Ich habe doch immer noch deine Pistole. Damit werde ich mich verteidigen, wenn es sein muss. Schlimmer als hier kann´s ja nicht werden."

„Dann nimm wenigstens die Ersatzmagazine mit", lenkte Etienne ein und holte zwei volle Magazine aus seiner Gürteltasche. Bevor

Fania losging, wendete sie sich noch einmal an Ogobara: „Alles wird gut. Ich hole Hilfe und wir bringen dich zu einem Arzt. Das verspreche ich dir."

Ogobara bemühte sich um ein Lächeln und meinte nur: „Viel Glück. Komm bald zurück." Immer noch quoll Blut aus seiner Bauchwunde. Er spürte, dass der Blutverlust ihn schwächte. Lange würde er nicht mehr durchhalten können.

Fania nahm noch Ogobaras Taschenlampe mit und machte sich auf den Weg in die Dunkelheit.

Die Männer sahen ihr aus dem Auto heraus nach und bemerkten einige Regentropfen die auf die Windschutzscheibe fielen.

Etienne spürte wie seine Hoffnung schwand. „Scheiße. Jetzt fängt es auch noch an zu regnen."

49

Im Regen hatte Martin Renner große Mühe die Rücklichter seines Kollegen und die des Boten zu erkennen. Auch er hielt einen großen Abstand zu den vorausfahrenden Fahrzeugen um auf keinen Fall entdeckt zu werden. Sie waren nun so dicht an Max Strobl wie niemals zuvor. Sie mussten unter allen Umständen diese Chance nutzen und sich von dem Boten zu dem meistgesuchten Relikt aus der NS-Zeit führen lassen.

„Verdammt. Das ist als ob man gegen eine Wand aus Dunkelheit und Regen fährt", schimpfte Renner. Immer wieder musste er die Richtung korrigieren, wenn er merkte, dass er vom Asphalt der Straße abkam.

So fuhren sie einige Kilometer nach Osten. Inständig hoffte Renner, dass die Fahrt nicht so weitergehen würde bis sie die Grenze nach Burkina Faso erreicht hätten.

„Was ist denn das?" Renner war sich nicht sicher ob er da ein weiteres Licht gesehen hatte. Unbewusst drosselte er das Tempo ein wenig.

Wieder sah er etwas in der Dunkelheit aufblitzen. Diesmal war er sich sicher, dass da irgendwo am Straßenrand eine Lampe oder ein Feuer war.

Dann war das Licht für einige Augenblicke verschwunden. Intensiv suchte er die Straße vor sich nach dem Licht ab. Doch der Regen machte die Sicht in der Dunkelheit noch schlechter.

Plötzlich blitzte das Licht einer Taschenlampe direkt vor seinem Auto auf. Renner riss das Lenkrad herum und trat auf die Bremse. Im letzten Moment konnte er ausweichen. Für den Bruchteil einer Sekunde sah er das Gesicht einer farbigen Frau. Er hörte sich selbst kurz aufschreien, dann kam das Auto zum stehen. Einige Augenblicke lang hörte er nichts weiter als seinen eigenen Atem.

Dann sah er im Rückspiegel wieder das Licht der Taschenlampe. Es kam näher. Renner griff nach seiner Pistole und entsicherte sie.

„Eine Frau in der Nacht als Lockvogel. Ein uralter Trick", dachte der BND-Agent.

Bevor die Frau das Auto erreicht hatte hechtete Renner auf den Beifahrersitz, nahm seine Taschenlampe aus dem Türfach und öffnete die Beifahrertür.

Als er ausgestiegen war richtete er die Pistole und die Lampe auf die näherkommende Frau und rief: „Bleiben sie stehen und halten sie Ihre Hände hoch. Ich bin bewaffnet. Machen Sie keinen Unsinn."

Die Frau, es war Fania, blieb stehen und tat wie Renner befohlen hatte.

„Ich habe nicht vor, Sie zu überfallen. Ich brauche Ihre Hilfe", erklärte Fania mit flehendem Ton.

„Sind Sie allein? Warum laufen Sie bei diesem Mistwetter allein in der Gegend herum?", erkundigte sich Renner. Immer noch hatte er seine Pistole auf die Frau gerichtet.

„Ja, ich bin allein. Und wie ich schon sagte, ich brauche Ihre Hilfe. Da hinten sind zwei Verletzte. Unser Auto ist kaputt. Wir haben nicht viel Zeit. Sie müssen die Verletzten zu einem Arzt bringen." Fania ließ ihre Pistole in ihrer Umhängetasche verschwinden. Noch hatte Renner die Waffe nicht bemerkt.

„OK. Erzählen Sie mehr. Es gibt also hier irgendwo Verletzte." Renner war immer noch misstrauisch. Außerdem verlor er nun den Anschluss an seinen Kollegen Nangou und den Boten Strobls. Er war über dieser unvorhergesehenen Begegnung gar nicht glücklich.

„Können wir uns nicht erst einmal in Ihr Auto setzen? Wir stehen doch schon lange genug hier im Regen", schlug Fania vor.

Widerwillig stimmte Renner zu und sie stiegen ein. Seine Waffe behielt er aber in der Hand.

Fania berichtete nun ausführlich was sich auf dem kleinen Gehöft vor der Falaise zugetragen hatte. Das Massaker an den Hausbewohnern verschwieg sie jedoch.

Renner spielte für einen Moment mit dem Gedanken den Hilferuf Fanias als einen Trick Strobls abzutun und weiter die Verfolgung des Boten aufzunehmen. Doch dann verwarf er die Möglichkeit, dass Strobl die Verfolgung mitbekommen haben könnte und die junge Frau ihn nur ablenken sollte.

„Und Sie wissen nicht wer die Attentäter waren und warum sie es gerade auf sie abgesehen hatten?", fragte Renner nach.

„Keine Ahnung. Wirklich nicht. Ich vermute, die wollten uns einfach nur als Geiseln nehmen um Lösegeld zu erpressen. Aber das ist doch jetzt völlig egal. Die Täter sind tot und unser Guide wird es auch bald sein wenn wir ihn nicht zu einem Arzt bringen." Fania wurde ungeduldig. Die Sorge um Ogobara und Etienne brachte sie fast um den Verstand.

„OK", meinte Renner und startete das Auto. „Ich werde Ihnen helfen."

Fanai seufzte erleichtert, hielt aber ihre rechte Hand unauffällig über ihrer Tasche. Falls ihr potentieller Retter selbst auf dumme Gedanken kommen sollte, würde sie sich zu wehren wissen.

Renner ließ sich von Fania den Weg zu den Verletzten erklären. Sorgsam suchte er in der Umgebung nach weiteren möglichen Attentätern. Durch den Regen war kaum etwas zu erkennen.

„Mein Name ist übrigens Fania Bodu", stellte sich Fania vor. „Sie haben mir immer noch nicht gesagt, warum sie hier in der Nacht unterwegs sind."

„Ich bin Martin Renner. Und ich war auf dem Weg zu jemandem, auf dessen Begegnung ich mich sehr gefreut hatte", erwiderte der BND-Agent ausweichend. Schon nach wenigen Minuten hatten sie das Gehöft erreicht.

Noch bevor der Wagen zum Stehen kam erkannte Fania, dass sich eine weitere Person auf dem Gelände befand. Ein großer Farbiger hatte sich über einen der Attentäter gebeugt.

„Scheiße", entfuhr es Fania. „Da ist doch noch ein Gangster aufgetaucht." Sie wollte schon nach der Pistole in ihrer Handtasche greifen, da hörte sie Etienne rufen: „Keine Gefahr, Fania. Der Mann will uns helfen." Mit besänftigenden Armbewegungen kam der Bodyguard durch den Regen auf Renners Wagen zu. „Das ist einer der Bewohner eines Dogondorfes, hier in der Nähe. Er heißt Sagara und war mit seinem Motorrad unterwegs, als er die Schüsse hörte. Glücklicherweise war er so mutig nachzusehen, ob jemand Hilfe braucht."

„Und was macht er bei der Leiche dieses Gangsters?", fragte Fania, die immer noch nicht von den guten Absichten Sagaras überzeugt war. Der Regen ließ nun etwas nach.

„Er hat festgestellt, dass der Kerl noch lebt. Wir werden ihn mitnehmen. Er kann dann immer noch vor Gericht gestellt werden."

Fania spürte gegensätzliche Gefühle in sich aufwallen. Einerseits war ihr klar, dass man einem Verletzten helfen muss. Anderseits spürte sie einen abgrundtiefen Hass gegen die Täter, die all das Grauen hier am Ort verübt hatten.

„Tut was ihr nicht lassen könnt", sagte sie nur tonlos. Dann stellte sie Martin Renner vor. Etienne bedankte sich sofort für dessen Bereitschaft zu helfen und meinte dann zu Fania: „Am Besten legen wir Ogobara und den verletzten Gangster auf die Ladefläche von Herrn Renners Pick-Up. Wenn unser neuer Freund Sagara und ich bei den Verletzten bleiben, dann kannst du vorne im Auto mitfahren."

„Stellt den Scheißkerl ruhig." Fania zeigte auf den überlebenden Attentäter. „Wer weiß zu was der noch fähig ist."

Etienne nickte. „Du hast recht. Ich werde im Haus nachsehen, ob ich ein Seil oder etwas Ähnliches finde um ihn zu fesseln."

Renner hatte wieder nach seiner Pistole gegriffen und fragte Fania: „Wer von den Toten gehört noch zu den Attentätern?" Fania zeigte auf die beiden Leichen neben Sagara und dem Überlebenden. Nachdem Renner die Toten untersucht hatte, wandte er sich an Sagara, der immer noch bei dem Überlebendem stand: „Ich helfe Ihnen, den Mann auf die Ladefläche meines Autos zu tragen. Dort werden wir ihn fesseln müssen."

Sagara, der dem Mann einen provisorischen Druckverband angelegt hatte, sah kurz auf. „Danke. Ich hoffe, der Mann kann irgendwann etwas über die Hintergründe dieser grauenhaften Tat erzählen. Haben Sie gesehen, was die Kerle in dem Haus angerichtet haben?"

„Nein." Renner sah erst zu Fania, dann zur Haustür. „Ist den Bewohnern etwas passiert?"

„Kann man so sagen. Ist wohl besser Sie sehen da nicht hinein."

Gemeinsam hoben sie den Gangster auf und trugen ihn auf die Ladefläche von Renners Pick-Up. Der Verletzte stöhnte vor Schmerzen.

„Passen Sie auf ihn auf", meinte Sagara. „Ich sehe hinter dem Haus einmal nach, ob es dort weitere Opfer gibt."

Während Renner mit gezogener Waffe neben dem auf der Ladefläche liegenden Gangster stand, bemerkte er, dass der Mann scheinbar irgendetwas sagen wollte. Immer wieder kamen die gleichen Laute aus seinem Mund. Renner ging etwas näher an ihn heran und richtete vorsichtshalber seine Waffe auf ihn.

„Was ist?", fragte er. „Wollen Sie etwas sagen?"

Wieder stammelte der Mann dieselben Worte, doch Renner verstand nicht was sie bedeuten sollten. Immer noch die Waffe im Anschlag senkte er den Kopf näher zu dem Verletzten.

„Was wollen Sie sagen?"

Der Mann schwieg nun und sah Renner nur mit weit geöffneten Augen an.

„Was ist?", wiederholte Renner nun und hatte nun den Kopf ganz dicht bei dem Mund des Attentäters.

Ohne dass Renner eine Bewegung gesehen hätte, hatte der Verletzte ein Messer aus seinem Ärmel gezogen und es ihm in die Brust gestoßen. Der BND-Agent schrie auf, trat einen Schritt zurück und stolperte. Etienne, der inzwischen mit einem Seil aus dem Haus zurückgekehrt war, sah wie Renner zu Boden sank und feuerte auf den Schwarzen, der immer noch das Messer in der Hand hielt. Als Etienne bemerkte, dass er nicht getroffen hatte lief er näher an das Auto heran, doch bevor er es erreicht hatte, sah er, dass der Attentäter sich das Messer in Herzhöhe an die Brust hielt und sich damit selbst richtete.

Renner lag am Boden und rang nach Luft. Hilflos kniete Etienne neben ihm und presste seine Hand gegen die Wunde auf der linken Brustseite. „Oh, mein Gott", rief er verzweifelt. „Oh, mein Gott."

50

Als der Kleinbus mit den Amma-Arnháton-Jüngern die Stadt Ségou, 230 Kilometer nordöstlich von Bamako erreichte, hatte Nabil schon seit über drei Stunden geschlafen. Die Strapazen der letzten Stunden, die Blasten, die sich ohne die Medikamente ungehindert in seinem Blut ausbreiteten, das ständige Pendeln zwischen Hoffen und Bangen, hatten ihm die letzten Kraftreserven geraubt.

Wieder hatte er geträumt und wieder war ihm der Fuchs erschienen und wollte ihn zur heiligen Quelle führen. Diesmal hatte er es in seinem Traum geschafft ihm zu folgen. Er konnte die Quelle sogar sehen. Wasser sprudelte aus einem Felsen über einem kleinen Teich. Nabil wollte sich in dieser Vision an das Ufer knien und mit den Händen etwas Wasser schöpfen um es zu trinken. Doch der Fuchs, der ihn hierher geführt hatte, ließ das nicht zu. Wild fauchend stellte er sich in den Weg. Nabil verstand nicht was der Fuchs nun von ihm wollte und bekam Angst. Eine regelrechte Panik breitete sich in ihm aus. Dann erwachte er schwer atmend.

Inzwischen war die Nacht hereingebrochen. Der Bus hatte in Ségou an einer Tankstelle angehalten und schlaftrunken beobachtete Nabil wie die Jünger den Wagen verließen und sich, vom langen Sitzen verspannt, reckten und streckten. Der Fahrer war im Gespräch mit dem Tankwart. Offenbar fragte er nach einer Werkstatt. Nabil bekam im Auto nur einzelne Wortfetzen mit.

Mühsam kletterte auch er aus dem Kleinbus. Tief atmete er die frische Luft ein. Ein wenig hatte er den Eindruck als könne er den nahen Niger riechen. Früher hätte er sich sicher für die kunstvollen Töpferwaren interessiert, für die diese Stadt überregional bekannt ist, doch im Moment wollte er nur so schnell wie möglich weiter nach Bandiagara.

Während der Tankwart mit einem Mechaniker, im Licht einer Taschenlampe, den Motor des Busses inspizierte, standen einige Arnháton-Jünger an dem kleinen Toilettenhäuschen an. Farid kam auf Nabil zu und bot ihm ein Sandwich an.

Nabil bedankte sich. Wie immer seit ihrem ersten Zusammentreffen sprach er arabisch mit seinem Freund. Erst jetzt bemerkte er wie hungrig er war.

„Freust du dich darauf, die Stätten zu sehen wo die großen Urahnen Ogo und Nommo gewirkt haben?", fragte der Nerd mit dem großen ‚A' auf dem T-Shirt.

„Ja", antwortete Nabil, der das Sandwich heißhungrig verschlang. „Und auf das Heil, das uns dort erwartet."

Farid wusste nicht so recht, was Nabil damit sagen wollte und meinte nur: „Ja, die große Gemeinschaft, mit all den Glaubensgeschwistern die wir dort treffen werden, wird uns alle zum Heil führen."

Nabil hatte nicht den Eindruck, dass sein Glaubensbruder unter ‚Heil' dasselbe meinte wie er. In gewisser Weise hatte Nabil sogar Verständnis dafür, dass der junge Mann zwar voller Freude, aber ohne außergewöhnliche Erwartungen ins Dogonland zog.

„Wie bist du zum Glauben an Amma-Arnháton gekommen?", fragte Nabil. „Du sprichst zwar arabisch, aber dein Akzent ist französisch. Ich nehme nicht an, dass du aus der Heimat Echnatons kommst. Ebenso wenig bist du ein Dogon."

„Gut beobachtet", stellte Farid anerkennend fest. „Ich bin in Frankreich aufgewachsen. Meine Eltern stammen aus Ägypten. Ich bin also praktisch zweisprachig aufgewachsen." Er machte eine kurze Pause und trank einen Schluck aus einer Wasserflasche. „An der Universität in Paris hatte ich einen Kommilitonen aus Tel el-Amarna in unserer Heimat Ägypten. Er erzählte mir von Echnaton, von dem Sonnengesang, von seiner Religion des Friedens und der Naturverbundenheit. Das alles war für mich eine Offenbarung."

„Ja. Das war es auch für mich", bestätigte Nabil.

„Aber ich hatte nicht den Eindruck, dass mein Kommilitone seinen Glauben wirklich lebte. Er war mehr ein Forscher, der von seinen Studien berichtete. Erst als ich einen Maler traf, der schon Kontakt zu anderen Amma-Arnháton-Gläubigen hatte, erlebte ich, dass man den Glauben wirklich leben kann."

„Für die wirklich Gläubigen hält Arnháton wahre Wunder bereit", pflichtete Nabil ihm bei.

„Ist es nicht ein Wunder, dass wir uns hier getroffen haben?", meinte Farid.

„Ein kleines Wunder", gab Nabil zu. „Bei den Felsen von Bandiagara erwarten uns sicher noch größere Wunder."

„Meinst du wirklich?", Farid war ein wenig skeptisch.

„Da bin ich mir ganz sicher."

Farid wollte Nabil noch nach dessen Bekehrungsgeschichte fragen, aber der Mechaniker kam nun auf ihn zu und erklärte, dass er das Problem gefunden habe und sie nun weiterfahren konnten.

Farid entlohnte ihn und fragte nach einem preiswerten Hotel. Als Antwort bekam er gleich eine ganze Aufzählung von Hotels. Offensichtlich bekam der Mechaniker diese Frage öfters gestellt. Als der Nerd seine Gruppe wieder zusammen rief, entschied man sich gemeinschaftlich für ein Hotel der Mittelklasse. Auch wenn die jungen Leute den Eindruck einer Hippie-Kommune machten, so wussten sie den Komfort eines Hotels zu schätzen.

Nabil schleppte sich zurück an seinen Platz. Die wenigen Minuten, die er bei Farid stehen musste, hatten ihn geschwächt.

„Ich muss durchhalten", dachte er. „Durchhalten bis Bandiagara."

Am nächsten Tag machte sich die Gruppe weiter auf den Weg zum Bandiagara-Felsmassiv. Alle waren merklich in Hochstimmung. Nur Nabil war nicht anzusehen wie sehr er die Ankunft am Ort aller seiner Hoffnungen erwartete. In der Nacht hatte er trotz aller Erschöpfung kaum geschlafen. Schmerzen plagten ihn wieder. Das Reden fiel ihm schwer. Leise murmelte er Gebete vor sich hin. Anflüge von Neid auf die Vitalität seiner Mitreisenden versuchte er im Keim zu ersticken. Schließlich war es ihm nur mit ihrer Hilfe möglich ans Ziel zu kommen.

Nach etwa drei Stunden Fahrt erreichten sie die Stadt San. Auf den ersten Blick war es ein Ort wie viele andere in Westafrika. Lange, von

Strommasten gesäumte Straßen. Kleine Häuschen. Überall rotbrauner Staub.

San ist für seine Bogolantextilien bekannt. Etwa zehn bis fünfzehn Zentimeter breite, handgewebte Baumwollstreifen, die kunstvoll gefärbt und zusammengenäht werden. Bogolan bedeutet so viel wie ‚mit Schlamm hergestellt'. Damit ist gemeint, dass die meist von Männern gewebten, groben Stoffe von den Frauen, in einem äußerst zeitraubenden Prozess durch das wiederholte Auftragen von Pflanzen- oder Baumteilen und eisenoxidhaltiger Erde, gefärbt werden. Inzwischen sind die Bogolanprodukte zu einem begehrten Handelsobjekt geworden, da sie überregional einen afrikanischen Stil repräsentieren.

„Anhalten! Lasst uns hier ein paar traditionelle Kleider kaufen", schrie eine der jungen Frauen im Bus. Nabil, der seit Beginn der Fahrt vor sich hindöste, wurde jäh aufgeschreckt. Er spürte wie sein Puls raste und ihm der Schweiß ausbrach.

„Anhalten! Anhalten!", wiederholte die junge Frau ihr Kommando. Auch die anderen Frauen im Fahrzeug meldeten sich nun und redeten auf Farid unentwegt ein, dass man doch, wenn man schon in San sei, unbedingt ein Gewand oder eine Decke kaufen müsse. Entnervt gab der Fahrer auf und hielt bei dem nächsten Laden am Straßenrand.

„Willkommen bei der Mali-Shopping-Tour", verkündete er lautstark, mit nicht zu überhörendem Sarkasmus.

Direkt neben dem Laden mit diversen Bogolan-Textilprodukten befand sich eine Tankstelle, an der Khaled seinen Wagen volltankte während Vera und Eric die Zeit für Toilettenbesuche und Dehnübungen nutzten. Interessiert beobachtete Khaled, wie sich aus dem Kleinbus eine Unmenge junger Leute quetschte und einige Frauen das Bogolangeschäft stürmten.

Als er aus der Ferne den neuarabischen Dialekt erkannte murmelte er erfreut vor sich hin: „Wenn das nicht eine Schar Jünger von der Arnhátonsekte ist. Jede Wette, die wollen genau dahin, wo wir auch hinwollen."

Vera und Eric kamen von ihrem Toilettengang wieder und Khaled meinte: „Schaut mal da. Unsere Eintrittskarte ins Reich der Dogon."

„Meinst du wirklich, dass das Amma-Arnháton-Jünger sind?", gab

Eric zu bedenken. „Die sehen doch aus, wie ganz normale Touristen."

„Die einzigen Touristen die hier arabisch sprechen sind entweder Reporter arabischer Fernsehstationen oder die Sektenheinis, die uns zu Sagara bringen können. Und ich bin mir ganz sicher, dass das hier keine Reporter sind." Mit diesen Worten ging Khaled auf die jungen Männer zu, die vor dem Bus warteten bis das Kaufbedürfnis der Frauen befriedigt war.

„Marhaba", begrüßte er Farid und die anderen Männer auf Arabisch. Nabil war im Bus geblieben und versuchte wieder einzuschlafen. Als er die fremde Stimme hörte, blinzelte er aus dem Fenster.

Farid war sichtlich erfreut hier in Mali einen weiteren Menschen zu treffen mit dem er die Sprache seiner Eltern sprechen konnte. Nabil wollte gerade wieder einschlafen, da bemerkte er, dass die Stimmung Farids immer euphorischer wurde. Wieder versuchte er dem Gespräch zu folgen und erkannte, dass der Fremde offenbar auch ihren Glauben teilte und auf dem Weg nach Bandiagara war. Nabil beobachtete das Gespräch weiter durch die Fensterscheibe. Der Fremde zeigte nun zu seinem Auto, das er in der Nähe an der Tankstelle geparkt hatte. Dort standen zwei Europäer, die offenbar zu ihm gehörten. Als er die Frau erblickte zuckte er zusammen.

„Das ist doch nicht möglich", zischte er leise. „Das ist Vera."

Und sofort erkannte er auch den Mann neben ihr. Eric.

Nabil rutschte in seinem Sitz so tief herunter wie es nur möglich war. Auf keinen Fall wollte er von ihnen gesehen werden. Vorbei war seine Vorfreude auf die Ankunft im Dogonland. Wenn Eric und Vera auch dorthin wollten, dann würden sie mit Sicherheit verhindern, dass er an dem erhofften Heilungsritual teilnehmen könnte.

Wussten sie vielleicht, dass er hinter dem Anschlag auf sie steckte? Hatten sie möglicherweise inzwischen das Foto entdeckt, auf dem er, Omar und Sagara zu sehen sein mussten? Oder waren sie nur auf dem Weg ins Gebiet der Dogon weil dieser Eric dort die Sprachen übersetzte?

Aus welchem Grund auch immer die zwei hier auftauchten. Sie durften ihn nicht entdecken. Nabil griff nach einem der Tücher seiner Mitreisenden und legte es sich über sein Gesicht, so als ob er sich vor dem Licht schützen wollte um schlafen zu können. Durch einen Spalt unter dem Tuch spähte er weiter auf das Geschehen außerhalb des Busses.

Khaleds Bekundungen, dass er und seine Begleiter auf dem Weg zu den Stätten Ammas seien, waren überzeugend. Sein Vorschlag gegenüber den jungen Männern, dass sie mit ihren Fahrzeugen gemeinsam die letzte Strecke zurücklegen sollten, wurde angenommen.

„Wenn unsere Frauen es schaffen noch vor Sonnenuntergang den Laden zu verlassen, dann können wir heute noch weiterfahren", scherzte Farid.

Eric und Vera betrachteten Khaleds Bemühungen mit den Sektenmitgliedern Kontakt aufzunehmen mit einem unguten Gefühl. Zu unsicher fühlten sie sich bei dem Gedanken irgendwann in ein Gespräch über den Glauben des Kultes verwickelt zu werden. Sie hielten Abstand, blieben bei Khaleds Wagen und hofften, dass niemand zu ihnen herüber kommen würde.

Als von der Tankstelle eine farbige Frau auf sie zukam und sie in gebrochenem Französisch ansprach, meinten sie zuerst sie gehöre zu den Leuten der Amma-Arnháton-Fahrgemeinschaft, doch schnell wurde klar, dass sie ein ganz anderes Anliegen hatte. Sie war hochschwanger.

„Fahren. Zu Arzt", stammelte sie. „Kind kommen bald. Problem. Brauchen Arzt. Bitte." Fragend sahen sich Vera und Eric an. Natürlich wollten sie helfen. Erst recht einer schwangeren Frau. Aber letztendlich vertrauten sie darauf, dass Khaled in dieser brisanten Zeit die richtigen Entscheidungen traf.

Erleichtert stellten sie fest, dass er wieder zu ihnen zurück kam und sie versuchten der Frau zu erklären, dass sie Khaled die Bitte vortragen würden.

„Diese Frau muss dringend zu einem Arzt. Es gibt wohl Komplikationen bei der bevorstehenden Geburt. Wir müssen sie dorthin bringen bevor es zu spät ist", bestürmte Vera Khaled.

Khaled gab sich völlig unbeeindruckt.

„Es ist hier in Afrika durchaus üblich, dass die Schwangeren per Anhalter zu einem Arzt fahren wenn es Probleme gibt. Wir haben aber keine Zeit für so etwas. Wir müssen die Chance nutzen, dass wir uns den Amma-Arnháton-Leuten anschließen können. Eine weitere Gelegenheit werden wir sobald nicht bekommen."

„Die Frau braucht Hilfe", widersprach Vera und hatte Mühe die Fassung zu bewahren. „Wenn wir ihr nicht helfen, dann sterben vielleicht sie und das Kind."

„Hier gibt es noch weitere Autos, die in die Stadt hineinfahren. Sie wird schon eine Möglichkeit finden", meinte Khaled ohne eine erkennbare Emotion. Vera setzte an weiter auf ihn einzureden, während er der Frau klarmachte, dass sie nach einem anderen Auto suchen solle.

Als die Frau weiter zog, machte Vera einen letzten Versuch Khaled umzustimmen, doch Khaled meinte nur: „Wenn ihr meint, dass ihr der Frau helfen müsst, dann bleibt einfach hier und ich fahre allein weiter. Ich habe eine Mission zu erfüllen. Und wenn ihr ehrlich zu euch selbst seid, dann wollt ihr auch nach Bandiagara um dem ganzen Spuk ein Ende zu machen."

„Scheiße. Sag doch auch mal was", wendete sich Vera nun an Eric. Doch der hatte nicht den Mut sich gegen Khaleds Entscheidung zu stellen.

„Feigling", zischte Vera.

Mit sorgenvoller Miene schaute sie der Schwangeren nach, die sich nun zu den Amma-Arnháton-Gläubigen hinüber geschleppt hatte. Inzwischen hatten die Frauen ihre Einkäufe erledigt und mit der gleichen Durchsetzungskraft mit der sie für den Einkaufsstopp gesorgt hatten, entschieden sie auch, dass man der zukünftigen Mutter helfen müsse.

Die jungen Leute quetschten sich wieder in den Bus, diesmal noch enger als zuvor. Den Beifahrersitz überließen sie der Schwangeren.

„Wir müssen noch einen Abstecher zu einem Arzt machen", rief Farid zu Khaled hinüber. „Folge uns, damit wir uns nicht aus den Augen verlieren. Amma sei mit uns."

„Das glaube ich nicht", murmelte Khaled ohne dass es Farid hören konnte und setzte sich zu Vera und Eric in den Wagen.

„Vielleicht können wir von den Sektenbrüdern doch etwas lernen", meinte Vera und ließ Khaled unmissverständlich ihre Verachtung ihm gegenüber spüren.

Khaled schien unbeeindruckt von Veras Gefühlen.

„Wir brauchen diese Sekten-Heinis. Wenn die Kerle den Gutmenschen spielen wollen, dann soll mir das recht sein. Aber entweder läuft das hier nach meinen Regeln oder ihr macht, dass ihr verschwindet. Habt ihr verstanden?" Khaleds Stimme klang kalt und gnadenlos. Vera überlegte für einen Moment, ob sie wirklich aussteigen und selbst irgendwie zusehen sollte, dass sie zurück nach Bamako kam und dort versuchte alleine alles aufzuklären. Doch sie fürchtete immer noch die malische Justiz. Und ihre Begegnung mit dem Polizisten vor einigen Tagen hatte sie nicht zuversichtlicher gemacht. Also fügte sie sich und hoffte, dass Khaled sie einer Lösung dieses Durcheinanders entgegen führte.

Khaled folgte dem Kleinbus durch San bis zur Stadtmitte. Dort hielten sie und Farid half der Schwangeren bis zum Eingang. Zwei Frauen in Schwesterntracht nahmen sie in Empfang. Nach wenigen Minuten war Farid wieder in seinem Fahrzeug und setzte die Fahrt fort.

Nabil hatte den unplanmäßigen Halt mit großer Anspannung verfolgt. Immer noch fürchtete er, dass er von Eric und Vera entdeckt werden könnte. Noch konnte er davon ausgehen, dass er in der Obhut seiner Glaubensgenossen sicher war. Aber wie würden sie reagieren wenn sie dahinter kamen, dass er in zwei Mordanschläge verwickelt war? Erst als sich der Kleinbus wieder in Bewegung setzte, entspannte er sich etwas.

51

Als Martin Renner erwachte, hatte er das Gefühl als würde er schweben. Er fühlte sich leicht. In seiner Brust nahm er zwar ein leichtes Ziehen wahr. Aber es war kein unangenehmes Gefühl, eher ein heilsamer Schmerz.

Er erinnerte sich an die Ereignisse bevor er das Bewusstsein verloren hatte und überlegte, ob er nun bereits tot war. Vielleicht war sein Eindruck, dass er schweben würde, ja nur dem Umstand geschuldet, dass er gar nicht mehr lebte. Vielleicht war dies nun das Jenseits.

Er sah sich um und stellte fest, dass er sich in einem Raum mit groben Lehmwänden befand. Einige Wandstellen bestanden aus unbehauenen Natursteinen. Die Fensteröffnungen waren unverglast. Viel Inventar hatte der Raum nicht. Alles wirkte archaisch.

Nur dieser Mann, der mit dem Rücken zu ihm stand, passte irgendwie nicht hierher. Seine helle Haut verriet, dass er europäischer oder nordamerikanischer Herkunft war. Sein Alter war schwer zu bestimmen. Die Haut war zwar faltig, wirkte aber ungewöhnlich frisch. Seine agilen Bewegungen ließen ihn fast jugendlich erscheinen. Er trug ein sandfarbenes Hemd und eine dunkelgraue Hose. Sein Haar war kräftig, aber schneeweiß.

Renner versuchte sich aufzurichten um das Gesicht des Mannes erkennen zu können. In diesem Moment drehte sich der Alte um und richtete das Wort an ihn: „Bleiben Sie lieber noch etwas liegen, Herr Renner. Sie hatten Glück, dass Sie noch leben."

„Sie kennen meinen Namen?", fragte Renner und legte sich wieder zurück.

Während er die Worte aussprach wurde ihm klar wen er da vor sich hatte. Es konnte nur Max Strobl sein. Der Mann, der seit fast dreißig Jahren als verschollen galt und der trotzdem in den höchsten Kreisen der Regierung und der Geheimdienste als existenzielle Bedrohung wahrgenommen wurde. Renner kannte ihn von alten Fotos. Hier vor ihm stehend hatte er sich kaum verändert.

„Max Strobl", hörte Renner sich voll Erstaunen sagen. „Sind Sie es wirklich?"

„Das kann ich nicht leugnen", antwortete der Alte mit einem fast schelmischen Lächeln. „Gratuliere. Sie haben mich gefunden."

„Aber Sie sehen immer noch so aus wie damals. Ich meine, Sie sind doch schon fast hundert Jahre alt. Oder sind Sie vielleicht doch der Sohn von dem Max Strobl den wir suchen."

„Ich kann Sie beruhigen, Herr Renner. Ich bin der Max Strobl hinter dem Sie her sind." Strobls Lächeln hatte etwas ungewöhnlich Wohltuendes. Renner fragte sich ob es daran lag, dass er immer noch das Gefühl hatte zu schweben. Hatte Strobl ihm vielleicht Drogen gegeben?

„Wo bin ich hier?", fragte Renner. „Und was ist mit dem Messerstich in meiner Brust? Was haben Sie mir gegeben?"

„Sie sind hier in guten Händen. Glauben Sie mir. Wenn ich gewollt hätte, dass Sie mich nicht finden, dann wäre es ein Leichtes für mich gewesen Sie sterben zu lassen. Sie waren ja praktisch schon fast tot als man Sie zu mir gebracht hatte. Und das was Ihnen dieses wohlige Gefühl gibt, nicht von dieser Welt zu sein, ist etwas völlig anderes als Drogen." Strobl füllte aus einem kleinen Glasfläschchen einige weiße Kügelchen in ein winziges Glas und reichte es Renner.

„Bitte schlucken Sie das. Sie haben mein Wort. Es ist weder Gift, noch sind es Drogen. Es wird helfen, dass Sie wieder auf die Beine kommen."

„Traubenzucker", stellte Renner mit einem leichten Anflug von Überheblichkeit fest.

„Chemisch gesehen, ja." Strobl ließ sich von Renners Bemerkung nicht provozieren. „Wie Sie sicher den Unterlagen Ihrer Behörde über mich entnommen haben, praktiziere ich die Heilkunde der Homöopathie. Auch wenn diese Kügelchen für Sie nichts als Traubenzucker darstellen, so ist nach meinen Erfahrungen damit eine Verbesserung Ihres Gesundheitszustands zu erwarten."

„Vielleicht trifft das auf Leute zu die daran glauben. Bei mir werden Ihre Globulis jedenfalls keine Wirkung haben." Renner nahm das Glas und kippte sich die Kügelchen in den Mund. Er hatte keine Lust auf einen Disput mit Strobl über alternative Heilmethoden. Sein Auftrag war, ihn an die deutschen Behörden auszuliefern. Und bis er wieder soweit genesen war, musste er dessen Wohlwollen behalten, damit er Strobl so lange wie möglich im Auge behalten konnte.

„Wo bin ich hier?", fragte Renner erneut. „Ich vermute, wir sind hier nicht in Mopti oder Bamako."

„Nein", bestätigte Strobl. „Sie befinden sich hier gar nicht so weit entfernt von dem Ort an dem Sie niedergestochen wurden."

„Wir sind hier also irgendwo an der Falaise von Bandiagara?", hakte Renner nach.

„Richtig. Aber den Namen dieses Dorfes werde ich Ihnen zur Sicherheit der Bewohner und auch zu meiner eigenen Sicherheit noch nicht nennen. Ich möchte mir zuerst ein Bild davon machen wie weit ich Ihnen vertrauen kann."

Renner war etwas irritiert über diese Bemerkung. „Sie wissen wer ich bin und welchen Auftrag ich habe. Und sprechen nun von Vertrauen?" Ein Hustenanfall unterbrach seine Rede.

Strobl lächelte milde. „Ja. Ich gehe davon aus, dass sich ein gegenseitiges Vertrauen entwickeln wird, wenn wir uns etwas besser kennengelernt haben. Immerhin war ich daran beteiligt Ihnen das Leben zu retten."

„Mit Ihren Kügelchen?", fügte Renner spöttisch an.

„Über die Details meiner Beteiligung werde ich Sie auch zu gegebener Zeit informieren. Im Moment müssen Sie mir einfach glauben, dass ich Ihnen nicht feindlich gesonnen bin."

„Warum halten Sie sich dann seit fast drei Jahrzehnten im Verborgenen?" Renner war immer noch misstrauisch. Strobls freundliche Art passte nicht zu dem Bild, das er sich von dem Mann gemacht hatte, der ganz oben auf der Liste der Zielobjekte des BND stand.

„Für Sie bin ich sicher so etwas wie ein Terrorist. Sonst hätten meine deutschen Freunde nicht jemanden vom Bundesnachrichtendienst geschickt um mich zu finden. Aber ich bin mir sicher, dass in Ihren Unterlagen nicht steht, warum Sie mich finden sollen. Richtig?"

Renner versuchte in Strobls Gesicht zu lesen, ob er nur pokerte oder ob er wirklich wusste was in dem Dossier stand. Doch verriet die Mimik des alten Mannes nichts was Renner hätte helfen können.

„Es ist für meinen Auftrag irrelevant, weshalb Sie gesucht werden. Was auch immer Sie getan haben, müssen Sie selbst mit Ihrem Gewissen und mit den deutschen Behörden ausmachen."

„Glauben Sie mir, was ich getan habe interessiert niemanden, denn ich habe nichts Unrechtes getan. Weder nach dem damaligen Recht, noch nach dem heutigen. Weder nach der Ethik der Nationalsozialisten, noch nach der Moral der sogenannten demokratischen Staaten."

Renner tat gelangweilt von Strobls Erklärungen. „Und was ist Ihrer Meinung nach der Grund für das Interesse an Ihnen?"

„Das was ich weiß, hält man für gefährlich. Auch dreißig Jahre nach meinem Abschied von der, ach so zivilisierten, Welt. Auch siebzig Jahre nach Kriegsende fürchtet man sich vor dem was ich der Welt zu erzählen hätte. Nein, ich habe nichts Verwerfliches getan. Aber ich weiß, was andere getan haben. Und dieses Wissen könnte die Welt aus den Angeln heben." Strobl sagte das so beiläufig, das Renner insgeheim die Worte wiederholte. Fast war der BND-Agent versucht dem alten Mann Glauben zu schenken, aber noch gab er sich mit den Andeutungen nicht zufrieden.

„Sie sind also der alte, missverstandene Mann, der unschuldig in die Mühlen der Justiz geraten ist?", bemerkte Renner sarkastisch.

„Nein. Man hat sehr gut verstanden, über welches Wissen ich verfüge. Meine Schuld besteht einzig darin, dass ich noch lebe. Wenn ich das Zeitliche gesegnet habe, dann können einige der Mächtigen auf dieser Welt endlich wieder gut schlafen."

„Welche, so wahnsinnig brisanten, Dinge könnten Sie denn ausplaudern? Und warum haben Sie denn offenbar bis jetzt geschwiegen?" Renners Neugier war geweckt worden. Aber er war Realist genug zu wissen, dass Strobl ihm jetzt noch keine befriedigende Antwort geben würde.

„Ich sehe, dass Sie noch immer misstrauisch sind. Das ist verständlich. Schließlich müssen wir einander erst kennen lernen. Aber Sie haben Glück, dass ich mich bereit sehe, Sie an meinem Wissen teilnehmen zu lassen, wenn es erforderlich wird. Haben Sie Geduld und versuchen Sie zu vertrauen."

„Beim Thema Geduld wird mir wohl nichts anderes übrig bleiben. Mein Vertrauen könnten Sie wecken, wenn Sie mir wenigstens sagen würden, was mit den anderen Leuten geschehen ist, die in der Nacht, als auf mich eingestochen wurde, bei mir waren."

„Die Herrschaften fühlen sich inzwischen hier sehr wohl, kann ich Ihnen sagen. Ich habe sogar den Eindruck, dass sie es fast für einen Glücksfall halten, dass Sagara sie hierher gebracht hat. Natürlich sind die Umstände, die mit Ihrem Eintreffen verbunden sind, alles andere als ein Glücksfall. Eher eine Tragödie. Aber offenbar fällt es den anderen wesentlich leichter zu vertrauen als Ihnen."

„Die anderen kennen ja auch Ihre Geschichte nicht."

„Auch Sie kennen meine Geschichte nicht. Sie kennen nur Ihren Auftrag."

Insgeheim gab Renner Max Strobl recht. Die Informationen des Dossiers waren wirklich dürftig. Aber ihn beschäftigte noch eine weitere Frage. Was war mit seinem malischen Kollegen Nangou, der die Lieferung von der Apotheke verfolgt hatte? Wohin hatte der Bote ihn geführt?

„Wenn Sie so gut über alles informiert sind, dann können Sie mir sicher sagen, wo sich mein Kollege Samuel Nangou zurzeit befindet."

„Ihr werter Kollege wird sicher bald nach Ihnen schauen. Da er bei Ihrer Ankunft bereits hier im Dorf war, hatte er Ihren lebensbedrohlichen Zustand mitbekommen. Ich vermute er befindet sich im Moment in einem Loyalitätskonflikt. Er weiß wohl nicht so recht, ob er nun sofort seine Vorgesetzten über meinen Aufenthaltsort informieren soll, oder ob es besser wäre mich zu unterstützen, damit Ihr Wohl gesichert ist. Ihre wundersame Genesung beängstigt ihn natürlich. Das ist verständlich."

„Haben Sie irgend so einen Voodoo-Zauber mit mir veranstaltet?", wollte Renner wissen. Auch er konnte sich keinen Reim auf seinen erstaunlich stabilen Zustand machen. „Bin ich vielleicht nun ein Zombie?"

Bei dieser Bemerkung musste Strobl herzlich lachen. Dass auch ein Mitarbeiter des BND nicht frei von gängigen Afrikaklischees war, amüsierte ihn. „Auch da kann ich Sie beruhigen. Ihre Rettung konnten wir ohne Zauberei oder sonstiges Hexenwerk bewerkstelligen. Nein, Sie sind kein Zombie. Das versichere ich Ihnen." Er zeigte auf einen Tisch, auf dem einige Utensilien lagen. „Ihre persönlichen Gegenstände befinden sich dort drüben. Auch Ihre Dienstwaffe. Ich gehe davon aus, dass Sie hier keinen Gebrauch davon machen müssen." Dann wandte er sich zu Tür. „Ich lasse Sie jetzt allein. Ruhen Sie sich aus und denken Sie über meine Worte nach. Versuchen Sie zu vertrauen. Die Welt wird es Ihnen danken."

Dann verließ Strobl die Hütte.

Jetzt, da außer einigen Geräuschen aus dem Dorf, wieder Stille in dem Raum herrschte, überkam Renner wieder das schwerelose Gefühl. Er fragte sich, ob die vergangenen Minuten nicht doch der Teil eines Traumes oder einer Vision waren. Doch diese Hütte erschien ihm real.

„OK", redete er sich Mut zu. „Ich lebe. Und ich habe einen Auftrag."

Die Entscheidung der Dorfältesten entlang der Falaise, brachte die Touristenführer im Dogonland in eine schwierige Situation. Einerseits mussten sie der Anordnung der Dorfchefs, dass die Arnhátonjünger keinen Zugang zu Kultplätzen in und um die Dörfer bekamen, Folge leisten. Andererseits kamen außer den Sektierern kaum Touristen, die dringend benötigtes Geld mitbrachten.

Die Reaktion der Arnhátongläubigen darauf, dass ihnen der Zugang zu spirituellen Orten verweigert wurde, war meist von großer Enttäuschung und Frustration geprägt. Erhofften sich doch manche Schwärmer religiöse Offenbarungen oder Ähnliches. Die neue Zurückhaltung der Dogongemeinschaften führte dazu, dass viele Amma-Arnháton-Touristen ihren Ärger an den Guides ausließen.

Manche Reisenden versuchten ihre Wünsche mit mehr oder weniger offener Gewalt einzufordern, was jedoch meist dazu führte, dass die Dorfgemeinschaften den Aggressoren ein unmissverständliches Aufenthaltsverbot im Dogonland erteilte.

Sagara besuchte nun ständig die Dörfer entlang der Felswand um die Bewohner bei der Bewältigung des Sekten-Problems zu unterstützen. Der Zwiespalt, in dem sich die sonst so gastfreundlichen Dogon befanden, zerriss ihm fast das Herz. Waren die Menschen in Mali doch immer dafür bekannt, dass sie niemanden zurückwiesen, so befanden sie sich nun in der Rolle einer verschlossenen Gemeinschaft, die Fremde, in diesem Fall die Arnháton-Jünger, auf Abstand hielt.

Selbst als er in der letzten Nacht mit den Verletzten zurück in das Dorf Jongu kam, vermuteten die Dorfältesten zunächst, dass es sich um einen Trick von Amma-Arnháton-Fanatikern handelte, die nach einem Weg suchten einer Heilungszeremonie beizuwohnen. Erst als Max Strobl, der als der weise alte Mann aus Deutschland galt, nach einem Blick auf den verletzten Martin Renner, bestätigte, dass es sich nicht um religiöse Schwärmer handeln konnte, ließ man die Leute ins Dorf.

Bereits am nächsten Tag tauchten dann wieder Reisende auf, die glaubten in den Dogonmythen eine neue geistliche Heimat zu finden. Sagara versuchte ihnen freundlich klar zu machen, dass sie als Gäste für einige Stunden willkommen waren, doch nicht über Nacht bleiben konnten. Das Ergebnis waren wüste Beschimpfungen. Sagara war jedoch froh, dass es diesmal nicht wirklich zu Gewalt kam.

52

Während Khaled dem Kleinbus folgte, herrschte eisiges Schweigen im Auto. Vera kämpfte immer noch mit ihrer Wut über die Kaltblütigkeit des US-Agenten und Eric war in Gedanken schon im Gebiet der Dogon. Er hoffte dort niemanden zu treffen der ihn von seiner Arbeit als Sprachforscher her kannte. Angesichts der unzähligen Dörfer entlang der 170 Kilometer langen Felswand war es zwar unwahrscheinlich, gerade in einem von ihm besuchten Dorf zu landen, aber ausgeschlossen war es nicht.

Khaled ertrug die abweisende Haltung Veras mit Gleichmut. Im Laufe seiner Einsätze hatte er viele ethisch fragwürdige Entscheidungen treffen müssen. Die Befindlichkeiten einer sensiblen Deutschen waren da keine Überraschung für ihn.

In dem Kleinbus vor Khaled herrschte Hochstimmung. Je näher sie dem ‚Pays Dogon' kamen, desto öfter wurden Lieder angestimmt und Texte aus dem Sonnengesang Echnatons rezitiert. Selbst Nabils Gemüt erhellte sich, als er von weitem die ersten rotbraunen Felsen erblickte. Zwar fürchtete er sich immer noch vor dem Augenblick, wenn er wieder Vera und Eric gegenüber stehen würde, aber allein die Tatsache, dass er sich nun im Land der Dogon befand, deutete er als eine göttliche Fügung, die allein den Sinn hatte, dass er vor dem Angesicht Amma-Arnhátons geheilt werden würde.

Mit jedem Kilometer, den sie zurücklegten, wurde die Felswand größer. Nabil sog diesen Anblick förmlich in sich auf. Einzelne Tränen rannen seinen Wangen herunter. Tränen der Ergriffenheit vor dem Ort seiner Erlösung. Waren die Felsen von Bandiagara bisher nur ein mystischer Ort in seiner Vorstellung, so konnte er sie nun mit eigenen Augen sehen. Bandiagara, der Ort wo die Nachkommen der ersten Anhänger von Echnatons Glauben an den einen und einzigen Gott lebten. So hatte er es zumindest verstanden. Hier lebte die Jahrtausende alte Religion authentisch weiter. Nicht so wie der neue Arnháton-Kult, den er in Tel el-Amarna erlebt hatte. Auch wenn er sich in seiner Heimat dem Kult angeschlossen hatte, so fehlte ihm doch immer die authentische Ursprünglichkeit. Ihm hatte immer das Durchdringen des

Glaubens bis in die letzte Zelle seines Körpers gefehlt. Erst als er nach Mali kam und hier Sagara kennen gelernt hatte, war ihm klar geworden, dass Arnháton ihn nur in Gestalt von Amma erlösen und völlig heilen konnte. Und nun befand er sich kurz davor.

Die beiden Fahrzeuge verließen nun die Nationalstraße und fuhren auf einer wesentlich schlechter ausgebauten Asphaltpiste der Falaise entgegen. Nach einer halben Stunde kamen sie durch ein Dorf, das sich einige Kilometer vor der Felswand in der Ebene befand. Ohne groß Notiz von der Siedlung zu nehmen fuhr Farid an den Häusern vorbei. Sie alle wollten zu den Dogondörfern an den Felsen. Nicht zu den neuen Orten in der Nähe der Felder und Wasserstellen.

Als die Felswand bereits so nahe war, dass man die in das Gestein hinein gebauten Wohn- und Vorratshütten erkennen konnte, endete die Asphaltstraße. Ein einsam in der Ebene gelegenes Gehöft befand sich am Ende der Straße. Farid überlegte einen Augenblick lang ob er hier anhalten und mit Khaled absprechen sollte, welchen Teil der Felsen sie ansteuern würden. Aber seine Mitreisenden im Bus zeigten alle in dieselbe Richtung. Fast so, als hätten sie gemeinsam die gleiche Eingebung gehabt.

„Dort hin", kam es geschlossen wie aus einem Mund.

„Da sind wir uns wohl alle einig", bestätigte Farid und steuerte den Bus über die Ebene. Einen Weg oder Pfad konnte er nicht erkennen. Den brauchte er auch nicht. Er orientierte sich an einer Ansammlung von pittoresken Häusern. Darüber befanden sich ovale Öffnungen in den Felsen. Jeder in der Gruppe wusste, das waren die geheimnisvollen, uralten Kammern in denen die Dogon früher ihre Vorfahren bestattet hatten. Die legendären Kammern, zu denen keine Treppen und keine Leitern führten.

Nabil richtete sich nun hoch auf. Die Schwäche, die ihn seit Tagen immer stärker gelähmt hatte, war nun verflogen. Fasziniert nahm er jedes Detail des vor ihm aufragenden Panoramas auf. In seiner Vorstellung sah er den Bus schon umringt von den Bewohnern des Dorfes, die ihn freudig begrüßten und auf den Händen zum Dorfheiler trugen, um mit Hilfe heiligster Rituale, Amma darum zu bitten ihn zu heilen.

Einzelne Schlaglöcher rissen ihn aus seinen Tagträumen. Farid hatte Mühe den alten Bus einigermaßen heil Meter für Meter voran zu bringen. Für Khaleds Geländewagen war die Strecke weniger herausfordernd.

„Wir sollten unsere Fahrzeuge hier außerhalb der Dörfer stehen lassen", meldete sich Eric. „Die Dogon werden nicht gut auf uns zu sprechen sein, wenn wir mit unseren Kutschen in ihre Siedlung reinpreschen."

„Wieso denn das?", fragte Khaled.

„Weil, wie ich schon sagte, ein Dogondorf an sich ein mythischer Ort ist. Dinge wie Autos stören die Beziehungen der spirituellen Elemente eines Dorfes."

„Und warum brausen unsere Arnhátonfreunde dann so lustig mit ihrem VW-Bus auf das Dorf zu?"

Eric hob ausweichend die Arme. „Weil es sich offensichtlich um einen Haufen Schwärmer handelt, der von der Kultur der Dogon keine Ahnung hat." Eric wurde nun ungeduldig. „Verdammt. Halte endlich das Auto an. Wenn wir dort mit dem Auto aufkreuzen, dann schmeißen uns die Dorfbewohner sofort raus und wir bekommen diesen Sagara erst gar nicht zu Gesicht."

Khaled trat auf die Bremse und der Geländewagen kam zum Stehen.

„Gut. Dann laufen wir halt", entschied Khaled. Sie stiegen aus und Vera beobachtete mit Sorge wie er seine Waffe unter seine Weste steckte.

„Was hast du denn damit vor?", fragte sie ihn.

„Reine Vorsichtsmaßnahme. Schließlich wollen wir hier nicht nach München auf das Oktoberfest."

Der Kleinbus mit der Arnhátongemeinschaft hatte sich inzwischen einige hundert Meter entfernt. Falls sie überhaupt bemerkt hatten, dass Khaled ihnen nicht mehr folgte, so schien das ihren Drang zu den Felsendörfern zu kommen nicht aufhalten zu können.

„Nehmt mit, was ihr unbedingt braucht. Wir wissen nicht, wann wir wieder zurück zum Auto kommen", riet Khaled.

„Wie lange hast du denn vor, dort zu bleiben? Ich hatte gehofft, die Sache sei bald erledigt, wenn wir diesen Sagara gefunden haben", meinte Vera besorgt.

„Wir sollten auf alles gefasst sein." Khaled ging zum Kofferraum und nahm dort zwei Ersatzmagazine für seine Pistole heraus, die er in seine Weste steckte. „Und jetzt los. Ich will sehen, ob uns dieser Farid und seine Leute nützlich sein können."

Khaled gab das Zeichen zum Aufbruch und legte ein Tempo vor, mit dem Vera und Eric nur schwer mithalten konnten. In der Ferne war bereits zu sehen, dass der Bus das Dorf erreicht hatte und sich eine Traube von Dorfbewohnern um die Arnhátonjünger bildete.

„Sieht nicht so aus, als ob sich die Dogon besonders über den Besuch freuen würden", bemerkte Khaled. Seine Begleiter ersparten sich eine Antwort. Zu sehr waren sie außer Atem.

Die Dorfbewohner hatten sofort Sagara gerufen als sie bemerkten, dass sich ein Fahrzeug dem Dorf näherte. Als der Kundige den Platz vor dem Dorf erreicht hatte, waren die Insassen des Busses bereits ausgestiegen. Nur Nabil wartete, trotz aller Euphorie, erst einmal ab, wie sich die Dinge entwickelten. Dass Vera und Eric weit und breit nicht zu sehen waren, nahm er erfreut zur Kenntnis. Vielleicht fuhren sie ja in ein anderes Dorf, hoffte er.

Vom Fenster des Kleinbusses aus beobachtete er wie seine Freunde von unzähligen Dogon umringt wurden. Doch war es keine freudige Begrüßung. Er verstand zwar nicht, was dort geredet wurde, es war ein Durcheinander von einem unverständlichen Dogondialekt und einzelnen französischen Worten, aber die Körpersprache der Einheimischen war eindeutig. Die Gruppe war nicht willkommen. Immer wieder zeigten die Farbigen auf den Bus und auf den Horizont. Dass dies bedeutete, dass sie wieder fahren sollten, war unmissverständlich.

Aber offenbar ließ sich Farid davon nicht beeindrucken. Mit stoischer Ruhe winkte er immer wieder ab und versuchte die Bewohner zu besänftigen. Einige der Arnhátonfrauen gingen bereits wieder zurück zum Bus. Nabil suchte immer noch nach Eric und Vera. Doch waren sie offenbar immer noch nicht hier.

Dann erblickte Nabil Sagara. Der großgewachsene Schwarze ging geradewegs auf Farid zu und richtete das Wort an ihn. Nun zeigte auch Farid Respekt und wich einen Schritt zurück. Er deutete auf den Bus und sagte etwas, das scheinbar mit Nabil zu tun hatte. Farid brachte Nabils stark geschwächten Zustand ins Spiel.

Nun sah Nabil den Zeitpunkt gekommen, sich zu seinen Glaubensgenossen zu gesellen. Er stemmte sich von seinem Platz auf und trat durch die Fahrzeugtür ins Freie.

„Hallo, Sagara. Es ist schön zu sehen, dass du wieder gesund bist. Arnháton sei mit dir." Nabils Freude über das Wiedersehen mit seinem Freund war echt. Trotzdem befremdete ihn dessen abweisende Haltung gegenüber seinen Freunden.

„Hallo, Nabil. Dein Freund erzählt du seist krank. So wie du aussiehst hat er wohl recht." Sagaras Aufmerksamkeit galt nun seinem Freund Nabil. Farid, der das bemerkte, entschied sich zu schweigen, auch wenn nun wieder die Dorfbewohner auf ihn einredeten.

„Sagara. Ich weiß, dass ich hätte warten müssen, bis ich durch einen Kundigen vor einen Hogon vorgelassen werde. Aber wie du siehst, bin ich wirklich krank." Nabil musste bei seiner Rede eine kurze Pause einlegen um Atem zu schöpfen. Dann fuhr er fort. „Sagara, mein Freund. Du gehörst zu den Kundigen. Du kannst dafür sorgen, dass mich der Hogon dieses Dorfes empfängt. Es ist wichtig für mich. Lebenswichtig."

Sagara musterte seinen Freund intensiv. Nabil sah wirklich krank aus. Seine Hautfarbe war unnatürlich blass. Er wirkte extrem erschöpft. Seine Augen waren eingefallen. Und seine Stimme zitterte. Vor einigen Tagen hätte Sagara diese Umstände, in Verbindung mit Nabils aufrichtigen Glauben, durchaus als einen Anlass gelten lassen, sich für ihn bei einem Hogon einzusetzen. Doch nach der Botschaft des Fuchsorakels und der Entscheidung der Dorfchefs musste er auch ihn abweisen.

„Nabil. Es tut mir leid. Die Dinge haben sich geändert. Ihr müsst euren eigenen Weg finden. Die Welt der Dogon wird euch immer fremd bleiben."

Sagaras ablehnende Worte trafen Nabil wie ein Schlag ins Gesicht. All die Hoffnungen die ihn in den letzten Tagen davor bewahrt hatten aufzugeben, zerplatzten nun mit dieser Weigerung.

„Nein, Sagara. Ich habe meinen Weg gefunden", widersprach Nabil. „Und meine Freunde hier ebenso. Wir haben uns entschieden mit euch unseren gemeinsamen Gott Amma-Arnháton anzubeten. Er ist es, der uns alle erlösen kann." Dann fügte er noch hinzu: „Du warst fast tot. Jetzt stehst du hier und bist gesund. War das nicht das Werk Arnhátons?"

Nabils Worte ließen Sagara nicht unbeeindruckt. Der Dogon war sich bewusst, welches besondere Glück ihm mit seiner Heilung wiederfahren war. Trotzdem versuchte er weiter zu argumentieren: „Du sprichst von Amma-Arnháton und meinst deinen Gott Arnháton. Meine Heilung habe ich durch einen Boten Ammas erfahren. Unsere Vorstellungen eines gemeinsamen Kultes waren eine romantische Illusion. Du musst deinen eigenen Weg finden."

Nabil rang nach Luft. Farid mischte sich nun wieder ein: „Wir haben die Mythen eures Volkes studiert, soweit uns das möglich war. Wir haben viele Gemeinsamkeiten gefunden, die kein Zufall sein können. Wir haben ein Recht darauf, dass wir hier Amma-Arnháton anbeten." Sein Ton klang nun scharf und fordernd. „Wir gehen hier nicht eher weg, bis wir bei einem Hogon vorgelassen werden."

Nabil bemerkte, dass einige Bewohner ihren Blick zur Ebene wandten. Als er dem Blick folgte erkannte er zwei Weiße und einen Malier, die sich dem Dorf zu Fuß näherten. Es waren Eric, Vera und Khaled.

53

Als Samuel Nangou seinen Kollegen Martin Renner in der Gästehütte aufsuchte, war ihm klar, dass ein schwieriges Gespräch bevorstand. Nangou hatte in den letzten Stunden schnell erkannt, dass Strobl hier im Dorf nicht die Position eines Exilanten hatte, sondern dass er eine wichtige Funktion für die Dogon erfüllte. Doch durfte er Renner davon noch nichts berichten. Überhaupt war es schwierig für ihn seinen Kollegen davon zu überzeugen, dass er Strobl nicht als Gefahr für die Menschen anzusehen hatte, sondern als einen wichtigen Helfer beim Erfüllen einer viel größeren Aufgabe.

Renners Enttäuschung über die Position die Samuel Nangou eingenommen hatte war unverkennbar. „Da hat dieser Strobl dir also auch eine Gehirnwäsche verpasst. Vielleicht sollte man seine Kügelchen mal auf LSD untersuchen", spottete Renner.

„Strobl hätte nicht so viele Jahre hier bei den Dogon leben können, wenn er kein guter Mensch wäre", erklärte Nangou.

„Das sollte uns egal sein", fauchte Renner. „Wir haben den Auftrag ihn nach Deutschland zu bringen. Auch wenn er Mahatma Gandhi persönlich wäre. Vor dem Gesetz sind alle gleich. Und die malischen Behörden haben dich mir als Unterstützung zugeteilt. Also falle mir bitte nicht in den Rücken."

„Ist das die berühmte deutsche Gründlichkeit und Korrektheit? Zählt für dich wirklich mehr, was auf einem Stück Papier steht? Willst du wirklich nicht sehen, was du vor Augen hast?"

„Im Moment sehe ich nur einen alten Mann, der mir nicht erzählen will, wie er mich vor dem Verbluten bewahrt hat und einen malischen Polizisten, der offenbar die Seiten gewechselt hat."

Der Angriff Renners schmerzte Nangou sehr. Nie hätte er gedacht, dass ihm jemals jemand vorwerfen würde, dass er seinen Aufgaben als Polizist nicht gerecht werden wolle. Trotzdem versuchte er sachlich zu bleiben.

„Du wirst Strobl niemals nach Deutschland mitnehmen können. Niemand der sein Wirken hier erlebt hat wird das zulassen."

„Das werden wir ja sehen", unterbrach ihn Renner.

Nangou ignorierte diese Bemerkung und fuhr fort.

„Aber er will dir die Chance geben etwas zu begreifen, das du dir niemals hättest träumen lassen."

„Verdammt", fluchte Renner lautstark. „Ist dieser Kerl hier so etwas wie ein Guru? Habt ihr ihm alle ewige Treue geschworen? Was geht denn hier für ein Mist ab? Wenn ich so einen Scheiß höre, dann bekomme ich das Kotzen." Er machte eine Pause um sich zu beruhigen. „Samuel, du bist doch ein intelligenter Mann. Lass dich von diesem Kerl nicht einwickeln. Ich bin noch nicht so fit, dass ich hier weg kann. Aber du. Du kannst von hier abhauen und in Mopti die deutsche Botschaft verständigen. Die schicken dann Leute hierher, die Strobl festnehmen."

Nangou sah Renner lange an. Dann antwortete er: „Genau das werde ich zu verhindern wissen."

Nangous Aussage verstärkte Renners Eindruck, dass Strobl ein gefährlicher, nicht zu unterschätzender Mann sei. Wenn der Alte die Personen in seinem Umfeld derart für sich vereinnahmen konnte, dann war es kein Wunder, dass ihn die deutschen Behörden lieber hinter Schloss und Riegel sahen.

Renner sah sich nun auf sich allein gestellt. Er musste so schnell wie möglich raus aus diesem Dorf und seine Vorgesetzten unterrichten. Sein Blick fiel auf die Walther PPK. Er stand auf und griff nach der Pistole. Als der das Magazin untersuchte, stellte er erfreut, aber auch verwundert, fest, dass es noch vollständig war. War Strobl so sehr von sich überzeugt, dass er seinen Gegnern sogar die Waffen überließ? Renner verdrängte derartige Fragen. Er steckte alle seine, auf dem Tisch befindlichen, Utensilien ein. Gerade wollte er den Raum verlassen, da erschien Strobl wieder in der Tür. In seinen Händen hatte er eine Kanne mit Tee und zwei kleine Becher.

„Wie ich sehe, sind Sie praktisch wieder vollständig genesen. Das freut mich."

Renner lud seine Waffe durch und richtete sie auf den alten Mann. „Auch wenn Sie fast allen in Ihrer Umgebung mit Ihrem Wahnsinnscharisma eine Gehirnwäsche verpassen können. Ich werde Sie an meine Behörden ausliefern. Wenn Sie wirklich unschuldig sind, dann werden das die Richter entscheiden."

„Herr Renner." Strobls Stimme klang fast mitleidig. „Ich verstehe Ihr Bedürfnis, die Aufgabe die man Ihnen übertragen hat zu Ende zu führen. Aber ist Ihnen denn nicht klar, dass sich Ihnen unzählige Menschen in den Weg stellen werden, wenn Sie mich mit vorgehaltener Waffe hier herausführen? Wollen Sie mich oder all diese Leute erschießen? Nur um Ihren Auftrag zu erfüllen? Und das obwohl Sie nicht einmal wissen, welche Geschichte hinter alledem steckt?"

„Versuchen Sie nicht mich mit Ihrem Geschwätz einzuwickeln. Wir werden jetzt unauffällig dieses Dorf verlassen und mit meinen Wagen zurück nach Mopti fahren."

„Sagara, der junge Mann, der auch an Ihrer Rettung beteiligt war, hat Ihr Fahrzeug wieder außerhalb des rituellen Bereichs des Dorfes bringen lassen. Wir müssten also einen längeren Spaziergang machen, ehe wir zu Ihrem Auto kommen würden. Unauffällig wäre das nicht zu bewerkstelligen. Ich rate Ihnen nochmal. Vergessen Sie Ihren Auftrag. Hören Sie mir lieber zu."

Renner wurde unsicher. Ein Blutbad wollte er auf keinen Fall anrichten. Strobl schien völlig unbeeindruckt von seiner Waffe. Und das Angebot dessen Version der Hintergründe zu hören war verlockend. Besonders, da es für die Spontanheilung nach der Messerattacke immer noch keine rationale Erklärung gab.

„Also. Lassen Sie hören. Ich habe Zeit. Welche Geschichte haben Sie zu erzählen?"

Strobl stellte die Teekanne und die Becher auf dem Tisch ab und setzte sich. Dann wies er auf den anderen Stuhl. „Bitte setzen Sie sich auch. Es ist eine lange Geschichte. Wir sollten dabei etwas Tee genießen. Sie kennen doch das Sprichwort: Eine Tasse Tee, bitter wie der Tod. Eine Tasse, lieblich wie das Leben. Eine Tasse, süß wie die Liebe." Er goss beiden etwas Tee ein. „Wie jedes erfüllte Leben, so hat auch mein Leben von allem etwas."

Wieder befürchtete Renner, dass Strobl eine Droge dem Tee beigefügt haben könnte.

„Mein lieber Herr Renner. Ich bitte Sie. Ich habe doch nicht Ihr Leben gerettet, wenn ich Sie danach mit Drogen vergiften wollte." Dann zeigte er auf die Pistole, die Renner noch immer in den Händen hielt. „Und legen sie bitte Ihre Waffe wieder weg. Sie ist hier völlig fehl am Platz."

„Das sehe ich immer noch etwas anders", konterte Renner.

„Wissen Sie ...", meinte Strobl und beugte sich über den Tisch als wolle er Renner etwas ins Ohr flüstern. „Ihre Waffe stört Sie beim Zuhören."

Ehe Renner auch nur den Ansatz einer Bewegung bemerkt hatte, griff Strobl über den Tisch und entriss ihm die Pistole. Der BND-Agent zuckte nur verwirrt und sah nun seine Waffe in den Händen des alten Mannes. Für die Schnelligkeit dieser Aktion hatte er keine Erklärung.

„Bitte lassen Sie während unseres Tischgesprächs Ihre Finger von diesem Teufelsding. Ich möchte, dass Sie verstehen, warum ich die letzten Jahrzehnte hier verbringen musste." Mit diesen Worten legte Strobl die Waffe auf den Tisch. Renner war derart perplex, dass er beschloss, der Anweisung zu folgen, auch wenn die Pistole immer noch in Griffweite war.

„Ich vermute, dass mein Geburtsjahr 1914 korrekt in Ihren Unterlagen steht", begann Strobl und nippte an seinem Tee. „Wie viele meiner Zeitgenossen, so erlebte auch ich, welches Leid der erste Weltkrieg und seine Nachwirkungen über die Menschen hier in Europa gebracht hatte. Zwar konnte die damalige Medizin die ein oder andere Linderung schaffen, aber letztlich entschied doch der Geldbeutel, wem die Errungenschaften der medizinischen Forschung zu gute kamen."

„Welch´ noble Erkenntnis", spottete Renner, der wieder seine Sprache gefunden hatte.

„Wie entscheidend es damals war, ob man in einer armen oder in einer reichen Familie geboren wurde, erfuhr ich während meiner Kindheit am eigenen Leib. Die Einzelheiten erspare ich Ihnen. Dass die 1920er Jahre eine Zeit des Hungers und des Elends für die ärmeren Schichten der Gesellschaft waren ist Ihnen sicher hinlänglich bekannt. Die Folgen einer Kriegsverletzung und die Not dieser Zeit führten dazu, dass mein Vater früh verstarb. Trotz alledem ermunterte mich meine Mutter, deren einziges Kind ich war, meine schulische Laufbahn mit Fleiß und Engagement zu verfolgen. Auch wenn damals ein Studium undenkbar erschien. Dazu fehlte es zu sehr an finanziellen Mitteln."

„Trotzdem hatten Sie Medizin studiert", bemerkte Renner.

„Als ich 1933 das Abitur machte, änderten sich die Machtverhältnisse. Auch das wird Ihnen sicher bekannt sein. Nun waren für den beruflichen Weg nicht mehr die finanziellen Möglichkeiten der Eltern entscheidend…"

„… sondern Rasse und Gesinnung. Halten Sie das wirklich für eine Verbesserung?" Renner erwartete nun die üblichen Rechtfertigungen alter Nazis. Er war versucht wieder zu seiner Waffe zu greifen.

„Sie haben insofern Recht, dass ich das Glück hatte, aus einer unpolitischen Familie zu kommen und auch mein Stammbaum kein Hindernis darstellte."

„Also waren Sie ein Mitläufer."

„Ich hatte die Möglichkeit Medizin zu studieren. Und noch dazu konnte ich eine Ausbildung im Bereich der Homöopathie machen. Einer Heilkunde, die nicht auf millionenschwere Forschungen und teure Medikamente angewiesen ist. Hätte ich 1933 einen solchen Weg ausschlagen sollen? Selbst 1936 bei dem Olympischen Spielen in Berlin gab sich das Regime als friedliebend. Beurteilen Sie die Geschichte nicht aus der Sicht der Urenkel."

„Und später? Als Nazideutschland die ganze Welt in einen Krieg gestürzt hatte? Haben Sie da auch nichts gemerkt?"

„Was ich Ihnen jetzt erzähle, das ist der Grund, weshalb Ihre Behörde und die Geheimdienste der halben Welt auf der Suche nach mir sind." Strobl goss erneut Tee in die beiden Tassen und nahm einen Schluck. Renner wartete nun mit einem gewissen Interesse auf die Fortsetzung von Strobls Erzählung.

„Wie Sie bereits wissen konnte ich 1938 mein Studium der Medizin mit Auszeichnung abschließen. Ebenso meine Ausbildung in der Klassischen Homöopathie. Die ‚Reichsarbeitsgemeinschaft für eine Neue Deutsche Heilkunde' in der 1935 der ‚Deutsche Zentralverein homöopathischer Ärzte' aufgegangen war, verschaffte mir eine Arbeitsstelle in einem Forschungsprojekt der Wehrmacht. Offiziell waren wir alle als Ärzte zur Erhaltung der Gesundheit und Wehrkraft der deutschen Soldaten angestellt. Unser wahrer Auftrag galt aber der Verbesserung und Optimierung der soldatischen Fähigkeiten."

„Haben Sie den Soldaten beigebracht wo die Gegner am verletzlichsten sind? Oder was habe ich mir unter Verbesserung und Optimierung der soldatischen Fähigkeiten vorzustellen?"

„Nein", fuhr Strobl fort. „Die soldatischen Fähigkeiten die hier gemeint waren, sind Widerstandfähigkeit, Ausdauer, optimale Regenerationsfähigkeit."

„Und Skrupellosigkeit", warf Renner ein.

„Unsinn." Strobl war sichtlich verärgert über die, seiner Meinung nach, unpassende Bemerkung. „Der Typ Soldat, den Sie im Sinn haben, hat nichts mit dem Forschungsziel zu tun, für das wir arbeiteten."

„Ein Soldat, der zäh wie Leder ist und hart wie Kruppstahl."

„Das trifft es wohl eher. Wir sollten damals daran arbeiten, wie der Organismus unserer Männer den körperlichen Anforderungen im Gefecht besser begegnen kann."

„Warum hat man dafür Ärzte der Neuen Deutschen Heilkunde herangezogen? Ich hätte eher vermutet, dass man Genetiker damit beauftragt einen Supersoldaten zu züchten."

„Für die Genetiker, deren Wissen noch äußerst unvollkommen war, stellten der deutsche Mann und die deutsche Frau bereits das Optimum der menschlichen Entwicklung dar. Einen noch besseren Menschen zu züchten, hätte bedeutet, dass die Deutschen noch unvollkommen gewesen wären. Das hätte nicht in deren Weltbild gepasst."

„Aber ein bisschen ärztliche Hilfe beim Immunsystem war in Ordnung?" Renner begann zu verstehen, worauf Strobl hinauswollte.

„Richtig. Wir Ärzte der Neuen Deutschen Heilkunde unterstützten den arischen deutschen Soldaten nur bei seiner Gesunderhaltung."

„Und wo kamen die Versuchspersonen her? Aus den KZs?"

Strobl schüttelte den Kopf. „Wenn Sie so wollen, dann war es unser Auftrag eine Armee von übermenschlichen Soldaten zu erschaffen. Da wäre es absurd gewesen, erst einmal aus einem Untermenschen, wie es die Nazis formulierten, einen Supersoldaten zu machen. Außerdem war es ein Anliegen der Führungsriege der Nazidiktatur, dass die Vernichtungslager mehr oder weniger geheim bleiben sollten. Zudem gab es mehr als genug arische Freiwillige, die sich zur Verfügung stellten um dem deutschen Volk zu dienen. Auch als Testperson für neue Heilmittel. Und immerhin war die Aussicht Widerstandfähigkeit, Ausdauer und Regenerationsfähigkeit zu verbessern für einen Probanden auch nicht zu verachten."

„Aber als Homöopath hatten Sie doch nur mit kleinen weißen Kügelchen zu tun. Wie sollte das denn einem Soldaten im Einsatz nutzen?"

„Ich sehe, dass Sie die Homöopathie wieder unterschätzen. Wir hatten damals praktisch unbegrenzte finanzielle Mittel zur Forschung zur Verfügung. Und 1938, in Friedenszeiten vor dem Krieg, kamen wir auch an alle Stoffe und technischen Geräte heran, die wir benötigten. Da die Homöopathie sich schon immer bei ihren Ansätzen zur Bekämpfung einzelner Leiden damit befasst hat in welchem Zustand sich der gesamte Körper, inklusive der Psyche, befindet, konnten wir bereits damals auf einen beachtlichen Fundus an Erkenntnissen über die positive Beeinflussung des Immunsystems zurückgreifen. Wir hatten also Anhaltspunkte, wo unsere potenzierten Wirkstoffe die Abwehr stärkten oder die Regeneration beschleunigten."

„Sie haben also irgendwelche Stoffe verdünnt und die Soldaten wurden nicht mehr krank? Warum gibt es dann heute noch so viele Krankheiten?"

„Geduld, mein Freund. Ich bin ja noch nicht fertig." Es war als ob Strobl ein lange verschlossenes Fach in seiner Erinnerung öffnete. „Wir bekamen also alle gewünschten Mittel. Wir forschten. Und wir hatten auch bald messbare Erfolge vorzuweisen. Dann kam 1939 der Krieg. Nun war unsere Abteilung plötzlich im wahrsten Sinne des Wortes kriegswichtig. Die anfänglichen Erfolge unserer Soldaten zeigten, dass unsere Verfahren die gewünschte Wirkung hatten. Die wenigen Eingeweihten der involvierten Ministerien beglückwünschten uns, signalisierten aber, dass man noch weitere Optimierungen unserer Soldaten erwartete."

„Hatten alle Soldaten damals Ihre Kügelchen geschluckt? Ich meine, dass wäre doch inzwischen irgendwo nachzulesen?"

„Natürlich versorgten wir damals nur einen ganz geringen Teil unserer Truppen. In den ersten Kriegsjahren waren auch gar keine großartigen Leistungssteigerungen notwendig gewesen. Es hatte ja den Anschein, dass der Führer und seine Generäle unbesiegbare Strategen wären. Trotzdem erwartete man von uns, dass wir mit unserer Heilkunst ein Mittel fänden, dass die Regeneration der Soldaten ins Phantastische steigern würde. Nun reagierten manche Testpersonen mit heftigen Gegenreaktionen. Bis dahin galt die Homöopathie praktisch als Heilkunde ohne Nebenwirkungen. So heftig die ungewollten Reaktionen auch waren, sie verschwanden wieder nach einiger Zeit, wenn das Mittel abgesetzt wurde."

„Eine herbe Enttäuschung für die Herren Generäle. Das war wohl nichts mit dem deutschen Supersoldaten. Gott sei Dank."

„Ja, da sollten Sie Gott danken. Aber die Geschichte geht noch weiter."

„Bisher sehe ich auch noch keinen Grund, warum die halbe Welt hinter Ihnen her sein sollte."

„Mit jedem weiteren Kriegsjahr wurden die Anforderungen an unsere Forschungsergebnisse höher. Man forderte von uns, dass die homöopathischen Mittel nicht mehr als separat eingenommene Medikamente dargereicht wurden, sondern unbemerkt unter das Essen gemischt werden könnten. Das war praktisch eine völlige Verkennung der philosophischen Grundlage unserer Heilkunde. Doch auch für diesen Auftrag ergab sich eine Lösung. Wenngleich auch keine Lösung, die jemals jemand von uns gewollt hätte."

„Es fehlte auch den deutschen Soldaten an Lebensmitteln", folgerte Renner. „Und wo kein Essen ist, da werden die potenzierten Kügelchen auch automatisch separat und pur eingenommen. Die Soldaten waren zwar hungrig, aber leistungsfähig. Eine perverse Lösung."

„Wohl wahr. Doch erwartete man im letzten Kriegsjahr von uns, dass die abwehrsteigernde Wirkung auch dann noch beibehalten bleibt, wenn das Mittel abgesetzt worden war. Man forderte praktisch ein Wunder."

„Und? Konnten Sie dieses Wunder liefern?"

„Mit unseren homöopathischen Präparaten konnten wir die Immunabwehr noch ein weiteres Mal steigern. Doch eine dauerhafte Wirkung, auch nach Absetzung des Medikaments hätte noch Jahre an Forschungsarbeit benötigt. Außerdem trat nun ein weiteres, völlig unvorhergesehenes Problem auf. Die Wirkung, die sich auf molekularer Ebene auf den Organismus übertrug, hatte nicht nur einen Effekt auf den menschlichen Körper, sondern auch auf einen Erreger, zu dessen Bekämpfung unsere Arbeit eigentlich dienen sollte."

„Die Viren und Bazillen stellten sich auf Ihre Medikamente ein? Sie wurden resistent?"

„Nicht im eigentlichen Sinne. Es war nicht die Wirkung wie man sie bei Keimen kennt, die eine Resistenz gegen Antibiotika entwickelt haben. Im Blut der Patienten konnten wir einen Virus nachweisen, der mutiert war und sogar in der Lage gewesen wäre irgendwann das extrem leistungsfähige Immunsystem unserer Testpersonen zu überwinden."

„Sie haben also nicht nur die Fähigkeiten der Soldaten gesteigert, sondern auch die eines Virenstamms."

„Richtig. Es bestand damals ein enormes Gefahrenpotential. Dieser Virus wäre in der Lage gewesen, das Immunsystem eines normalen Menschen in kürzester Zeit zu zerstören, so dass der Patient letztendlich an den Folgen eines banalen Schnupfen sterben könnte."

„Das wäre eine verheerende Waffe für das Nazi-Regime gewesen."

„Zunächst einmal war es eine enorme Gefahr für die Volksgesundheit. Schließlich war der allergrößte Teil der Menschen im Deutschen Reich kein medizinisch aufgerüsteter Soldat. Ganz zu schweigen von den restlichen Menschen in Europa und der Welt. Dieses Virus war zu gefährlich, als dass wir es für weitere Forschungen hätten behalten können. Wir entschlossen uns es unverzüglich zu vernichten."

„Ich gehe davon aus, die Generäle und anderen Befehlshaber waren nicht begeistert über ihre eigenmächtige Entscheidung."

„Ja, leider. Man beschimpfte uns als Volksverräter. Drohte uns mit Exekution und befahl uns die Versuchsreihen zu wiederholen."

„Und taten Sie es?"

„Wir wiederholten die Versuche. Aber wir verunreinigten die Substanzen. Nach einer gewissen Potenzierung ist, wie Sie wissen sowieso chemisch nicht mehr nachzuweisen auf welcher Ursubstanz das Präparat beruht. Die fatale Wirkung der vorhergehenden Tests blieb aus. In parallel laufenden Studien hatten wir inzwischen ein, natürlich homöopathisches, Mittel entwickelt, das unsere Patienten von dem Virus befreite."

„Aber damit gab sich sicher der Führer nicht zufrieden."

„Inzwischen stand der Tag der Kapitulation vor der Tür. Wir hatten den Befehl, alle Unterlagen zu vernichten. Der Feind war in Berlin nur noch wenige Stadtbezirke entfernt. Und es wäre eine Katastrophe gewesen, wenn unsere Arbeit fortgesetzt worden wäre. Egal von welcher Nation auch immer."

Renner hielt Strobls Geschichte für abstrus, aber trotzdem für nicht ganz unglaubwürdig. „Na, ja. Bis jetzt hat es ja den Anschein, dass Ihre Unterlagen wohl wirklich nicht in fremde Hände gelangt sind. Zumindest hat man nirgendwo von Supersoldaten oder neuartigen Biowaffen gehört", resümierte Renner.

„Ja. Einige Jahre schien es so. Nach Kriegsende scherte sich niemand um unsere Arbeiten für die ‚Reichsarbeitsgemeinschaft für eine Neue Deutsche Heilkunde'. Die Homöopathie wurde als okkulter Schnickschnack einer verdrehten Naziideologie abgetan. Mir und meinen Kollegen konnte man keine Verbrechen nachweisen. Offiziell waren wir ja nur Ärzte im Dienste für die Opfer des Krieges. Und das an der Heimatfront. Praktisch ohne Feindkontakt. Vielleicht wollten die Siegermächte auch bei uns Ärzten keine weiteren Ermittlungen anstellen. Dann hätten Sie gestehen müssen, dass Sie über unsere Forschungen Bescheid wussten."

„Sie durften nach dem Krieg weiter praktizieren?"

„Ja. Ohne jede Auflage. Das Land benötigte Ärzte. Tausende Kriegsversehrter stellten eine enorme Herausforderung dar. Ich eröffnete eine Praxis. Arbeitete als Hausarzt mit der Zusatzqualifikation Homöopathie. Heiratete und führte ein beschauliches Leben."

„Bis 1983."

„Ja. Bis zu diesem Jahr."

„Was geschah 1983? Wieso sind Sie damals auf einmal verschwunden?"

Strobl sah Renner in die Augen. „Offensichtlich haben Sie immer noch nicht verstanden welche Pforte wir kurz vor Kriegsende geöffnet hatten."

Renner schüttelte den Kopf. „Nein. Und was hat das mit dem Jahr 1983 zu tun?"

„Als einige französische Forscher 1983, zwei Jahre nach dem Tod meiner Frau, verkündeten dass sie ein Virus entdeckt hätten, das für eine seltsame, tödliche Seuche unter Homosexuellen verantwortlich ist, wurde mir klar, dass es doch jemanden gab, der im Besitz unserer Forschungsunterlagen war."

Renner überfiel ein kalter Schauer. „Sie meinen das HI-Virus. 1983 war die Zeit als die ersten AIDS-Fälle bekannt wurden." Jetzt erkannte auch er, auf was Strobl hinaus wollte. „Und Sie wollen sagen, dass diese weltweite Seuche durch Ihre Arbeiten für die Nazis entstanden ist."

„So weit möchte ich nicht gehen", wehrte Strobl ab. „Wir hatten damals ja das Projekt gegen den Willen unserer Vorgesetzten scheitern lassen. Und auch unsere Unterlagen dürfte es eigentlich nicht mehr geben." Dann fügte er noch hinzu: „Aber nachdem diese Meldung 1983 durch die Presse ging, kontaktierte ich einige ehemalige Kollegen. Die meisten versicherten mir glaubwürdig, dass sie niemals Informationen über das Projekt weitergegeben hatten. Doch verwiesen sie alle auf unseren Projektleiter, der, obwohl ihm keinerlei Verbrechen nachgewiesen worden waren, nach dem Krieg Berufsverbot bekam."

„Die Siegermächte wollten ihn zu Kooperation zwingen. Mit einem Berufsverbot konnte man keiner qualifizierten Arbeit nachgehen."

„Das war auch meine Vermutung. Und soweit ich recherchieren konnte, hatte er seine Informationen nicht nur an die Russen verkauft, sondern an alle anderen Alliierten ebenfalls."

„Das dürfte seine Notlage erheblich gemildert haben."

„Als ich 1983 in der Presse von den ersten Toten erfuhr, war mir klar, dass es offenbar kein Gegenmittel gegen das HI-Virus gab. Entweder waren die Entwickler weniger erfolgreich bei Ihrer Arbeit, als wir es damals waren. Oder es bestand kein wirkliches Interesse an einem Gegenmittel. Ich setzte mich mit dem Bundesgesundheitsministerium in Verbindung und bot meine Zusammenarbeit bei der Bekämpfung von AIDS an. Mein Anruf wurde mehrmals weitergeleitet und irgendwann hatte ich jemanden mit einem imposanten Titel an der Leitung. Er zeigte großes Interesse und wir vereinbarten einen Termin noch am selben Tag."

„Das klingt nicht so, als ob jetzt ein Happy-End kommt", meinte Renner.

„Nein. Zwei Stunden später wurde mein Haus gestürmt. Ich kann natürlich nicht sagen, wer genau diese Einheiten waren, doch zur deutschen Armee gehörten sie auf keinen Fall."

„Aber offensichtlich konnten Sie vorher noch fliehen."

„Sie drangen in mein Haus, als ich Unterlagen für meinen Besuch beim Bundesgesundheitsministerium sortierte. Wahrscheinlich hatten sie einen schwachen alten Mann erwartet. Schließlich war ich damals schon fast siebzig. Doch sie hatten nicht damit gerechnet, dass ich einige der Tests in den letzten Kriegsjahren an mir selbst ausgeführt hatte. Erfolgreiche Tests."

„Das heißt, sie waren stärker, widerstandsfähiger und ausdauernder als das Kommando, das Ihnen ans Leder wollte."

„Und schneller, wie Sie bereits gesehen haben. So konnte ich den Angreifern entfliehen und verließ so schnell wie möglich mein Heimatland."

„Das war tragisch. Für Sie und für die vielen Millionen, die inzwischen an dem HI-Virus erkrankt sind. Und wie sind Sie dann hier nach Mali gekommen?"

„Ich wollte weiter auf dem Gebiet der Homöopathie forschen. Bei dieser Arbeit ist es wichtig, dass man sich in einem Umfeld bewegt, das möglichst frei ist von Umweltverschmutzung jedweder Art. Dafür kamen nur entweder die Polarregionen, eine Felseninsel im Meer oder die Sahara in Frage. Wenn man fast siebzig ist, dann entscheidet man sich zwangsläufig für die wärmere Gegend. Mali galt damals als Musterland für die demokratische und wirtschaftliche Entwicklung einer afrikanischen Gesellschaft. Und ein großer Teil des Staatsgebietes liegt in der Sahara. Dieses Land bot also die perfekte Kombination aller für mich relevanten Erfordernisse."

„Und wie sind Sie hier zu den Dogon gekommen?"

„Bandiagara liegt sowohl nahe genug an der Sahara, als auch an Städten wie Mopti oder sogar Bamako. Anderseits ist es abgelegen genug, dass nur wenige Touristen hierher kommen. Zumindest gab es damals nur vereinzelt Reisende, die sich hierher verirrten. Im Laufe der Jahrzehnte ist dann der Tourismus zu einem wichtigen Wirtschaftszweig für die Dogon geworden. Dass durch die Reisewarnungen der heutigen Zeit, die Besucher wegbleiben ist für dieses Land natürlich ein Problem."

„Aber ich verstehe immer noch nicht, warum Sie für diese Menschen hier scheinbar unersetzlich sind. Doch nicht nur, weil Sie Ihre Pillen hier verteilen?"

„Um das zu verstehen sollten wir nach draußen gehen." Strobl deutete auf die Pistole Renners. „Bitte stecken Sie Ihre Waffe ein. Ich möchte nicht, dass sie in die Hände spielender Kinder gerät. Es ist schlimm genug, sie in Ihren Händen zu wissen."

Renner steckte sie in seine Weste. Ein wenig schämte er sich nun, die Pistole mitgebracht zu haben. Doch wusste er diese Gefühlsregung zu bekämpfen und betrachtete die Waffe weiterhin als notwendiges Werkzeug.

Sie gingen einen steinigen Pfad entlang, vorbei an Lehmhütten und Speicherhäusern, bis sie zur höchsten Stelle des Dorfes kamen. Über ihnen ragte nur noch die gigantische Felswand auf. Renner blickte nach oben und erkannte einige dunkle Öffnungen in den Felsen. Ein starkes Seil hing von einem etwa fünfzig Meter höher gelegenen Vorsprung bis zu ihnen herab.

„Sagt Ihnen der Name Marcel Griaule etwas?", fragte Strobl seinen Landsmann.

Renner überlegte. „Nein. Sollte der Name mir etwas sagen?"

Strobl wirkte nicht überrascht von Renners Aussage. „Griaule war 1931 ein junger französischer Ethnologe, der erstmals auf das Volk der Dogon stieß. Er war so fasziniert von dieser Kultur und diesen Menschen, dass er ihnen sein ganzes Forscherleben widmete. Bei seiner Arbeit begegnete er Ogotemmeli, einem alten Jäger, der ihm viel über die Sterne am Himmel erzählte. Unter anderem auch über den Stern Sigui. Dieser Stern ist uns Europäern als der Stern Sirius A bekannt. Rätselhaft war aber, dass der Jäger dem Forscher auch von einem unsichtbaren und extrem schweren weiteren Stern berichtete, der Sigui, also Sirius A, umkreist. Die Dogon nennen ihn Po Tolo, den Hungerreissstern. Dieser Stern, der Sirius A umkreist ist identisch mit Sirius B, einem weißen Zwerg, der erst 1970 fotografiert werden konnte. Also lange nach Griaulles Forschungen bei den Dogon."

„Dieser Griaule hat also eine sensationelle Entdeckung gemacht. Aber trotzdem weiß scheinbar niemand davon", bemerkte Renner.

„Ja. Leider. Oder vielleicht sollte man sagen – zum Glück. Denn seine Forschungen wurden nicht ernst genommen und man unterstellte ihm Suggestivfragen. Es geht heute also niemand davon aus, dass die Dogon Besuch aus dem All bekommen hatten und daher ihr astronomisches Wissen bekamen."

„Und warum stehen wir nun hier?"

„Sie dürfen selbst entscheiden, was Sie von Griaules Berichten halten mögen. Dazu müssen wir aber erst an dieser Felswand hinauf klettern. Ich werde am Seil hinauf steigen. Ein Vorrecht meines Alters. Ihnen wird es gelingen ohne Seil die Wand zu erklimmen."

Renner wehrte ungläubig ab. „Auf keinen Fall. Gestern bin ich dem Tod noch von der Schippe gesprungen. Da kann ich mich nicht schon heute im Extremklettern versuchen."

„Sagen Sie mir, wie Sie sich gerade in diesem Moment fühlen, Herr

Renner", wies ihn Strobl an.

Renner ging einen Moment in sich und meinte: „Eigentlich fühle ich mich erstaunlich gut. Aber das kann doch nicht sein. Ich meine, wie sollte ..."

„Schon viele Menschen vor Ihnen, die Heilung erfahren haben, sind diese Felsen hochgeklettert. Glauben sie mir, auch Sie werden es schaffen." Und ohne Renners Antwort abzuwarten griff sich Strobl das Seil und begann den Aufstieg.

Mit einem Kopfschütteln setzte auch Renner eine Hand an den Felsen und zog sich das erste Stück hoch. Verdutzt bemerkte er, dass ihn das Klettern viel weniger anstrengte als er erwartet hatte. Immer wieder fand er neuen Halt für seine Hände und Füße. Meter für Meter erklomm er die Höhe.

Strobl stieg an seinem Seil ohne erkennbare Mühe die Wand hinauf. In wenigen Minuten hatte er den Felsvorsprung, der sich immer noch hundert Meter unterhalb der Oberkante der Felswand befand, erreicht und wartete dort auf Renner.

Als auch der BND-Agent den Vorsprung vor dem Höhleneingang erreicht hatte, meinte Strobl: „Sie werden gleich den Grund sehen können, warum ich in den letzten dreißig Jahren hier bei den Dogon gebraucht wurde. Ich gehe davon aus, dass Sie dann meinen Worten eher Glauben schenken werden."

Wortlos folgte Renner dem Alten in die Höhle. Der Gang erstectke sich einige Meter ins Innere. Dann nach einer Biegung, die das Eindringen des Tageslichts verhinderte, öffnete sich ein geräumiges Gewölbe. Fackeln spendeten ein dämmriges Licht. Ein paar Männer und Frauen saßen auf dem Boden und hantierten mit Schalen voll Wasser und verschiedenen Pulvern. Er erkannte auch einen hellhäutigen Mann, der am Ende des Raumes direkt neben der zentralen Gestalt, der alle Aufmerksamkeit galt, saß. Der Weiße redete in einer Sprache, die nichts Menschliches an sich hatte und die Renner zweifeln ließ, ob sie wirklich aus dem Mund des Europäers kam.

Doch das eigentlich Unfassbare war das Wesen neben dem Hellhäutigen. Eine Gestalt, die fast nur aus Wasser zu bestehen schien. Man konnte auch eine menschenähnliche Körperform erkennen, doch wandelten sich die Details ständig. Mal ähnelte das Wesen dem weißen Mann, mal einem der Menschen auf dem Boden. Für einen Moment hatte Renner den Eindruck, dass das Wesen Ähnlichkeit mit ihm hätte. Von dem sich ständig transformierenden Körper schienen kleine Rinnsale in alle Winkel des Raumes zu fließen. Doch folgten diese feinen Ströme nicht den Gesetzen der Schwerkraft. Sie wirkten wie zarte Nervenstränge, die das Wesen in Kontakt mit den verschiedenen Zonen des Gewölbes hielt.

Renner stand gebannt neben Strobl, der, obwohl er diese Kammer täglich besuchte, immer wieder aufs Neue von dem Anblick ergriffen war. Doch wie so oft in den letzten Monaten überkam den Alten auch eine tiefe Traurigkeit, da für ihn als Eingeweihten ersichtlich war, dass das Wesen von Tag zu Tag schwächer wurde.

„Unglaublich", stammelte Renner. „Dieses Wesen. Es … Es ist … Es ist nicht von dieser Welt."

Strobl nickte stumm, so als wolle er diesen andächtigen Moment nicht mit Worten entweihen.

Renners Blick haftete an der Gestalt. Er traute sich kaum zu blinzeln und beobachtete jede Einzelheit des sich ständig verändernden Körpers. Das Einzige, das nicht aus Wasser zu bestehen schien, war ein Helm auf dem Kopf. Fast sah der Gegenstand aus wie eine Krone. Ein wenig erinnerte es Renner auch an eine nach oben gerutschte Maske.

Strobl schien Renners Gedanken lesen zu können und flüsterte ihm zu: „Der Helm auf dem Kopf Nommo-Tuwas dient der Wahrnehmung von Geräuschen und optischen Eindrücken. Er stellt praktisch seine Augen und Ohren dar und verwandelt die optischen und akustischen Signale in Reize, die er interpretieren kann."

Wieder änderte das Wesen seine Gestalt. Diesmal erkannte Renner eindeutig seine eigenen Gesichtszüge. Selbst seine Kleidung wurde durch die wasserartige Flüssigkeit nachgebildet.

„Nommo-Tuwa sieht Sie gerade an. Sie haben seine Aufmerksamkeit. Das äußert sich darin, dass er Ihre Form annimmt."

„Ist es ein männliches Wesen?", fragte Renner, der dies aus Strobls Wortwahl schloss.

„Nicht in irgendeinem menschlich biologischen Sinn. Die alten Erzählungen vereinfachen viele Aspekte um sie begreifbarer zu machen. Daher habe auch ich mich entschlossen ebenfalls von ‚IHM' zu reden."

Renner ging einen Schritt näher, behielt aber doch einen respektvollen Abstand.

„Und er ist nicht gefährlich?", erkundigte sich Renner, dem die Fremdheit des Wesens ebenso faszinierend wie beunruhigend war.

„Nein, mein lieber Herr Renner. Nommo-Tuwa vermag sogar zu heilen. Er ist es, dem Sie Ihre Heilung im eigentlichen Sinne zu verdanken haben."

„Wie ... wie hat er das gemacht?"

„Das erkläre ich ihnen, wenn wir wieder unten bei den Häusern sind. Es wäre unwürdig, wenn Sie Nommo-Tuwa weiter so anstarren."

Strobl fasste Renner sanft am Arm und führte ihn hinaus vor die Höhle.

„Ich kann es immer noch nicht fassen", sprudelte es aus dem BND-Mann heraus. „Ich habe wirklich ein Alien gesehen."

„Sie haben das Wesen gesehen, das Ihnen Ihr Leben gerettet hat. Ich hoffe, Sie sind sich der Verantwortung bewusst, die diese Situation mit sich bringt."

Renner nickte nachdenklich. „Sie meinen, niemand darf davon erfahren."

„Niemand darf davon erfahren", bestätigte Strobl. „Seit Jahrhunderten befindet sich stets ein Nommo versteckt in einer der Kammern in der Felswand der Falaise von Bandiagara. Alle sechzig Jahre, wenn das Sigui-Fest gefeiert wird, kommt ein neuer Nommo und löst den Vorherigen ab. Diese Regel wurde nie gebrochen. Bis jetzt."

„Warum: Bis jetzt?", stutzte Renner.

„Weil Nommo-Tuwa im Sterben liegt. Er ist todkrank. Einige Jahre konnte ich ihm helfen. Aber ich werde nicht verhindern können, dass er vor seiner Zeit verstirbt."

„Wie? Dieses Wesen hat mich gerettet und nun wird es selbst sterben?"

„Genau das ist leider der Fall. Als ich vor dreißig Jahren hier zu den Dogon kam, wusste ich natürlich noch nichts von Nommo-Tuwa. Ich war einfach nur Arzt und wollte meine Homöopathie-Studien fortsetzen. Also bot ich den Menschen hier an, als Mediziner zu helfen wo ich konnte. Das tat ich mehr als zwei Jahre auch mit einigem Erfolg. Die Menschen vertrauten mir und ich gehörte praktisch zu ihrer Gemeinschaft. Offensichtlich war das Vertrauen der Dogon so tief, dass sie mich auch konsultierten, als sie bemerkten, dass es Nommo-Tuwa schlechter ging. Sie können sich sicher vorstellen, dass auch ich überwältigt war, als ich das erste Mal vor ihm stand. Doch ich konnte mit meiner Schulmedizin natürlich nichts ausrichten. Ein Wesen das aus Wasser besteht braucht keinen Arzt mit Stethoskop und Skalpell. Doch hatte ich die Hoffnung, dass die Homöopathie, die ja auch Wasser als Informationsträger auf molekularer Ebene nutzt, der Schlüssel zur Gesundung Nommo-Tuwas sein könnte. Und meine Ahnung wurde bestätigt. Er erholte sich und von nun an war ich praktisch der Hausarzt eines Außerirdischen."

„Und jetzt können sie ihm wirklich nicht mehr helfen?", fragte Renner mit ehrlicher Betroffenheit.

„Nein. Leider nicht." Strobl zeigte auf das Seil an der Felskante. „Lassen sie uns wieder herunterklettern. Sie bitte zuerst."

54

Als Nabil Vera und ihre Begleiter näherkommen sah, wurde ihm bewusst, dass sich sein Schicksal in den nächsten Minuten entscheiden würde. Das Erscheinen der beiden Deutschen konnte das Aus für seine Hoffnung auf Heilung bei den Dogon bedeuten.

„Sagara, mein Freund", bat Nabil mit flehendem Blick. „Ich bin todkrank. Eine Heilung wie du sie erfahren hast ist meine letzte Hoffnung. Wenn du mich jetzt abweist, dann ist das mein Todesurteil."

Nabils Worte taten ihre Wirkung. Sagara wirkte verunsichert. Und auch bei den Arnhátonjüngern wuchs der Wunsch, dass zumindest ihr kranker Glaubensbruder eingelassen wurde.

Doch nach einigem Zögern schüttelte Sagara erneut den Kopf. „Der Entschluss der Dorfältesten steht fest. Die Arnhátonjünger haben hier nichts mehr zu suchen. Sie haben den Schatten der Gewalt über unsere Gemeinschaft gebracht. Du selbst weißt, dass auf der ‚Pont des

Martyrs', der Anschlag auf den Europäer, ein Werk der Angst vor der Entdeckung des Arnhátonkultes war."

Während Sagara diesen Sachverhalt von den Hintergründen des Attentats auf Eric erwähnte, stießen Vera, Eric und Khaled zu der versammelten Menge. Mit angstvollem Gesicht suchte Nabil Veras Blick. Überrascht erkannte Vera ihren UN-Kollegen.

„Verdammt, da ist ja Nabil", stutzte sie und stieß Eric an. Der hatte, ebenso wie Khaled, bereits den Ägypter entdeckt.

Nabil wandte sich wieder an Sagara: „Lass mich nicht sterben. Wenn du mich wieder wegschickst, dann ist das mein Ende."

Nun wollte auch Farid seinem Glaubensbruder zur Seite stehen. „Du kannst doch nicht Nabil seinem Schicksal überlassen. Es kostet dich doch nichts, ihn das gleiche Ritual erfahren zu lassen, wie dir. Warum ist euch ein solcher Beschluss wichtiger als Nabils Leben?"

Wieder war zu sehen, dass Sagara innerlich schwankte. Er wusste, dass Nabil in Bamako einer der entschiedensten Jünger des Amma-Arnháton-Kultes war. Trotzdem lag diese Entscheidung nicht mehr in seinen Händen.

„Wir können nicht alle anderen wegschicken und für Nabil eine Ausnahme machen. Außerdem habe ich nur wenig Hoffnung, dass die Macht, die mir geholfen hat auch ihm helfen kann."

In Vera, die wie ihre zwei Begleiter das Gespräch mit angehört hatte, regte sich ein unbändiger Zorn. Nabil, der für zwei Anschläge auf sie und auf Eric verantwortlich war, trat hier nun als missverstandener Bittsteller auf. Und was sollte das mit dieser todbringenden Krankheit, unter der Nabil litt. Immer hatte er beteuert, dass er mit seinen Medikamenten die Leukämie gut im Griff hätte. Stets war er ihr ausgewichen, wenn sie versucht hatte Näheres über seine gesundheitliche Situation zu erfahren.

Voller Wut stürzte Vera hinter dem Bus hervor und schrie: „Nabil, du verdammter Heuchler. Du hast versucht Eric und mich umbringen zu lassen. Und jetzt spielst du hier den frommen Mann. Hast du deinen Hippie-Kollegen gesagt, dass du einen Killer engagiert hast, der uns töten sollte? Wissen diese Spinner hier, dass jetzt die Polizei von Mali nach mir sucht, weil sie denkt dass ich hinter dem ganzen Scheiß stecke?"

Khaled und Eric kamen nun auch hinzu. Farid warf ihnen einen vernichtenden Blick zu. Allmählich erkannte er, dass er von Khaled belogen wurde.

„Vera. So wollten wir nicht vorgehen", versuchte Khaled die Deutsche zu beruhigen.

„Nabil ist an dem ganzen Mist schuld. Der andere Typ hat doch praktisch gerade gestanden, dass er hinter dem Anschlag steckt."

„Lass gut sein Vera. Was Nabil hier mit den Dogon macht, geht uns nichts an." Khaled befürchtete, dass Vera mit ihrer aggressiven Haltung nur weitere Ablehnung bewirken würde. Damit wäre keine Aufklärung der Anschläge zu betreiben.

„Wie jetzt?", schimpfte Vera weiter. „Der Kerl schickt uns einen Killer auf den Hals und wir sehen seelenruhig zu, wie er hier seine Privatparty bekommt." Vera war außer sich vor Zorn.

„Was Nabil erbittet hat nichts mit einer Party zu tun", korrigierte sie Farid.

„Verdammter Klugscheißer", gab Vera zurück und ließ sich widerwillig von Eric zurück an den Rand der Menschenmenge schieben.

„Der Typ mit dem Nabil da spricht, das ist dieser Sagara", flüsterte Eric Vera zu. „Das war eben verdammt ungeschickt von dir, so aufzubrausen. Die waren gerade dabei alles offen zu legen." Eric erinnerte sich an das Foto, das er damals in Bamako von Sagara, Nabil und dem Täter von Timbuktu gemacht hatte.

Auch Sagara erkannte Eric. Mit offenen Armen schritt er nun durch die Menge auf Eric zu. Der Deutsche wusste nicht recht was er davon halten sollte. Der Schwarze wirkte nicht feindselig, doch warf Eric Khaled sicherheitshalber einen hilfesuchenden Blick zu. Der aber hielt sich zurück. Veras Auftritt hatte schon genug Unruhe gestiftet.

Als Sagara bei Eric angelangt war, legte er seine rechte Hand auf sein Herz und deutete eine Verbeugung an. „Es tut mir aufrichtig leid, dass ich an dem Anschlag auf Sie auf der ‚Pont des Martyrs' beteiligt war und nichts unternommen hatte um es zu verhindern. Ich habe mich dabei auf unverzeihliche Weise schuldig gemacht. Ich bereue sehr wie ich mich verhalten habe."

Eric war überrascht. Eine Entschuldigung hatte er in dieser Situation nicht erwartet. Ihm fehlten nun die Worte. Auch er verspürte ein ähnliches Bedürfnis auf Vergeltung wie Vera.

„Ich bin froh, dass Sie noch leben", fuhr Sagara fort. „Auch wenn ich nicht am Steuer des Wagens war, der Sie von der Brücke gedrängt hatte, so fühle ich mich doch in gleichem Maße schuldig. Wenn hier in den Dörfern wieder Ruhe und Frieden eingekehrt ist, dann werde ich mich den Behörden stellen. Sie haben mein Wort darauf."

Eric spürte eine gewisse Genugtuung. Doch dieses Geständnis kam so überraschend, dass er immer noch Zweifel an den Worten Sagaras hatte.

„Ja. Das wird wohl das Beste sein", gab Eric nur zur Antwort.

„Scheiße. Und was ist mit Nabil", flüsterte Vera in Khaleds Richtung. „Der war doch derjenige, der auch mich aus dem Weg schaffen wollte."

„Abwarten. Vera", gab Khaled zurück. „Wenn auch Nabil einen solchen Sinneswandel erlebt hat, dann müssen wir hier gar nicht eingreifen."

Doch Nabils Gedanken galten voll und ganz der Frage, wie er Sagara dazu bringen könnte ihn zu dem Hogon vorzulassen.

„Ja, wir haben Fehler gemacht. Sagara", erklärte Nabil. „Doch es wäre ein weiterer Fehler, wenn du uns nun wieder fortschickst. Dann wäre alles umsonst, wofür wir uns versündigt haben."

Sagara verzog angewidert das Gesicht. „Willst du damit sagen, dass damit Unrecht zu Recht wird? Nein, Nabil. Was wir getan haben, wird nicht dadurch besser, dass wir es nun hier fortführen. Ich werde mich in einigen Tagen der Polizei stellen. Und du solltest das auch tun."

„Damit ich in einem Gefängnis sterbe?", schrie Nabil voller Verzweiflung. „Du hast die Macht, dass ich noch ein halbes Leben vor mir habe und mit dem ich büßen kann. Du hast die Macht, aber du missbrauchst sie."

Nabil redete sich in Rage. Schwer atmend taumelte er und stolperte in Richtung der Deutschen. Instinktiv griff Khaled nach seiner Pistole in der Weste. Einige Arnháton-Jünger stützten nun Nabil und führten ihn zu einem Felsbrocken auf den er sich setzen konnte.

Khaleds verborgene Pistole blieb Farid nicht unbemerkt. Auch wenn er die Waffe selbst nicht zu Gesicht bekommen hatte, so hatte er doch genug Fantasie um sich denken zu können, was der spontane

Griff unter die Weste bedeutete.

„Ihr habt keine Ahnung davon, wie man sich würdig erweist, um vor Amma und seine Gesandten zu treten", setzte Sagara seine Rede an Nabil fort. „Ihr kommt mit eurem Bus hierher, als ob ihr einen Besuch in einem Freizeitpark machen wolltet. Ihr verlangt Zutritt zu den heiligen Stätten, als wäre das hier euer Zuhause. Ihr habt nichts von unserer Kultur verstanden."

Während Sagara so redete beobachtete Farid, wie Khaled Vera im Auge behielt. Offenbar rechnete Khaled immer noch damit, dass Vera wieder auf Nabil lospreschen könnte. Farid nutzte diesen Umstand und schob sich unbemerkt an den Agenten heran. Meter für Meter kam er näher. So sehr sich Farid auch darüber freute endlich mit seinen Glaubensgeschwistern hier in Bandiagara angekommen zu sein, so sehr fühlte er sich von Khaleds Verrat hintergangen und verletzt. Er hatte ihm vorgegaukelt, dass er auch ein Jünger Arnhátons sei. Man hatte seine Gutgläubigkeit ausgenutzt und den Namen seines Gottes entweiht. Und versteckte Khaled zudem auch noch eine Waffe unter seiner Weste? Diese Enttäuschungen und die unnachgiebige Haltung Sagaras gegenüber dem todkranken Nabil weckten einen unbändigen Zorn in Farid.

Als er direkt neben Khaled angelangt war, hatte immer noch niemand Notiz von ihm genommen. Alle Aufmerksamkeit galt Sagara und Nabil, die sich weiterhin ein Wortgefecht lieferten.

Farid trat von hinten an Khaled heran und versetzte ihm unvermittelt einen schweren Schlag an die rechte Schläfe. Khaled sackte zusammen, fing sich aber wieder bevor er auf dem Boden aufschlug. Instinktiv griff er nach seiner Pistole, doch auch Farid versuchte ihrer habhaft zu werden. Ein Handgemenge begann und da Khaled immer noch unter dem Einfluss des Schlages an seine Schläfe stand, gelang es Farid die Pistole an sich zu nehmen.

„Keine Bewegung, sonst bist du tot. Du elender Heuchler", schrie Farid und richtete die Waffe auf Khaled. Sofort flüchteten die meisten der Dorfbewohner hinter die umgebenden Felsen. Auch die Arnhátonjünger hielten nun einen respektvollen Abstand.

„Ihr gebt euch als die Gläubigen Arnhátons aus und wollt nun einem Todkranken in den Rücken fallen. Was seid ihr nur für verachtenswerte Kreaturen." Dann wandte sich Farid an Sagara. „Und du. Du warst einmal der Freund Nabils. Und jetzt lässt du ihn sterben. Wie kannst du mit einer solchen Schuld leben?"

Khaled suchte verzweifelt nach einem Weg, Farid wieder die Waffe zu entreißen. Doch Farid ließ ihn nicht aus den Augen und erklärte lautstark: „Arnháton hat uns hier zusammengeführt, weil er Großes mit uns vorhat. Und wenn eines dieser großen Dinge die Heilung Nabils ist, dann dürfen wir diesem Geschehen nicht im Wege stehen."

Nun hatte sich Farid bis zu Vera herüber bewegt. Angstvoll hielt sie, ebenso wie die meisten anderen, ihre Hände erhoben. Trotz allem war in ihrem Blick Verachtung zu lesen.

Farid richtete nun die Pistole auf sie, behielt aber immer noch Khaled im Auge. „Die vorlaute Europäerin möchte also nicht, dass Nabil das bekommt was er braucht." Nun hatte er sich hinter Vera gestellt und hielt sie mit der linken Hand fest. Mit der rechten drückte er die Pistole an ihren Kopf. „Wenn man reich und gesund ist, dann kann man leicht von oben herab reden. Dann denkt man schnell, dass diese elenden Leute doch verrecken sollen. Dann wird der Ruf von euch dekadenten, verwöhnten Weißen schnell laut, dass man es bloß nicht zulassen darf, dass so jemand wie Nabil auch noch um etwas bitten darf." Veras Gefühle schwankten zwischen Todesangst und kaum zu beherrschender Wut über die Tiraden des Geiselnehmers. Der drückte die Pistole noch fester an Veras Kopf. „Du willst Nabil sterben lassen? Und wie sieht es mit dir aus? Bist du bereit zu sterben?"

Mit Vera in seiner Gewalt, wandte sich Farid nun an Sagara. „Du wirst Nabil dorthin bringen, wo auch du geheilt wurdest. Verstanden?"

Unbeeindruckt ging Sagara auf Farid zu. „Lass die Frau los. Ich weiß dass du kein Blutvergießen willst", sagte er ruhig aber bestimmt.

„Einen Scheiß weißt du von mir", fauchte Farid. „Du weißt nicht wie das ist, wenn niemand deinen Glauben respektiert. Du lebst hier mit deinen Dogongeschwistern. Du kannst hier, abgeschieden von dem Rest der Welt deinen Glauben leben. Du stehst hier und entscheidest, wer ins Dorf darf und wer nicht. Du meinst, du kannst auch über Nabils Leben entscheiden."

„Das hat nichts mit dieser Frau zu tun. Lass sie gehen, dann können wir weiterreden."

„Nein", brüllte Farid. „Sie bleibt hier. Und du siehst zu, dass Nabil geheilt wird. Sonst wird diese Frau sterben. Hast du das kapiert?"

Sagara, dem in diesem Moment sein eigenes Leben gleichgültig war, überlegte ob er sich nun einfach auf Farid stürzen sollte. Doch die Gefahr, dass Vera dabei verletzt würde war zu groß. So versuchte er Farid weiter hinzuhalten, bis sich eine bessere Chance ergäbe.

Eric der sich immer noch im Hintergrund hielt, war zunächst gelähmt vor Angst. Als er bemerkte, dass ihn weder der Geiselnehmer, noch einer der Umherstehenden beachtete, überwand er die Lähmung und bückte sich vorsichtig nach einem großen Stein. Nur Khaled nahm dies wahr und hoffte inständig, dass Eric den richtigen Moment erwischen würde, den Täter zu überwinden. Als Eric sich wieder mit dem Stein in der Hand aufgerichtet hatte, war er schweißgebadet. Sein Herz raste und er spürte, wie seine Hand zitterte.

Er war etwa sechs Meter von Farid, der wild mit der Waffe fuchtelte, entfernt. Er musste angreifen, bevor der Ägypter die Pistole wieder an Veras Kopf hielt.

Eric hechtete los und schwang den schweren Stein in Richtung von Farid Kopf. Doch der Schrei eines Arnhátonjüngers warnte den Geiselnehmer. Der wich, immer noch mit Vera in seiner Gewalt, aus und schoss auf Eric. Mit einem Schmerzensschrei stürzte Eric zu Boden.

„Du verdammter Mistkerl. Willst hier den Helden spielen. Meinst du ich bluffe nur?", höhnte Farid.

Eric versuchte wieder aufzustehen, doch ihm wurde schwarz vor den Augen. Aus seinem rechten Oberarm quoll Blut. Das Projektil hatte den Knochen zertrümmert.

„Du bist selbst schuld. Was mischst du dich ein, du Idiot?" Farids Stimme klang nun unsicher. Offenbar hatte er selbst nicht damit gerechnet, dass er abdrücken würde. „Du verdammter Idiot. Es hätte keine Verletzten geben müssen."

Khaled ging vorsichtig, mit erhobenen Händen, immer den Blick auf Farid gerichtet, zu Eric hinüber. Als er dessen Wunde inspiziert hatte, sagte er besorgt: „Das sieht böse aus. Er wird verbluten, wenn wir nichts unternehmen." Sofort riss er den Ärmel von Erics Hemd ab und versuchte den Arm abzubinden um die Blutung zu stoppen.

„Wir müssen Eric sofort nach Mopti in ein Krankenhaus bringen. Wir dürfen keine Zeit verlieren", riet Khaled und sah Farid mit eisigem Blick an.

Doch Farid schüttelte den Kopf. „Niemand fährt hier weg und kommt dann vielleicht noch mit der Polizei zurück. Erst mal sieht Sagara zu, dass Nabil wieder gesund wird. Dann könnt ihr euch um den Deutschen kümmern."

Sagara wusste, dass Farid nun nicht mehr von seinem Vorhaben abzubringen war. Doch wenn man Eric helfen wollte, dann gab es nur einen Weg. Auch Eric musste zur Kammer Nommos gebracht werden.

„In Ordnung. Ich bin bereit Nabil dorthin zu bringen, wo ich geheilt wurde", erklärte Sagara. „Aber wir werden ebenso den Deutschen dorthin bringen, damit auch er gerettet wird. Hier ist genug Unheil geschehen. Wir sollten nun alles tun, um zu retten, was zu retten ist." Gespannt wartete Sagara auf Farids Reaktion. Stand er noch unter dem Eindruck seines Waffengebrauchs? Ließ er jetzt, nachdem er einen Menschen angeschossen hatte, mit sich reden?

„Wenn Nabil auf diese Weise wieder gesund wird, dann darf auch der Deutsche mit", entschied Farid, fügte aber noch hinzu: „Aber wenn Nabil etwas passiert, dann ist die Frau tot. Ihr habt es selbst in der Hand, wie das hier ausgeht."

Sagara versuchte sich seine Bedenken nicht anmerken zu lassen. Ob Nabil die gleiche wundersame Heilung wie er selbst erfahren würde, lag nicht in seiner Hand. Diese Entscheidung lag einzig bei Nommo-Tuwa. Und da der, trotz der medizinischen Betreuung von Max Strobl, praktisch im Sterben lag, war eine Besserung von Nabils Zustand eher fraglich.

Trotzdem gab sich Sagara nach außen hin optimistisch. „Dann sollten wir keine Zeit verlieren. Wir müssen die Kranken in die oberste Kammer der Felswand schaffen."

Sagara wies die Dorfbewohner an, zwei Tragegestelle und so viele, starke Seile wie möglich auf den Ritualplatz direkt unter die Felswand zu bringen. Während einige Männer sich daran machten die Utensilien zu beschaffen, betrachtete er sich Erics Wunde. Khaleds Verband hatte die Blutung zwar gestillt, aber wenn sie nicht bald intensiv versorgt wurde, dann bestand die Gefahr, dass das Fleisch absterben würde.

„Hat Eric in der Felswand wirklich eine Chance?", fragte Khaled leise Sagara.

„Wenn wir ihn nicht in ein Krankenhaus bringen können, dann kann ihm nur dort geholfen werden. Wir haben zwar auch einen europäischen Arzt im Dorf, aber ohne eine chirurgische Ausrüstung, kann der bei Eric ebenfalls nichts machen. Wir sollten ihn auf jeden Fall nach dort oben bringen."

„Muss ich das verstehen?", hakte Khaled nach.

„Nein. Aber du solltest zu deinem Gott beten", entgegnete Sagara und fragte dann Eric: „Meinst du, du kannst bis zu dem Platz vor der Felswand laufen, wenn ich dir helfe?"

„Ich versuche es", stammelte Eric und versuchte aufzustehen, sackte aber gleich wieder zu Boden.

„Du musst mir helfen", bat Sagara Khaled. „Wir werden ihn bis an die Felswand tragen müssen."

Farid hielt Vera immer noch, mit der Pistole an ihrem Kopf, nahe bei sich. Argwöhnisch beobachtete er Sagaras Sorge um Eric. „Helft zuerst Nabil, dass er nach dort oben kommt. Um diesen Möchtegernheld könnt ihr euch nachher kümmern."

„Um Nabil kümmern sich deine Kumpanen. Wenn wir uns nicht beeilen, dann kommt Eric nicht mehr lebend dort oben an. Also steck´ endlich die Pistole weg und komm wieder zur Vernunft", fauchte Khaled, der sich schwere Vorwürfe machte, dass er sich von Farid seine Waffe entwenden ließ.

Gemeinsam hoben Khaled und Sagara den halb bewusstlosen Eric an und schleppten ihn in Richtung des Kultplatzes. Einige Dorfbewohner kamen ihnen zu Hilfe und zügig bewegten sie sich über die felsigen Wege durch das Dorf. An dem Ritualplatz angekommen setzten sie ihn auf einem Felsen ab.

Einige Bewohner waren bereits damit beschäftigt, die schweren Seile um die provisorischen Tragen zu binden. Vera, die von Farid ebenfalls durch das Dorf zu dem Platz geführt wurde, beobachtete mit Sorge die abenteuerliche Konstruktion mit der die Verletzten nun in über fünfzig Meter Höhe gezogen werden sollten.

Als endlich auch Nabil, von den Arnháton-Jüngern gestützt, auf dem Platz ankam, war bereits die erste Trage fertig um ihn aufzunehmen.

„Danke, Farid. Du rettest mir das Leben", meinte Nabil. Er sah inzwischen beängstigend blass aus.

„Arnháton ist es, der dich retten wird. Auch in dieser undankbaren Umgebung." erwiderte Farid und sah hinauf zur Felswand, wo einige Dorfbewohner bereits empor kletterten um die Seile hoch zu schaffen. „Wenn ihr Nabil fallen lasst, dann geschieht hier ein Blutbad. Ich hoffe, ihr habt das alle verstanden", schrie er in die Menge.

„Ich hoffe, dein verdammter Nabil verreckt", zischte Vera und versuchte sich unter Farids Griff herauszuwinden.

„Halts Maul, du elende Schlampe." Farid schlug ihr mit dem Griff der Pistole mitten ins Gesicht. Blut quoll aus der Platzwunde über dem Nasenbein.

„Erschieß mich doch, du Dreckskerl", stieß Vera trotz der Schmerzen hervor. „Ist immer noch besser, als wenn dein Scheißfreund am Leben bleibt."

Farid verpasste ihr einen weiteren Hieb mit der Pistole und Vera sackte zusammen. Sie hoffte, dass die anderen Männer nun die Gelegenheit bekämen den Geiselnehmer zu überwältigen, doch der hatte schon die Waffe wieder auf Khaled gerichtet. „Keine Bewegung. Der nächste, der mir zu nahe kommt, wird das mit seinem Leben bezahlen." Um seinen Worten Nachdruck zu verleihen, gab er der am Boden liegenden Vera noch einen Tritt in die Seite.

55

Renner und Strobl hatten bereits einige Zeit in der Gästehütte, die etwas abseits des Dorfes lag, zugebracht, als ein Dogon im Eingang erschien und berichtete, dass mehrere Fremde im Dorf erschienen seien. Aufgeregt erzählte er von Sagara, der versucht hatte die Leute zurückzuschicken, was aber nicht gelang.

„So etwas hatte ich leider schon befürchtet", stellte Strobl fest. „Als die ersten Schwärmer der Arnhátonsekte hier auftauchten, überkam mich bereits ein ungutes Gefühl. Die gutmütige Kultur der Dogon ist der egozentrischen Haltung der Arnhátonjünger nicht gewachsen."

„Und doch haben sich die Dogon auf den Arnhátonkult eingelassen?"

„Vielen erschien es als eine Chance ihren animistischen Glauben in Form einer, ihrer Meinung nach, zeitgenössischen Religion zu retten. Die Argumente der Arnhátongläubigen, dass sie gemeinsame Wurzeln hätten, waren nicht von der Hand zu weisen. Und da viele der anderen animistischen Religionen inzwischen verschwunden sind, erschien es als bitter nötig etwas dagegen zu unternehmen."

„Die Dogon erwarteten also, dass eine Verschmelzung mit dem Arnhátonkult ihren Glauben davor bewahrt, durch den Islam oder das Christentum ausgelöscht zu werden?"

„Leider erwies sich der Arnhátonkult als ebenso zerstörerisch wie die meisten von außen eingeführten Weltanschauungen. Glücklicherweise haben inzwischen viele christlichen Gemeinschaften dazugelernt und treten etwas zurückhaltender auf, wenn es um Kulturimperialismus geht." Dann hakte Strobl bei dem Boten an der Tür nach: „Braucht Sagara Unterstützung bei den Gesprächen mit den Fremden?"

„Ich befürchte wir brauchen Sie dort als Arzt. Es gab bereits einen verletzten Europäer."

„Mussten die Dogon Gewalt anwenden?", fragte Strobl besorgt.

„Nein. Ein Weißer hat auf einen Europäer geschossen. Er hat eine Wunde am Arm."

„Weiße, die in Afrika gegenseitig aufeinander losgehen. Das hat uns noch gefehlt", brummte Strobl und griff nach seinem Arztkoffer. „Wo sind diese Idioten jetzt?"

„Sie haben sich auf dem Platz vor der Felswand versammelt. Von dort wollen sie den Verletzten und einen Kranken zu Nommo-Tuwa bringen. Der Weiße mit der Pistole hat es verlangt. Sagara hatte keine Wahl."

„Hat Seydou die Frauen und Kinder in Sicherheit bringen lassen? Jeder, der nicht unbedingt dort sein muss, soll von diesen Verrückten fern bleiben."

„Seydou ist heute Morgen nach Sangha zu einer Besprechung mit anderen Dorfältesten gereist. Er hatte keine Möglichkeit einzugreifen, aber die anderen Männer haben bereits alles Notwendige veranlasst. Du wirst gebraucht weil es möglicherweise noch mehr Verletzte geben könnte."

In diesem Moment kam Fania herein. „Ogobara ist wieder zurück in sein Dorf gegangen", berichtete sie. Ihr war anzusehen, dass sie es sehr bedauerte, dass der Guide nach seiner Genesung diesen Ort so schnell wieder verlassen hatte.

„Ist die rasante Genesung des Touristenführers auch auf den Außerirdischen in der Felswand zurückzuführen?", erkundigte sich Renner.

„So ist es", bestätigte Strobl. „Nommo-Tuwa möchte in den letzten Tagen seines Lebens noch so viele Leben wie möglich retten." Dann wies er Renner an: „Sie bleiben bitte hier. Ich gehe davon aus, dass die Anwesenheit eines weiteren Europäers die angespannte Situation bei Sagara und dem schießwütigen Weißen nur verschlimmert. Ich bitte Sie, dass Sie nach allem was Sie nun über Ihre Genesung, über diese Menschen hier und über mich erfahren haben, noch einmal darüber nachdenken, welche Schlüsse Sie daraus ziehen."

Mit diesen Worten machte sich Strobl mit dem Boten auf den Weg und ließ Renner mit Fania zurück.

„Sie wissen also von Nommo-Tuwa", stellte Fania fest.

„Ja. Strobl hielt es für angebracht, mich zu der Kammer in der Felswand zu führen."

„Und welchen Eindruck haben Sie jetzt von Max Strobl?"

„So wie er sich dargestellt hat, ist er offensichtlich kein schlechter Mensch. Trotzdem wird er mich nach Deutschland begleiten müssen."

„Werden Sie ihn auch gegen seinen Willen mitnehmen?"

„Ich hoffe, dass ich keine Gewalt anwenden muss."

„Warum lassen Sie ihn nicht einfach in Ruhe?"

„Weil ich einen Auftrag habe. Und es ist meine Pflicht ihn zu erfüllen. Was ist mit Ihrem Auftrag? Sie sind doch auch im Namen einer großen Organisation hier?"

„Herr Strobl hat mir gestattet Kopien der Aufzeichnungen, die er auf seinem PC erstellt hat, anzufertigen. Er geht davon aus, dass er nicht mehr lange lebt. Offensichtlich besitze ich sein Vertrauen und er möchte, dass seine Arbeit fortgeführt wird."

„Seine Arbeit an dem Außerirdischen?"

„In erster Linie seinen Kampf gegen AIDS. Er geht davon aus, dass der Auslöser bei einem militärischen Forschungsprojekt während des Zweiten Weltkriegs zu suchen ist. Da ein homöopathisches Präparat die Mutation des HI-Virus ausgelöst haben könnte, hat er bei der Suche nach einem Gegenmittel sein Wissen über diese Heilkunde eingesetzt."

„Davon hat er mir erzählt."

„Inzwischen sind auch Forscher aus Europa auf diesen Zusammenhang gestoßen. Jedoch wird diese Erkenntnis heruntergespielt oder sogar bekämpft. Die Gegnerschaft der Homöopathie ist weitaus größer als die Zahl der Anhänger. Strobl befürchtet, dass man seine Forschungsergebnisse verschwinden lässt, wenn er sie einem Konzern wie dem meinen zukommen ließe."

„Und was werden Sie dann mit den Unterlagen machen?"

„Mit den Daten die ich kopieren konnte, hat Herr Strobl mir eine große Verantwortung aufgebürdet. Viele Konzerne wären sicher gerne bereit Unsummen dafür zu bezahlen, damit daraus möglichst kein Heilmittel bereitet wird. Dann könnten die Hersteller der bisherigen Medikamente weiter regelmäßig Gewinne erwirtschaften. Auch ohne dass eine Heilung in Aussicht wäre."

„Eine weitere Entdeckung die den Menschen vorenthalten wird."

„Falls ein Konzern wirklich ein Heilmittel auf Basis von Strobls Arbeit entwickelt, dann muss man davon ausgehen, dass der Preis für ein Heilmittel gegen AIDS astronomisch hoch angesetzt würde. Die meisten Konzerne würden sich die Ausrottung dieser Seuche mehr als gut bezahlen lassen."

„Wem wollen Sie dann Strobls Arbeit zukommen lassen?"

„Ich werde nach idealistischen Forschern suchen müssen, bei denen ich sicher sein kann, dass sie die fertigen Medikamente zu einem Preis unter die Menschen bringen, den sich jeder leisten kann. Vielleicht muss ich mich sogar selbst um die Fortsetzung der Forschungsarbeit kümmern."

„Das würde bedeuten, dass sie ihren Konzern verlassen müssten."

„Um Millionen HIV-infizierten Menschen zu helfen, wäre das ein vertretbares Opfer."

„Sie würden sich also gegen Ihren Auftraggeber wenden?"

„Im Namen der Menschlichkeit sehe ich da keine Alternative."

Fania sah Renner fest in die Augen. Sie bemerkte, dass er unsicher wurde. Kam der BND-Agent ins Nachdenken? Würde er Strobl doch nicht den deutschen Behörden ausliefern?

„Wieso meint Strobl, dass er nicht mehr lange leben wird? Ist er krank. Er macht, trotz seines Alters noch einen ausgesprochen gesunden Eindruck."

„Er hat den Grund nicht erwähnt. Fragen in diese Richtung ist er immer ausgewichen."

„Wo ist ihr Bodyguard, dieser Etienne?", versuchte Renner das Thema zu wechseln.

„Er hat in Ihrem Kollegen Nangou wohl seinen geistigen Zwilling in Sachen Sicherheitsmanagement gefunden. Wenn er nicht gerade damit beschäftigt ist mich auf Schritt und Tritt zu beschatten, um meine Unversehrtheit zu gewährleisten, dann tauscht er sich intensiv mit Nangou aus. Inzwischen bin ich froh, auch einmal alleine das ein oder andere Gespräch zu führen."

„Ihr Etienne nimmt seine Aufgabe ernst", stellte Renner fest.

Fania lachte. „Er könnte fast ein Deutscher sein."

56

Inzwischen hatten die Dorfbewohner alle Seile nach oben gebracht und begannen damit Nabil auf seiner Trage hochzuziehen. Schwankend setzte sich der Krankentransport in Bewegung. Die Konstruktion glitt, als sie angehoben wurde, einige Meter zu Seite und prallte an einen Felsen.

„Vorsichtig. Verdammt, ihr sollt vorsichtig sein", mahnte Farid während er wild mit der Pistole in der Luft herumfuchtelte. Doch schnell hatte er sie wieder auf Vera gerichtet. „Aufstehen, du Miststück." Dann wandte er sich an Sagara: „Du steigst auch hinauf und siehst zu, dass Nabil dort oben alles bekommt was er braucht."

„Ich werde sehen was ich tun kann", erklärte Sagara und begann ebenfalls den Aufstieg.

Nabil wurde nun, mehr oder weniger vorsichtig, Stück für Stück weiter emporgezogen. Nun durfte man auch Eric auf die zweite Trage legen. Mit flinken Händen banden die Dorfbewohner ihn auf dem Gestell fest und gaben dann ein Signal nach oben, dass auch dieser Aufstieg, einige Meter neben dem immer noch auf halber Strecke befindlichen Nabil, beginnen konnte.

Eric erlebte die Vorgänge um ihn herum wie in Trance. Er hörte die Menschen reden, doch obwohl sie das ihm vertraute Französisch sprachen, verstand er kein Wort. Der Blutverlust durch die Schusswunde raubte ihm fast die Sinne. Als auch er emporgehoben wurde bekam er es kaum mit. Und als Khaled zu ihm sagte: „Wachbleiben Eric. Augen auflassen. Du musst durchhalten", sah er den Freund nur unverständig an.

Auch Vera, deren Gesicht angeschwollen und blutüberströmt war, wollte ihm etwas zurufen, doch bevor sie dazu kam drückte Farid ihr wieder die Pistole an die Schläfe. „Klappe halten."

Der Transport der Verletzten entlang der Felswand war mühsam. Immer wieder verklemmten sich die provisorischen Tragen an dem Gestein. Hatten die Männer, die die Seile hochzogen, es geschafft die Verletzten um eine schwierige Stelle herum zu manövrieren, dann schlugen die Konstruktionen oft hart an den nächsten Felsen. Farid, der wie alle anderen Umherstehenden die Aktion beobachtete, war hin und hergerissen zwischen Wut und Hilflosigkeit. Das Leben Nabils lag nun in den Händen der Dorfbewohner, ebenso wie das Leben Erics.

Als die Trage mit Nabil an dem Felsvorsprung vor der obersten Kammer ankam, rief Farid fragend nach oben: „Nabil, bist du in Ordnung?"

Die Stimme von Sagara, der auch inzwischen die Kammer erreicht hatte, erklang. „Es geht ihm gut. Wir beginnen gleich mit dem Heilungsritual." Und ohne dass Farid es unten hören konnte fügte er noch hinzu: „Das einzige Problem ist, dass er völlig weggetreten ist."

Als Sagara den Bewusstlosen ansprach, zeigte er keine Reaktion. „He, Nabil was ist los mit dir?" Er reagierte auch nicht als Sagara ihm einen leichten Klaps auf die Wange gab. „Mensch Nabil. Komm wieder zu dir. Gleich hast du es geschafft." Während die Männer ihn von den Seilen lösten, überprüfte Sagara die Augen Nabils. Starre Pupillen, leerer Blick.

„Wir bringen ihn trotzdem zu Nommo-Tuwa. Wenn noch ein Funken Leben in Nabil ist, dann wird er ihn retten", flüsterte Sagara den Männern vor der Kammer zu. Von alledem bekam man am unteren Ende der Felswand nichts mit.

Als Nabils Körper von den Seilen befreit war, nahm Sagara ihn hoch und trug ihn in den Höhleneingang.

„Nabil. Mach die Augen auf", redete Sagara auf den Leblosen ein. „Du wolltest doch das alles sehen. Halte durch." Doch nach wie vor zeigte der Ägypter keine Reaktion.

Als Sagara den hinteren Bereich der Kammer erreicht hatte, legte er Nabil sanft vor Nommo-Tuwa ab. Der Europäer, der neben dem Wasserwesen saß, erklärte: „Es geht mit Nommo-Tuwa zu Ende. Ich soll euch allen ausrichten, dass er für alles, das er lernen konnte, dankt und dass es ihm sehr Leid tut, dass er uns nun verlassen muss. Er macht sich große Vorwürfe, dass euch in den nächsten Jahren kein Nommo zur Seite steht."

„Bitte sag ihm, dass wir ihn alle lieben. Und dass wir ihm von Herzen dankbar sind." Sagara spürte wie seine Beine zitterten. Diese Ankündigung Nommo-Tuwas und der offensichtliche Tod Nabils, zudem die Drohungen Farids hatten ihn an seine Grenzen gebracht.

„Nommo-Tuwa möchte trotzdem versuchen diesem Mann zu helfen", übersetzte der Europäer die Laute des Wasserwesens.

Sagara fühlte sich unendlich hilflos. Er suchte nach Worten, die er als letzte Botschaft an das Wesen sagen könnte, doch der Europäer übersetzte bereits weiter: „Nommo-Tuwa hat mich gebeten, mit ihm zu beten. Und er möchte, dass ihr dabei bleibt."

„Was möchte er mit uns beten?", fragte Sagara erstaunt. Inzwischen wurde auch Eric herein gebracht. Er hatte zwar den Transport gut überstanden, war aber aufgrund des Blutverlusts nahezu ohnmächtig. Nur schemenhaft nahm er seine Umgebung wahr. Während der Europäer weiter erzählte legte man Eric vorsichtig neben Nabil ab.

„Nommo-Tuwa möchte, dass ich mit ihm und in eurer Anwesenheit das Vaterunser bete. Ich habe in den letzten Tagen viel mit ihm darüber geredet." Wie in einem wirren Traum sah Eric dass sich feine Rinnsale von klarem Wasser über seinem und Nabils Körper ausbreiteten. Einem flüssigen Netz gleich überzogen sie die beiden auf dem Boden Liegenden. Ungläubig starrte er auf das Wesen aus Wasser, von dem die Rinnsale ausgingen und das auf geheimnisvolle Weise mit ihm zu verschmelzen schien.

Sagara wusste, dass der Europäer beim Beten die Hände faltete, und so tat er es auf den Wunsch Nommo-Tuwas hin auch. Die anderen Personen im Raum fielen in andächtiges Schweigen.

Feierlich begann der Europäer zu beten: „Vater Unser im Himmel."

Während des Gebets zeichneten sich auf dem Gesicht Nommo-Tuwas beinahe gleichzeitig die Züge Erics und Nabils ab.

„Geheiligt werde dein Name. Dein Reich komme. Dein Wille geschehe, wie im Himmel, so auf Erden."

Eric hörte die Worte. Zwar konnte sein Verstand sie in seiner jetzigen Verfassung nicht entschlüsseln, doch tief in seinem Inneren wusste er, dass es heilsame Worte waren.

„Unser tägliches Brot gib uns heute. Und vergib uns unsere Schuld, wie auch wir vergeben unseren Schuldigern." Sagara, für den das Gebet der Christen keinerlei Bedeutung hatte, nickte unwillkürlich als er diese Worte hörte. Er bedauerte aufrichtig alles, was er im Namen der Sekte getan hatte.

„Und führe uns nicht in Versuchung, sondern erlöse uns von dem Bösen." Während Sagara so in Stille verharrte, beobachtete er Eric und Nabil, die sich, eingehüllt in ein Netz aus Wasser, in einem tranceähnlichen Zustand zu befinden schienen. Erics Wunde klaffte noch an seiner Schulter, aber sie blutete nicht mehr. Nabil zeigte nach wie vor kein Lebenszeichen. War er vielleicht doch schon nicht mehr am Leben gewesen als er hier bei Nommo-Tuwa ankam?

„Denn dein ist das Reich, und die Kraft, und die Herrlichkeit, in Ewigkeit. Amen."

Sagara ahnte, dass nun das Gebet beendet war und löste sich aus seiner andächtigen Haltung. Besorgt beobachtete er Nabil. Bei ihm waren, im Gegensatz zu Eric, keine Atembewegungen zu sehen. Hilflos hoffte er irgendein Lebenszeichen zu erkennen. Hatte sich Nabil vielleicht auf dem Transport in die oberste Kammer einen tödlichen Schlag an eine Felskante zugezogen? Oder war seine Krankheit so weit fortgeschritten, dass er die vergangenen Stunden nur unter Aufbietung seiner letzten Kräfte durchgehalten hatte? Oder lag es vielleicht an Nommo-Tuwa der selbst im Sterben lag?

Doch alles hoffen und bangen war vergeblich. Nabil zeigte kein Lebenszeichen.

Das Wasserwesen gab einen langen melodiösen Laut von sich. Der Europäer, der das Gebet gesprochen hatte, antwortete auf ähnliche Weise. Dann waren weder Nabil noch Eric in dem Antlitz Nommo-Tuwas zu erkennen. Ein Augenblick besaß es eine grobe, unförmige, menschliche Gestalt. Dann zerfloss der Körper als hätte er nie eine Form besessen. Das Wasser rann über die Männer am Boden, über die Felsen, über den Staub. Es versickerte in den Spalten und Ritzen des Gesteins. Übrig blieb nur ein feuchter Glanz, dort wo eben noch Nommo-Tuwa war. Einzig der maskenartige Helm lag noch vor dem Europäer. Der hob das Objekt auf und hielt es einen Moment unschlüssig in den Händen.

„Ruhe in Frieden", sagte er, so wie man einen alten Freund verabschiedet. „Ich weiß, dass du nun in den gütigen Händen des Allmächtigen bist."

„Danke. Nommo-Tuwa. Danke, dass du uns bis zuletzt gedient hast", stimmte auch Sagara ein. Und nun hörte man auch von den anderen Anwesenden Worte des Dankes und der Trauer. Teilweise mit lautem Wehklagen, teilweise mit leisen Gesten.

Nun sahen Sagara und der Europäer wieder nach Eric und Nabil. Eric atmete gleichmäßig und entspannt. Seine Wunde war nicht verschwunden, aber sie sah schon teilweise verheilt aus.

Ganz anders war es bei Nabil. Sein bleiches Gesicht und sein lebloser Zustand ließen nur einen Schluss zu. „Ich fürchte er ist tot", meinte der Europäer. „Wir sollten ihn dringend zu Doktor Strobl bringen. Aber wenn Nommo-Tuwa ihm nicht helfen konnte, dann habe ich wenig Hoffnung, dass es sonst jemand kann."

Eric befand sich immer noch in einem tiefen Schlaf. Einer der Männer, die die Tragen an den Seilen hochgezogen hatten, kam herein und führte einen kurzen Wortwechsel mit Sagara. Dann nahm er den bewusstlosen Eric auf seine Schulter und ging zurück zum Höhleneingang. Dort ergriff er eines der Seile, das inzwischen an den Felsen fest angebunden war und machte sich an den Abstieg.

Vera und Khaled, die das von unten aus beobachteten hielten gespannt die Luft an. Der Abstieg des Dogon mit Eric auf seiner Schulter sah äußerst waghalsig aus. Doch schien es für die Dorfbewohner nicht ungewöhnlich zu sein. Die waren eher über das Wehklagen der Anwesenden in der obersten Kammer besorgt. Einige ahnten bereits, dass Nommo-Tuwa nicht mehr lebte.

Als Eric wieder auf dem Boden angelangt war, wollte Vera sofort nach ihm sehen, doch Farid hatte sie immer noch in seiner Gewalt. „Hiergeblieben. Wir warten erst bis Nabil auch wieder wohlbehalten hier unten ist", befahl der Kidnapper.

„Geht es ihm gut?", rief Vera zu dem Dogon hinüber, der Eric vorsichtig auf den Boden legte.

„Ja. Er schläft nur. Seine Wunde wird heilen", kam die Antwort.

„Und was ist mit Nabil?", erkundigte sich Farid.

„Der ... der wird von Sagara heruntergebracht werden", antwortete der Dogon ausweichend.

Alle Anwesenden sahen nun gespannt nach oben, wo sich Sagara mit Nabil auf seiner Schulter daran machte den Abstieg zu beginnen. Der Europäer, der ihm vom Höhleneingang aus nachsah, flüsterte nur: „Gott stehe ihm bei."

Sagara wirkte unkonzentriert während er sich mit Nabil am Seil herabließ. Mehrmals schien es als würde er den Halt verlieren. Atemlos blickten unzählige Augen hinauf. Alle hofften, dass Nabil die gewünschte Heilung erfahren hatte und damit auch das Geiseldrama beendet sei.

Noch bevor Sagara wieder den Boden berührt hatte, wurde er von mehreren Männern umringt, die dabei helfen wollten, ihm Nabil abzunehmen. Farid stieß Vera von sich und eilte nun durch die Menge zu Nabil. „Weg da, macht Platz", rief er. „Wie geht es Nabil?"

Sagaras Blick verriet Trauer. „Es tut mir leid."

Farid kniete vor Nabil und sah in dessen Gesicht. Dann wandte er sich voller Zorn an Sagara. „Was habt ihr mit ihm gemacht?" Ohne eine Antwort abzuwarten schrie er weiter: „Ihr habt ihn dort oben umgebracht. Ihr wolltet ihn gar nicht retten. Er war schwach und ihr habt ihm den Rest gegeben." Dann richtete er die Pistole auf Sagara. „Du wolltest nicht, dass er das Heilungsritual bekommt. Du verdammter Schweinehund hast in der Höhle die Chance genutzt ihn sterben zu lassen."

Sagara wollte gerade ansetzen sich zu verteidigen, da gab Farid einem Schuss auf ihn ab und er wurde zurückgeschleudert. Doch schnell hatte der Dogon sich wieder gefangen. Unter seinem Hemd breitete sich ein roter Fleck aus. „Nabil war schon so gut wie tot, als er oben ankam. Aber vielleicht lebt er ja noch. Bringt ihn zu einem Arzt", erklärte Sagara mit flehender Stimme.

„Du lügst", brüllte Farid. „Du hast ihn getötet." Er feuerte ein weiteres Mal auf Sagara und wieder taumelte der Schwarze. Aber er fiel nicht.

„Ich habe dort oben alles für ihn getan, was ich tun konnte. Nommo-Tuwa hat sein Leben für ihn gegeben. Aber es war schon zu spät."

„Erzähl mir keine Lügen" Wieder schoss Farid auf Sagara, der jetzt von den Beinen gerissen wurde.

Khaled sah nun die Möglichkeit einzugreifen und warf sich auf Farid. Beide stürzten zu Boden und ein Handgemenge um die Waffe begann. Für endlose Sekunden war nicht klar, wer die Oberhand gewann.

Vera eilte zu Eric um sich davon zu überzeugen, dass er wohlauf war. „Eric, du lebst. Gott sei Dank." Sie legte ihre Hände auf seinen Kopf und küsste ihn sanft. „Eric, mein Liebster."

Khaled hatte inzwischen dem Geiselnehmer einen schweren Schlag in die Magengrube versetzt und die Pistole wieder in seine Gewalt gebracht. Als Farid sich, nach Luft schnappend, wieder aufrichten wollte, gab Khaled ihm einen Tritt in die Rippen. Mit einem Ächzen sackte er zusammen.

„Holt Schnüre, damit wir ihn fesseln können", rief Khaled den

Umherstehenden zu. Mit der Pistole im Anschlag ließ er Farid nun nicht mehr aus den Augen.

Die restlichen Arnhátonjünger beobachteten das Geschehen fassungslos. Waren sie bei der Ankunft im Dorf noch voller Mitleid für Nabil, so sehr waren sie nun von Farids Gewaltexzessen und den daraus entstandenen Folgen abgestoßen. „Das wollten wir alles nicht", stammelten einige und befürchteten nun Opfer von Vergeltungsmaßnahmen zu werden.

„Was ist mit diesem Sagara?", fragte Khaled in die Menge der Dorfbewohner, die sich um den Angeschossenen gesammelt hatte. Auch Vera war inzwischen zu Sagara hinüber gegangen und blickte über die Schultern der Dogon zu dem Verletzten.

Sagara hatte zwei Einschüsse im Unterbauch und einen in der Lunge. Schwer atmend sagte er zu Vera: „Yurugu, der Fuchs des Orakels, hatte es angekündigt. Der Tod ist mit Nabil in dieses Dorf gekommen. Aber mein Tod wird nur die Folge all der falschen Entscheidungen sein, die ich getroffen habe." Ein schwerer Hustenanfall unterbrach ihn. Vera ergriff seine Hand und rang nach tröstenden Worten.

„Halte durch. Du bist nun auf dem richtigen Weg. Alles wird gut."

„Sag deinem Freund Eric, dass er niemandem von seiner Heilung erzählen darf. Es wäre das Ende für unser Volk."

„Was immer es ist. Es wird sein Geheimnis bleiben. Aber wichtig ist, dass du nicht aufgibst. Dann kannst du es ihm selber sagen."

„Meine Bestimmung ist, dass ich jetzt zu meinen Vorfahren zurückkehre. Ich habe ihren Ruf bereits vernommen."

„Entscheide selbst, dass du leben willst. Dann werden deine Ahnen warten müssen."

Sagara drückte Veras Hand. „Ich werde leben. Und allen Menschen berichten, wer hinter dem Anschlag auf Eric steckt."

Vera nickte und kämpfte mit ihren Tränen, da hörte sie hinter sich die Stimme eines alten Mannes mit deutschem Akzent. Es war Max Strobl.

„Ich bin Arzt. Bitte lassen Sie mich nach dem Verletzten sehen." Strobl kniete sich neben Sagara und schnitt vorsichtig das blutdurchtränkte Hemd auf. Vera wollte am liebsten wegsehen, zwang sich aber den Anblick zu ertragen.

„Gibt es noch mehr Verletzte?", erkundigte sich Strobl. „Man hat mir von einem angeschossenen Weißen erzählt."

„Dort hinten liegt noch Eric Harder, ein Deutscher. Er hat eine schwere Schusswunde am Oberarm. Nachdem er aber dort oben in einer der Höhlen war, sieht es nicht mehr so schlimm aus. Im Moment schläft er."

„Sonst noch Verletzte? Sie sehen aus als wären Sie hier von einem Felsen gefallen."

Erst jetzt wurde Vera bewusst, wie schlimm sie nach den Attacken Farids aussah. Ihr Gesicht war geschwollen. Das Blut aus der Platzwunde über ihrer Nase war über ihre rechte Gesichtshälfte gelaufen und hatte auch Teile ihrer Bluse tiefrot gefärbt.

„Es gibt scheinbar auch einen Toten. Nabil, wegen dem dieser idiotische Farid überhaupt angefangen hat hier herum zu feuern. Er liegt dort drüben und lebt vermutlich nicht mehr. Von weiteren Verletzten weiß ich nichts. Da fragen Sie am besten die anderen Leute hier. Und um mich können Sie sich später kümmern. Wichtig sind erst mal dieser Dogon hier und mein Freund Eric."

Während Strobl versuchte Sagaras Wunden zu versorgen befragte er die Dorfbewohner in einem Dogondialekt, den Vera nicht verstand.

Bei Khaled tauchte inzwischen Renners Kollege Nangou auf. Nachdem er seine Polizeimarke gezeigt hatte, ließ er sich von Khaled die Ereignisse der letzten Stunden schildern. Dann wandte er sich Farid zu und legte ihm, obwohl er bereits mit Seilen gefesselt war, Handschellen an.

Die Arnhátonjünger versuchten nun, da Farid in Polizeigewahrsam war, sich unbemerkt in den Kleinbus zurückzuziehen um den Ort des Geschehens so schnell wie möglich zu verlassen, doch Nangou rief sie zurück.

„Keiner verlässt das Dorf. Erst möchte ich eine Aussage von jedem, der hier während der Schießerei anwesend war."

Nachdem er die Aussagen Khaleds und weiterer Personen notiert hatte, befragte er Vera. Als sie mit dem Bericht über die Geschehnis-

se hier im Dorf fertig war fragte Nangou: „Und was hat Sie hierhergeführt? Touristen trauen sich zurzeit praktisch keine hierher?"
Vera sah Khaled fragend an. Der nickte ihr kurz zu.
„Wir sind der Spur von meinem Kollegen Nabil gefolgt. Wir mussten davon ausgehen, dass er an einem Anschlag auf uns beteiligt war. Da nur er uns den Beweis liefern konnte, dass wir Opfer und keine Täter sind, hielten wir es für notwendig hierher zu kommen."

Als Nangou im Laufe von Veras Bericht realisierte, dass Vera und Eric polizeilich gesucht wurden, war er versucht auch ihnen Handschellen anzulegen, beließ es aber bei einer Aufforderung, das Dorf nicht zu verlassen. Nachdem er die Personalien der Arnhátonjünger und ihre Aussagen aufgenommen hatte machte er sich auf den Weg zu seinem Auto, das weit ab vom Dorf stand, und forderte über sein Satellitentelefon Verstärkung und einen Krankenwagen an. Dann wandte er sich den Dorfbewohnern und deren Aussagen zu. Es dauerte mehrere Stunden bis Nangou alles Notwendige erledigt hatte. Als die Verstärkung und der Krankenwagen eintrafen brach bereits die Nacht an.

Der Arzt des Krankentransports konnte bei Nabil nur den Tod feststellen. Damit stimmte er mit Strobls Befund überein, der zuvor vergeblich Wiederbelebungsversuche gemacht hatte.

Sagara wurde eilends in den Krankenwagen verfrachtet. Auch Eric nahm man zur Sicherheit mit. Vera durfte Eric nicht begleiten. Nangou bestand darauf, dass sie ihn zur Polizei nach Bamako begleitete.

Dem schlafenden Eric hauchte sie einen Kuss auf die Wange. „Bis bald Eric. Wir sehen uns in Bamako. Ich liebe dich."

Die Arnhátonjünger wurden angewiesen einem der Polizeifahrzeuge bis zu der Polizeistation in Mopti zu folgen. Dort sollte überprüft werden, ob es Ermittlungen gegen sie gab.

Khaled durfte, nachdem er seine Aussage gemacht hatte, gehen wohin er wollte. Er hatte seine Rolle als hilfsbereiter Einheimischer überzeugend dargelegt. Außerdem hatten die Polizisten keine Bedenken, dass er bei eventuellen Rückfragen nicht in seiner Autowerkstatt in Bamako anzutreffen sei.

Als Nangou Vera, deren Wunden notdürftig versorgt worden

waren, aufforderte zu ihr in den Polizeijeep zu steigen, meinte sie: „Einen Augenblick bitte. Ich möchte mich noch bei Khaled verabschieden." Nangou gestattete es ihr und Vera ging zu Khaled, der an einem dürren Baum lehnte.

„Ich bin mir nicht sicher, ob ich dir danken oder dir eine reinhauen sollte", sagte sie und hielt ihm zum Abschied ihre Hand entgegen.

„Das kannst nur du entscheiden. Beides würde ich akzeptieren."

„Glücklicherweise werden wir die Aussage dieses Sagara bekommen. Dem ist sehr daran gelegen alles offen zu legen. Zumindest was Nabil und diese Sekte betrifft."

„Danach werden alle Vorwürfe gegen euch fallen gelassen werden, da bin ich mir sicher. Die Justiz hat ihre Schuldigen. Einen toten Sektenanhänger und einen geständigen Einheimischen. Da interessiert sich keiner mehr für euch."

„Wirst du jetzt auch zurückfahren?", fragte Vera, die langsam merkte wie eine unbändige Mattheit über sie kam. Die letzten Stunden hatten ihr alle Reserven abgefordert.

„Ich habe noch eine Kleinigkeit hier im Dorf zu erledigen. Dann fahre auch ich wieder zurück nach Bamako."

„Vielleicht besuche ich dich mal in deiner Autowerkstatt."

„Aber vergiss nicht. Kein Wort über meine Agententätigkeit. Ich müsste dich sonst töten." Er lachte. Vera fand auch diesmal diese Bemerkung nicht witzig.

Vera breitete ihre Arme aus. „Danke, dass du uns in Bamako das Leben gerettet hast."

Nach einer kurzen Umarmung meinte Khaled. „Pass auf dich auf. Und richte Eric Grüße von mir aus."

„Adieu, Khaled."

„Adieu."

Vera kehrte zu Nangou zurück und verschwand in dem Auto. Khaled sah zum Nachthimmel hinauf. Zwischen den Wolken, die während der Regenzeit einen Großteil der Sterne verdeckten strahlte die volle Scheibe des Mondes.

Khaled hob einen Stein auf, betrachtete ihn einen Augenblick lang und warf ihn in die schwarze Nacht hinaus. Dann machte er sich daran, seinen Auftrag zu Ende zu bringen.

Martin Renner hatte, zusammen mit Fania und Etienne, von seiner Hütte aus beobachtet wie die Lichter der Polizeijeeps im Dunkel der Nacht verschwanden. Allmählich kehrte Ruhe im Dorf ein. Die Feuer in den Häusern spendeten nur wenig Licht. So blieben die meisten Dorfbewohner entweder in ihren Hütten oder versammelten sich um das große Feuer auf dem Platz unten vor dem Dorf.

„Ich hoffe, dass es von nun an zu keiner weiteren Gewalt mehr kommt", meinte Renner. „Gut, dass Nangou vor Ort war. Er konnte dabei helfen, für Ordnung zu sorgen."

„Wird er seinen Vorgesetzten davon berichten, dass sich Max Strobl hier im Dorf befindet?", fragte Fania.

„Nein. Ganz sicher nicht. Er hatte bereits versucht, mich davon zu überzeugen, dass Strobls Anwesenheit ein Geheimnis bleiben sollte."

„Leider ohne Erfolg", bemerkte Fania.

„Na, ja. Ich habe noch einmal gründlich über die Angelegenheit nachgedacht. Offenbar ist Strobls Anwesenheit für die Menschen hier von großer Bedeutung. Ebenso für dieses Wesen in der Felsenkammer. Und wenn Strobl all die Jahre sein Wissen nicht für kriminelle Zwecke genutzt hat, dann denke ich, dass man ihm vertrauen kann."

„Bedeutet das, dass Sie sich entschieden haben Strobl nicht den deutschen Behörden auszuliefern?"

„Ich werde ihn nicht dazu zwingen, mit mir zu kommen." Renners Bedenken über diese Entscheidung waren nicht zu übersehen. Er wirkte alles andere als erleichtert. „Wenn wir vom BND ihn gefunden haben, dann werden ihn sicher auch andere Geheimdienste bald finden. Und ob die dann nur die Absicht haben, ihn in Gewahrsam zu nehmen ist fraglich. Es wäre wahrscheinlich für Strobl sicherer, wenn er mit mir mitkommen würde."

„Aber dazu ist er nicht bereit?", erkundigte sich Etienne.

„Nein, bisher war ihm nur wichtig, dass ich sein Handeln verstehe. Und das hat er auf jeden Fall erreicht."

„Aber wie werden ihre Vorgesetzten reagieren, wenn Sie ohne Max Strobl nach Hause kommen?", gab Fania zu bedenken.

„Strobl war in den letzten Jahren eher ein Phantom für den Bundesnachrichtendienst, weniger eine reale Zielperson. Wenn ich einen Misserfolg melde, dann wird das niemanden wundern."

„Dann kann er hier seine Arbeit fortführen?"

Renner zuckte mit den Schultern. „Wenn er das einem sicheren, aber möglicherweise unfreien Lebensabend in Deutschland vorzieht."

„Ich hoffe, wir können ihm bald diese gute Nachricht mitteilen. Ich bin froh, dass Sie sich für das Richtige entschieden haben." Fania strahlte vor Freude über das ganze Gesicht. Renner zwang sich ein Lächeln ab. Seine Bedenken ließen sich nicht abschütteln.

Nachdem die Verletzten in den Krankentransport verladen waren und Nabils Leiche von den Polizisten mitgenommen wurde, trat Seydou, der inzwischen auch wieder im Dorf eingetroffen war, auf Strobl zu.

„Nommo-Tuwa ist zurückgehrt in die Erde zu seinen Ahnen", berichtete Seydou. Er hatte heute ein letztes Mal sein Blut für das Leben anderer gegeben."

Auch wenn sich Strobl schon seit Wochen auf diese Nachricht vorbereitet hatte, so traf ihn diese Botschaft doch wie ein Schlag in die Magengrube.

„Ich war nicht bei ihm. Ich konnte ihm nicht helfen. Ich habe ihn alleine gelassen", seufzte er.

„Männer und Frauen aus dem Dorf waren bei ihm. Und auch der weiße Verkünder, der seine Sprache erforscht hat, hat seine letzten Worte übermittelt.

Strobl war ehrlich betroffen, dass seine Heilkunst an diesem wichtigen Punkt an ihre Grenzen gestoßen war. „Eine Tragödie. Ein entsetzlicher Verlust. Das erste Mal seit Jahrhunderten, dass kein Nommo in den Felsen von Bandiagara residiert."

„Es war nicht deine Schuld. Du hast dem Nommo geholfen soweit es dir möglich war. Gräme dich deshalb nicht, Nolo-Max."

Strobl empfand eine ungewohnte Hilflosigkeit. Und irgendwie hatte er auf einmal auch das Gefühl alt zu sein. „Wie ist er gestorben?"

„Man hat mir berichtet, dass er noch versucht hatte zwei fremde Weiße zu heilen. Und er wollte noch, dass der weiße Verkünder ein Gebet mit ihm spricht. Dann ist sein Blut in der Erde aufgegangen.

Auch er ist nun bei seinen Ahnen."

„Aber er wird in unserer Erinnerung und in unseren Herzen weiterleben. Werdet ihr eine Totenfeier zu seinen Ehren zelebrieren?"

Seydou nickte. „Auch ihn werden wir durch die heiligen Tänze ehren. So wie wir es sonst durch das Sigui-Fest getan haben."

„Wenn die Menschen diesen Planeten derart verschmutzen, dass selbst ein Nommo an diesem abgeschiedenen Ort nicht überleben kann, welche Zukunft hat dann die Menschheit?"

Seydou sah hinauf zum Himmel, wo die Wolken den Blick zu einer handvoll Sternen frei gaben. „Wir Dogon haben in dieser lebensfeindlichen Landschaft nur überlebt, weil wir zusammen gehalten und den Frieden gesucht haben. Wir waren bereit uns manchen Einflüssen wie dem Christentum oder dem Islam zu öffnen, sind aber trotzdem unseren Wurzeln treu geblieben. Und wenn wir Fehler gemacht haben, dann waren wir bereit umzukehren. Selbst Nommo-Tuwa war bereit sich zu verändern und den Gott des weißen Verkünders anzunehmen." Und abschließend fügte er noch hinzu: „Wenn die Menschheit bereit ist aus ihren Fehlern zu lernen und neue Wege zu begehen, dann gibt es noch Hoffnung."

Tröstend legte Seydou seine Hand auf Strobls Schulter und begleitete ihn zu dessen Hütte. Dort angekommen erklärte Strobl, dass er nun nachdenken und allein sein wolle. Seydou nickte verständnisvoll und verabschiedete sich.

Da Strobl auf seiner Hütte eine kleine Solaranlage installiert hatte, die einen Akku mit Strom versorgte, tastete er nach dem Lichtschalter. Im Schein der kleinen Lampe unter der Decke bemerkte er sofort, dass sich schon jemand im Raum befand. Auf dem alten Sofa saß ein Mann.

„Guten Abend Herr Strobl. Wie ich sehe, hatte die Polizei kein Interesse an Ihnen."

Strobl war nicht überrascht Khaled in seiner Hütte vorzufinden. „Ich wusste, dass Sie nicht zufällig mit den beiden Deutschen hier erschienen sind. Wie war noch mal Ihr Name?"

„Nennen Sie mich einfach Khaled. Mein Nachname tut nichts zur Sache."

„Bitte nehmen Sie es mir nicht übel, dass ich nicht unbedingt sagen kann, dass mich Ihr Besuch erfreut. Besonders nicht, wenn Sie uneingeladen in mein Haus eindringen."

„Immerhin haben Sie es dreißig Jahre lang vermieden überhaupt Besuch zu bekommen. Einige Regierungen sind, gelinde ausgedrückt, verärgert über ihre plötzliche Entscheidung aus der zivilisierten Welt zu verschwinden."

„Es gab gute Gründe. Ich musste davon ausgehen, dass ich früher oder später einem Attentat zum Opfer fallen würde, wenn ich den Dingen ihren Lauf gelassen hätte. Für wen arbeiten Sie? Für die USA?"

„Ich sehe, Sie kommen gleich zur Sache. Die Vereinigten Staaten von Amerika bieten Ihnen an, dass Sie fürstlich entlohnt werden, wenn Sie Ihr Wissen über Ihre Forschungsergebnisse der frühen 1940er Jahre mit unseren Wissenschaftlern teilen."

„Sie werden sicher verstehen, dass ich mich nicht Jahrzehnte lang von Ihrem Verein ferngehalten habe, nur um mich Ihnen nun so einfach anzuschließen."

„Ich sehe keine Alternative für Sie." Khaled zog unter seiner Weste die Pistole hervor.

„Ich habe keine Angst vor dem Tod. Ihre Drohung kommt dreißig Jahre zu spät."

„Ich bin mir sicher, dass Sie Ihren hundertsten Geburtstag noch erleben wollen. Kommen Sie einfach mit mir und lassen Sie meine Regierung an Ihrem Projekt weiterarbeiten. Dann können Sie noch einen geruhsamen Lebensabend verbringen."

„Auch Ihre Regierung kann mir nicht garantieren, dass die Resultate ausschließlich zum Wohle der Menschheit verwendet werden. Außerdem möchte ich nie wieder für ein militärisches Projekt arbeiten."

„Belasten Sie sich doch nicht mit der Frage, wofür Ihre Ergebnisse verwendet werden. Sie werden den Lauf der Zeit nicht aufhalten können."

„Vor dreißig Jahren hatte ich der Bundesrepublik Deutschland meine Hilfe im Kampf gegen AIDS angeboten. Damals musste ich erleben, dass eine bewaffnete Einheit mein Haus gestürmt hat. Zu diesem Zeitpunkt habe ich mir geschworen, dass ich nie wieder für eine Regierung oder einen Konzern arbeiten werde. Und ich stehe auch heute zu meiner Entscheidung."

„Dann werde ich Sie wohl mit gröberen Methoden überreden müssen." Khaled griff in eine Schachtel, die neben ihm auf dem Sofa lag, und zog eine aufgezogene Spritze hervor. „Entweder Sie gehen freiwillig mit mir mit und wir verlassen mit Ihren Aufzeichnungen und Ihrem Computer unauffällig dieses gastliche Dorf. Oder ich verpasse Ihnen eine fette Dosis dieses Betäubungsmittels und ich nehme einfach einen schlafenden Strobl mit seinen Unterlagen mit. Sie haben die Wahl."

Strobl lachte. „Meine Unterlagen habe ich alle vernichtet. Und die Festplatte meines Computers habe ich sicherheitshalber formatiert. Sie kommen zu spät."

Khaled sprang auf. In der rechten Hand hatte er die Spritze. In der Linken die Pistole. Strobl hechtete zu dem Schreibtisch auf dem sich ein filigran verziertes Holzkästchen befand. Doch bevor er es erreicht hatte, versperrte ihm Khaled mit der Spritze den Weg. Mit ungeahnter Wucht schleuderte der alte Mann den Agenten zur Seite. Khaled krachte gegen einen Stuhl. Darauf war er nicht vorbereitet. Wieder langte Strobl nach dem Holzkasten und öffnete den Deckel. Darin befanden sich mehrere Döschen mit Pillen. Gerade hatte er eine Dose geöffnet als er Khaleds Hand an seinem Hals spürte. Den Einstich der Spritze nahm er kaum wahr. Als er die Pillendose an seinen Mund führte setzte bereits die betäubende Wirkung ein. Doch bevor er das Bewusstsein verlor, hatte er bereits den Inhalt der Pillendose heruntergeschluckt.

„Mist", schimpfte Khaled. „Was waren das für Pillen?" Er suchte nach einem Etikett auf der Dose, aber sie war unbeschriftet. Dann überprüfte er Strobls Puls und Atmung, doch beides konnte er nicht feststellen. Auch als er eine Herzmassage vornahm, kehrte kein Leben in Strobls Körper zurück. Immer wieder wiederholte er die Rettungsmaßnahmen, doch ohne Erfolg.

„Der Alte hat sich umgebracht", fluchte Khaled vor sich hin. Einen Moment überlegte er was er nun tun sollte. Dann begann er damit Strobls Computer und dessen Notebook zu überprüfen. Kurz nachdem er den PC hochgefahren hatte, hatte er den Beweis für Strobls Worte. Alle Daten waren gelöscht. Ebenso auf dem Notebook. Seine letzte Hoffnung galt den schriftlichen Aufzeichnungen. Doch als er den Schrank mit den Akten untersuchte stellte er fest, dass ein ganzes Fach leer war. Die Überreste der Aktenordner fand er am Herd, in der inzwischen erkalteten Feuerstelle. Asche. Nichts als Asche.

58

Zwei Wochen später saß Eric mit Vera und einem weiteren Gast auf der Veranda seines Hauses. Die Heilung seiner Schussverletzung machte erstaunliche Fortschritte. Dagegen stellten sich die Vernehmungen durch die malische Polizei und später auch durch deutsche Behörden als ein langwieriges Unterfangen heraus. Nur mühsam konnten die Ermittler, die von Nabil gelegten falschen Spuren, von wirklichen Ereignissen unterscheiden. Auch Sagara erholte sich im ‚Centre Hospitalier Universitaire' in Bamako ungewöhnlich schnell von seinen Schussverletzungen. Offenbar hatte sein Kontakt mit Nommo-Tuwa auch jetzt noch eine heilsame Wirkung auf seinen Organismus. Seine Aussagen vor der Polizei trugen glücklicherweise wesentlich dazu bei, die Unschuld von Vera und Eric zu dokumentieren. Dass keiner der Ermittler an Khaleds Rolle bei den Ereignissen interessiert war, erschien den Deutschen zwar seltsam, erleichterte es ihnen aber, Khaleds Agententätigkeit nicht zu erwähnen. Offenbar hatte Khaled in allen wichtigen Kreisen Kontakte, die ihn schützten.

Der alte Mann, der nun bei Eric und Vera saß war Stefan Eigner, der Sprachforscher, der vor zwei Jahren plötzlich verschwunden war, und der vor Eric die Arbeit bei der Erforschung der Dogondialekte ausführte. Er war es auch, der in der Felsenhöhle über dem Dogondorf die Sprache des Wasserwesens Nommo-Tuwa übersetzte und das letzte Gebet mit ihm gesprochen hatte.

„Dann bist du also gar nicht vor zwei Jahren entführt worden?", fragte Eric.

„Doch", entgegnete Eigner. „Auf dem Weg nach Mopti überfiel mich vor zwei Jahren eine Gruppe von Terroristen. Sie nahmen mich gefangen um bei unserer Regierung ein millionenschweres Lösegeld zu erpressen. Europäer als Geisel zu nehmen ist für radikale Gruppen und Gangster in Afrika und dem Orient ein einträgliches Geschäft."

„Deshalb warnen viele Staaten ihre Bürger vor Reisen in abgelegene Gebiete Malis", bemerkte Vera.

„Wie ich sehe, sind die Warnungen bei euch auf taube Ohren gestoßen", erwiderte Eigner.

„Wir hatten ja auch eigentlich nicht vor, Bamako zu verlassen", erklärte Eric.

„Also, wie gesagt, die Terroristen hatten mich entführt, verbanden mir die Augen und brachten mich an einen Ort, der irgendwo ein paar Kilometer von Mopti entfernt lag. Wo das genau war, konnte ich nie herausfinden. Dort entbrannte unter den Entführern eine Diskussion ob sie mich nach Timbuktu oder nach Gao bringen sollten. Als es zu einem heftigen Streit unter ihnen kam, nutzte ich die Gelegenheit zu entfliehen. Mit einem Motorrad konnte ich dann entkommen."

„Und warum bist du nicht auf dem schnellsten Weg nach Bamako gefahren? Die Hauptstadt war fast immer ein sicherer Ort für Europäer."

„Ich wusste ja nicht, wo genau sie mich hingebracht hatten. Mit dem Motorrad fuhr ich erst einmal so weit wie ich konnte. Als der Tank leer war hatte ich die Falaise von Bandiagara erreicht. Dort wurde ich von den Dogon freundlich aufgenommen."

„Aber auch von dort hätte es doch sicher einen Weg gegeben nach Bamako zu gelangen", meinte Eric während er seinen Gästen Mineralwasser nachschenkte.

„Die Dogon an der Falaise hatten für mich einen Platz gefunden, der mich perfekt vor den Extremisten verbarg. Während dieser Zeit war es für einen Europäer praktisch lebensgefährlich, wenn er sich nicht im Süden Malis oder in Bamako aufhielt. Der Norden Malis und die Gegend um Mopti befanden sich unter der Herrschaft dieses Bündnisses aus Tuareg-Rebellen, ausländischen Islamisten, die die Scharia einführen wollten und wohl auch einigen Gangstern, die den Drogen- und Menschenhandel in der Transsahara-Region kontrollierten. Ich war zunächst einmal froh, bei den Dogon in relativer Sicherheit zu sein. Die Rückkehr in die Hauptstadt erschien mir mit der Zeit zweitrangig."

„Und am Ende bist du zwei volle Jahre dort geblieben", stellte Vera fest.

„Ja. Zwei volle Jahre. Während dieser Zeit bin ich auch Pierre Tisserand begegnet. Das war der Botaniker, dessen Arbeit von Fania Bodu und ihren Begleitern fortgeführt wurde. Ihr erinnert euch. Tisserand ist leider bei einem Unfall ums Leben gekommen, als er unvorhergesehen Zeuge wurde, wie Nommo-Tuwa in ein anderes Dorf verlegt werden musste. Man hielt es für notwendig, alle Hinweise auf den Unfall zu beseitigen, damit die Existenz des Nommo-Wesens weiter geheim bleiben konnte."

„Was offensichtlich auch gelungen ist", bemerkte Eric.

„Einige Dogon kannten mich aus meiner Arbeit als Linguist in den Nachbardörfern. Sie wussten, dass ich damit beschäftigt war unbekannte Dialekte zu übersetzen. Eines Tages begegnete ich Max Strobl, dem Arzt. Er fragte mich, ob ich mich auch an eine Sprache heranwagen würde, die bisher noch von keinem Menschen erforscht sei."

Vera, die von Eric in die Geschehnisse in der Höhle Nommo-Tuwas eingeweiht worden war, ahnte bereits worauf Eigner hinaus wollte. „Eine Sprache, die nicht von Menschen gesprochen wird."

„Richtig", bestätigte Eigner. „Max Strobl fragte mich, ob ich versuchen könne, die Sprache des Wasserwesens, das von den Dogon Nommo-Tuwa, also Nommo der Neunte, genannt wird, zu entschlüsseln. Ihr könnt euch sicher vorstellen, dass ich zunächst geglaubt hatte, er wolle mich auf den Arm nehmen."

„Ich würde es selbst nicht glauben, wenn ich dieses Wesen nicht mit eigenen Augen gesehen hätte", stimmte Eric zu.

„Strobl zog mich deshalb hinzu, da er festgestellt hatte, dass Nommo-Tuwa scheinbar ernstlich krank war. In den vorhergehenden Jahrzehnten konnte er sich meist auf seine Intuition verlassen. Doch kam er damit irgendwann an seine Grenzen. Um ihm effektiv helfen zu können brauchte er eine Möglichkeit mit ihm zu kommunizieren."

„Hatte diese Maske nicht die Funktion die Kommunikation zu unterstützen?", fragte Eric, der von seiner Zeit in der Höhle nur verschwommene Erinnerungsfetzen hatte.

„Das was auf den Besucher wie eine Maske wirkt, ist ein Gerät, das Nommo-Tuwa mitgebracht hatte, um die für die Menschen relevanten

Sinneseindrücke wie das Hören oder das Sehen ebenfalls wahrnehmen zu können. Diese Maske, oder man könnte es auch Helm nennen, wandelt diese Eindrücke in Signale um, die diese Wesen verarbeiten können. Völker die mit den Nommo-Wesen zu tun hatten, nahmen dieses Gerät als geschnitzte Masken in ihre Rituale und Tänze auf. Ebenso finden sich die Rinnsale aus dem Wasser Nommo-Tuwas, Strobl bezeichnete es als dessen Blut, in den Tänzen als Stelzenbeine wieder. Wer dieses Wasserwesen einmal wirklich gesehen hat, der wird viele Elemente Nommo-Tuwas in der Kultur der Dogon entdecken."

„Konntest du denn die Sprache dieses Wesens entschlüsseln?", fragte Eric gespannt.

„Dadurch, dass Nommo-Tuwa stets die Gestalt dessen was seine Aufmerksamkeit besaß annahm, war es mir recht schnell möglich seine Laute den entsprechenden Begriffen zuzuordnen. Selbst wenn er sich an Personen oder Begebenheiten nur erinnerte, war das auf der Oberfläche seines amorphen Körpers zu sehen. Dieses Wesen aus Wasser war praktisch ein lebender dreidimensionaler Projektor."

„Ein Wunder der Natur", sinnierte Vera.

„Ein Wunder Gottes", verkündete Eigner seine Sichtweise. Eric nickte. Seit er mit Vera diese irrsinnigen Tage durchlebt hatte, fühlte er sich auf eine eigenartige Weise wieder von Gott getragen. Es war als wäre ihm ein neues Leben geschenkt worden.

„Und du konntest ein richtiges Wörterbuch für die Sprache Nommo-Tuwas erstellen?", erkundigte sich Eric.

„Ja. Sogar mit ein paar grammatikalischen Regeln. Nommo-Tuwa hat natürlich erkannt, dass ich versuchte seine Sprache zu entschlüsseln. Er hat seine Wortwahl zunächst auf meine Interpretationsfähigkeiten beschränkt. So hatten wir schon früh eine Basis für die Kommunikation."

„Aber die Laute, die ich in Erinnerung habe, erinnerten kaum an eine richtige Sprache", bemerkte Eric.

„Das war das größte Problem. Ein Wesen aus Wasser bildet seine Stimme natürlich anders als es Menschen oder viele Säugetiere tun. Nommo-Tuwa hatte keine Stimmbänder. Trotzdem konnte er sich mittels Lautbildung mitteilen. Auch wenn das nicht seine primäre Weise war, sich verständlich zu machen. Welche Sinne oder sonstigen Fähigkeiten er hatte, außer der Gabe zu heilen, habe ich nicht ermitteln können."

„So wie der Gesang der Wale oder der Tanz der Bienen eine Form ist Informationen weiterzugeben, so sind diese Laute aus einer anderen Welt die Sprache Nommo-Tuwas", resümierte Eric.

„Richtig. Diese Sprache konnte ich dechiffrieren und in meinen Aufzeichnungen für die Nachwelt festhalten."

„Und was hast du mit deinem Wörterbuch vor?", fragte Vera. In ihrer Stimme klang Besorgnis.

„Ich befürchte die Menschheit ist noch nicht bereit, von der Existenz der Nommo-Wesen in den Felsen des Bandiagaramassivs zu erfahren. Solange ein Land wie Mali, das eigentlich reich an Bodenschätzen und friedliebenden Menschen ist, zu den ärmsten Ländern der Welt gehört und von Extremisten bedroht wird, solange muss die Anwesenheit, dieser Besucher einer anderen Welt, geheim bleiben. Außerdem kommt der nächste Nommo erst im Jahre 2027. Dann feiern die Dogon das nächste Sigui-Fest."

„Auf diesen Zusammenhang bin ich noch gar nicht gekommen", staunte Eric.

„Bisher ist auch jeder, der das astronomische Wissen der Dogon nicht als ein Missverständnis abgetan hat, von den wissenschaftlichen Kollegen verstoßen worden."

„Du willst mit der Veröffentlichung deiner Erkenntnisse also noch warten?", erkundigte sich Vera.

„Ja. Der Rest der Welt muss erst noch zur Vernunft kommen. Aber …" Eigner legte eine bedeutungsschwere Pause ein.

„Aber …?", wiederholte Vera fragend.

„Aber ich werde zur Falaise von Bandiagara zurückkehren. Schon sehr bald. Und dann werde ich die Dogon unterrichten. In der Sprache der Nommo. Dann können sie den nächsten Nommo in seiner eigenen Sprache begrüßen. Und ich hoffe, dass auch ich dann dabei sein kann." Eigners Augen strahlten bei diesem Gedanken.

„Eine großartige Idee", pflichtete Eric bei und öffnete eine Flasche französischen Rotwein. „Kann es sein, dass du mit Nommo-Tuwa gebetet hast? Meine Erinnerungen an die Ereignisse in der Höhle sind sehr verschwommen."

„Ja. Das war das vielleicht bedeutendste Resultat meiner Anwesenheit bei den Dogon. Als ich meinen Wortschatz in der Nommosprache so weit ausgebaut hatte, dass ich auch Themen ansprechen konnte, die nicht direkt mit der Anwesenheit Nommos zu tun hatten, versuchte ich dem eigentlichen Auftrag meiner Arbeit als Linguist in Mali nachzukommen."

„Der Arbeit an einer Bibel für die Dogon, damit der christliche Glaube auch dort verbreitet wird", ergänzte Eric.

„Und deshalb erzählte ich Nommo-Tuwa von meinem Glauben."

„Wie jetzt? Du hast dem Außerirdischen von Gott erzählt?", schmunzelte Vera. „Die meisten Menschen auf diesem Planeten wollen nichts davon hören. Da hätte ich bei einem Außerirdischen erst recht nicht viel Hoffnung."

„Nommo-Tuwas Gottesbild ist dem der Christen sehr ähnlich. Inklusive der Notwendigkeit eines Erlösers, wie er in Jesus Christus in diese Welt gekommen ist. Nur ist die Religiösität der Nommo weniger konkret als die des Christentums. Deshalb war er für meine Übertragung des Lukasevangeliums sehr empfänglich."

„Du hast das Lukasevangelium in die Nommo-Sprache übertragen?", staunte Eric.

„So gut ich es eben konnte", bestätigte Eigner. „Hier habe ich es aufgeschrieben." Er legte ein dickes Heft auf den Tisch. Es sah nicht sehr alt, aber abgegriffen aus.

Vorsichtig, fast andächtig nahm es Eric in seine Hände. „Die Botschaft von Jesus Christus, für alle die ihm vertrauen. Auch für die, die von fernen Welten kommen."

Als am späten Abend Stefan Eigner gegangen war, saßen Eric und Vera noch eng aneinander gekuschelt auf einer bequemen Bank auf der Veranda. Die Luft hatte angenehm abgekühlt und beide fühlten sich so wohl, wie schon lange nicht mehr.

„Wieso hat, als du in Timbuktu warst, eigentlich der Räuber im Ahmed-Baba-Institut das alte, ägyptische Schriftstück gestohlen?", fragte Vera.

Eric überlegte einen Moment. „Ich gehe davon aus, dass er glaubte, damit einen Beweis dafür zu haben, dass es eine Verbindung zwischen den Vorfahren der Dogon und der Religion Echnatons gibt. Diese Hieroglyphe auf dem Blatt hatte wohl starke Ähnlichkeit mit einem Dogonsymbol."

Vera nickte zustimmend. „Als Anhänger des Arnháton-Kultes musste ihm dieser Fund sehr wichtig gewesen sein." Verträumt sah sie in den Sternenhimmel. „Wie hat eigentlich deine Missionsgesellschaft darauf reagiert, dass Eigner sich zwei Jahre bei den Dogon verborgen hatte?"

„Die Kollegen fühlten sich natürlich hintergangen, da er sich während der gesamten Zeit nicht gemeldet hatte. Er hat aber nun offiziell gekündigt, um in Eigenregie bei den Dogon zu unterrichten. Deshalb wird es für ihn wohl kein Nachspiel haben." Eric küsste sie zärtlich auf die Wange und fragte dann ebenfalls: „Und wie sieht es mit deinen Vorgesetzten bei der UN aus? Hat die Zeit in der wir untertauchen mussten eine Auswirkung auf deinen Job?"

Vera legte ihren Kopf auf Erics Schulter. „Es läuft immer noch eine Untersuchung. Deshalb bin ich vorübergehend von allen Aufgaben entbunden. Ob ich danach in ein anderes Land versetzt werde oder ob ich hier bleiben kann ist noch nicht abzusehen. Zunächst einmal muss ich telefonisch erreichbar sein, für den Fall dass sich neue Fakten ergeben oder ich ein weiteres Mal aussagen muss."

Eric strich ihr übers Haar. „Bei meinen Vorgesetzten konnte ich glücklicherweise recht schnell glaubhaft machen, dass wir Opfer eines perfiden Plans von diesem Nabil geworden sind. Für die ‚Global Bible Campaign' ist die Sache praktisch abgeschlossen, da ich ja inzwischen wieder wohlauf bin. Ab jetzt beginnt für mich sozusagen wieder der Alltag." Dann fügte er noch etwas hinzu: „Die chaotischen Ereignisse der letzten Tage hatten immerhin dazu geführt, dass für die nächsten Monate nicht mehr im Gespräch ist, dass ich mein Büro zurück nach Mopti verlegen müsste. Bamako ist im Moment für uns Ausländer der einzig sichere Ort in Mali."

„Dann können wir uns wenigstens jeden Tag sehen. Zumindest, solange ich nicht versetzt werde."

„Und wenn du verheiratet wärst? Würde die UN dich auch dann versetzen, wohin auch immer es notwendig ist?"

Vera richtete sich auf und schob eine Strähne ihres blonden Haares zurück. Schelmisch blickte sie Eric an. „Soll das ein Heiratsantrag werden?"

Eric fehlten für einen Augenblick die Worte. „Ich … Ich hatte zumindest darüber nachgedacht."

„Wenn wir heiraten, dann wirst du dich um die Kinder kümmern müssen", entschied Vera und lachte. Eric wusste nicht so recht ob Vera das ernst meinte oder ob sie nur flachste. Er beschloss einfach auf Veras Zukunftspläne einzusteigen.

„OK. Du machst Karriere bei den Vereinten Nationen und ich hüte die Kinder."

„Aber das wird für dich bedeuten, dass du mit mir und den Kindern immer wieder den Wohnort wechseln müsstest."

„Wenn Gott es so will, dann soll es so sein", meinte Eric und legte seinen Arm wieder um Vera. „Er hat uns hier zusammengeführt, dann wird er uns auch zeigen, wie es weitergehen soll."

„Darauf sollten wir vertrauen", bestätigte Vera. „Vielleicht kann ich ja dauerhaft bei dem Büro der Vereinten Nationen in Nairobi arbeiten. Dort könnten unsere Kinder dann zur Schule gehen. Und du kannst dann möglicherweise für deine Missionsgesellschaft als Linguist in Kenia arbeiten. Dann wären wir alle zusammen."

Sanft nahm Eric Veras Kopf in seine Hände und es folgte ein langer, zärtlicher Kuss.

Dann flüsterte Eric, der Vera in seinen Armen hielt, als wolle er sie nie wieder loslassen: „Der Anfang für unsere gemeinsame Zukunft ist schon gemacht."

„Und was ist der Anfang?", fragte Vera ebenso leise.

„Liebe."

Anhang

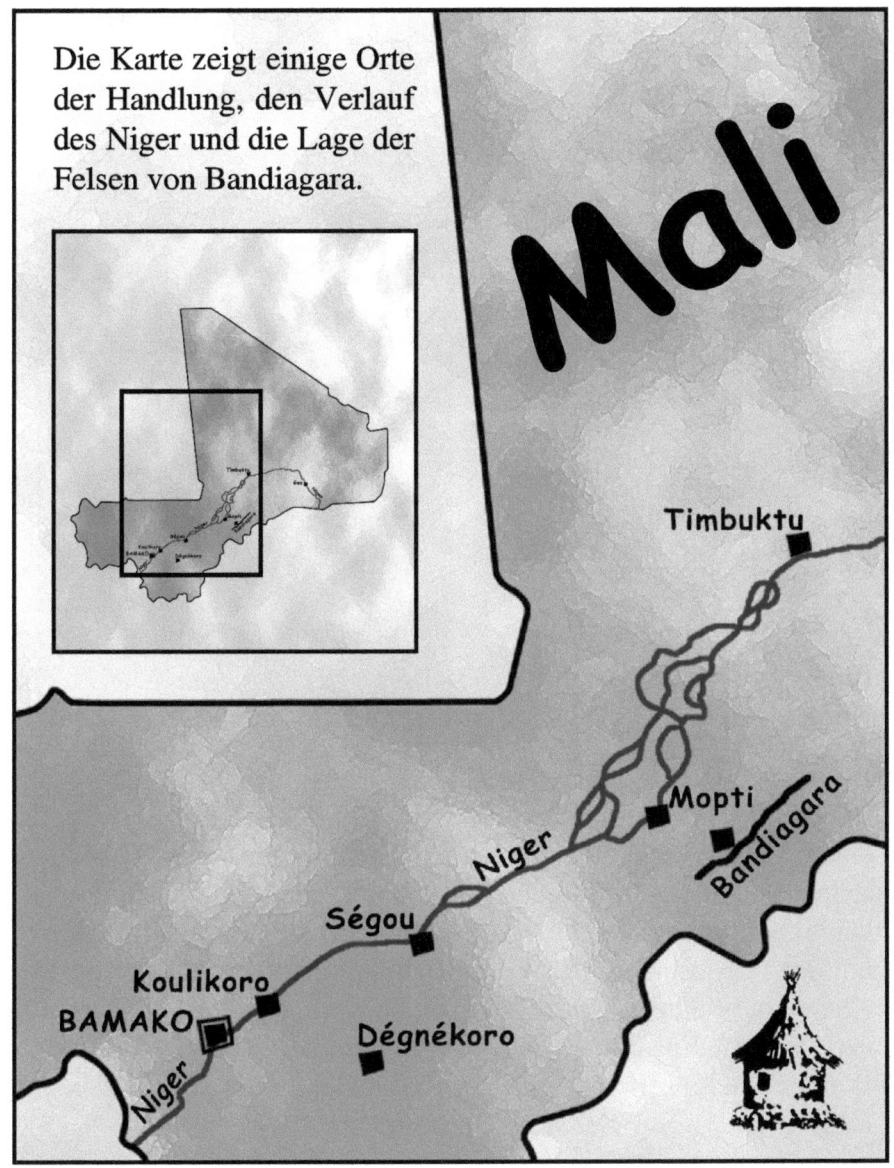

Bereits erschienen:

DOGONBLUT

Der erste Band der Romanreihe: **Das Licht der kommenden Tage
von Volker Wahl**

ISBN: 978-3-7431-1217-9
300 Seiten

BoD – Books on Demand, Norderstedt

Eric Harder arbeitet als Sprachforscher in Westafrika. Bei einem Einsatz in Timbuktu wird er Zeuge eines Raubes. Wenig später überlebt er in Bamako nur knapp einen Mordanschlag. Damit beginnt eine Kette von Ereignissen, die ihn zusammen mit der UN-Mitarbeiterin Vera Stratmann und dem mysteriösen Khaled quer durch Mali führt. Welche Rolle spielt die seltsame neue Sekte? Was hat Veras Kollege Nabil zu verbergen? Werden die Felsen von Bandiagara, im Gebiet des Dogon-Volkes, ihr Geheimnis preisgeben?

Bereits erschienen:

Der Himmel über der Hoffnung

Der zweite Band der Romanreihe: **Das Licht der kommenden Tage von Volker Wahl**

ISBN: 978-3-7448-5236-4
300 Seiten

BoD – Books on Demand, Norderstedt

Eric Harder und seine Frau Vera wollen endlich Gewissheit haben, was vor einem Jahr in Timbuktu geschehen ist. Doch was sie herausfinden, lässt böse Ahnungen aufkommen. Was passiert im Land der Dogon? Ist der mysteriöse Arnháton-Kult immer noch aktiv? Der alte Arthur Roth könnte helfen, aber ist er wirklich ein Freund?

Ein neues Abenteuer, das wieder an ungeahnte Horizonte führt und den Leser vom ersten Augenblick an fesselt.